LES
MAITRES SONNEURS

PAR

GEORGE SAND

— Tous droits réservés —

A M. EUGÈNE LAMBERT

Mon cher enfant, puisque tu aimes à m'entendre raconter ce que racontaient les paysans à la veillée, dans ma jeunesse, quand j'avais le temps de les écouter, je vais tâcher de me rappeler l'histoire d'Étienne Depardieu et d'en recoudre les fragments épars dans ma mémoire. Elle me fut dite par lui-même, en plusieurs soirées de *breyage*; c'est ainsi, tu le sais, qu'on appelle les heures assez avancées de la nuit où l'on broie le chanvre, et où chacun alors apportait sa chronique. Il y a déjà longtemps que le père Depardieu dort du sommeil des justes, et il était assez vieux quand il me fit le récit des naïves aventures de sa jeunesse. C'est pourquoi je le ferai parler lui-même, en imitant sa manière autant qu'il me sera possible. Tu ne me reprocheras pas d'y mettre d'.... !'obstina-

tion, toi qui sais, par expérience de tes oreilles, que les pensées et les émotions d'un paysan ne peuvent être traduites dans notre style, sans s'y dénaturer entièrement et sans y prendre un air d'affectation choquante. Tu sais aussi, par expérience de ton esprit, que les paysans devinent ou comprennent beaucoup plus qu'on ne les en croit capables, et tu as été souvent frappé de leurs aperçus soudains qui, même dans les choses d'art, ressemblaient à des révélations. Si je fusse venue te dire, dans ma langue et dans la tienne, certaines choses que tu as entendues et comprises dans la leur, tu les aurais trouvées si invraisemblables de leur part, que tu m'aurais accusée d'y mettre du mien à mon insu, et de leur prêter des réflexions et des sentiments qu'ils ne pouvaient avoir. En effet, il suffit d'introduire, dans l'expression de leurs idées, un mot qui ne soit pas de leur vocabulaire, pour qu'on se sente porté à révoquer en doute l'idée même émise par eux ; mais, si on les écoute parler, on reconnaît que s'ils n'ont pas, comme nous, un choix de mots appropriés à toutes les nuances de la pensée, ils en ont encore assez pour formuler ce qu'ils pensent et décrire ce qui frappe leurs sens. Ce n'est donc pas, comme on me l'a reproché, pour le plaisir puéril de chercher une forme inusitée en littérature, encore moins pour ressusciter d'anciens tours de langage et des expressions vieillies que tout le monde entend et connaît de reste, que je vais m'astreindre au petit travail de conserver au récit d'Étienne Depardieu la couleur qui lui est propre. C'est parce qu'il m'est impossible de le faire parler comme nous, sans dénaturer les opérations auxquelles se livrait son esprit, en s'expliquant sur des points qui ne lui étaient pas familiers, mais où il portait évidemment un grand désir de comprendre et d'être compris

Si, malgré l'attention et la conscience que j'y mettrai, tu trouves encore quelquefois que mon narrateur voit trop clair ou trop trouble dans les sujets qu'il aborde, ne t'en prends qu'à l'impuissance de ma traduction. Forcée de choisir dans les termes usités de chez nous, ceux qui peuvent être entendus de tout le monde, je me prive volontairement des plus originaux et des plus expressifs ; mais, au moins, j'essayerai de n'en point introduire qui eussent été inconnus au paysan que je fais parler, lequel, bien supérieur à ceux d'aujoud'hui, ne se piquait pas d'employer des mots inintelligibles pour ses auditeurs et pour lui-même.

Je te dédie ce roman, non pour te donner une marque d'amitié maternelle, dont tu n'as pas besoin pour te sentir de ma famille, mais pour te laisser, après moi, un point de repère dans tes souvenirs de ce Berry qui est presque devenu ton pays d'adoption. Tu te rappelleras qu'à l'époque où je l'écrivais, tu disais : « A propos, je suis venu ici, il y a bientôt dix ans, pour y passer un mois. Il faut pourtant que je songe à m'en aller. » Et comme je n'en voyais pas la raison, tu m'as représenté que tu étais peintre, que tu avais travaillé dix ans chez nous pour rendre ce que tu voyais et sentais dans la nature, et qu'il te devenait nécessaire d'aller chercher à Paris le contrôle de la pensée et de l'expérience des autres. Je t'ai laissé partir, mais à la condition que tu reviendrais passer ici tous les étés. Dès à présent, n'oublie pas cela non plus. Je t'envoie ce roman comme un son lointain de nos cornemuses, pour te rappeler que les feuilles poussent, que les rossignols sont arrivés, et que la grande fête printanière de la nature va commencer aux champs.

GEORGE SAND.

Nohant, le 17 avril 1853.

PREMIÈRE VEILLÉE

Je ne suis point né d'hier, disait, en 1828, le père Étienne. Je suis venu en ce monde, autant que je peux croire, l'année 54 ou 55 du siècle passé. Mais, n'ayant pas grande souvenance de mes premiers ans, je ne vous parlerai de moi qu'à partir du temps de ma première communion, qui eut lieu en 70, à la paroisse de Saint-Chartier, pour lors desservie par M. l'abbé Montpérou, lequel est aujourd'hui bien sourd et bien cassé.

Ce n'est pas que notre paroisse de Nohant fût supprimée dans ce temps-là ; mais notre curé étant mort, il y eut, pour un bout de temps, réunion des deux églises sous la conduite du prêtre de Saint-Chartier, et nous allions tous les jours à son catéchisme, moi, ma petite cousine, un gars appelé Joseph, qui demeurait en la même maison que mon oncle, et une douzaine d'autres enfants de chez nous.

Je dis mon oncle pour abréger, car il était mon grand oncle, frère de ma grand'mère, et avait nom Brulet, d'où sa petite-fille, étant seule héritière de son lignage, était appelée Brulette, sans qu'on fît jamais mention de son nom de baptême, qui était Catherine.

Et, pour vous dire tout de suite les choses comme elles étaient, je me sentais déjà d'aimer Brulette plus que je n'y étais obligé comme cousin, et j'étais jaloux de ce que Joseph demeurait avec elle dans un petit logis distant d'une portée de fusil des dernières maisons du bourg, et du mien d'un quart de lieue de pays : de manière qu'il la voyait à toute heure, et qu'avant le temps qui nous rassembla au catéchisme, je ne la voyais pas tous les jours.

Voici comment le grand-père à Brulette et la mère à Joseph demeuraient sous même chaume. La maison appartenait au vieux, et il en avait loué la plus petite moitié à cette femme veuve qui n'avait pas d'autre enfant. Elle s'appelait Marie Picot, et était encore mariable, car elle n'avait pas dépassé de grand'chose la trentaine, et se ressouvenait bien, dans son visage et dans sa taille, d'avoir été une très-jolie femme. On la traitait encore, par-ci par-là, de la belle Mariton, ce qui ne lui déplaisait point, car elle eût souhaité se rétablir en ménage ; mais n'ayant rien que son œil vif et son parler clair, elle s'estimait heureuse de ne pas payer gros pour sa locature, et d'avoir pour propriétaire et pour voisin un vieux homme juste et secourable, qui ne la tourmentait guère et l'assistait souvent.

Le père Brulet et la veuve Picot, dite Mariton, vivaient ainsi en bonne estime l'un de l'autre depuis une douzaine d'années, c'est-à-dire depuis le jour où, la mère à Brulette étant morte en la mettant au monde, cette Mariton avait soigné et élevé l'enfant avec autant d'amour et d'égard que le sien propre.

Joseph, qui avait trois ans de plus que Brulette, s'était vu bercer dans la même crèche, et la pouponne avait été le premier fardeau qu'on eût confié à ses petits bras. Plus tard, le père Brulet, voyant sa voisine gênée d'avoir ces deux enfants déjà fort à surveiller, avait pris chez lui le garçon, si bien que la petite dormait auprès de la veuve et le petit auprès du vieux.

Tous quatre, d'ailleurs, mangeaient ensemble, la Mariton apprêtait les repas, gardant la maison et rhabillant les nippes, tandis que le vieux, qui était encore solide au travail, allait en journée et fournissait au plus gros de la dépense,

Ce n'est pas qu'il fût bien riche et que le vivre fût bien conséquent ; mais cette veuve aimable et de bon cœur lui faisait honnête compagnie, et Brulette la regardait si bien comme sa mère, que mon oncle s'était accoutumé à la regarder comme sa fille ou tout au moins comme sa bru.

Il n'y avait rien au monde de si gentil et de si mignon que la petite fille ainsi élevée par Mariton. Comme cette femme aimait la propreté et se tenait toujours aussi brave que son moyen le lui permettait, elle avait, de bonne heure, accoutumé Brulette à se tenir de même, et, à l'âge où les enfants se traînent et se roulent volontiers comme de petits animaux, celle-ci était si sage, si ragoûtante et si coquette dans toute son habitude, que chacun la voulait embrasser : mais déjà elle se montrait chiche de ses caresses et ne se familiarisait qu'à bonnes enseignes.

Quand elle eut douze ans, c'était déjà comme une petite femme, par moment ; et, si elle s'oubliait à gaminer au catéchisme, emportée par la force de son jeune âge, elle se reprenait vitement, comme poussée au respect d'elle-même encore plus que de la religion.

Je ne sais pas si nous aurions pu dire pourquoi, mais tous tant que nous étions de gars assez diversieux au catéchisme, nous sentions la différence qu'il y avait entre elle et les autres fillettes.

Parmi nous, il faut bien vous confesser qu'il y en avait d'un peu grands : mêmement, Joseph avait quinze ans et j'en avais seize, ce qui était une honte pour nous deux, au dire de M. le curé et de nos parents. Ce retard provenait de ce que Joseph était trop paresseux pour se mettre l'instruction dans la tête, et moi trop bandit pour y donner attention ; si bien que, depuis trois ans, nous étions renvoyés de classe, et, sans l'abbé Montpérou, qui se montra moins exigeant que notre vieux curé, je crois que nous y serions encore.

Et puis, il est juste de confesser aussi que les garçonnets sont toujours plus jeunes en esprit que les fillettes : aussi, dans toute bande d'apprentis chrétiens, on a vu de tout temps la différence des deux espèces, les mâles étant tous grands et forts déjà, et les femelles toutes petites et commençant à peine à porter coiffe.

Au reste, nous arrivions là aussi savants les uns comme les autres, ne sachant point lire, écrire encore moins, et ne pouvant retenir que de la manière dont les petits oiseaux apprennent à chanter, sans connaître ni plain-chant, ni latin, et à fine force d'écouter de leurs oreilles. Tout de même M. le curé connaissait bien, dans le troupeau, ceux qui avaient l'entendement plus subtil, et qui mieux retenaient sa parole. De ces cervelles fines, la plus fine était la petite Brulette, emmi les filles, et des plus épaisses, la plus épaisse paraissait celle de Joseph, emmi les garçons.

Encore qu'il ne raisonnât pas plus sottement qu'un autre, il était si peu capable d'écouter et de se payer des choses qu'il n'entendait guère, il marquait si peu de goût pour les enseignements, que je m'en étonnais, moi qui y mordais assez franchement quand je venais à bout de tenir mon corps tranquille et de rasseoir mes esprits grouillants.

Brulette l'en grondait quelquefois, mais n'en tirait rien que des larmes de dépit :

— Je n'en suis pas plus mécréant qu'un autre, disait-il, et je ne songe point à offenser Dieu ; mais les mots ne se mettent point en ordre dans ma souvenance ; je n'y peux rien.

— Si fait, disait la petite, qui, déjà, avait avec lui le ton et l'usage du commandement : si tu voulais bien ! Tu peux ce que tu veux ; mais tu laisses courir ton idée sur toute autre chose, et M. l'abbé a bien raison de t'appeler Joseph le distrait.

— Qu'il m'appelle comme il voudra, répondait Joseph, c'est un mot que je n'entends point.

Mais nous l'entendions bien, nous autres, et l'expliquions en notre langage d'enfants, en l'appelant *Joset l'é-bervigé*[1], d'où le nom lui resta, à son grand déplaisir.

Joseph était un enfant triste, d'une chétive corporence et d'un caractère tourné en dedans. Il ne quittait jamais Brulette et lui était fort soumis : elle le disait, nonobstant, têtu comme un mouton et le réprimandait à chaque moment. Mais encore qu'elle ne me fît pas grand reproche de ma fainéantise, j'aurais souhaité qu'elle s'occupât de moi aussi souvent que de lui. Malgré cette jalousie qu'il me donnait, j'avais pour lui plus d'égards que pour mes autres camarades, parce qu'il était des plus faibles et moi des plus forts. D'ailleurs, si je ne l'avais soutenu, Brulette m'en aurait beaucoup blâmé ; et quand je lui disais qu'elle l'aimait plus que moi qui étais son parent :

— Ce n'est point à cause de lui, disait-elle, c'est à cause de sa mère que j'aime plus que vous deux. S'il prenait du mal, je n'oserais point rentrer à la maison ; et comme il ne pense jamais à ce qu'il fait, elle m'a tant enchargée de penser pour deux, que je tâche de n'y point manquer.

J'entends souvent dire aux bourgeois : J'ai fait mes études avec un tel ; c'est mon camarade de collège. Nous autres paysans, qui n'allions pas même à l'école dans mon jeune temps, nous disions : J'ai été au catéchisme avec un tel, c'est mon camarade de communion. C'est de là que commencent les grandes amitiés de jeunesse, et quelquefois aussi des haïtions qui durent toute la vie. Aux champs, au travail, dans les fêtes, on se voit, on se parle, on se prend, on se quitte ; mais au catéchisme, qui dure un an et souvent deux, faut se supporter ou s'entr'aider cinq ou six heures par jour. Nous partions en bande, le matin, à travers les prés et les pâtureaux, par les traquettes, par les échaliers, par les traînes, et nous revenions, le soir, par où il plaisait à Dieu ; car nous profitions de la liberté pour courir de tous côtés comme des oiseaux folâtres. Ceux qui se plaisaient ensemble ne se quittaient guère, ceux qui n'étaient point gentils allaient seuls ou s'entendaient ensemble pour faire des malices et des peurs aux autres.

Joseph avait sa manière, qui n'était ni terrible ni sournoise, mais qui n'était pas non plus bien aimable. Je ne me souviens point de l'avoir jamais vu bien réjoui, ni bien épeuré, ni bien content, ni bien fâché d'aucune chose qui nous arrivait. Dans les batailles, il ne se mettait point de côté et recevait les coups sans savoir les rendre, mais sans faire aucune plainte. On eût dit qu'il ne les sentait pas.

Quand on s'arrêtait pour quelque amusette, il s'en allait seoir ou coucher à trois ou quatre pas des autres, et ne disant mot, répondant hors de propos, il avait l'air d'écouter ou de regarder quelque chose que les autres ne saisissaient point : c'est pourquoi il passait pour être de ceux qui *voient le vent*. Brulette, qui connaissait sa lubie et qui ne voulait pas s'expliquer là-dessus, l'appelait quelquefois sans qu'il lui répondît. Alors elle se mettait à chanter, et c'était la manière certaine de le réveiller, comme quand on siffle pour dérouter ceux qui ronflent.

Vous dire pourquoi je me pris d'attache pour un cama-

_____
1. Littéralement *l'étonné*, celui qui écarquille les yeux.

rade si peu jovial, je ne saurais, car j'étais tout son contraire. Je ne me pouvais point passer de compagnie et
j'allais toujours écoutant et observant les autres, me plaisant à discourir et à questionner, m'ennuyant seul et cherchant la gaieté et l'amitié. C'est peut-être à cause de ça
que, plaignant ce garçon sérieux et renfermé, je m'accoutumais à imiter Brulette, qui toujours le secouait et,
par là, lui rendait plus d'office qu'elle n'en recevait, et sup-
portait son humeur plus qu'elle ne la gouvernait. En paroles, elle était bien la maîtresse avec lui, mais comme il
ne savait suivre aucun commandement, c'était elle, et
c'était moi par contre-coup, qui étions à sa suite et pa-
tientions avec lui.

Enfin, le jour de la première communion arriva, et,
en revenant de la messe, j'avais fait si ferme propos de
ne me point laisser aller à mes vacarmes, que je suivis
Brulette chez son grand-père, comme le plus raisonnable
exemple qui me pût retenir.

Tandis qu'elle allait, par commandement de la Mariton,
tirer le lait de sa chèvre, nous étions restés, Joseph et
moi, dans la chambre où mon vieux oncle causait avec sa
voisine.

Nous étions occupés à regarder les images de dévotion
que le curé nous avait données en souvenir du sacrement,
ou, pour mieux dire, je les regardais seul, car Joseph
songeait d'autre chose, et les maniait sans les voir. Or,
on ne faisait plus attention à nous, et la Mariton disait à
son vieux voisin, à propos de notre première communion :

— Voilà une grande affaire gagnée, et, à cette heure, je
pourrai louer mon gars. C'est ce qui me décide à faire ce
que je vous ai dit.

Et comme mon oncle secouait la tête tristement, elle
reprit :

— Écoutez une chose, voisin. Mon Joset n'a point d'esprit. Oh ça, tant pis, je le sais bien ; il tient de défunt son
pauvre cher homme de père, qui n'avait pas deux idées
par chaque semaine, et qui n'en a pas moins été un homme
de bien et de conduite. Mais c'est tout de même une infir-
mité que d'avoir si peu de suite dans le raisonnement, et
quand, par malheur avec ça, on tombe dans le mariage
avec une tête folle, tout va au plus mal en peu de temps.
C'est pourquoi je m'avise, à mesure que mon garçon
grandit par les jambes, que ce n'est point sa cervelle qui
le nourrira, et que, si je lui laissais quelques écus, je mourrais plus tranquille. Vous savez le bien que fait une petite
épargne. Nous pauvres ménages, ça sauve tout. Je n'ai
jamais pu rien mettre de côté, et il faut croire que je ne
suis plus assez jeune pour plaire, puisque je ne trouve
point à me remarier. Eh bien, s'il en est ainsi, la volonté
de Dieu se fasse ! Je suis toujours assez jeune pour travailler, et puisque m'y voilà, apprenez, mon voisin, que
l'aubergiste de Saint-Chartier cherche une servante ; il
paye un bon gage, trente écus par an ! et il y a les profits, qui montent environ à la moitié. Avec ça, forte et ré-
veillée comme je me sens d'être, en dix années, j'aurai
fait fortune, je me serai donné de l'aise pour mes vieux
jours, et j'en pourrai laisser à mon pauvre enfant. Qu'est-
ce que vous en dites ?

Le père Brulet pensa un peu et répondit :

— Vous avez tort, ma voisine ; vrai vous avez tort !

La Mariton songea aussi un peu, et, comprenant bien
l'idée du vieux :

— Sans doute, sans doute, dit-elle. Une femme, dans
une auberge de campagne, est exposée au blâme ; et quand
même elle se comporte sagement, on n'y croit point. Pas
vrai, voilà ce que vous dites ? Eh bien, que voulez-vous ?
Ça m'ôtera tout à fait la chance de me remarier ; mais
ce qu'on souffre pour ses enfants, on ne le regrette point,
et mêmement on se réjouit quasiment des peines.

— C'est qu'il y a pis que des peines, dit mon oncle, il
y a des hontes, et ça retombe sur les enfants.

La Mariton soupira :

— Oui, dit-elle, on est journellement exposée à des affronts dans ces maisons-là ; il faut toujours se garer, se
défendre... Si on se fâche trop et que ça repousse la pratique, les maîtres ne sont point contents.

— Mêmement, dit le vieux, il y en a qui cherchent des
femmes de bonne mine et de belle humeur comme vous
pour achalander leur cave, et il ne faut quelquefois qu'une
servante bien hardie pour qu'un aubergiste fasse de meilleures affaires que son voisin.

— Savoir ! reprit la voisine. On peut être gaie, accorte
et preste à servir le monde, sans se laisser offenser...

— On est toujours offensée en mauvaises paroles, dit le
père Brulet, et ça doit coûter gros à une honnête femme de
s'habituer à ces manières-là. Songez donc comme votre
fils en sera mortifié, quand, par rencontre, il entendra sur
quel ton les rouliers et les colporteurs plaisanteront avec
sa mère !

— Par bonheur qu'il est si simple !... répondit la Mariton en regardant Joseph.

Je le regardai aussi, et m'étonnai qu'il n'entendît rien du
discours que sa mère ne tenait point à voix si basse que je
n'eusse ramassé le tout ; et j'en augurai qu'il écoutait gros,
comme nous disions dans ce temps-là, pour signifier une
personne dure de ses oreilles.

Il se leva bientôt et s'en fut joindre Brulette en sa petite
bergerie, qui n'était qu'un pauvre hangar en planches rem-
bourrées de paille, où elle tenait un lot d'une douzaine de
bêtes.

Il s'y jeta sur les bourrées, et comme je l'avais suivi, par
crainte d'être jugé curieux si je restais sans lui à la maison,
je vis qu'il pleurait en dedans, encore que ses yeux n'eussent point de larmes.

— Est-ce que tu dors, Joset, lui dit Brulette, que te voilà
couché comme une ouaille malade ? Allons, donne-moi ces
fagots où te voilà étendu, que je fasse manger la feuille à
mes moutons.

Et ce faisant, elle se prit à chanter ; mais tout doucette-
ment, car il ne convient guère de brailler un jour de première communion.

Il me parut que son chant faisait sur Joseph l'effet accoutumé de le retirer de ses songes ; il se leva et s'en fut, et
Brulette me dit :

— Qu'est-ce qu'il a ? je le trouve plus sot que d'accoutumance.

— Je crois bien, lui répondis-je, qu'il a fini par entendre
qu'il va être loué et quitter sa mère.

— Il s'y attendait bien, reprit Brulette. N'est-ce pas dans
l'ordre, qu'il entre en condition sitôt le sacrement reçu ?
Si je n'avais le bonheur d'être seule enfant à mon grand-
père, il me faudrait bien aussi quitter la maison et gagner
ma vie chez les autres.

Brulette ne me parut pas avoir grand regret de se séparer de Joseph ; mais quand je lui eus dit que la Mariton allait se louer aussi et demeurer loin d'elle, elle se prit à sangloter et, courant la trouver, elle lui dit en lui jetant ses bras au cou :

— Est-ce vrai, ma mignonne, que vous me voulez quitter ?

— Qui t'a dit cela ? répondit la Mariton : ce n'est point encore décidé.

— Si fait, s'écria Brulette, vous l'avez dit et me le voulez tenir caché.

— Puisqu'il y a des gars curieux qui ne savent point retenir leur langue, dit la voisine en me regardant, il faut donc que je te le confesse. Oui, ma fille, il faut que tu t'y soumettes comme un enfant courageux et raisonnable qui a donné aujourd'hui son âme au bon Dieu.

— Comment, mon papa, dit Brulette à son grand-père, vous êtes consentant de la laisser partir ? Qui est-ce qui aura donc soin de vous ?

— Toi, ma fille, répondit la Mariton Te voilà assez grande pour suivre ton devoir. Écoute-moi, et vous aussi, mon voisin, car voilà la chose que je ne vous ai point dite...

Et prenant la petite sur ses genoux, tandis que j'étais dans les jambes de mon oncle (son air chagrin m'ayant attiré à lui), la Mariton continua à raisonner pour l'un et pour l'autre.

— Il y a longtemps, dit-elle, que, sans l'amitié que je vous devais, j'aurais eu tout profit à vous payer pension pour mon Joseph, que vous m'auriez gardé, tandis que j'aurais amassé, en surplus, quelque chose au service des autres. Mais je me suis sentie engagée à t'élever jusqu'à ce jour, ma Brulette, parce que tu étais la plus jeune, et parce qu'une fille a besoin plus longtemps d'une mère qu'un garçon. Je n'aurais point eu le cœur de te laisser avant le temps où tu te pouvais passer de moi. Mais voilà que le temps est venu, et si quelque chose te doit reconsoler de me perdre, c'est que tu vas te sentir utile à ton grand-père. Je t'ai appris le ménagement d'une famille et tout ce qu'une bonne fille doit savoir pour le service de ses parents et de sa maison. Tu t'y emploieras pour l'amour de moi et pour faire honneur à l'instruction que je t'ai donnée. Ce sera ma consolation et ma fierté d'entendre dire à tout le monde que ma Brulette soigne dévotieusement son grand-père et gouverne son avoir comme ferait une petite femme. Allons, prends courage et ne me retire pas le peu qui m'en reste, car si tu as de la peine pour cette départie, j'en ai encore plus que toi. Songe que je quitte aussi le père Brulet, qui était pour moi le meilleur des amis, et mon pauvre Joset, qui va trouver sa mère et votre maison bien à dire. Mais puisque c'est par le commandement de mon devoir, tu ne m'en voudrais point détourner.

Brulette pleura encore jusqu'au soir, et fut hors d'état d'aider la Mariton en quoi que ce soit ; mais, quand elle la vit cacher ses larmes tout en préparant le souper, elle se jeta encore à son cou, lui jura d'observer ses paroles, et se mit à travailler aussi d'un grand courage.

On m'envoya quérir Joseph qui oubliait, non pour la première fois ni pour la dernière, l'heure de rentrer et de faire comme les autres.

Je le trouvai en un coin, songeant tout seul et regardant la terre, comme si ses yeux y eussent voulu prendre racine. Contre sa coutume, il se laissa arracher quelques paroles où je vis plus de mécontentement que de regret.

Il ne s'étonnait point d'entrer en service, sachant bien qu'il était en âge et ne pouvait faire autrement ; mais, sans marquer qu'il eût entendu les desseins de sa mère, il se plaignit de n'être aimé de personne et de n'être estimé capable d'aucun bon travail.

Je ne lui pus expliquer davantage, et, durant la veillée, où je fus retenu pour faire mes prières avec Brulette et lui, il parut bouder, tandis que Brulette redoublait de soins et de caresses pour tout son monde.

Joseph fut loué au domaine de l'Aulnières, chez le père Michel, en office de bouaron.

La Mariton entra comme servante à l'auberge du *Bœuf couronné*, chez Benoît, de Saint-Chartier.

Brulette resta auprès de son grand-père, et moi chez mes parents qui, ayant un peu de bien, ne me trouvèrent pas de trop pour les aider à les cultiver.

Mon jour de première communion m'avait beaucoup secoué les esprits. J'y avais fait de gros efforts pour me ranger à la raison qui convenait à mon âge, et le temps du catéchisme avec Brulette m'avait changé aussi. Son idée se trouvait toujours mêlée, je ne sais comment, avec celle que je voulais donner au bon Dieu, et, tout en mûrissant à la sagesse de ma conduite, je sentais ma tête s'en aller en des folletés d'amour qui n'étaient point encore de l'âge de ma cousine, et qui, mêmement pour le mien, devançaient un peu trop la bonne saison.

Dans ce temps-là, mon père m'emmena à la foire d'Orval, du côté de Saint-Amand, pour vendre une jument poulinière, et, pour la première fois de ma vie, je fus trois jours absent de la maison. Ma mère avait observé que je n'avais pas tant de sommeil et d'appétit qu'il m'en fallait pour soutenir mon croît, lequel était plus hâtif qu'il n'est d'habitude en nos pays, et mon père pensait qu'un peu d'amusement me serait bon. Mais je n'en pris pas tant, à voir du monde et des endroits nouveaux, comme j'en aurais eu six mois auparavant. J'avais comme une languition sotte qui me faisait regarder toutes les filles sans oser leur dire un mot ; et puis, je songeais à Brulette, que je m'imaginais pouvoir épouser, par la seule raison que c'était la seule qui ne me fît point peur, et je ruminais le compte de ses années et des miennes, ce qui ne faisait pas marcher le temps plus vite que le bon Dieu ne l'avait réglé à son horloge.

Comme je revenais en croupe derrière mon père, sur une autre jument que nous avions achetée à la foire, nous fîmes rencontre, en un chemin creux, d'un homme entre les deux âges qui conduisait une petite charrette, très chargée de mobilier, laquelle, n'étant traînée que d'un âne, restait embourbée et ne pouvait faire un pas de plus. L'homme était en train d'allégir le poids, en posant sur le chemin une partie de son chargement, ce que voyant mon père :

— Descends, me dit-il, et secourons le prochain dans l'embarras.

L'homme nous remercia de notre offre, et comme parlant à sa charrette :

— Allons, petite, éveille-toi, dit-il ; j'aime autant que tu ne risques point de verser.

Alors, je vis se lever de dessus un matelas, une jolie fille qui me parut avoir quinze ou seize ans, à première vue, et qui demanda, en se frottant les yeux, ce qu'il y avait de nouveau.

— Il y a que le chemin est mauvais, ma fille, dit le père en la prenant dans ses bras ; viens, et ne te mets point les pieds dans l'eau ; car vous saurez, dit-il à mon père, qu'elle est malade de fièvre pour avoir poussé trop vite en hauteur ; voyez quelle grande vigne folle, pour une enfant d'onze ans et demi !

— Vrai Dieu, dit mon père, voilà un beau brin de fille, et jolie comme un jour, encore que la fièvre l'ait blêmie. Mais ça passera, et avec un peu de nourriture, ça ne sera pas d'une mauvaise défaite.

Mon père, parlant ainsi, avait la tête encore remplie du langage des maquignons en foire. Mais, voyant que la jeune fille avait laissé ses sabots sur la charrette, et qu'il n'était point aisé de les y retrouver, il m'appela, disant :

— Tiens, toi ! tu es bien assez fort pour tenir cette petite un moment.

Et, la mettant dans mes bras, il attela notre jument à la place de l'âne bourdi, et sortit la charrette de ce mauvais pas. Mais il y en avait un second, que mon père connaissait pour avoir suivi plusieurs fois le chemin, et, me faisant appel de continuer, il marcha en avant avec l'autre paysan qui tirait son âne par les oreilles.

Je portais donc cette grande fillette et la regardais avec étonnement, car si elle avait la tête de plus que Brulette, on voyait bien, à sa figure, qu'elle n'était pas plus vieille. Elle était blanche et menue comme un flambeau de cire vierge, et ses cheveux noirs, débordant d'un petit bonnet en mode étrangère, qui s'était dérangé dans son sommeil, me tombaient sur la poitrine et me pendaient quasiment jusqu'aux genoux. Je n'avais jamais rien vu de si bien achevé que son visage pâle, ses yeux bleu clair, bordés de soies très-épaisses, son air doux et fatigué, et mêmement un signe tout à fait noir qu'elle avait au coin de la bouche et qui rendait sa beauté très-étrange et difficile à oublier.

Elle semblait si jeune, que mon cœur ne me disait rien à côté du sien, et ce n'était peut-être pas tant son manque d'années que la langueur de sa maladie qui me la faisait paraître si enfant. Je ne lui parlais point, et marchais toujours sans la trouver lourde, mais ayant du plaisir à la regarder, comme on se sent devant toute chose belle, que ce soit fille ou femme, fleur ou fruit.

Comme nous approchions de la seconde gâne, où son père et le mien recommençaient, l'un à tirer son cheval, l'autre à pousser sa roue, la fillette me parla en un langage qui me fit rire, vu que je n'en comprenais pas un mot. Elle s'étonna de mon étonnement, et, me parlant alors comme nous parlons :

— Ne vous ruinez pas le corps à me porter, dit-elle, je marcherai bien sans sabots : j'y suis aussi habituée que les autres.

— Oui, mais vous êtes malade, que je lui répondis, et j'en porterais bien quatre comme vous. Mais de quel pays êtes-vous donc, que vous parliez si drôlement tout à l'heure ?

— De quel pays ! dit-elle. Je ne suis pas d'un pays. Je suis des bois, voilà tout. Et vous, de quel pays que vous êtes donc ?

— Oh ! ma fine, si vous êtes des bois, je suis des blés, que je lui répondis en riant.

J'allais cependant la questionner davantage quand son père vint me la reprendre.

— Allons, fit-il après avoir donné une poignée de main à mon père, en vous remerciant, mes braves gens. Et toi, petite, embrasse donc ce bon garçon qui t'a portée comme une châsse.

La fillette ne se fit point prier ; elle n'était pas encore dans l'âge de la honte, et, n'y entendant pas malice, elle n'y faisait point de façons. Elle m'embrassa sur les deux joues, en me disant :

— Merci à vous, mon beau serviteur. Et, passant aux bras de son père, elle fut remise sur son matelas et parut pressée de reprendre son somme, sans aucun souci des cahots et des aventures du chemin.

— Encore adieu ! nous dit son père, qui me prit le genou pour me replacer en croupe sur la jument. Un beau garçon ! fit-il à mon père en me regardant, et aussi avancé dans l'âge que vous dites qu'il a, que ma petite dans le sien.

— Il se sent bien aussi un peu d'en être malade, répondit mon père ; mais, le bon Dieu aidant, le travail guérira tout. Excusez-nous si nous prenons les devants, nous allons loin et voulons arriver chez nous devant la nuit.

Là-dessus, mon père talonna notre monture, qui prit le trot, et moi, me retournant, je vis que l'homme à la charrette coupait sur la droite et s'en allait à l'encontre de nous. •

Je pensai bientôt à autre chose, mais Brulette m'étant revenue dans la tête, je songeai aux francs baisers que m'avait donnés cette petite fille étrangère, et me demandai pourquoi Brulette répondait par des tapes à ceux que je lui voulais prendre ; et, comme la route était longue et que je m'étais levé avant jour, je m'endormais derrière mon père, mêlant, je ne sais comment, les figures de ces deux fillettes dans ma tête embrouillée de fatigue.

Mon père me pinçait pour me réveiller, car il me sentait lui peser sur les épaules et craignait de me voir tomber. Je lui demandai qui étaient ces gens que nous avions rencontrés.

— Qui ? fit-il en se moquant de mes esprits alourdis ; nous avons rencontré plus de cinq cents mondes depuis ce matin.

— Cet âne et cette charrette ?

— Ah bon ! dit-il. Ma foi, je n'en sais rien, je n'ai pas songé à m'en enquérir. Ça doit être des Marchois ou des Champenois, car ça a un accent étranger ; mais j'étais si occupé de voir si cette jument a un bon coup de collier, que je ne me suis point intéressé à autre chose. De vrai, elle tire bien et n'est point rétive à la peine ; je crois qu'elle fera un bon service et que décidément je ne l'ai point surpayée.

Depuis ce temps-là (le voyage m'avait sans doute été bon), je pris le dessus et commençai à avoir goût au travail ; mon père m'ayant donné le soin de la jument, et puis celui du jardin, enfin celui du pré, je trouvai, petit à petit, de l'agrément à bêcher, planter et récolter.

Mon père était veuf depuis longtemps et se montrait désireux de me mettre en jouissance de l'héritage que ma mère m'avait laissé. Il m'intéressait donc à tous nos petits profits et ne souhaitait rien tant que de me voir devenir bon cultivateur.

Il ne fut pas longtemps sans reconnaître que je mordais à belles dents dans ce pain-là ; car si la jeunesse a besoin d'un grand courage pour se priver de plaisir au profit des autres, il ne lui en faut guère pour se ranger à ses propres intérêts, surtout quand ils sont mis en commun avec une bonne famille, bien honnête dans les partages et bien d'accord dans le travail.

Je restai bien un peu curieux de causette et d'amusement le dimanche ; mais on ne me le reprochait point à la maison, parce que j'étais bon ouvrier tout à fait le long de la semaine ; et, à ce métier-là, je pris belle santé et belle humeur, avec un peu plus de raison dans la tête que je n'en avais annoncé au commencement. J'oubliai les fumées d'amour, car rien ne rend si tranquille comme de suer sous la pioche, du lever au coucher du soleil ; et quand vient la nuit, ceux qui ont eu affaire à la terre grasse et lourde de chez nous, qui est la plus rude maîtresse qu'il y ait, ne s'amusent pas tant à penser qu'à dormir pour recommencer le lendemain.

C'est de cette manière que j'attrapai tout doucement l'âge où il m'était permis de songer, non plus aux petites filles, mais aux grandes ; et, de même qu'aux premiers éveils de mon goût, je retrouvai encore ma cousine Brulette plantée dans mon inclination avant toutes les autres.

Restée seule avec un grand-père, Brulette avait fait de son mieux pour devancer les années par sa raison et son courage. Mais il y a des enfants qui naissent avec le don ou le destin d'être toujours gâtés.

Le logement de la Mariton avait été loué à la mère Lamouche, de Vieilleville, qui n'était point à son aise et qui se dépêcha de servir les Brulet comme si elle eût été à leurs gages, espérant par là être écoutée quand elle remontrerait ne pouvoir payer les dix écus de sa locature. C'est ce qui arriva, et Brulette, se voyant aidée, devancée et flattée en toutes choses par cette voisine, prit le temps et l'aise de pousser en esprit et en beauté, sans se trop fouler l'âme ni le corps.

DEUXIÈME VEILLÉE.

La petite Brulette était donc devenue la belle Brulette, dont il était déjà grandement parlé dans le pays, pour ce que, de mémoire d'homme, on n'avait vu plus jolie fille, des yeux plus beaux, une plus fine taille, des cheveux d'un or plus doux avec une joue plus rose ; la main comme un satin, et le pied mignon comme celui d'une demoiselle.

Tout ça vous dit assez que ma cousine ne travaillait pas beaucoup, ne sortait guère par les mauvais temps, avait soin de s'ombrager du soleil, ne lavait guère de lessives et ne faisait point œuvre de ses quatre membres pour la fatigue.

Vous croiriez peut-être qu'elle était paresseuse ? Point. Elle faisait toutes choses dont elle ne se pouvait dispenser, tout à fait vite et tout à fait bien. Elle avait trop de raisonnement pour laisser perdre le bon ordre et la propreté dans son logis et pour ne point prévenir et soigner son grand-père comme elle le devait. D'ailleurs, elle aimait trop la braverie pour n'avoir pas toujours quelque ouvrage dans les mains : mais d'ouvrage fatigant, elle n'en avait jamais ouï-parler. L'occasion n'y était point, et on ne saurait dire qu'il y eût de sa faute.

Il y a des familles où la peine vient toute seule avertir la jeunesse qu'il n'est pas tant question de s'amuser en ce bas monde, que de gagner son pain en compagnie de ses proches. Mais, dans le petit logis au père Brulet, il n'y avait que peu à faire pour joindre les deux bouts. Le vieux n'avait encore que la septantaine, et, bon ouvrier, très-adroit pour travailler la pierre (ce qui, vous le savez, est une grande science dans nos pays), fidèle à l'ouvrage et vivement requis d'un chacun, il gagnait joliment sa vie, et, grâce à ce qu'il était veuf et sans autre charge que sa petite-fille, il pouvait faire un peu d'épargne pour le cas où il serait arrêté par quelque maladie ou accident. Son bonheur voulut qu'il se maintînt en bonne santé, en sorte que, sans connaître la richesse, il ne connaissait point la gêne.

Mon père disait pourtant que notre cousine Brulette aimait trop la *bienaiseté*, voulant faire entendre par là qu'elle aurait peut-être à en rabattre quand viendrait l'heure de s'établir. Il convenait avec moi qu'elle était aussi aimable et gentille en son parler qu'en sa personne ; mais il ne m'encourageait point du tout à faire brigue de mariage autour d'elle. Il la trouvait trop pauvre pour être si demoiselle, et répétait souvent qu'il fallait, en ménage, ou une fille très-riche, ou une fille très-courageuse. « J'aimerais autant l'une que l'autre à première vue, disait-il, et peut-être qu'à la seconde vue, je me déciderais pour le courage encore plus que pour l'argent. Mais Brulette n'a pas assez de l'un ni de l'autre pour tenter un homme sage. »

Je voyais bien que mon père avait raison ; mais les beaux yeux et les douces paroles de ma cousine avaient encore plus raison que lui avec moi et avec tous les autres jeunes gens qui la recherchaient : car vous pensez bien que je n'étais pas le seul, et que, dès l'âge de quinze ans, elle se vit entourée de marjolets de ma sorte, qu'elle savait retenir et gouverner comme son esprit l'y avait portée de bonne heure. On peut dire qu'elle était née fière et connaissait son prix, avant que les compliments lui en eussent donné la mesure. Aussi aimait-elle la louange et la soumission de tout le monde. Elle ne souffrait point qu'on fût hardi avec elle, mais elle souffrait bien qu'on fût craintif, et j'étais, comme bien d'autres, attaché à elle par une forte envie de lui plaire, en même temps que dépité de m'y trouver en trop grande compagnie.

Nous étions deux, pourtant, qui avions permission de lui parler d'un peu plus près, de lui donner du *toi*, et de la suivre jusqu'en sa maison quand elle revenait avec nous de la messe ou de la danse. C'était Joseph Picot et moi ; mais nous n'en étions pas plus avancés pour ça, et peut-être que, sans nous le dire, nous nous en prenions l'un à l'autre.

Joseph était toujours à la métairie de l'Aulnières, à une demi-lieue de chez Brulet et moitié demi-lieue de chez moi.

Il avait passé laboureur, et, sans être beau garçon, il pouvait ne paraître aux yeux qui ne répugnent point aux figures tristes. Il avait la mine jaune et maigre, et ses cheveux bruns, qui lui tombaient à plat sur le front et au long des joues, le rendaient encore plus chétif dans son apparence. Il n'était cependant ni mal fait, ni mal gracieux de son corps, et je trouvais, dans sa mâchoire sèchement coudée, quelque chose que j'ai toujours observé être contraire à la faiblesse. On le jugeait malade parce qu'il se mouvait lentement et n'avait aucune gaieté de jeunesse ;

mais, le voyant très-souvent, je savais qu'il était ainsi de sa nature et ne souffrait d'aucun mal.

C'était pourtant un ouvrier très-médiocre à la terre, pas très-soigneux aux bestiaux, et d'un caractère qui n'avait rien d'aimable.

Son gage était le plus bas qu'on puisse payer dans un domaine à un valet de charrue, et encore s'étonnait-on que son maître le voulût bien garder si longtemps, car il ne savait rien faire prospérer aux champs ni à l'étable. Mêmement, quand on l'en reprenait, il avait un air de dépit si farouche, qu'on ne savait que penser. Mais le père Michel assurait qu'il n'avait jamais fait aucune mauvaise réponse, et il aimait mieux ceux qui se soumettent sans rien dire, même en faisant la grimace, que ceux qui flattent et qui trompent en caressant.

Sa grande fidélité et le mépris qu'en toutes choses il marquait pour les actions injustes, le faisaient donc estimer de son maître, lequel disait encore de lui que c'était grand dommage de voir un garçon si honnête et si sage, avoir les bras si mols et le cœur si indifférent à son ouvrage. Mais tel qu'il était, il le gardait par habitude, et aussi par considération pour le père Brulet qui était un de ses amis très-ancien.

Dans ce que je viens de vous dire de lui, vous ne voyez point qu'il dût plaire aux filles. Aussi ne le regardaient-elles que pour s'étonner seulement de ne jamais rencontrer ses yeux, qui étaient grands et clairs comme ceux d'une chouette et semblaient ne lui servir de rien.

Et cependant, j'étais toujours jaloux de lui, parce que Brulette lui marquait toujours une attention qu'elle n'avait pour personne et qu'elle m'obligeait d'avoir aussi. Elle ne le taboulait plus et marquait de vouloir accepter son humeur telle que Dieu l'avait tournée, sans se fâcher ni s'inquiéter de rien. Ainsi, elle lui passait de manquer de galanterie, et mêmement de politesse, elle qui en exigeait tant de la part des autres. Il pouvait faire mille sottises, comme de s'asseoir sur la chaise qu'elle quittait et de la laisser en chercher une autre; de ne point lui ramasser ses pelotes de laine ou de fil quand elles venaient à choir; de lui couper la parole, ou de casser quelque épelette ou ustensile à son usage : et jamais elle ne lui disait un mot d'impatience, tandis qu'elle me grondait et me plaisantait s'il m'arrivait d'en faire seulement le quart.

Et puis, elle prenait soin de lui comme s'il eût été son frère. Elle avait toujours un morceau de viande en réserve, quand il venait la voir, et, soit qu'il eût faim ou non, le lui faisait manger, disant qu'il avait besoin de se nourrir le sang et de se renforcer l'estomac. Elle avait l'œil à ses hardes ni plus ni moins que la Mariton, et mêmement s'enchargeait de les renouveler, disant que la mère n'avait point le temps de coudre et de tailler. Et, enfin, elle menait souvent pâturer ses bêtes du côté où il travaillait, et causait avec lui, encore qu'il causât bien peu et bien mal quand il s'y essayait.

Et, en outre, elle ne souffrait point qu'on fît mépris ou moquerie de son air triste ou de sa figure ébervigée. Elle répondait à toutes les critiques qu'on en voulait faire, en disant qu'il n'avait pas une bonne santé, qu'il n'était pas plus sot que les autres, que s'il ne parlait mie, il n'en pensait pas moins; enfin qu'il valait mieux se taire que de parler pour ne rien dire.

J'avais quelquefois bonne envie de la contre-carrer, mais elle m'arrêtait vite, en disant :

— Il faut, Tiennet, que tu aies bien mauvais cœur d'abandonner ce pauvre gars à la risée des autres, au lieu de le défendre quand on lui fait de la peine. Je t'aurais cru meilleur parent pour moi.

Alors, je faisais sa volonté et défendais Joseph, ne voyant cependant pas quelle maladie ou quelle affliction il pouvait avoir, à moins que la défiance et la paresse ne fussent infirmités de nature, comme possible était, encore qu'il me parût au pouvoir de l'homme de s'en guérir.

De son côté, Joseph, sans me marquer d'aversion, me regardait aussi froidement que le reste du monde, et ne me témoignait point tenir compte de l'assistance qu'il recevait de moi en toute rencontre ; et, soit qu'il fût épris de Brulette comme les autres, soit qu'il ne le fût que de lui-même, souriait d'une étrange manière et prenait quasiment un air de mépris pour moi quand elle me donnait la plus petite marque d'amitié.

Un jour qu'il avait poussé la chose jusqu'à lever les épaules, je résolus d'en avoir explication avec lui, aussi doucement que possible, pour ne point fâcher ma cousine, mais assez franchement pour lui faire sentir qu'étant souffert par moi auprès d'elle avec tant de patience, il devait m'y souffrir avec le même égard ; mais, comme il y avait d'autres amoureux de Brulette autour de nous, je remis mon dessein à la première occasion où je le trouverais seul, et, à cette fin, j'allai, au lendemain, le joindre en un champ où il travaillait.

Je fus étonné de l'y trouver justement en compagnie de Brulette, qui était assise sur les racines d'un gros arbre, au revers du fossé où il était censé couper de l'épine pour faire des bouchures. Mais il ne coupait rien du tout, et, pour tout travail, chapusait quelque chose qu'il mit vitement dans sa poche dès qu'il me vit, fermant son couteau et s'accotant de causer, comme si j'eusse été son maître le prenant en faute, ou comme s'il était en train de dire à ma cousine des choses bien secrètes où je le venais déranger.

J'en fus si troublé et fâché que j'allais me retirer sans rien dire, quand Brulette m'arrêta, et, se remettant à filer, car elle avait mis de côté son ouvrage en causant avec lui, me dit de m'asseoir auprès d'elle.

Il me parut que c'était une avance pour endormir mon dépit et je m'y refusai, disant que le temps n'engageait guère à s'arrêter dans les fossés. De vrai, il faisait, sinon froid, du moins très-humide ; le dégel rendait les eaux troubles et les herbes fangeuses. Il y avait encore de la neige dans les sillons, et le vent était désagréable. Il fallait, à mon sens, que Brulette trouvât Joseph bien intéressant pour mener ses ouailles dehors ce jour-là, elle qui les faisait si souvent et si volontiers garder par sa voisine.

— Joset, dit Brulette, voilà notre ami Tiennet qui boude, parce qu'il voit que nous avons un secret tous les deux. Ne veux-tu point que je le lui en fasse part ? Son conseil n'y gâterait rien, et il dirait ce qu'il pense de ton idée.

— Lui ! dit Joseph, qui recommença à lever les épaules comme il avait fait la veille.

— Est-ce que le dos te démange quand tu me vois ? lui

dis-je un peu émalicé. Je te pourrais bien gratter d'une manière qui t'en guérirait une bonne fois.

Il me regarda en dessous, comme prêt à mordre; mais Brulette lui toucha doucement sur l'épaule du bout de sa quenouille, et, l'appelant ainsi à elle, lui parla dans l'oreille :

— Non, non, répondit-il, sans prendre la peine de me cacher sa réponse. Tiennet n'est bon à rien pour me conseiller; il n'y connaît pas plus que ta chèvre; et si tu lui dis la moindre chose, je ne te dirai plus rien.

Là-dessus, il ramassa sa tranche et sa serpe et s'en alla travailler plus loin.

— Allons, dit Brulette en se levant pour rassembler ses ouailles, le voilà mécontent; mais va, Tiennet, ça n'est rien de sérieux, je connais sa fantaisie, il n'y a rien à y faire, et le mieux, c'est de ne pas le tourmenter. C'est un garçon qui a une petite folleté dans la tête depuis qu'il est au monde. Il ne sait ni ne peut s'en expliquer, et le mieux est de le laisser tranquille; car si on l'assassine de questions, il se prend à pleurer et on lui fait de la peine pour rien.

— M'est avis pourtant, cousine, dis-je à Brulette, que tu sais bien le confesser.

— J'ai eu tort, répondit-elle. Je pensais qu'il avait une plus grosse peine. Celle qu'il a te ferait rire si je pouvais te la raconter; mais puisqu'il ne veut la dire qu'à moi, n'y pensons plus.

— Si c'est peu de chose, lui dis-je encore, tu n'en prendras peut-être plus tant de souci.

— Tu trouves donc que j'en prends trop? dit-elle. Est-ce que je ne dois pas ça à la femme qui l'a mis au monde et qui m'a élevée avec plus de soins et de caresses que son propre enfant?

— Voilà une bonne raison, Brulette. Si c'est la Mariton que tu aimes dans son bon fils, à la bonne heure; mais, alors, je souhaiterais d'avoir la Mariton pour ma mère : ça me vaudrait encore mieux que d'être ton cousin.

— Laisse donc dire des sottises comme ça à mes autres galants, répondit Brulette en rougissant un peu; car aucun compliment ne l'avait jamais fâchée, encore qu'elle se donnât l'air d'en rire.

Et, comme nous sortions du champ, vis-à-vis de ma maison, elle y entra avec moi pour dire bonjour à ma sœur.

Mais ma sœur était sortie, et, à cause de ses moutons qui étaient sur le chemin, Brulette ne la voulut pas attendre. Pour la retenir un peu, j'inventai de lui retirer ses sabots et en ôter les galoches de neige et les embraiser; et, la tenant ainsi par les pattes, puisqu'elle fut obligée de s'asseoir en m'attendant, j'essayai de lui dire, mieux que je n'avais encore osé le faire, l'ennui que l'amour d'elle m'avait amassé sur le cœur.

Mais voyez le diable! jamais je ne pus trouver le fin mot de ce discours-là. J'aurais bien lâché le second et le troisième, mais le premier ne put sortir. J'en avais la sueur au front. La fillette aurait bien pu m'aider, si elle l'eût voulu, car elle connaissait l'air de ma chanson; d'autres le lui avaient déjà seriné; mais, avec elle, il fallait de la patience et du ménagement, et encore que je ne fusse point tout à fait nouveau dans les discours de galanterie, ce que j'en avais échangé avec d'autres moins difficiles que Brulette, à seules fins de m'enhardir, ne m'avait rien enseigné de bon à dire à une jeunesse de grand prix comme était ma cousine.

Tout ce que je sus faire fut de revenir sur la critique de son favori Joset. Elle en rit d'abord, et peu à peu, voyant que j'en voulais faire un blâme sérieux, elle prit un air plus sérieux encore. — Laissons ce pauvre malheureux tranquille, dit-elle : il est assez à plaindre.

— Mais en quoi, et pourquoi? Est-il poitrinaire ou enragé, que tu crains qu'on y touche?

— Il est pis que ça, répondit Brulette, il est égoïste.

Égoïste était un mot de M. le curé, que Brulette avait retenu et qui n'était point usité chez nous de mon temps. Comme Brulette avait une grande mémoire, elle disait comme cela quelquefois des paroles que j'aurais pu retenir aussi, mais que je ne retenais point, et, partant, n'entendais point.

J'eus la mauvaise honte de ne pas oser lui en demander l'explication et d'avoir l'air de m'en payer. Je m'imaginai d'ailleurs que c'était une maladie mortelle que Joseph avait, et qu'une si grande disgrâce condamnait toutes mes injustices. Je demandai pardon à Brulette de l'avoir tourmentée, ajoutant :

— Si j'avais su plus tôt ce que tu me dis, je n'aurais eu ni fiel ni rancune contre ce pauvre garçon.

— Comment ne t'en es-tu jamais aperçu? reprit-elle. Ne vois-tu pas comme il se laisse prévenir et obliger, sans avoir jamais l'idée d'en faire un remercîment; comme le moindre oubli l'offense, comme la moindre plaisanterie le choque, comme il boude et souffre à toute chose qui ne serait point remarquée d'un autre, et comme il faut toujours mettre du sien dans l'amitié qu'on a pour lui, sans qu'il comprenne que ce n'est point son dû, mais le rendu qu'on fait à Dieu, pour l'amour du prochain?

— C'est donc l'effet de sa maladie? dis-je, un peu intrigué des explications de Brulette.

— N'est-ce point la pire qu'on puisse avoir dans le cœur? répondit-elle.

— Et sa mère sait-elle qu'il a comme ça dans le cœur une maladie sans remède?

— Elle s'en doute bien, mais tu comprends que je ne lui en parle point, de crainte de l'affliger.

— Et n'a-t-on point tenté quelque chose pour sa guérison?

— J'y ai fait et j'y ferai encore mon possible, répondit-elle, continuant un propos où l'on ne s'entendait pas du tout; mais je crois que mes ménagements augmentent son mal.

— Il est bien vrai, ajoutai-je, après avoir réfléchi, que ce garçon a toujours eu, dans son air, quelque chose de singulier. Ma grand'mère, qui est morte, et tu sais qu'elle se piquait de connaissances sur l'avenir, disait qu'il avait le malheur écrit sur la figure, et qu'il était condamné à vivre dans les peines, ou à mourir dans la fleur de ses ans, à cause d'une ligne qu'il avait dans le front; et, depuis ce temps-là, je te confesse que quand Joset se chagrine, je crois voir cette ligne de disgrâce, encore que je ne sache point où ma grand'mère la voyait. Alors, j'ai comme peur de lui, ou plutôt de son destin, et je me sens porté à lui épargner tout reproche et tout malaise, comme à quelqu'un qui n'a pas longtemps à jouir de la vie.

— Bah! répondit Brulette en riant, voilà les rêveries de ma grand'tante; je me les rappelle bien. Ne t'a-t-elle point dit aussi que les yeux clairs, comme sont ceux de Joseph, voient les esprits et toutes choses cachées? Mais moi, je n'en crois rien, non plus qu'au danger de mort pour lui. On vit longtemps avec l'esprit fait comme il l'a ; on se soulage en tourmentant les autres, et on peut bien les enterrer tous, en les menaçant à toute heure de se laisser mourir.

Je n'y comprenais plus rien, et j'allais questionner encore, quand Brulette me redemanda ses chaussures où elle fourra lestement ses pieds, bien que les sabots fussent si petits que je n'avais pas pu y fourrer ma main. Alors, rappelant son chien et retroussant sa jupe, elle me laissa tout soucieux et tout ébahi de ce qu'elle m'avait conté, et aussi peu avancé avec elle que le premier jour.

Le dimanche ensuivant, comme elle partait pour la messe de Saint-Chartier, où elle allait plus volontiers qu'à celle de notre paroisse, à cause que l'on dansait sur la place entre la messe et les vêpres, je lui demandai de l'accompagner.

— Non, me dit-elle, j'y vas avec mon grand-père, et il n'aime pas à me voir suivie sur les chemins par un tas de galants.

— Je ne suis point un tas de galants, lui dis-je, je suis ton cousin, et jamais mon oncle ne m'a ôté de son chemin.

— Eh bien, reprit-elle, ôte-toi du mien, pour aujourd'hui seulement; mon père et moi nous voulons causer avec Joset, qui est là dans la maison et qui doit nous suivre à la messe.

— C'est donc qu'il vient vous demander en mariage, et que vous êtes bien aise de l'écouter?

— Est-ce que tu es fou, Tiennet? Après ce que je t'ai dit de Joset?

— Tu m'as dit qu'il avait une maladie qui le ferait vivre plus longtemps qu'un autre, et je ne vois pas en quoi ça peut me tranquilliser.

— Te tranquilliser de quoi? fit Brulette étonnée. Quelle maladie? Où as-tu égaré tes esprits? Allons, je crois que tous les hommes sont fous !

Et, prenant le bras de son grand-père qui venait à elle avec Joseph, elle partit légère comme un duvet et gaie comme une fauvette, tandis que mon brave homme d'oncle, qui ne voyait rien au-dessus d'elle, souriait aux passants et avait l'air de leur dire : « Ce n'est pas vous qui avez une fille pareille à montrer ! »

Je les suivis de loin pour voir si Joseph se familiariserait avec elle en chemin, s'il lui prendrait le bras, si le vieux les laisserait aller ensemble. Il n'en fut rien. Joseph marcha tout le temps à la gauche de mon oncle, tandis que Brulette marchait à droite, et ils avaient l'air de causer sérieusement.

A la sortie de la messe, je demandai à Brulette de danser avec moi.

— Oh ! tu t'y prends bien tard, me dit-elle, j'ai promis au moins quinze bourrées, et il faudra que tu reviennes vers l'heure de vêpres.

Ce n'était pas Joseph qui, dans cette affaire-là, pouvait me donner du dépit, car il ne dansait jamais, et, pour m'ôter celui de voir Brulette entourée de ses autres amoureux, je suivis Joseph à l'auberge du *Bœuf couronné*, où il allait voir sa mère et où je voulais tuer le temps avec quelques amis.

J'étais un peu fréquentier du cabaret, comme je vous

ai dit : non à cause de la bouteille, qui ne m'a jamais mis hors de sens, mais pour l'amour de la compagnie, de la causette et de la chanson. J'y trouvai plusieurs garçons et filles de connaissance avec lesquels je m'attablai, tandis que Joseph s'assit dans un coin, ne buvant goutte, ne disant mot, et se tenant là pour contenter sa mère, qui, tout en allant et venant, était bien aise de le voir et de lui dire un mot par-ci par-là. Je ne sais point si Joseph eût pensé à l'aider dans la peine qu'elle avait à servir tant de monde; mais Benoit n'eût point souffert qu'un garçon si distrait tournât et virât dans ses écuelles et dans ses bouteilles.

Vous n'êtes pas sans avoir entendu parler de défunt Benoît. C'était un gros homme de haute mine, un peu rude en paroles, mais bon vivant et beau diseur dans l'occasion. Il était assez juste pour faire de la Mariton l'estime qu'il devait, car c'était, à vrai dire, la reine des servantes, et jamais sa maison n'avait été mieux achalandée que depuis qu'elle y régnait.

La chose que le père Brulet avait annoncée à cette femme n'était cependant point arrivée. Le danger de son état l'avait guérie de la coquetterie, et elle faisait respecter sa personne aussi bien que la propriété de son bourgeois. Pour le vrai, c'était, avant tout, pour son fils qu'elle avait rangé son idée à un travail et à une prudence plus sévères que son naturel ne s'y portait de lui-même. C'était une si bonne mère en cela, qu'au lieu de perdre de l'estime, elle s'en était attirée davantage depuis qu'elle était servante de cabaret ; et c'est là une chose qui ne se voit point souvent dans nos campagnes, ni ailleurs, que j'aie ouï-dire.

En voyant Joseph plus blême et plus soucieux encore que d'habitude, je ne sais comment ce que ma grand'mère m'avait dit de lui, joint à la maladie, singulière dans mon idée, que lui imputait Brulette, me frappa l'esprit et me toucha le cœur. Sans doute il me restait quelque parole dure qui m'était échappée. Je souhaitais la lui faire oublier, et, le forçant à venir s'asseoir à notre tablée, je m'imaginai de le griser un peu par surprise, pensant, comme tous ceux de mon âge, qu'une petite fumée de vin blanc dans les esprits est souveraine pour dissiper la tristesse.

Joseph, qui était peu attentionné aux actions d'autour de lui, laissa remplir son verre et pousser son coude si souvent, que tout autre en aurait senti l'effet. Pour ceux qui l'incitaient à boire, et qui payèrent d'exemple sans réflexion, il y en eut bien vite trop ; et, pour moi, qui voulais garder mes jambes pour la danse, je m'arrêtai d'abord que je sentis qu'il y en avait assez. Joseph tomba dans une grande contemplation, appuya ses deux coudes sur la table et ne parut pas plus lourd ni plus léger qu'auparavant.

On ne faisait plus attention à lui ; chacun riait ou jacassait pour son compte, et l'on se mit à chanter, comme on chante quand on a bu, chacun dans son ton et dans sa mesure, une tablée disant son refrain à côté d'une autre tablée qui dit le sien, et tout ça ensemble, faisant un sabbat de fous à casser la tête, le tout pour se porter à rire et à crier d'autant plus qu'on ne s'entend pas.

Joseph resta là sans broncher, nous regardant d'un air étonné un bon bout de temps. Puis il se leva et partit sans rien dire.

Je pensai qu'il était peut-être malade, et je le suivis.

Mais il marchait droit et vite, comme un homme que le vin n'a point entamé, et il s'en alla si loin, si loin, en remontant la côte au-dessus de la ville de Saint-Chartier, que je le perdis de vue et revins sur mes pas afin de ne point manquer ma bourrée avec Brulette.

Elle dansait si joliment, ma Brulette, que tout un chacun la mangeait des yeux. Elle était folle de la danse, de la toilette et des compliments ; mais elle n'encourageait personne à lui conter du sérieux, et quand les vêpres furent sonnées, elle s'en alla, sage et fière, à l'église, où elle priait bien un peu, mais où elle n'oubliait guère que tous les regards étaient braqués sur elle.

Moi, je songeai que je n'avais point payé ma dépense au *Bœuf couronné*, et j'y retournai pour compter avec la Mariton, laquelle en prit occasion de me demander par où son garçon avait passé.

— Vous l'avez fait boire, dit-elle, et ce n'est point sa coutume. Vous devriez bien au moins ne pas le laisser courir seul. Un malheur vient si vite !

TROISIÈME VEILLÉE

Je remontai la côte et pris le chemin que j'avais vu prendre à Joseph. Je m'enquis de lui le long de la route et n'en eus point nouvelles, sinon qu'on l'avait bien vu passer, mais non revenir. Ça me mena jusqu'au droit de la forêt, où j'allai questionner le forestier, dont la maison, qui est une pièce fort ancienne, surmonte un grand morceau de brande couché en pente. C'est un endroit bien triste, malgré qu'on y voie de loin, et où il ne pousse, à la lisière des taillis de chêne, que de la fougère et des ajoncs.

Le garde forestier était, dans ce temps-là, Jarvois, mon parrain, natif de Verneuil. Sitôt qu'il me vit, comme je n'allais pas souvent me promener si loin, il me fit tant de fête et d'amitié qu'il n'y eut pas moyen de s'en aller.

— Ton camarade Joseph est venu céans, il y a tantôt une heure, me dit-il, pour nous demander si les charbonniers étaient dans les forêts ; sans doute que son maître lui aura commandé de s'en enquérir. Il n'était ni dérangé en paroles, ni mal porté sur ses jambes, et il a monté jusqu'au gros chêne. Tu n'as donc point à t'en inquiéter, et puisque te voilà, il faut boire une bouteille avec moi et attendre que ma femme revienne de quérir ses vaches, car elle serait fâchée si tu partais sans l'avoir vue.

N'ayant plus sujet de me tourmenter, je restai chez mon parrain jusque vers le coucher du soleil. C'était environ la mi-février, et, voyant venir la nuit, je fis mes adieux et pris le chemin d'en sus, afin de gagner Verneuil et de m'en retourner tout droit chez nous par la route aux Anglais, sans repasser par Saint-Chartier où je n'avais plus que faire.

Mon parrain m'expliqua un peu mon chemin, car je n'avais traversé la forêt qu'une ou deux fois en ma vie. Vous savez que, dans le pays d'ici, nous ne courons guère au loin, surtout ceux de nous qui se donnent au travail de la terre, et qui vivent autour des habitations comme des poussins autour de la mue.

Aussi, malgré que l'on m'avait bien averti, je donnai trop sur ma gauche, et, au lieu de rencontrer la grande allée de chênes, je me trouvai dans les bouleaux, à une bonne demi-lieue du point que j'aurais dû gagner.

La nuit était tout à fait tombée et je n'y voyais plus goutte, car en ce temps, la forêt de Saint-Chartier était encore une belle forêt, rapport non à son étendue, qui n'a jamais été de conséquence, mais à l'âge des arbres, qui ne laissaient guère passer la clarté entre le ciel et la terre.

Ce qu'elle y gagnait en verdeur et fierté, elle vous le faisait payer du reste. Ce n'était que ronces et fretats, chemins défoncés et ravinés d'une bourbe noire et légère, où l'on ne tirait pas trop la semelle, mais où l'on s'enfonçait jusqu'au genoux quand on s'écartait un peu du tracé. Si bien que, perdu sous la futaie, déchiré et embourbé dans les éclaircies, je commençais à maugréer contre la mauvaise heure et le mauvais endroit.

Après avoir pataugé assez longtemps pour en avoir chaud, malgré que la soirée fût bien fraîche, je me trouvai dans des fougères sèches, si hautes, que j'en avais jusqu'au menton, et en levant les yeux devant moi, je vis, dans le gris de la nuit, comme une grosse masse noire au milieu de la lande.

Je connus que ce devait être le chêne, et que j'étais arrivé au fin bout de la forêt. Je n'avais jamais vu l'arbre, mais j'en avais ouï parler, pour ce qu'il était renommé un des plus anciens du pays, et, par le dire des autres, je savais comment il était fait. Vous n'êtes point sans l'avoir vu. C'est un chêne bourru, été de jeunesse par quelque accident, et qui a poussé en épaisseur ; son feuillage, tout desséché par l'hiver, tenait encore dru, et il paraissait monter dans le ciel comme une roche.

J'allais tirer de ce côté-là, pensant que j'y trouverais la sente qui coupait le bois en droite ligne, lorsque j'entendis le son d'une musique, qui était approchant celui d'une cornemuse, mais qui menait si grand bruit qu'on eût dit d'un tonnerre.

Ne me demandez point comment une chose qui aurait dû me rassurer en me marquant le voisinage d'une personne humaine, m'épeura comme un petit enfant. Il faut bien vous dire que, malgré mes dix-neuf ans et une bonne paire de poings que j'avais alors, du moment que je m'étais vu égaré dans le bois, je m'étais senti mal tranquille. Ce n'est pas pour quelques loups qui descendent, de temps en temps, des grands bois de Saint-Aoust dans cette forêt-là, que j'aurais manqué de cœur, ni pour la rencontre de quelque chrétien malintentionné. J'étais enfroidi de cette sorte de crainte qu'on ne peut pas s'expliquer à soi-même, parce qu'on ne sait pas trop où en est la cause. La nuit, la brume d'hiver, un tas de bruits qu'on entend dans les bois et qui sont autres que ceux de la plaine, un tas de folles histoires qu'on a entendu raconter, et qui vous reviennent dans la tête, enfin, l'idée qu'on est resseulé loin de son endroit ; il y a de quoi vous troubler l'esprit quand on est jeune, voire quand on ne l'est plus.

Moquez-vous de moi si vous voulez. Cette musique, dans un lieu si peu fréquenté, me parut endiablée. Elle chantait trop fort pour être naturelle, et surtout elle chantait un air si triste et si singulier, que ça ne ressemblait à aucun air connu sur la terre chrétienne. Je doublai le pas, mais je m'arrêtai, étonné d'un autre bruit. Tandis que la musique braillait d'un côté, une clochette sonnait de l'autre, et ces deux résonnances venaient sur moi, comme pour m'empêcher d'avancer ou de reculer.

Je me jetai de côté en me baissant dans les fougères ;

mais, au mouvement qui s'ensuivit, quelque chose fit feu des quatre pieds tout auprès de moi, et je vis un grand animal noir, que je ne pus envisager, bondir, prendre sa course et disparaître.

Tout aussitôt, de tous les points de la fougeraie, sautèrent, coururent, trépignèrent une quantité d'animaux pareils, qui me parurent gagner tous vers la clochette et vers la musique, lesquelles s'entendaient alors comme proches l'une de l'autre. Il y avait peut-être bien deux cents de ces bêtes, mais j'en vis au moins trente mille, car la peur me galopait rude, et je commençais à avoir des étincelles et des taches blanches dans la vue, comme la frayeur en donne à ceux qui ne s'en défendent point.

Je ne sais par quelles jambes je fut porté auprès du chêne ; je ne sentais plus les miennes. Je me trouvai là, tout étonné d'avoir fait ce bout de chemin comme un tourbillon de vent, et, quand je repris mon souffle, je n'entendis plus rien, au loin ni auprès ; je ne vis plus rien, ni sous l'arbre, ni sur la fougeraie ; et je ne fus pas bien sûr de n'avoir point rêvé un sabbat de musique folle et de mauvaises bêtes.

Je commençais à me ravoir et à regarder en quel lieu j'étais. La branchure du chêne couvre une grande place herbue, et il y faisait si noir que je ne voyais point mes pieds ; si bien que je me heurtai contre une grosse racine et tombai, les mains en avant, sur le corps d'un homme qui était allongé là comme mort ou endormi. Je ne sais point ce que la peur me fit dire ou crier, mais ma voix fut reconnue, et tout aussitôt celle de Joset me répondit :

— C'est donc toi, Tiennet ? Et qu'est-ce que tu viens faire ici à pareille heure ?

— Et toi-même, qu'y fais-tu mon vieux ? lui dis-je, bien content et bien consolé de le trouver là. Je t'ai cherché tout le tantôt ; ta mère a été en peine de toi, et je te croyais retourné vers elle depuis longtemps.

— J'avais affaire par ici, répondit-il, et, avant de m'en aller, je me reposais là, voilà tout.

— Tu n'as donc pas peur de te trouver comme ça, de nuit, dans un endroit si laid et si triste ?

— Peur de quoi, et pourquoi, Tiennet ? je ne t'entends point !

J'eus honte de lui confesser combien j'avais été sot. Cependant, je me risquai à lui demander s'il n'avait pas vu du monde et des bêtes dans la clairière.

— Oui, oui, répondit-il ; j'ai vu beaucoup de bêtes, et du monde aussi, mais tout ça n'est pas bien méchant et nous pouvons nous en aller tous deux sans que mal nous en arrive.

Je m'imaginai, à sa voix, qu'il se gaussait un peu de ma frayeur, et je quittai le chêne avec lui ; mais quand nous fûmes hors de son ombrage, il me sembla que Joset n'avait ni sa taille ni sa figure des autres fois. Il me paraissait plus grand, portant plus haut la tête, marchant d'un pas plus vif, et parlant avec plus de hardiesse. Ça ne me rassura point, car toutes sortes de folies me traversèrent la remembrance. Ce n'était point seulement par ma grand'mère que je m'étais laissé conter que les gens qui ont la figure blanche, l'œil vert, l'humeur triste et la parole difficile à comprendre, sont portés à s'accointer avec les mauvais esprits, et, en tout pays, les vieux arbres sont mal famés pour la hantise des sorciers et *des autres*.

Je n'osai respirer tant que nous fûmes dans la fougeraie,

je m'attendais toujours à voir repasser ce qui m'était apparu en songe de l'âme ou en vérité des sens. Tout resta tranquille, et il n'y eut d'autre bruit que celui des branches sèches qui se cassaient à notre passage, ou d'un restant de glace qui craquait sous nos pieds.

Joseph, marchant le premier, ne prit point la grande allée, mais coupa à travers le fourré. On eût dit d'un lièvre au fait de tous les recoins, et il me mena si vite au gué de l'Igneraie, sans traverser le bourg des potiers, que je me crus arrivé par enchantement. Là, il me quitta sans avoir desserré les dents, sinon pour me dire qu'il voulait se faire voir à sa mère puisqu'elle était en peine de lui, et il reprit le chemin de Saint-Chartier, tandis que je tranchais doit sur ma demeurance par les grands communaux.

Je ne me sentis pas plutôt dans le pays que je connaissais, que mon angoisse me quitta et que j'eus grande honte de ne pas l'avoir surmontée. Sans doute, Joseph m'aurait parlé des choses que je désirais savoir, si je l'eusse questionné ; car, pour la première fois, il avait quitté son air endormi, et je lui avais surpris, pour un moment, comme un rire dans la voix et comme une intention d'assistance dans la conduite.

Pourtant, après que j'eus dormi sur l'aventure, mes sens étant bien calmés, je m'assurai de n'avoir point rêvé ce qui s'était passé dans la fougeraie, et je trouvais, dans la quiétise de Joseph, quelque chose de louche. Les bêtes que j'avais vues là, en si grosse quantité, n'étaient point d'une présence ordinaire. Dans nos pays on n'a, par troupeaux, que des ouailles, et ma vision était d'animaux d'une autre couleur et d'une autre mesure. Ce n'était ni chevaux, ni bœufs, ni moutons, ni chèvres ; et on ne souffrait, d'ailleurs, aucun bétail paître dans la forêt.

A l'heure où je vous parle, je trouve que j'étais bien sot. Pourtant, il y a bien de l'inconnu dans les affaires de ce monde où l'homme met le nez ; à meilleure enseigne, dans celles dont le bon Dieu s'est réservé le secret.

Tant il y a que je n'osai point questionner Joseph, car si l'on peut être curieux des bonnes idées, on ne doit point l'être des mauvaises, et mêmement on répugne toujours à se fourrer dans les affaires où l'on peut trouver plus qu'on ne cherche.

QUATRIÈME VEILLÉE

Une chose me donna encore plus à penser par la suite des jours. C'est que l'on s'aperçut à l'Aulnières que Joset découchait de temps en temps.

On l'en plaisantait, s'imaginant qu'il avait une amourette ; mais on eut beau le suivre et l'observer, jamais on ne le vit s'approcher d'un lieu habité, ni rencontrer une personne vivante. Il s'en allait à travers champs et gagnait le large, si vite et si malignement, qu'il n'y avait aucun moyen de surprendre son secret. Il revenait au petit jour et se trouvait à son ouvrage comme les autres, et, au lieu de paraître las, il paraissait plus léger et plus content qu'à son habitude.

Cela fut observé par trois fois dans le courant de l'hiver, qui eut pourtant grande rigueur et longue durée cette année-là. Il n'y eut neige ou bise capable d'empêcher Joset de courir de nuit, quand l'heure était venue pour sa fantaisie. On s'imagina aussi qu'il était de ceux qui marchent ou travaillent dans le sommeil ; mais, de tout cela, il n'était rien, comme vous verrez.

Mêmement, la nuit de Noël, comme Véret le sabotier s'en allait faire réveillon chez ses parents, à l'Ourouer, il vit sous l'orme Râteau, non pas le géant qu'on dit s'y promener souvent avec son râteau sur l'épaule, mais un grand homme noir qui n'avait pas bonne mine et qui marmottait tout bas quelque chose avec un autre homme moins grand et d'une figure un peu plus chrétienne. Véret n'eut pas absolument peur et passa assez près d'eux pour pouvoir écouter ce qu'ils se disaient. Mais dès que es deux autres l'eurent vu, ils se séparèrent ; l'homme noir dévalla on ne sait où, et son camarade, s'approchant de Véret, lui dit d'une voix qui lui parut tout étranglée :

— Où vas-tu donc comme ça, Denis Véret ?

Le sabotier commença de s'étonner, et, sachant qu'on ne doit point répondre aux choses de la nuit, surtout à côté des mauvais arbres, il passa son chemin en détournant la tête ; mais il fut suivi de celui qu'il jugeait être un esprit, et qui marchait derrière lui, mettant son pas dans le sien.

Quand ils furent en haut de la plaine, le poursuivant tourna à main gauche, disant :

— Bonsoir, Denis Véret !

Et ce ne fut que là que Véret reconnut Joseph et se moqua de lui-même, mais toutefois sans pouvoir s'imaginer pour quel motif et en quelle société il s'était trouvé à l'orme, entre une et deux heures du matin.

Quand cette dernière chose vint à ma connaissance, j'en eus du regret et me fis reproche de n'avoir point détourné Joseph du mauvais chemin qu'il paraissait vouloir prendre. Mais j'avais laissé passer tant de temps là-dessus, que je n'osai y revenir. J'en parlai à Brulette, qui ne fit que s'en moquer, d'où je commençai à croire qu'ils avaient une amour cachée et que j'avais été pris pour dupe, ainsi que les gens qui voulaient y voir de la magie et n'y voyaient que du feu.

J'en fus plus affligé que courroucé ; Joseph, si toqué et si mou à l'ouvrage, me paraissait pour Brulette une triste compagnie et un pauvre soutien. Je pouvais bien lui dire que, sans parler de moi, elle aurait pu faire un meilleur tri ; mais je ne m'en sentais point le courage, craignant de la fâcher et de perdre son amitié, qui me paraissait encore douce, même sans le restant de ses bonnes grâces.

Un soir, revenant à mon logis, je trouvai Joseph assis au bord de la fontaine qu'on appelle la font de Fond. Ma maison, connue alors sous le nom de la croix de Par-Dieu, parce qu'elle se trouvait bâtie auprès d'un carroir de chemins dont on a retranché depuis la moitié, donnait sur cette grande pelouse fine que vous avez vue vendre et dépecer, comme bien communal et terre vague, il n'y a pas longtemps. C'est grand dommage pour le petit monde qui y nourrissait ses bêtes et qui n'a pu y rien acheter. C'était chemin et pâturage bien large, bien vert, et arrosé, à l'aventure, des belles eaux de la source, qui n'étaient point réglées et s'en allaient de ci et de là sur un herbage court, tondu à toute heure par les troupeaux et réjouissant à voir par son étendue.

Je me contentais de dire bonsoir à Joseph, quand il se leva et se mit à marcher à mon côté, cherchant à avoir conversation avec moi, et paraissant si agité que j'en fus inquiet.

— Qu'est-ce que tu as donc ? lui dis-je enfin, voyant qu'il parlait tout de travers et se tourmentait le corps de soupirs et de contorsions comme s'il eût passé dans une fourmilière.

— Tu me demandes ça ? dit-il avec impatience. Ça ne te fait donc rien ? Tu es donc sourd ?

— Qui ? quoi ? qu'est-ce que c'est ? m'écriai-je, pensant qu'il avait quelque vision, et ne me souciant pas d'en avoir ma part.

Puis j'écoutai, et saisis tout au loin le son d'une musette qui me parut n'avoir rien que de naturel.

— Eh bien, lui dis-je, c'est quelque cornemuseux qui revient d'une noce du côté de la Berthenoux ? En quoi est-ce que ç te gêne ?

Joseph répondit d'un air assuré :

— C'est la musette à Carnat, mais ce n'est point lui qui en joue... C'est quelqu'un de plus maladroit que lui !

— Maladroit ? Tu trouves Carnat maladroit sur la musette ?

— Maladroit de ses mains, non pas ! mais maladroit de son idée, Tiennet ! Oh, le son n'est point digne d'avoir le moyen d'une musette ! Et celui qui s'en essaye, à cette heure, mériterait que le bon Dieu lui retire son vent de la poitrine.

— Voilà des choses bien étranges que tu me dis, et je ne sais point où tu les prends. Comment peux-tu connaître que cette musette-là est celle à Carnat ? Il me semble, à moi, que musette pour musette, ça braille toujours de la même mode. J'entends bien que celle qui sonne là-bas n'est pas soufflée comme il faut, que l'air est estropié un si peu ; mais ça ne me gêne point, car je n'en saurais pas faire autant. Est-ce que tu crois que tu ferais mieux ?

— Je ne sais pas ! mais, pour sûr, il y en a qui font mieux que ce cornemuseux-là, et mieux que Carnat, son maître. Il y en a qui sont dans la vérité de la chose.

— Où les as-tu trouvés ? Où sont-ils, ces gens dont tu parles ?

— Je ne sais pas ; mais il y a quelque part une vérité, c'est le tout de la rencontrer, puisqu'on n'a pas le temps et le moyen de la chercher.

— C'est donc, Joset, que tu aurais ton idée tournée à la musiquerie ? Voilà qui m'étonnerait bien. Je t'ai toujours connu muet comme une tanche, ne retenant et ne ruminant aucune chanson ; car, quand tu t'essayais sur le chalumeau de paille, comme font beaucoup de pâtours, tu changeais tous les airs que tu avais entendus, de telle manière qu'on ne les reconnaissait plus. De ce côté-là, on te jugeait encore plus innocent que tous les enfants innocents qui s'imaginent de cornemuser sur les pipeaux ; or, si tu dis que Carnat ne te contente pas, lui qui fait danser si bien en mesure et qui mène ses doigts si subtilement, tu me donnes encore plus à penser que tu n'as pas l'oreille bonne.

— Oui, oui, répondit Joseph, tu as raison de me reprendre, car je dis des sottises, et je parle de ce que je ne sais pas. Or donc, bonne nuit, Tiennet ; oublie ce que je t'ai dit, car ça n'est pas ce que j'aurais voulu dire ; mais j'y penserai, pour tâcher de te le dire mieux une autre fois.

Et il s'en alla vitement, comme regrettant d'avoir parlé ; mais Brulette, qui sortait de chez nous avec ma sœur, l'arrêta, le ramena vers moi, et nous dit :

— Il est temps que ces histoires-là finissent. Voilà ma cousine qui s'en est tant laissé dire, qu'elle tient Joset pour un loup-garou, et il faut s'expliquer, à la fin !

— Qu'il soit donc fait selon ton vouloir, répondit Joseph, car je suis fatigué de passer pour sorcier, et j'aime encore mieux passer pour imbécile.

— Non, tu n'es ni imbécile ni fou, reprit Brulette, mais tu es bien obstiné, mon pauvre Joset ! Sache donc, Tiennet, que ce gars-là n'a rien de mauvais dans la tête, sinon une fantaisie de musique qui n'est pas si déraisonnable que dangereuse.

— Alors, répondis-je, je comprends ce qu'il me disait tout à l'heure ; mais où diable a-t-il pris pareille idée ?

— Un petit moment ! reprit Brulette ; ne le fâchons pas injustement ; ne te dépêche pas de dire qu'il est incapable de musiquer ; car tu penses peut-être, comme sa mère et comme mon grand-père, qu'il a l'esprit bouché à cela, comme autrefois au catéchisme. Moi, je dirai que c'est toi, et mon grand-père, et la bonne Mariton qui n'y connaissez rien. Joseph ne peut chanter, non qu'il soit court d'haleine, mais parce qu'il ne fait point de son gosier ce qu'il veut ; et comme il ne se contente point lui-même, il aime mieux ne faire jamais usage de sa voix qui lui est rétive. Alors bien naturellement il souhaite de musiquer sur un instrument qui ait une voix en place de la sienne, et qui chante tout ce qui vient dans son idée. C'est pour avoir toujours manqué de cette voix d'emprunt que notre gars a toujours été triste, ou songeur, ou comme ravi en lui-même.

— C'est tout justement comme elle te le dit ! m'observa Joseph, qui paraissait soulagé d'entendre cette belle jeunesse le débarrasser de ses pensées en les rendant compréhensibles pour moi. Mais ce qu'elle ne te dit point, c'est qu'elle a une voix en ma place, et une voix si douce, si claire, et qui dit si justement les choses entendues, que je prenais déjà, étant petit enfant, mon plus grand plaisir à l'écouter.

— Mais, poursuivit Brulette, nous avions bien quelquefois maille à partir ensemble à ce sujet-là. J'aimais à imiter toutes les petites filles de campagne, qui ont pour coutume, en gardant leurs bêtes, de crier leurs chansons à pleine tête, pour se faire entendre au loin ; et comme en criant comme ça, j'outrepassais ma force, je gâtais tout, et je faisais mal aux oreilles de Joset. Et puis, quand je me suis rangée à chanter raisonnablement, il s'est trouvé que j'avais si bonne mémoire pour retenir toutes choses chantables, celles qui contentent notre gars comme celles qui l'encolèrent, que plus d'une fois je l'ai vu me brûler compagnie tout d'un coup et s'en aller sans rien me dire, encore qu'il m'eût priée de chanter. Pour ce qui est de ça, il n'est pas toujours bien honnête ni gracieux ; mais comme c'est lui, j'en ris au lieu de m'en fâcher. Je sais bien qu'il y reviendra, car il n'a pas la souvenance certaine, et quand il a entendu quelque chansonnette qu'il ne juge point trop laide, il accourt me la demander, et il est bien sûr de la trouver dans ma tête.

J'observai à Brulette que Joseph n'ayant pas de souvenance, ne me paraissait point né pour cornemuser.

— Oh dame ! c'est là qu'il faut encore retourner ton jugement de l'envers à l'endroit, répondit-elle. Vois-tu, mon pauvre Tiennet, ni toi ni moi ne connaissons la *vérité de la chose*, comme dit ce gars-là. Mais, à force de vivre avec

ses songeries, j'ai fini par comprendre ce qu'il ne sait pas ou n'ose pas dire. La vérité de la chose, c'est que Joset prétend inventer lui-même sa musique, et qu'il l'invente, de vrai. Il a réussi à faire une flûte d'un roseau, et il chante là-dessus, je ne sais comment, car il n'a jamais voulu se laisser ouïr de moi, ni de personne de chez nous. Quand il veut flûter, il s'en va le dimanche, et mêmement la nuit, dans des endroits non fréquentés où il flûte à sa guise ; et quand je lui demande de flûter pour moi, il me répond qu'il ne sait pas encore ce qu'il veut savoir, et qu'il m'en régalera quand ça en vaudra la peine. Voilà pourquoi, depuis qu'il a inventé ce flûteriot, il s'absente tous les dimanches, et quelquefois sur la semaine, pendant la nuit, quand sa musique le tient trop fort.

Tu vois, Tiennet, que toutes ces affaires-là sont bien innocentes ; mais c'est à présent qu'il faut nous expliquer tous les trois, mes amis ; car voilà Joset qui se met dans la volonté d'employer son premier gage (ayant jusqu'à cette heure tout donné en garde à sa mère) à faire achat d'une musette, et comme il dit qu'il est mince ouvrier, et que son cœur voudrait retirer la Mariton de ses fatigues, il prétendrait se faire cornemuseux de son état, parce que, de vrai, on y gagne gros.

— L'idée serait bonne dit ma sœur qui nous écoutait si, pour de vrai, Joseph avait le talent ; mais, avant d'acheter la musette, m'est avis qu'il faudrait s'assurer de la manière de s'en servir.

— Ça, c'est affaire de temps et de patience, dit Brulette ; mais là n'est point l'empêchement. Est-ce que vous ne savez pas que voilà, depuis un tour de temps, le garçon à Carnat qui s'essaye aussi à cornemuser, à seules fins de garder au pays la place de son père ?

— Oui, oui, répondis-je, et je vois ce qui en résulte. Carnat est vieux, et on aurait pu avoir sa succession ; mais son fils, qui la veut, la gardera, parce qu'il est riche et bien appuyé dans le pays ; tandis que toi, Joset, tu n'as encore ni argent pour acheter ta musette, ni maître pour t'enseigner, ni amis de ta musique pour te soutenir.

— C'est la vérité, répondit Joset tristement. Je n'ai encore que mon idée, mon roseau et *elle !*

Ce disant, il désignait Brulette, qui lui prit la main bien amiteusement en lui répondant :

— Joset, je crois bien à ce qui est dans ta tête, mais je ne peux pas être assurée de ce qui en sortira. Vouloir et pouvoir sont deux ; songer et flûter diffèrent grandement. Je sais que tu as dans les oreilles, ou dans la cervelle, ou dans le cœur, une vraie musique du bon Dieu, parce que j'ai vu, dans tes yeux quand j'étais petite, et que, plus d'une fois, te prenant sur tes genoux, tu me disais d'un air charmé : « Écoute, ne fais pas de bruit, et tâche de te souvenir. » Alors, moi, j'écoutais bien fidèlement, et je n'entendais que le vent qui causait dans les feuillages, ou l'eau qui grelottait au long des cailloux ; mais toi, tu entendais autre chose, et tu en étais si assuré, que je le croyais par contre.

Eh bien, mon garçon, conserve dans ton secret ces jolies musiques qui te sont bonnes et douces ; mais n'essaye point de faire le ménétrier, car il arrivera ceci ou cela : ou tu ne pourras jamais faire dire à ta musette ce que l'eau ou le vent te racontent dans l'oreille ; ou bien, si tu deviens musiqueux fin, les autres petits musiqueux du pays te chercheront noise et t'empêcheront de pratiquer. Ils te voudront mal et te causeront des peines, comme ils ont coutume de le faire, pour empêcher qu'on n'ait part à leur profits et à leur renom. Ils y mettent de l'intérêt et de la gloriole aussi. Ils sont ici et aux alentours une douzaine qui ne s'accordent guère entre eux, mais qui s'entendent et se soutiennent pour ne point laisser pousser de nouvelles graines sur leurs terres. Ta mère, qui entend causer les cornemuseux le dimanche, car ils sont gens très-asséchés de soif et coutumiers de boire bien avant dans la nuit après les danses, est très-chagrinée de te voir penser à entrer dans une pareille corporation. Ils sont rudes et méchants, et toujours des premiers exposés dans les querelles et batteries. L'habitude d'être en fête et chômage les rend ivrognes et dépensiers. Enfin, c'est du monde qui ne te ressemble point, et où tu te gâterais, selon elle. Selon moi, c'est du monde jaloux et porté à la vengeance, qui t'écraserait d'esprit et peut-être le corps. Par ainsi, Joset, je te prie de reculer au moins ton dessein et d'ajourner ton envie, et mêmement d'y renoncer tout à fait, si ça n'est pas trop demander à ton amitié pour moi, pour ta mère et pour Tiennet.

Comme je soutenais les raisons de Brulette, qui me paraissaient bonnes, Joset fut bien désolé; mais il reprit courage et nous dit :

— Msai c nseils ui sont dans l'intention de mes vrais intérêts, je le sais; mais je vous prie de me donner encore liberté d'esprit pour un bout de temps. Quand j'en serai venu où je crois arriver, je vous prierai de m'entendre flûter ou cornemuser, s'il plaît à Dieu que je puisse acheter une musette. Alors, si vous jugez que je suis bon à quelque chose, ma musique vaudra la peine que je m'en serve, et que je soutienne la guerre pour l'amour d'elle. Sinon, je continuerai à piocher la terre et à me divertir le dimanche avec mon flûtage, sans en tirer profit ni faire ombrage à personne. Promettez-moi ça, et je patienterai.

Nous lui en fîmes promesse pour le tranquilliser, car il paraissait plus choqué de nos craintes que touché de notre intérêt. Je le regardais dans la nuit, qui était toute semée d'étoiles, et le voyais d'autant mieux que la belle eau de la fontaine était devant nous comme un miroir qui nous renvoyait à la figure la blancheur du ciel. J'observai ses yeux qui avaient la couleur de l'eau même et qui paraissaient toujours regarder des choses que les autres ne voyaient point.

Un mois environ après ce jour-là, Joseph me vint trouver à la maison.

— Le temps est arrivé, me dit-il avec un regard net et une parole sûre, où je veux que les deux seules personnes en qui j'ai confiance connaissent mon flûter. Je veux donc que Brulette vienne ici demain soir, parce que nous y serons tranquilles tous les trois. Je sais que tes parents partent le matin pour aller en pèlerinage, rapport à la fièvre de ton frère cadet; tu seras donc seul dans ta maison, qui est si bien éloignée dans la campagne que nous ne risquons pas d'être entendus. J'ai averti Brulette, elle est consentante à sortir du bourg à la nuit; je l'attendrai dans le petit chemin, et nous viendrons ici te trouver sans que personne s'en avise. Brulette compte sur toi pour ne jamais parler de ça, et son grand-père, qui veut tout ce qu'elle souhaite, y est consentant aussi, moyennant ta parole, que j'ai donnée d'avance.

A l'heure dite, j'étais devant ma porte, ayant poussé toutes les huisseries pour que les passants (s'il en passait)

me crussent couché ou absent, et j'attendais l'arrivée de Brulette et de Joseph. On était alors au printemps, et, comme il avait tonné dans le jour, le ciel était encore chargé de nuages très-épais. Il faisait de bons coups de vent tiède qui apportaient toutes les jolies senteurs du mois de mai. J'écoutais les rossignols qui se répondaient dans la campagne aussi loin que l'ouïe pouvait s'étendre, et je me disais que Joseph aurait grand'peine à flûter aussi finement. Je regardais au loin toutes les petites clartés des maisons s'éteindre une à une dans le bourg; et, environ dix minutes après que la dernière fût soufflée, je vis arriver devant moi, le jeune couple que j'attendais. Ils avaient marché si doucement sur les herbes nouvelles, et si bien cotoyé les grands buissons du chemin, que je ne les avais ni vus ni entendus approcher. Je les fis entrer chez nous, où j'avais allumé la lampe, et quand je les vis tous deux, elle toujours si coquettement coiffée et si quiètement fière, lui toujours si froid et si pensif, je me représentai mal deux amoureux enflammés de tendresse.

Pendant que je causais un peu avec Brulette pour lui faire les honneurs de ma demeurance, qui était assez gentille et dont j'aurais souhaité qu'elle prît envie, Joseph, sans me rien dire, s'était mis en devoir d'accommoder sa jeta une poignée de chènevottes dans l'âtre pour l'y réchauffer. Quand les chènevottes s'enflammèrent, elles envoyèrent une grande clarté à son visage penché vers le foyer, et je lui trouvai un air si étrange que j'en fis tout bas l'observation à Brulette.

— Vous aurez beau penser lui dis-je, qu'il ne se cache le jour et ne court la nuit que pour flûter tout son soûl, je sais, moi, qu'il a en lui et autour de lui quelque secret qu'il ne nous dit pas.

— Bah! fit-elle en riant, parce que Véret le sabotier s'imagine de l'avoir vu avec un grand homme noir à l'orme Râteau ?

— Possible qu'il ait rêvé ça, répondis-je; mais moi, je sais bien ce que j'ai vu et entendu à la forêt.

— Qu'est-ce que tu as vu, Tiennet? dit tout d'un coup Joset, qui ne perdait rien de notre discours, encore que nous eussions parlé bien bas. Qu'est-ce que tu as entendu? Tu as vu celui qui est mon ami, et que je ne peux te montrer : mais ce que tu as entendu, tu vas l'entendre encore, si la chose te plaît.

Là-dessus, il souffla dans sa flûte, l'œil tout en feu, et la figure comme embrasée par une fièvre.

Ce qu'il flûta, ne me le demandez point. Je ne sais si le diable y eût connu quelque chose; tant qu'à moi, je n'y connus rien, sinon qu'il me parut bien que c'était le même air que j'avais ouï cornemuser dans la fougeraie. Mais j'avais eu si belle peur dans ce moment-là, que je ne m'étais point embarrassé d'écouter le tout; et, soit que la musique en fût longue, soit que Joseph y mît du sien, il ne décota de flûter d'un gros quart d'heure, mettant ses doigts bien finement, ne désoufflant mie, et tirant si grande sonnerie de son méchant roseau, que dans des moment, on eût dit trois cornemuses jouant ensemble. Par d'autres fois, il faisait si doux qu'on entendait le grelet au dedans de la maison et le rossignol au dehors; et quand Joset faisait doux, je confesse que j'y prenais plaisir, bien que le tout ensemble fût si mal ressemblant à ce que nous avons coutume d'entendre que ça me représentait un sabbat de fous.

— Oh! oh! que je lui dis quand il eut fini, voilà bien musique enragée! Où diantre prends-tu tout ça! à quoi que ça peut servir, et qu'est-ce que tu veux signifier par là?

Il ne me fit point réponse, et sembla même qu'il ne m'entendait point. Il regardait Brulette qui s'était appuyée contre une chaise et qui avait la figure tournée du côté du mur.

Comme elle ne disait mot, Joset fut pris d'une flambée de colère, soit contre elle, soit contre lui-même, et je le vis faire comme s'il vou lit briser sa flûte entre ses mains; mais, au moment même, elle fille regarda de son côté, et je fus bien étonné de ve r qu'elle avait des grosses larmes au long des joues.

Alors Joseph courut auprès d'elle, et, lui prenant vivement les mains :

— Explique-toi, ma mignonne, dit-il, et fais-moi connaître si c'est de compassion pour moi que tu pleures, ou si c'est de contentement?

— Je ne sache point, répondit elle, que le contentement d'une chose comme ça puisse faire pleurer. Ne me demande donc point si c'est que j'ai de l'aise ou du mal; ce que je sais, c'est que je ne m'en puis empêcher, voilà tout.

— Mais à quoi est-ce que tu as pensé, pendant ma flûterie? dit Joseph en la fixant beaucoup.

— A tant de choses, que je ne saurais point t'en rendre compte, répliqua Brulette.

— Mais enfin, dis-en une, reprit-il sur un ton qui signifiait de l'impatience et du commandement.

— Je n'ai pensé à rien, dit Brulette; mais j'ai eu mille ressouvenances du temps passé. Il ne me semblait point te voir flûter, encore que je t'ouïsse bien clairement; mais tu me paraissais comme dans l'âge où nous demeurions ensemble, et je me sentais comme portée avec toi par un grand vent qui nous promenait tantôt sur les blés mûrs, tantôt sur des herbes folles, tantôt sur des eaux courantes; et je voyais des prés, des bois, des fontaines, des pleins champs de fleurs et des pleins ciels d'oiseaux qui passaient dans les nuées. J'ai vu aussi, dans ma songerie, ta mère et mon grand-père assis devant le feu, et causant de choses que je n'entendais point, tandis que je te voyais à genoux dans un coin, disant ta prière, et que je me sentais comme endormie dans mon petit lit. J'ai vu encore la terre couverte de neige, et des saulnées remplies d'alouettes, et puis des nuits remplies d'étoiles filantes, et nous les regardions, assis tous deux sur un tertre, pendant que nos bêtes faisaient le petit bruit de tondre l'herbe; enfin, j'ai vu tant de rêves que c'est déjà embrouillé dans ma tête; et si ça m'a donné l'envie de pleurer, ce n'est point par chagrin, mais par une secousse de mes esprits que je ne veux point t'expliquer du tout.

— C'est bien! dit Joset. Ce que j'ai songé, ce que j'ai vu en flûtant, tu l'as vu aussi! Merci, Brulette! Par toi, je sais que je ne suis point fou et qu'il y a une vérité dans ce qu'on entend comme dans ce qu'on voit. Oui, oui! fit-il encore en ce promenant dans la chambre à grandes enjambées et en élevant sa flûte au-dessus de sa tête; ça parle, ce méchant bout de roseau; ça dit ce qu'on pense; ça montre comme avec les yeux; ça raconte comme avec les mots; ça aime comme avec le cœur; ça vit, ça existe! Et à présent, Joset le fou, Joset l'innocent, Joset l'éber-

vigé, tu reux bien retomber dans ton imbécillité; tu es aussi fort, aussi savant, aussi heureux qu'un autre!

Disant cela, il s'assit, sans plus faire attention à aucune chose autour de lui.

CINQUIÈME VEILLÉE

Nous le dévisagions, Brulette et moi, car il n'était plus le Joset que nous connaissions. Pour moi, il y avait quelque chose dans tout cela qui me rappelait les histoires qu'on jait chez nous sur les sonneurs-cornemuseux, lesquels passent pour savoir endormir les plus mauvaises bêtes, et mener, à nuitée, des bandes de loups par les chemins, comme d'autres mèneraient des ouailles aux champs. Joset n'était point dans une figure naturelle à ce moment-là, devant moi. De chétif et pâlot, il paraissait grandi et amendé, comme je l'avais vu dans la forêt. Il avait de la mine; ses yeux étaient dans sa tête comme deux rayons d'étoile et quelqu'un qui l'aurait jugé le plus beau garçon du monde ne se serait point trompé sur le moment.

Il me paraissait aussi que Brulette en était charmée et ensorcelée, puisqu'elle avait vu tant d'affaires dans cette flûterie où je n'avais vu que du feu, et j'eus beau vouloir lui représenter que Joset ne ferait jamais danser que le diable avec sa musique, elle ne m'écouta point et le pria de recommencer.

Il s'y porta bien volontiers, et reprit sur un air qui ressemblait au premier, mais qui n'était pourtant pas le même; d'où je vis que ses idées ne différaient pas les unes des autres pour le moment, et qu'il ne voulait en rien se ranger à la mode du pays. En voyant comme Brulette écoutait et paraissait goûter la chose, je fis un effort de ma tête pour la goûter aussi, et il me parut que je m'accoutumais si bien à cette nouvelle sorte de musique, que j'en étais mouvé aussi au dedans de moi, car il se fit aussi en moi une songerie, et je crus voir Brulette dansant toute seule au clair d'une lune, sous des buissons de blanche épine fleurie, et secouant son tablier rose, comme prête à s'envoler. Mais voilà que, tout d'un coup, il se fit, non loin de là, comme une sonnerie de clochette, pareille à celle que j'avais ouïe sur la fougeraie, et la flûterie de Joset s'arrêta comme coupée net au beau mitant.

Je me réveillai alors de ma fantaisie, et m'assurai que la clochette n'était pas un rêve; que Joseph s'était interrompu de flûter, qu'il se tenait debout, d'un air tout estomaqué, et que Brulette le regardait, non moins étonnée que moi.

Alors toute ma peur me revint.

— Joset, que je lui dis sur un ton de reproche, il y en a plus que je ne t'en confesses! Ce n'est pas tout seul que tu as appris ce que tu sais, et voilà dehors un compagnon qui te répond malgré toi. Or çà, donne-lui congé vitement, car je ne serais pas content de l'avoir en ma maison; je t'y ai invité, et non point du tout lui, ni aucun de sa séquelle. Qu'il s'en aille, ou je vas lui chanter une antienne qui le fâchera bien.

Et disant cela, je pris à la cheminée un vieux fusil à mon père, que je savais chargé de trois balles bénites, car la grand'bête a toujours eu coutume de s'ébattre aux alentours de la font de Fond, et encore que je ne l'eusse jamais vue, j'étais toujours prêt à la recevoir, sachant que mes parents la redoutaient grandement et en avaient été maintes fois molestés.

Joset se prit à rire au lieu de me répondre, et appelant son chien, s'en alla ouvrir la porte. Mon chien, à moi, avait suivi mes parents au pèlerinage; si bien que je ne pouvais pas m'assurer si c'était du vrai monde ou du mauvais qui clochetait au dehors; car vous savez que les animaux et particulièrement les chiens ont grande connaissance là-dessus et jappent d'une façon qui fait assavoir aux humains.

Il est bien vrai que Parpluche, le chien à Joset, au lieu de s'enmalicer, avait couru le premier vers la porte, et qu'il sauta dehors bien gaiement quand il la vit ouverte; mais cette bête pouvait être charmée aussi; et, dans tout cela, je ne voyais rien de bon.

Joset sortit, et le vent, qui était redevenu fort, repoussa sitôt la porte entre nous et lui. Brulette, qui s'était levée aussi, fit mine de la rouvrir pour voir ce que c'était; mais je l'en empêchai vivement, lui remontrant qu'il y avait là-dessous quelque mauvais secret, si bien qu'elle commença aussi d'être épeurée et de regretter d'être venue là.

— N'ayez crainte, Brulette, que je lui dis; je crois aux méchants esprits, mais ne les redoute point. Ils ne font de mal qu'à ceux qui les recherchent, et tout ce qu'ils peuvent sur les vrais chrétiens, c'est de leur donner frayeur; mais cette frayeur-là, on peut et on doit la combattre. Tenez, dites une prière; moi, je garderai la porte, et je vous assure que rien de nuisible n'entrera céans.

— Mais ce pauvre gars, répondit Brulette, s'il s'est mis dans un mauvais chemin, ne faudrait-il pas tâcher de l'en retirer?

Je lui fis signe d'avoir à se taire, et, planté derrière la porte, avec mon fusil tout armé, j'écoutai de toutes mes oreilles. Le vent soufflait fort, et la clochette ne s'entendait plus que par moments et en paraissant s'éloigner. Brulette se tenait au fond de la maison, moitié riant, moitié tremblant, car c'était une fille sans grand souci, qui volontiers se moquait du diable, et qui, pourtant, n'aurait point souhaité d'en faire la connaissance.

Tout à coup, j'entendis, non loin de la porte, Joset qui revenait, disant:

— Oui, oui! sitôt la Saint-Jean qui vient! Merci à vous et au bon Dieu! Il sera fait comme vous souhaitez, et vous en avez ma parole.

Comme il parlait du bon Dieu, je repris confiance, et, ouvrant la porte un petit, j'avisai dehors, où je reconnus, au moyen de la clarté qui sortait de la maison, Joset à côté d'un homme bien vilain à voir, car il était noir de la tête aux pieds, mêmement sa figure et ses mains, et il avait derrière lui deux grands chiens noirs comme lui, qui batifolaient avec celui de Joset. Et alors, il répondit avec une voix si forte que Brulette l'entendit en trembla: « Adieu, petit, et à revoir. Ici, Clairin! »

Il n'eut pas plutôt dit cela, que la clochette sauta et ressauta, et que je vis arriver sur lui un petit cheval maigre, tout hérissonné, qui avait des yeux comme des charbons ardents, et, au cou, une sonnette reluisante comme de l'or. « Va rappeler ton monde! » reprit le grand homme noir. Le petit cheval s'en fut galopant, suivi des deux chiens, et le maître, donnant une poignée de main à Jo-

seph, s'en fut aussi. Joset rentra et referma la porte, me disant d'un air moqueur:

— Qu'est-ce que tu faisais donc là, Tiennet?

— Et toi, Joset, qu'est-ce que tu tiens là? que je répondis, voyant qu'il avait sous le bras un paquet emmaillotté d'une toile noire.

— Ça? dit-il. C'est le bon Dieu qui me l'envoie à l'heure dite! Viens, mon Tiennet, viens, ma Brulette; voyez, voyez le beau présent du bon Dieu!

— Le bon Dieu n'a pas des anges si noirs, et ne donne rien aux mauvaises pratiques.

— Tais-toi donc, dit Brulette; laissons-le s'expliquer.

Mais elle n'avait pas fini de dire ces trois mots, qu'il se fit, sur le grand chemin herbu de la font de Fond, comme qui eût dit à vingt pas de la maison, qui n'en était séparée que par son jardin et sa chènevière, un sabbat enragé, comme si deux cents bêtes folles galopaient à la fois. Et la clochette clochait, les chiens jappaient, et la grosse voix de l'homme noir criait: — Tôt! tôt! ci, ci! à moi, Clairin, encore, encore! Il m'en faut encore trois! A toi, Louveteau, à toi, Satan!... vite, vite, en route!

Pour le coup, Brulette eut si belle peur, qu'elle se recula de Joseph et vint se mettre à côté de moi, ce qui me bailla grand courage; et, reprenant mon fusil:

— Je n'entends pas, dis-je à Joseph, que ton monde vienne se réjouir à nuitée autour d'ici. Voilà Brulette qui en a assez, et qui souhaiterait bien d'être rendue chez elle. Or çà, finis ton charme, ou je vas donner la chasse à ton sabbat.

Joset m'arrêta comme je sortais.

— Reste là, me dit-il, et ne te mêle pas de ce qui ne te regarde point. Faire se pourrait que tu en eusses regret plus tard. Tiens-toi tranquille et regarde ce que j'apporte; tu sauras ensuite ce qui en est.

Comme le vacarme s'en allait se perdant, je consentis à regarder, d'autant que Brulette était affollée de savoir ce qu'était ce paquet, et Joseph le défaisant, nous fit voir une musette si grande, si grosse, si belle, que c'était, de vrai, une chose merveilleuse et telle que je n'en avais jamais vue.

Elle avait double bourdon, l'un desquels, ajusté de bout en bout, était long de cinq pieds, et tout le bois de l'instrument, qui était de cerisier noir, crevait les yeux par la quantité d'enjolivures de plomb, luisant comme de l'argent fin, qui s'incrustaient sur toutes les jointures. Le sac à vent était d'une belle peau, chaussée d'une taie d'indienne rayée bleu et blanc; et tout le travail était agencé d'une mode si savante, qu'il ne fallait que bouffer bien petitement pour enfler le tout et envoyer un son pareil à un tonnerre.

— Le sort en est donc jeté? dit Brulette, que Joseph n'écoutait guère, tant il trouvait d'aise à démonter et à remonter toutes les pièces de sa musette; tu vas donc te faire cornemuseux, Joset, sans égard pour les empêchements qu'y s'y rencontrent, et pour le souci que ta mère en prend?

— Je serai cornemuseux, dit-il, quand je saurai cornemuser. D'ici-là, il poussera du blé sur la terre et il tombera des feuilles dans les bois. Ne nous inquiétons point de ce qui sera, enfants! mais sachez ce qui est, et ne m'accusez plus de faire marché avec le diable.

Celui qui vient de m'apporter cela n'est ni sorcier, ni

2

démon. C'est un homme un peu rude à l'occasion, son métier l'y oblige, et comme il s'en va passer la nuit pas loin d'ici, je te conseille et te prie, mon ami Tiennet, de n'aller point du côté où il est. Excuse-moi de ne te point dire comme il se nomme et quel est son métier; et mêmement, promets-moi de ne pas dire que tu l'as vu et qu'il a passé par ici. Ça pourrait lui amener des ennuis, ainsi qu'à nous autres. Sache seulement que cet homme-là est de bon conseil et de bon jugement. C'est lui que tu as entendu dans la fougeraie de la forêt de Saint-Chartier, jouant d'une musette pareille à celle-ci; car, encore qu'il ne soit pas cornemuseux de son état, il en sait long et m'a fait entendre des airs qui sont plus beaux que tous les nôtres. C'est lui qui, voyant que, pour n'avoir pas l'argent suffisant, j'étais empêché d'acheter pareil instrument, s'est contenté d'une petite avance, et m'a fait celle du reste, me promettant de me rapporter l'instrument vers le temps où nous voici, et consentant à attendre ma commodité pour m'acquitter. Car cette chose-là coûte huit bonnes pistoles, voyez-vous, et c'est quasiment une année de ma peine. Or, je n'avais que le tiers de la somme, et il m'a dit : « Si tu te fies à moi, donne, et je me fierai à toi pareillement. » Voilà comme la chose s'est faite; je ne le connaissais mie, et nous n'avions pas de témoins, il m'eût trompé s'il eût voulu; et si j'eusse pris conseil de vous pour cela, convenez que vous m'en eussiez détourné. Vous voyez pourtant que c'est un homme bien fidèle, car il m'avait dit : « Je passerai du côté de ton endroit à la Noël qui vient, et je te ferai réponse. » A la Noël, je l'ai attendu à l'orme Râteau, et il a passé, et il m'a dit : « La chose n'est point terminée, on y travaille; entre le premier et le dixième jour de mai, je passerai encore, et je te l'apporterai. » Et voilà que nous sommes le huit de mai. Il a passé, et, comme s'il détournait un peu de son chemin pour aller me chercher au bourg, étant ici près, il a entendu l'air que je flûtais et qu'il sait bien n'être connu que de moi au pays d'ici; tandis que moi, j'ai bien entendu et reconnu son *clairin*. C'est comme cela que, sans que le diable y ait eu part, nous nous sommes donné le bonsoir, en nous promettant de nous revoir à la Saint-Jean.

— S'il en est ainsi, répondis-je, pourquoi ne lui as-tu point dit d'entrer chez nous, où il se serait reposé et rafraîchi d'un bon coup de vin? Je lui aurais fait bonne fête pour t'avoir si honnêtement tenu parole.

— Oh! pour ce qui est de ça, dit Joseph, c'est un homme qui ne se comporte pas toujours comme les autres. Il a ses coutumes, ses idées et ses raisons. Ne m'en demande pas plus que je ne peux t'en dire.

— C'est donc qu'il cache des honnêtes gens? fit Brulette. Ça me paraît pire que d'être sorcier. C'est quelqu'un qui a fait du mal, puisqu'il ne roule que de nuit, et que tu ne peux point le nommer à tes amis.

— Je vous dirai ça demain, répondit Joseph en souriant de nos craintes. Pour ce soir, pensez comme vous voudrez, je ne vous dirai rien de plus. Allons, Brulette, voilà que le coucou marque minuit. Je vas te reconduire, et je mettrai chez toi ma cornemuse en garde et en cache; car ce n'est point dans tout le pays d'alentour que je peux m'y essayer, et le temps de me faire connaître n'est point encore venu.

Brulette me fit son adieu bien gentiment, en mettant sa main dans la mienne. Mais quand je vis qu'elle mettait tout son bras sous celui de Joseph, pour s'en aller, la jalousie me galopant encore une fois, je les laissai partir par le chemin, et, coupant droit par le côté de la chènevière, je traversai le petit pré et me postai sous la haie pour les voir passer ensemble. Le temps s'était éclairci un peu, et, comme il avait tombé de l'eau, je vis Brulette quitter le bras de Joseph pour relever sa robe plus commodément, en lui disant : — Tiens, ça n'est pas aisé de marcher deux de front. Passe devant moi.

A la place de Joset, j'eusse offert de la porter dans le mauvais chemin, ou, si je n'eusse point osé la prendre dans mes bras, à tout le moins j'aurais resté derrière elle pour regarder tout mon soûl sa jolie jambe. Mais Joset n'en fit rien; il ne s'embarrassait d'aucune chose au monde que de sa musette, et, en le voyant la plier avec soin et la regarder avec amour, je connus bien qu'il n'avait point d'autre amoureuse pour le moment.

Je rentrai chez moi plus tranquille de toutes façons, et me mis au lit, un peu fatigué de mon corps et de mon esprit.

Mais je n'y fus pas un quart d'heure sans être éveillé par monsieur Parpluche, qui, s'étant amusé avec les chiens de l'homme étranger, revenait chercher son maître, et qui grattait à ma porte. Je me levai pour le faire entrer, et m'avisai alors d'un bruit dans mon avoine, laquelle poussait verte et drue derrière la maison, et qui me sembla it tondue à belles dents et labourée à quatre pieds par quelque bête à qui je n'avais point vendu mon grain en herbe.

J'y courus, armé du premier bâton qui me tomba sous la main et en sifflant Parpluche, qui ne m'obéit point et s'en fut chercher son maître, après avoir flairé dans la maison.

Entrant donc dans mon petit champ, j'y vis quelque chose qui se roulait sur le dos, les pattes en l'air, écrasant à droite et à gauche, se relevant, sautant, broutant, et prenant du tout bien à son aise. Je fus un moment sans oser courir dessus, ne connaissant pas quelle bête c'était. Je n'en distinguais bien que les oreilles, qui étaient trop longues pour appartenir à un cheval; mais le corps était trop noir et trop gros pour être celui d'un âne. Je m'en approchai doucement; la bête ne paraissait ni méchante, ni farouche, et je connus alors que c'était un mulet, encore que je n'en eusse pas vu souvent, car on n'en élève point dans nos pays, et les muletiers n'y passent guère. Je m'apprêtais à le prendre et le tenais déjà aux crins, quand, levant de l'arrière-train et lâchant une douzaine de ruades dont je n'eus que le temps de me garer, il sauta comme un lièvre par-dessus le fossé et s'ensauva si vite, qu'en un moment je l'eus perdu de vue.

Ne me souciant point d'avoir mon avoine gâtée par le retour de cette bête, je renonçai à dormir avant d'en avoir le cœur net. Je rentrai à la maison pour prendre ma veste et mes souliers, et, fermant bien les portes, je descendis par les prés vers le côté où j'avais vu courir la mule. J'avais bien une doutance que ça faisait partie de la bande à l'homme noir, ami de Joseph; justement, Joseph m'avait conseillé de n'y rien voir; mais depuis que j'avais touché une bête vivante, je ne me sentais plus aucune crainte. On n'aime pas les fantômes; mais quand on est sûr d'avoir affaire à du solide, c'est autre chose, et du moment que l'homme noir était un homme, si fort fût-il et si barbouillé lui plût-il de se montrer, je ne m'en embarrassais non plus que d'une belette.

Vous n'êtes pas sans avoir ouï-dire que j'étais un des plus forts du pays dans mon jeune temps, puisque, tel que me voilà, je ne crains encore personne.

Avec ça, j'étais vif comme un gardon, et je savais qu'en un danger au-dessus du pouvoir d'un seul, il aurait fallu être un oiseau ailé pour m'attraper à la course. M'étant donc précautionné d'une corde, et armé de mon fusil, à moi, qui n'avait point de balles bénites, mais qui portait plus juste que celui de mon père, je me mis à la recherche.

Je n'avais pas fait deux cents pas, que je vis trois autres bêtes pareilles, dans la marsèche à mon beau-frère, lesquelles s'y comportaient aussi malhonnêtement que possible. Comme la première, elles se laissèrent bien approcher, mais, tout aussitôt, prirent leur course et se sauvèrent dans un autre héritage qui dépendait du domaine de l'Aulnières, et où s'ébattait une troupe d'autres mules, toutes bien en point, réveillées comme souris et gambillant à la lune levante en vraie chasse à baudet, qui est, comme vous savez, la danse des bourriques du diable, quand les follets et les fades galopent dessus à travers les nuées.

Il n'y avait pourtant point là de magie, mais bien une grande fraude de pâture et un ravage abominable. La récolte n'était pas mienne, et j'aurais pu me dire que cela ne me regardait point; mais je me sentais écoléré d'avoir couru pour rien après ces méchantes bêtes, et on ne peut voir saccager du beau froment du bon Dieu sans y avoir regret.

Je m'avançai donc dans cette grande pièce de blé sans voir âme chrétienne, mais voyant bien foisonner les mulets, et songeant d'en attraper quelqu'un qui pût me servir de témoignage, quand je viendrais à porter plainte du mal commis sur ma terre.

J'en avisai un qui me paraissait plus raisonnable que les autres, et quand je fus auprès, je vis que ce n'était point le même gibier, mais bien le petit cheval maigre qui avait une clochette au cou, laquelle clochette, comme j'ai su plus tard, s'appelle *clairin*, en pays bourbonnais, et donne le nom au cheval qui la porte. Ne sachant rien des usances du monde où je me trouvais, ce fut par grand hasard que je pris le bon moyen, qui fut de m'emparer du clairin et de l'emmener, sauf à accrocher un mulet ou deux ensuite, si je pouvais y aboutir.

La petite bête, qui paraissait mignonne et bien privée, se laissa caresser et emmener sans souci de rien; mais, dès qu'elle se mit à marcher, son clairin se mettant à sonner, grande fut ma surprise de voir accourir toutes les mules éparses emmi les blés, lesquelles volèrent après moi comme les abeilles après la reine. Par là je vis qu'elles étaient dressées à suivre le clairin, et qu'elles connaissaient la sonnerie comme bons moines connaissent la cloche de matines.

SIXIÈME VEILLÉE

Je ne me demandai pas longtemps ce que j'allais faire de cette bande malfaisante. Je tirai droit sur le domaine de l'Aulnières, pensant, avec raison, qu'il me serait aisé d'ouvrir la barrière de la cour, d'y faire entrer tout mon monde, après quoi, j'éveillerais les métayers, lesquels, avertis du dommage, agiraient comme bon leur semblerait.

J'approchais du domaine, lorsque, par aventure, il me parut voir, sur le chemin, un homme qui accourait derrière moi. J'armai mon fusil, songeant que si c'était le maître des mulets, j'aurais maille à partir avec lui.

Mais c'était Joseph, qui revenait de conduire Brulette au bourg et qui retournait à l'Aulnières.

— Que fais-tu là, Tiennet? me dit-il en me rejoignant au plus vite qu'il put courir; ne t'avais-je point averti de ne pas sortir de chez toi? Tu te mets-là en danger de mort: lâche ce cheval et ne te soucie de ces bêtes. Ce qu'on ne peut empêcher, il vaut mieux le souffrir que chercher un pire mal.

— Merci, mon camarade, que je lui répondis: tu as des amis bien aimables, qui viennent faire pâturer leur cavalerie dans mon bien, et je ne soufflerais mot? C'est bon, c'est bon! passe ton chemin si tu as peur; moi, j'irai jusqu'au bout, et me ferai raison par justice ou par force.

Comme je disais cela, m'étant arrêté avec les bêtes pour lui répondre, nous entendîmes japper au loin, et Joset, prenant vivement la corde qui me servait à mener le cheval, me dit:

— Alerte, Tiennet! voilà les chiens du muletier! si tu ne veux être dévoré, lâche le clairin; aussi bien, le voilà qui reconnaît la voix de ses gardiens et tu n'en aurais pas bon marché maintenant.

Il disait vrai; le clairin avait dressé les oreilles en avant pour écouter, puis, les couchant en arrière, ce qui est une grande marque de dépit, il se mit à hennir, à se cabrer, à ruer, ce qui mit toutes les mules en danse autour de nous, si bien que nous n'eûmes que le temps de nous en retirer, laissant partir le tout, bride avalée, du côté des chiens.

Je n'étais guère content de céder, et comme les chiens, après avoir rassemblé leur troupeau enragé, faisaient mine de venir sur nous pour nous demander nos comptes, je fis celle d'abattre d'un coup de fusil le premier des deux qui me porterait la parole.

Mais Joset alla au-devant de lui et s'en fit reconnaître.

— Ah! Satan, lui dit-il, vous êtes en faute. Vous vous êtes amusé à courir quelque lièvre dans les blés, au lieu de garder vos bêtes, et quand votre maître se réveillera, vous serez corrigé si vous n'êtes pas à votre poste, avec Louveteau et le Clairin.

Le chien Satan, connaissant qu'on lui faisait reproche de sa conduite, obéit à Joset, qui l'appela vers une grande friche où les mules pouvaient pâturer sans faire de dommage, et où Joseph me dit qu'il resterait à les garder jusqu'au retour de leur maître.

— C'est égal, Joset, lui dis-je, ça ne se passera pas si tranquillement que tu crois, et si tu ne veux me dire où est caché le maître de ces mulets, je resterai là à l'attendre aussi, pour lui dire son fait et demander réparation du tort qu'il m'a causé.

— Je vois bien, reprit Joseph, que tu ne sais pas la vie des muletiers, puisque tu crois si commode d'en avoir raison; et, de vrai, c'est, je crois, la première fois qu'il en passe par ici. Ce n'est point leur chemin, puisque, d'ordinaire, ils descendent des bois du Bourbonnais par ceux de Meillant et de l'Épinasse, pour passer dans ceux de

Cheurre. C'est par aventure que je me suis trouvé en rencontrer dans la forêt de Saint-Chartier où ils faisaient halte pour gagner Saint-Août, et du nombre était celui-ci, qui s'appelle Huriel, et qui est demandé, à présent, aux forges d'Ardentes, pour porter du charbon et du minerai. Il a bien voulu se détemcer d'une couple d'heures pour m'obliger. Il s'en suit qu'ayant quitté ses compagnons et les pays de brandes qui se trouvent sur le chemin fréquenté de ceux de son état, et où les mules peuvent pâturer sans nuire à personne, il a peut-être cru pouvoir se donner même licence dans nos pays de grain ; et encore qu'il ait grand tort, il serait mal commode de lui faire entendre qu'il n'y a pas droit.

— Et si, faudra-t-il bien qu'il l'entende de moi, répondis-je, car je sais maintenant de quoi il retourne. Oh ! oh ! des muletiers ! on sait ce que c'est, et tu me donnes souvenance de ce que j'en ai ouï raconter à mon parrain Gervais, le forestier. Ce sont gens sauvages, méchants et mal appris, qui vous tuent un homme dans un bois avec aussi peu de conscience qu'un lapin ; qui se prétendent le droit de ne nourrir leurs bêtes qu'aux dépens du paysan, et qui, si on le trouve malséant, et qu'ils ne soient pas les plus forts pour résister, reviennent plus tard ou envoient leurs compagnons faire périr vos bœufs par maléfice, brûler vos bâtiments, ou pis encore ; car ils se soutiennent comme larrons en foire.

— Puisque tu as ouï parler de ces choses, dit Joseph, tu vois que nous aurions tort, pour un petit dommage, d'en attirer un plus grand aux métayers, mes maîtres, et à ta famille. Je suis loin de trouver bon ce qui s'est passé, et quand maître Huriel m'a dit qu'il allait faire pâturer par ici et faire sa couchée à la belle étoile, comme ils font en tout temps et en tout lieu, je lui avais enseigné cette chaume et recommandé de ne pas laisser promener ses mulets dans les terres ensemencées. Il me l'avait promis, car il n'est pas méchant ; mais il a les sens bien vifs et ne reculerait pas devant une bande de monde qui lui tomberait sur le corps. Sans doute, il pourrait bien demeurer sur la place ; mais je te demande, Tiennet, si un dommage de dix ou douze boisseaux de grain (je mets tout au pis), mérite mort d'homme et tout ce qui s'ensuit pour ceux qui auraient fait ce mauvais coup. Retourne donc à ton bien, vire les mauvaises bêtes, mais ne cherche querelle à personne ; si on te questionne demain, dis que tu n'as rien vu, car de témoigner en justice contre un muletier, c'est quasiment aussi mauvais que de témoigner contre un seigneur.

Joseph avait raison ; je m'y rendis, et repris le chemin de chez nous ; mais je n'en étais pas plus content pour ça, car de reculer devant la crainte d'un défi, c'est sagesse pour les vieux et dépit pour les jeunes.

J'approchais de ma maison, bien décidé à ne me point coucher, quand il me parut y voir de la clarté. Je redoublai des jambes, et, trouvant grande ouverte la porte que j'avais laissée fermée au loqueteau, j'avançai sans roidir, et vis un homme dans ma cheminée, allumant sa pipe à une flambée qu'il s'était faite. Il se retourna pour me regarder aussi tranquillement que si j'entrais chez lui, et je reconnus l'homme encharbonné que Joseph nommait Huriel.

Alors la colère me revint, et, fermant la porte derrière moi :

— C'est bien ! que je fis en m'avançant sur lui ; et je

suis content que vous veniez dans la gueule du loup. Nous allons nous dire deux mots, à cette heure.

— Trois, si vous voulez, fit-il en s'asseyant sur ses talons et en tirant le feu de sa pipe, dont le tabac était humide et ne prenait pas. Et il ajouta, comme en se moquant :

— Il n'y a pas seulement chez vous une mauvaise pincette pour prendre la braise !

— Non, que je répondis ; mais il y a une bonne trique pour rabattre vos coutures.

— Pourquoi donc ça, s'il vous plaît ? fit-il encore sans perdre une miette de son assurance. Vous êtes fâché que j'entre chez vous sans permission ? Pourquoi n'y étiez-vous point ? J'ai frappé à la porte, j'ai demandé du feu, ça ne se refuse jamais. Qui ne répond consent, j'ai poussé le loquet. Pourquoi n'avez-vous point de serrure, si vous craignez les voleurs ? J'ai regardé vers les lits, j'ai trouvé maison vide ; j'ai allumé ma pipe, et me voilà. Qu'est-ce que vous avez à dire ?

En parlant comme je vous dis, il prit son fusil dans sa main comme pour en examiner la batterie, mais c'était bien pour me dire : — Si vous êtes armé, je le suis pareillement, et nous serons à deux de jeu.

J'eus l'idée de le coucher en joue pour le tenir en respect ; mais, à mesure que je regardais sa figure noircie, je lui trouvais un air si ouvert et un œil éveillé si bon enfant, que je sentais moins de colère que de fierté. C'était un jeune homme de vingt-cinq ans tout au plus, grand et fort, et qui, rasé et lavé, pouvait être joli garçon. Je posai mon fusil au long du mur, et m'approchant de lui sans crainte :

— Causons, lui dis-je en m'asseyant à son côté.

— A vos souhaits, fit-il, posant pareillement son arme.

— C'est vous qu'on nomme Huriel ?

— Et vous Étienne Depardieu ?

— D'où savez-vous mon nom ?

— D'où vous savez le mien : de notre petit ami Joseph Picot.

— C'est donc à vous les mulets que je viens de prendre ?

— Que vous venez de prendre ? fit-il en se levant à moitié, d'étonnement. Puis, se mettant à rire : — Vous plaisantez ! On ne prend pas mes mulets comme ça.

— Si fait, lui répondis-je, on les prend en emmenant le clairin.

— Ah ! vous connaissez la manière ? dit-il d'un air de défiance ; mais les chiens ?

— On ne craint pas les chiens quand on a un bon fusil dans la main.

— Auriez-vous tué mes chiens ? fit-il encore en se levant tout à fait. Et sa figure flamba de colère, d'où je vis que s'il était d'humeur joviale, il pouvait aussi être terrible à son moment.

— J'aurais pu tuer vos chiens, répondis-je ; j'aurais pu emmener vos bêtes en fourrière dans une métairie où vous auriez trouvé une dizaine de bon gars pour parlementer. Je ne l'ai pas fait, parce que Joseph m'a remontré que vous étiez seul, et que, pour un dommage, c'était lâche de mettre un homme seul dans le cas de se faire tuer. J'ai écouté cette raison-là ; mais nous voilà un contre un. Vos bêtes ont gâté mon champ et celui de ma sœur ; de plus, vous venez d'entrer chez moi en mon absence, ce qui est malhonnête et insolent. Vous allez me faire excuse de votre comportement, me proposer indemnité pour le dommage de mon grain, ou bien...

— Ou bien quoi? dit-il en ricanant.

— Ou bien nous allons plaider selon les droits et coutumes du Berry, qui sont, je pense, les mêmes que ceux du Bourbonnais, quand on prend les poings pour avocats.

— C'est-à-dire au droit du plus fort? fit-il en retroussant ses manches. Ça me va mieux que d'aller devant les procureurs, et si vous êtes seul, si vous n'agissez pas en traître...

— Venez dehors, lui dis-je, vous verrez que je suis seul. Vous avez tort de me faire injure; car, en entrant ici, je vous tenais au bout de mon fusil. Mais les armes sont faites pour tuer les loups et les chiens enragés. Je n'ai pas voulu vous traiter comme une bête, et, bien qu'à présent vous soyez en mesure ne me fusiller aussi, je trouve qu'entre hommes c'est lâche de s'envoyer des balles, la force ayant été donnée aux humains pour s'en servir. Vous ne me paraissez pas plus manchot que moi, et si vous avez du cœur...

— Mon garçon, fit-il en me tirant auprès du feu pour me regarder, vous avez peut-être tort : vous êtes plus jeune que moi, et, encore que vous paraissiez sec et solide, je ne répondrais pas de votre peau. J'aimerais mieux que vous me parliez gentiment pour me réclamer votre dû, et vous en remettre à ma justice.

— En voilà assez, lui dis-je en lui faisant tomber son chapeau dans les cendres pour le fâcher; c'est le mieux cogné de nous deux qui sera le plus gentil tout à l'heure.

Il ramassa son chapeau tranquillement, le mit sur la table et dit :

— Quelles sont vos coutumes dans le pays d'ici?

— Entre jeunes gens, répondis-je, il n'y a ni malice ni traîtrise. On se *toure* à bras-le-corps, on tape où l'on peut, sauf la figure. Celui qui prend un bâton ou une pierre est réputé coquin et assassin.

— C'est comme chez nous, fit-il. Marchons donc, j'ai intention de vous ménager; mais si j'y vas plus fort que je ne veux, rendez-vous, car il y a un moment, vous le savez, où on ne peut pas bien répondre de soi.

Quand nous fûmes dehors, à même l'herbe drue, nous mîmes habits bas pour ne nous point gâter inutilement, et commençâmes à nous tourner, en nous serrant les flancs et en nous enlevant l'un l'autre. J'avais avantage sur lui, pour ce qu'il était plus grand de toute la tête et que son grand abattage me donnait meilleure prise. D'ailleurs, il n'était pas échauffé, et, croyant avoir trop vite raison de moi, il ne donnait pas sa force; si bien que je le déracinai à la troisième suée, et l'étendis sous moi : mais là il reprit son avoir, et devant que j'eusse le temps de frapper, il se roula comme un serpent et m'enlaça si serré que j'en perdais mon soupir.

Pourtant je trouvai moyen de me relever avant lui, et de lui revenir sus. Quand il vit qu'il avait affaire à franche partie et attrapait du bon dans l'estomac et sur les épaules, il m'en porta aussi de rudes, et je dois dire que son poing pesait comme un marteau de forge. Mais j'y serais mort plutôt que d'en rien sentir, et chaque fois qu'il me criait : *Rends-toi!* le courage et le moyen me revenaient pour le payer en même argent.

Si bien, qu'un bon quart d'heure durant, la lutte sembla

égale. Enfin, je sentis que je m'épuisais, tandis qu'il ne faisait que de s'y mettre; car s'il n'avait pas les ressorts meilleurs que moi, il avait pour lui l'âge et le tempérament. Et, de fine force, je me trouvai dessous et bien battu, sans me pouvoir dégager. Nonobstant, je ne voulus crier merci, et quand il vit que je m'y ferais tuer, il se comporta en homme généreux. — En voilà assez, fit-il en me lâchant le gosier; tu as la tête plus dure que les os, je vois ça? et je te les casserais avant de la faire céder. C'est bien! Puisque tu es un homme, soyons amis. Je te fais excuse d'être entré en ta maison; et, à cette heure, voyons les ravages que t'ont fait mes mules. Me voilà prêt à te payer aussi franchement que je t'ai battu. Après quoi, tu me donneras un verre de vin, afin que nous nous quittions bons camarades.

Le marché conclu, et quand j'eus empoché trois bons écus qu'il me donna pour moi et mon beau-frère, j'allai tirer du vin et nous nous mîmes à table. Trois pichets de deux pintes y passèrent, le temps de dire les grâces, car nous étions bien altérés au jeu que nous avions joué, et maître Huriel avait un coffre qui en tenait tant qu'on voulait. Il me parut bon compagnon, beau causeur et aimable à vivre au possible; et moi, ne voulant pas rester en arrière de paroles et d'actions, je remplissais son verre à chaque minute et lui faisais des jurements d'amitié à casser les vitres.

Il ne paraissait point se sentir de la bataille; si fait bien m'en ressentais-je; mais ne voulant pas le montrer, je lui fis offre d'une chanson, et j'en tirai une, avec un peu d'effort, de mon gosier, encore chaud de la pressurée de ses mains. Il n'en fit que rire. — Camarade, me dit-il, ni toi ni les tiens ne savez que c'est que chanter. Vos airs sont fades et votre souffle écourté comme vos idées et vos plaisirs. Vous êtes une race de colimaçons, humant toujours même vent et suçant même écorce; car vous pensez que le monde finit à ces collines bleues qui cerclent votre ciel, et qui sont les forêts de mon pays. Moi, je te dis, Tiennet, que c'est là que le monde commence, et que tu marcherais de ton meilleur pas, bien des jours et des nuits, avant de sortir de ces grands bois auprès desquels les vôtres sont des carrés de pois ramés. Et quand tu en aurais gagné le bout, tu trouverais des montagnes et encore des bois tels que tu n'en a jamais vus, car ce sont de grands et beaux sapins d'Auvergne inconnus dans vos plaines grasses. Mais à quoi bon te parler de ces endroits que tu ne verras jamais? Le Berrichon, je le sais, est une pierre qui roule d'un sillon sur l'autre, revenant toujours sur celui de droite quand la charrue l'a poussé pour une saison sur celui de gauche. Il respire un air lourd, il aime ses aises, il n'a point de curiosité; il chérit son argent, et ne le dépense point; mais il ne sait pas l'augmenter, et n'a ni invention ni courage. Je ne dis pas ça pour toi, Tiennet; tu sais te battre, mais c'est pour défendre ton bien, et tu ne saurais pas en acquérir par industrie, comme nous autres, esprits voyageurs qui vivons partout comme chez nous, et prenons par ruse ou par force ce qu'on ne nous donne pas de bon gré.

— Oui, j'en suis d'accord, répondis-je; mais ne faites-vous pas là un métier de brigands? Voyons, ami Huriel, ne vaut-il pas mieux être moins riche et n'avoir rien à se reprocher? car enfin, quand, sur vos vieux jours, vous jouirez de votre fortune mal acquise, aurez-vous la conscience bien nette?

— Mal acquise! Voyons, ami Tiennet, dit-il en riant, vous qui avez, je suppose, comme tous les petits propriétaires de ce pays, une vingtaine de moutons, deux ou trois chèvres, et peut-être une pauvre bourrique à nourrir sur le communal, quand, par inadvertance, vous les laissez peler les arbres et manger le blé vert du voisin, courez-vous en offrir réparation? Ne les ramenez-vous pas au plus vite sans rien dire, quand vous voyez paraître les gardes? Et s'ils vous font procédure, ne pestez-vous contre eux et contre la loi? Et si vous pouviez, sans danger, les tenir dans quelque bon coin, n'est-ce pas sur leurs épaules que vous payeriez l'amende à beaux coups de trique? Tenez! c'est par couardise ou par force que vous respectez la règle, et c'est parce que nous y échappons que vous nous blâmez, par jalousie des franchises que nous savons prendre!

— Je ne peux pas goûter votre morale étrangère, Huriel; mais nous voilà bien loin de la musique. Pourquoi raillez-vous ma chanson? Est-ce que vous prétendez en savoir de meilleures?

— Je ne prétends rien, Tiennet; mais je te dis que la chanson, la liberté, les beaux pays sauvages, la vivacité des esprits, et, si tu veux aussi, l'art de faire fortune sans devenir bête, tout ça se tient comme les doigts de la main; je te dis que crier n'est pas chanter, et que vous avez beau beugler comme des sourds dans vos champs et dans vos cabarets, ça ne fait pas de la musique. La musique est chez nous, elle n'est pas chez vous. Ton ami Joset l'a bien senti, lui qui a les sens plus légers que toi; car, pour toi, mon petit Tiennet, je vois bien que je perdrais mon temps à t'en vouloir montrer la différence. Tu es un franc Berrichon, comme un moineau franc est un moineau franc, et ce que tu es à cette heure, tu le seras dans cinquante ans d'ici; ton crin aura blanchi, mais ta cervelle n'aura pas pris un jour.

— Pourquoi me juges-tu si sot? repris-je un peu mortifié.

— Sot? Pas du tout, dit-il. Franc de ton cœur et fin de ton intérêt, tu l'es et le seras; mais vivant de ton corps et léger de ton âme, tu ne saurais jamais l'être.

Voici pourquoi, Tiennet, dit-il encore en me montrant les meubles qui étaient dans la maison. Voilà de bons gros lits ventrus, où vous dormez dans la plume jusque par-dessus les yeux. Vous êtes gens de bêche et de pioche, et faiseurs de grandes tâches qui se voient au soleil; mais il vous faut ensuite la couette de fin duvet pour vous reposer. Nous autres, gens des forêts, nous serions malades s'il fallait nous ensevelir vivants dans des draps et des couvertures. Une hutte de branchage, un lit de fougère, voilà notre mobilier, et même ceux de nous qui voyagent sans cesse et qui ne se soucient pas de payer dans les auberges, ne supportent pas le toit d'une maison sur leurs têtes; au cœur des hivers, ils dorment à la franche étoile sur la bâtine de leurs mulets, et la neige leur sert de linge blanc.

— Voilà des dressoirs, des tables, des chaises, de la belle vaisselle, des tasses de grès, du bon vin, une crémaillère, des pots à soupe, que sais-je? Il vous faut tout cela pour être contents; vous mettez à chaque repas une bonne heure pour vous lester; vous mâchonnez comme des bœufs qui ruminent: aussi, quand il vous faut remettre sur vos jambes et retourner à l'ouvrage, vous avez un crève-cœur qui revient tous les jours deux ou trois fois. Vous êtes lourds et pas plus gaillards d'esprit que vos bêtes de trait. Le dimanche, accoudés sur des tables, mangeant plus que votre faim et buvant plus que votre soif, croyant vous divertir et vous réconforter en vous indigérant, soupirant pour des filles qui s'ennuient avec vous sans savoir pourquoi; dansant vos bourrées traînantes dans des chambres ou dans des granges où l'on étouffe, vous faites, d'un jour de liesse et de repos, une pesanteur de plus sur vos estomacs et sur vos esprits; et la semaine entière vous en paraît plus triste, plus longue et plus dure. Oui, Tiennet, voilà la vie que vous menez. Pour trop chérir vos aises, vous vous faites trop de besoins, et pour trop bien vivre, vous ne vivez pas.

— Et comment donc vivez-vous, vous autres muletiers? lui dis-je, un peu ébranlé de sa critique. Voyons, je ne parle pas de ton pays bourbonnais, que je ne connais point, mais de toi, muletier, que je vois là devant moi, buvant rude, mettant les coudes sur la table, n'étant pas fâché de trouver quelque part du feu pour ta pipe et un chrétien pour causer? Es-tu donc fait autrement que les autres hommes? Et quand tu auras mené cette dure vie que tu vantes une vingtaine d'années, l'argent que tu auras ménagé à te priver de tout, ne le dépenseras-tu pas à te procurer une femme, une maison, une table, un bon lit, du bon vin et du repos?

— Voilà bien des questions à la fois, Tiennet, répondit mon hôte. Pour un Berrichon, ça n'est pas mal raisonné. Je vas tâcher d'y répondre. Tu me vois boire et causer, parce que j'aime le vin et que je suis un homme. La table et la société me plaisent même beaucoup plus qu'à toi, par la raison que je n'en ai pas besoin et n'en fais pas mon habitude. Toujours sur pied, mangeant sur le pouce, buvant aux fontaines que je rencontre et dormant sous la feuillée du premier chêne venu, quand, par hasard, je trouve bonne table et bon vin à discrétion, c'est fête pour moi, ce n'est plus nécessité. Vivant souvent seul des semaines entières, la société d'un ami m'est tout un dimanche, et dans une heure de causette, je lui en dis plus que dans une journée de cabaret. Je jouis donc de tout, plus que vous autres, parce que je ne fais abus de rien. Si une gentille fillette ou une femme déterminée me vient trouver dans mon hallier, c'est pour me dire qu'elle m'aime ou qu'elle me veut. Elle sait bien que je n'ai pas le temps d'aller me planter auprès d'elle comme un nigaud pour attendre son heure, et j'avoue qu'en fait d'amour, j'aime ce qui se trouve plutôt que ce qu'il faut chercher et attendre. Quant à l'avenir, Tiennet, je ne sais pas si j'aurai jamais une maison et une famille: si cela m'arrive, j'en serai plus reconnaissant que toi au bon Dieu, et j'en connaîtrai mieux la douceur; mais je jure que ma ménagère ne sera point une de vos grosses rougeaudes, eût-elle vingt mille écus en dot. L'homme amoureux de liberté et de bonheur vrai ne se marie pas pour de l'argent. Je n'aimerai jamais qu'une fille blanche et mince comme nos jeunes bouleaux, une de ces mignonnes alertes comme il en pousse sous nos ombrages et qui chantent mieux que vos rossignols.

— Une fille comme Brulette, pensai-je. Par bonheur, elle n'est point ici, car elle, qui méprise tous ceux qu'elle connaît, se pourrait bien coiffer de ce barbouillé, ne fût-ce que par caprice.

Le muletier continua.

— Adonc, Tiennet, je ne blâme point de suivre le chemin qui est devant toi ; mais le mien va plus loin et me plaît davantage. Je suis content de te connaître, et si tu as jamais besoin de moi, tu peux me requérir. Je ne te demande pas la pareille ; je sais qu'un habitant des plaines, quand il s'agit de faire une douzaine de lieues pour aller trouver un parent ou un ami, se confesse à son curé et presse son testament. Pour nous autres, ce n'est pas de même ; nous volons comme les hirondelles, et on nous rencontre quasiment partout. A revoir, une poignée de main, et si tu t'ennuies jamais de ta vie de paysan, appelle le corbeau noir du Bourbonnais à ton aide ; il se souviendra qu'il a cornemusé un air sur ton dos sans fâcherie, et qu'il t'a cédé par estime de ton bon courage.

SEPTIÈME VEILLÉE

Là-dessus, Huriel alla rejoindre Joseph et moi mon lit, en dépit de la critique du muletier ; car si j'avais, jusque-là, caché par amour-propre et oublié par curiosité le mal que je me sentais dans les os, je n'en étais pas moins vanné des pieds à la tête. Il paraît que maître Huriel reprit sa marche bien allégrement sans se ressentir de rien ; pour moi, je fus forcé de rester couché environ une semaine, car je crachais le sang et je me sentais l'estomac tout décroché. Joseph me vint visiter et s'étonna de me voir ainsi ; mais, par mauvaise honte, je ne lui voulus point raconter mon aventure, voyant que maître Huriel, en lui parlant de moi, ne lui avait pas mentionné de quelle manière nous nous étions expliqués.

Il y eut grand étonnement au pays pour le dommage des blés de l'Aulnières, et la piste des mulets sur nos chemins fut une chose imaginante.

En remettant à mon beau-frère l'argent que j'avais si durement gagné pour lui, je lui racontai le tout, mais sous le secret ; et comme c'était un bon gars bien prudent, il n'en fut rien ébruité.

Cependant Joseph avait caché sa musette au logis de Brulette, et n'en pouvait faire usage, pour ce que, d'une part, la rentrée des foins ne lui en laissa pas le temps, et que, de l'autre, Brulette craignant la malice de Carnat, fit de son mieux pour qu'il renonçât à son idée.

Joseph feignit de se soumettre ; mais il nous parut bientôt qu'il manigançait un nouveau plan, et qu'il songeait de se louer dans une autre paroisse où il espérait d'avoir ses coudées franches.

Aux approches de la Saint-Jean d'été, il ne s'en cacha plus et avertit son maître de se procurer un autre laboureur ; mais il ne fut jamais possible de lui faire dire où il voulait aller ; et, comme il avait coutume de dire : *Je ne sais pas*, à tout ce qu'il voulait taire, nous crûmes que véritablement il s'en allait à la loue comme les autres, sans avoir rien d'arrêté dans son vouloir.

Comme la foire aux chrétiens est grande fête à la ville, Brulette y alla pour danser, et moi aussi. Nous pensions y trouver Joseph et savoir, à la fin de la journée, pour quel maître et pour quel endroit il se serait décidé ; mais il ne parut ni au matin ni au soir sur la place. Personne ne le

vit dans la ville. Il avait laissé sa musette, mais emporté, la veille, ceux de ses effets qu'il déposait d'ordinaire au logis du père Brulet.

Comme nous revenions le soir, Brulette et moi, avec tout son cortège d'amoureux et d'autres jeunesses de notre paroisse, elle me prit le bras, et, marchant avec moi sur le bas-côté herbu de la route, à part des autres, elle me dit :

— Sais-tu, Tiennet, que me voilà en peine de notre Joset ? Sa mère, que j'ai vue tantôt à la ville, est en grand chagrin et ne se peut imaginer où il aura passé. Il y a longtemps déjà qu'il lui a donné à entendre l'intention qu'il avait de s'en aller un peu plus loin ; mais de savoir où, il n'y a pas eu moyen, et aujourd'hui cette pauvre femme se désole.

— Et vous, Brulette, lui dis-je, m'est avis que vous n'êtes point du tout gaie et que vous n'avez point dansé du même cœur qu'aux autres fêtes ?

— J'en conviens, répondit-elle. J'ai de l'amitié pour ce pauvre gars lunatique. D'abord, c'est par devoir, à cause de sa mère, et puis par accoutumance, et enfin, c'est pour estime de son flûtage.

— Est-il possible que le flûtage te fasse tant d'effet ?

— L'effet n'en a rien de blâmable, cousin. Qu'est-ce que tu y trouves à reprendre ?

— Rien ; mais...

— Allons, explique-toi donc, fit-elle en riant, car il y a longtemps que tu me chantes je ne sais quelle antienne là-dessus, et je voudrais pouvoir te dire *amen* pour qu'il n'en soit plus question.

— Eh bien, Brulette, lui dis-je, ne parlons plus de Joseph et parlons de nous deux : ne veux-tu point comprendre que j'ai un grand amour pour toi, et ne me veux-tu point dire si tu y répondras un jour ou l'autre ?

— Oh ! oh ! parles-tu bien sérieusement, cette fois ?

— Cette fois comme les autres. Ça a toujours été très-sérieux de ma part, mêmement quand la honte me faisait tourner la chose en badinage.

— Alors, dit Brulette en doublant le pas avec moi, pour n'être point écoutée de ceux qui nous suivaient, dis-moi comment et pourquoi tu m'aimes : je te répondrai après.

Je vis qu'elle voulait des louanges et de jolies paroles, et je n'étais pas des plus adroits à ce jeu-là. J'y fis de mon mieux et lui dis que depuis que j'étais venu au monde, je n'avais eu qu'elle dans mon idée, comme étant la plus aimable et la plus belle des filles ; mêmement qu'à l'âge où elle n'avait que douze ans, elle m'avait déjà ensorcelé.

Je ne lui apprenais rien de nouveau, et elle confessa s'en être très-bien aperçue au catéchisme. Mais, me raillant :

— Explique-moi donc, me dit-elle, pourquoi tu n'en es point mort de chagrin, puisque je te rembarrais si bien ? et comment tu as fait pour devenir un gars si fort et si bien portant, encore que l'amour te fît, comme tu prétends, sécher sur pied ?

— Ce n'est point là s'expliquer sérieusement comme tu me le promettais, lui répondis-je.

— Si fait, répliqua-t-elle, c'est sérieux, car je n'aurai jamais de préférence que pour celui qui pourra me jurer de n'avoir regardé, aimé, convoité que moi dans toute sa vie.

— Oh ça, c'est bien, Brulette ! m'écriai-je, et, en ce

cas, je ne crains personne, sans exception de ton Joset, qui, j'en conviens, n'a jamais regardé aucune fille, mais dont les yeux ne voient rien, pas même toi, puisqu'il te quitte.

— Laissons Joset, c'est convenu, reprit Brulette un peu vivement, et, puisque tu te vantes de voir si clair, confesse que, malgré ton goût pour moi, tu as reluqué déjà plus d'une fille. Çà, ne mens pas, je hais le mensonge. Qu'est-ce que tu contais si joyeusement, l'an passé, à la Sylvaine? Et, il n'y a pas plus d'un mois ou deux, à la grand'Bonnine, que tu fis danser, sous mon nez, deux dimanches de suite? Crois-tu que je sois aveugle et que l'on m'en donne à garder?

Je fus un peu mortifié d'abord, et puis, encouragé par l'idée qu'il y avait un brin de jalousie chez Brulette, je lui répondis bien franchement :

— Ce que je contais à ces filles-là, ma cousine, n'est pas assez joli pour que je le répète à une personne que je respecte. Un garçon peut faire des sottises pour se désennuyer, et le regret qu'il a ensuite prouve d'autant mieux que son cœur et son esprit n'étaient point de la partie.

Brulette devint rouge ; mais elle reprit aussitôt :

— Alors, Tiennet, tu me peux jurer que mon humeur et ma figure n'ont jamais été rabaissées dans ton estime par la figure et la gentillesse d'aucune autre fille, et cela, depuis que tu es au monde?

— J'en ferais serment, lui dis-je.

— Fais-le donc : mais donne ton attention et ta religion à ce que tu vas dire. Jure-moi par ton père et ta mère, par le bon Dieu par ta conscience, qu'aucune ne t'a jamais semblé aussi belle que moi.

J'allais jurer, quand, je ne sais comment, un souvenir me fit trembler la langue. Je fus bien simple, peut-être, d'y faire attention, car ça n'en eût pas valu la peine pour un esprit plus dégourdi que le mien; mais il ne me fut point possible de mentir, au moment où l'image me revint si clair devant les yeux. Et pourtant, je l'avais oubliée jusqu'à cette heure, et je n'y eusse peut-être jamais repensé, sans les questions et commandements de Brulette.

— Tu n'y vas point vite, dit-elle; mais j'aime mieux ça: je t'estimerai pour une vérité et te mépriserais pour un mensonge.

— Eh bien, Brulette, répondis-je, puisque tu veux que je sois juste, sois-le aussi. Dans toute ma vie, j'ai vu deux filles, deux enfants, l'on peut dire, à l'une desquelles j'aurais barguigné à donner la préférence, si l'on m'eût dit dans ce temps-là, où je n'étais un enfant moi-même : « Voilà les deux mignonnes qui t'écouteront dans la suite des temps ; choisis celle que tu voudrais avoir pour femme. » J'aurais sans doute dit : « C'est ma cousine, » parce que je te connaissais aimable, et que, de l'autre, je ne savais rien de rien, l'ayant vue en tout dix minutes. Et cependant, par réflexion, il est possible que j'eusse senti quelque regret, non parce qu'elle était plus parfaite que toi en beauté, je ne crois point la chose possible; mais parce qu'elle me donna un baiser gros et bon sur chaque joue, lequel je n'avais et n'ai encore jamais reçu de toi. D'où j'aurais pu conclure qu'elle était fille à donner un jour son cœur bien franchement, tandis que la discrétion du tien me tenait dès lors et m'a toujours tenu depuis en peine et en crainte.

— Où donc est cette fille à présent ? demanda Brulette, qui me parut saisie de ce que je disais ; et comment est-ce qu'on la nomme ?

Elle fut bien étonnée d'apprendre que je ne savais ni son nom ni son pays, et que, dans ma souvenance, je ne la pouvais désigner qu'en l'appelant *la fille des bois*. Je lui racontai simplement la petite aventure de la charrette embourbée, et elle en prit occasion de me faire plus de questions que je n'en pouvais contenter ; car il y avait déjà de la confusion dans mes remembrances, et je ne faisais point tant d'état d'une si chétive affaire que Brulette en voulait supposer. Sa tête travaillait pour comprendre chaque mot qu'elle m'arrachait, et on eût dit qu'elle se questionnait elle-même, avec un peu de dépit, pour savoir si elle était assez jolie pour avoir tant d'exigences, et si le moyen de plaire aux garçons était la franchise ou le déguisement.

Peut-être qu'elle fut tentée un petit moment de me faire oublier, par des coquetteries, cette petite revenante que j'avais dans la tête, et qui, plus que de raison, lui portait ombrage, ; mais après deux ou trois mots de badinage, elle répondit à mes reproches : — Non, Tiennet, je ne te ferai pas un tort d'avoir eu des yeux pour une jolie fille, quand la chose est innocente et naturelle comme tu me la racontes ; mais cette bêtise-là, dont nous venons d'amuser nos esprits, a tourné le mien; je ne sais comment, à des réflexions sérieuses sur toi et sur moi. Je suis coquette, mon bon cousin; je sens cette fièvre-là jusque dans la racine de mes cheveux; je ne sais point si j'en guérirai; mais, telle que me voilà, je ne songe à l'amour et au mariage que comme à la fin de toute aise et de toute fête. J'ai dix-huit ans, et c'est déjà l'âge de réfléchir : Eh bien, la réflexion ne me vient encore que comme un coup de poing dans l'estomac ; tandis que toi, dès l'âge de quinze ou seize ans, tu t'es déjà questionné sur la manière d'être heureux en ménage. Et là-dessus, ton cœur simple t'a fait une réponse juste : c'est qu'il te fallait une bonne amie simple et juste comme toi-même, et sans malices, fierté ni folie. Tu te tromperais vilainement si je te disais que je suis ton fait. Que ce soit caprice ou défiance, je ne me sens porté pour aucun de ceux que je peux choisir, et je ne voudrais pas répondre de changer bientôt. Plus je vais, plus ma liberté et ma gaieté me plaisent. Sois donc mon ami, mon camarade et mon parent ; je t'aimerai comme j'aime Joseph, et mieux encore si tu es plus fidèle à mon amitié ; mais ne songe plus à m'épouser. Je sais que tes parents y seraient contraires, et moi-même je le serais malgré moi, et avec le regret de te mécontenter. Voyons, voilà qu'on nous observe et qu'on court après nous pour déranger le discours trop long que nous faisons ensemble. Veux-tu ne point bouder, prendre ton parti, et me rester frère? Si tu dis oui, nous ferons la *jaunée* de Saint-Jean en arrivant au bourg, et nous ouvrirons gaiement la danse tous les deux.

— Allons, Brulette ! lui dis-je en soupirant, c'est comme tu voudras ; je ferai mon possible pour ne plus t'aimer que comme tu me le commandes, et, dans tous les cas, je te resterai bon parent et bon ami, comme c'est mon devoir.

Elle me prit la main, et, s'amusant à faire galoper ses amoureux, elle courut avec moi jusque sur la place du bourg, où déjà les vieux de l'endroit avaient dressé les fagots et la paille de la jaunée. Brulette fut requise comme étant arrivée la première, d'y mettre le feu, et bientôt la flamme s'éleva jusqu'au-dessus du porche de l'église.

Mais nous n'avions point de musique pour danser, lorsque le garçon à Carnat, qui s'appelait François, arriva avec sa musette et ne se fit point prier pour nous venir en aide, car lui aussi en tenait sa bonne part pour Brulette, comme les autres.

On se mit donc à baller bien joyeusement ; mais, au bout de peu de minutes, chacun s'écria que cette musique coupait les jambes. François Carnat y était encore trop novice, et il avait beau faire de son mieux, on ne pouvait pas se mettre en train. Il s'en laissa plaisanter, et continua, bien content d'avoir occasion de s'exercer car c'était, je crois, la première fois qu'il faisait danser le monde.

Ça ne faisait l'affaire de personne, et quand on vit que cette danse, au lieu d'adoucir les jambes déjà lasses, ne faisait que les achever, on parla de se dire bonsoir, ou d'aller finir la journée entre hommes au cabaret. Brulette et les autres fillettes se récrièrent, nous traitant de beuveraches et de malplaisants garçons ; et cela fit un débat, au milieu duquel un grand beau sujet se montra tout d'un coup, avant qu'on eût pu voir d'où il sortait.

— Oui-dà, enfants ! cria-t-il d'une voix si forte qu'elle couvrit tout notre vacarme et se fit écouter d'un chacun : vous voulez danser encore ? qu'à cela ne tienne ! Voilà un cornemuseux de rencontre qui vous en baillera tant que vous en voudrez, et qui, mêmement, ne vous prendra rien pour sa peine. Donnez-moi ça, dit-il à François Carnat, et m'écoutez : ça pourra servir, car, encore que je ne fasse point mon état de musiquer, j'en sais un peu plus long que vous.

Et, sans attendre le consentement de François, il enfla sa musette et se mit à la jouer, aux cris de joie des filles et au grand remercîment des garçons.

J'avais, dès les premiers mots, reconnu la voix et l'accent bourbonnais du muletier ; mais je ne pouvais en croire mes yeux, tant je le voyais changé à son profit.

Au lieu de son sarrau encharbonné, de ses vieilles guêtres de cuir, de son chapeau cabossé et de sa figure noire, il avait un habillement neuf, tout en fin droguet blanc jaspé de bleu, du beau linge, un chapeau de paille enrubané de trente-six couleurs, la barbe faite, la face bien lavée et rose comme une pêche : enfin, c'était le plus bel homme que j'aie vu de ma vie : grand comme un chêne, bien pris de tout son corps, la jambe sèche et nerveuse, les dents comme un chapelet de graines d'ivoire, les yeux comme deux lames de couteau, et l'air avenant d'un bon seigneur. Il reluquait toutes nos filles, souriant aux belles, riant jusqu'aux oreilles devant celles qui n'avaient pas bonne grâce, mais se montrant joyeux et bon compère à tout le monde, encourageant et animant la danse de l'œil, du pied et de la voix ; car il ne soufflait que peu dans la musette, tant il était habile à gouverner son vent, et disait, entre chaque bouffée, mille drôleries et sornettes qui mettaient tous les esprits en joie et folie.

Et de plus, au lieu de compter les reprises et carrements comme font les ménétriers de profession, qui s'arrêtent tout juste, quand ils ont gagné leurs deux sous par chaque couple, il se mit à cornemuser d'affilée un bon

quart d'heure durant, changeant ses airs on ne sait comment, car il passait de l'un à l'autre sans qu'on en vît la couture ; et c'étaient les plus belles bourrées du monde, toutes inconnues chez nous, mais si enlevantes et d'un mouvement si dansable, qu'il nous semblait voler en l'air plutôt que de gigotter sur le gazon.

Je crois qu'il aurait cornemusé et que nous aurions dansé toute la nuit sans nous lasser, ni lui ni nous autres, s'il n'eût été dérangé par le père Carnat, lequel, du cabaret de la Biaude, entendant si bien mener sa musette, était arrivé, bien étonné et bien fier du savoir-faire de son garçon. Mais quand il vit l'instrument dans les mains d'un étranger et François qui prenait sa part de la danse sans songer à mal, la colère le gagna, et, poussant le muletier par surprise, il le fit sauter, de la pierre où il était juché, tout au beau milieu de la danse.

Maître Huriel fut un peu étonné de l'aventure, et, se retournant, il vit Carnat tout dépité, qui lui faisait semonce lui rendre son instrument.

Vous n'avez point connu Carnat le cornemuseux ; c'était déjà un homme d'âge en ce temps-là, mais encore solide et malicieux comme un vieux diable.

Le muletier commença de lui montrer les poings ; mais, retenu par ses cheveux blancs, il lui rendit doucement la musette, en lui répondant : — Vous auriez pu m'avertir avec plus d'honnêteté, mon vieux ; mais s'il vous fâche que je prenne votre place, je vous la rends de bon cœur ; d'autant que je serai content de danser à mon tour, si la jeunesse d'ici veut souffrir un étranger en sa compagnie.

— Oui, oui ! dansez ! vous l'avez bien gagné ! cria le monde de la paroisse, qui s'était tout rassemblé autour de sa belle musique, et qui déjà s'était affolé de lui, les vieux comme les jeunes.

— Or donc, dit-il en prenant la main de Brulette, qu'il avait regardée plus que toutes les autres, je demande, pour mon payement, de danser avec cette jolie blonde, quand même elle serait déjà engagée.

— Elle est engagée avec moi, Huriel, dis-je au muletier ; mais comme nous sommes amis, je te cède mon droit pour cette bourrée.

— Merci ! répondit-il, en me donnant une poignée de main ; et il ajouta dans mon oreille : — Je ne voulais point avoir l'air de te connaître ; si tu n'y vois pas d'inconvénient pour toi, à la bonne heure !

— Ne dites pas que vous êtes muletier, repris-je, et tout ira bien.

Tandis qu'un chacun me questionnait sur l'étranger, une autre question s'élevait sur la pierre des ménétriers : le père Carnat ne voulait plus jouer, ni faire jouer son garçon. Mêmement, il lui faisait grand reproche de s'être laissé supplanter par un homme inconnu, et plus on voulait arranger la chose en lui disant que cet étranger ne prenait pas d'argent, plus il se fâchait rouge. Il en vint à ne se plus connaître quand le père Maurice Viaud lui dit qu'il était un jaloux, et que cet étranger en remontrerait à tous ceux de son état dans le pays.

Alors il vint au milieu de nous, et, s'adressant à Huriel, lui demanda s'il avait patente pour cornemuser, ce qui fit rire tout le monde, et le muletier encore plus. Enfin, sommé de répondre à ce vieux enragé, Huriel lui dit : — Je ne sais pas les coutumes de votre pays, mon vieux ; mais j'ai assez voyagé pour connaître la loi, et je sais que nulle part en France les artistes ne payent patente.

— Les artistes ? fit Carnat, étonné d'un mot que, pas plus que nous, il n'avait jamais ouï employer. Qu'est-ce que vous entendez par là ? Est-ce une sottise que vous me voulez dire ?

— Non point! reprit Huriel ; je dirai les musiqueux, si vous voulez, et je vous déclare que je suis libre de musiquer sans payer aucun droit au roi de France.

— Bien, bien, je sais ça, répondit Carnat ; mais ce que vous ne savez pas, vous, c'est qu'au pays d'ici, les musiqueux payent un droit au corps des ménétriers pour avoir licence d'exercer, et ils en reçoivent lettres-patentes, s'ils en sont agréés après les épreuves.

— Oui-dà ! Je connais cela, répondit Huriel, et sais très-bien quelle monnaie il faut empocher ou débourser dans vos épreuves. Je ne vous conseillerais pas de m'y essayer ; mais, heureusement pour vous, je n'exerce pas votre état et ne prétends rien chez vous ; je joue gratis où il me plaît, et cela, nul ne m'en peut empêcher, par la raison que je suis reçu maître sonneur, tandis que vous ne l'êtes peut-être point, vous qui parlez si haut.

Carnat s'apaisa un peu à cette parole, et ils se dirent tout bas quelques mots que personne n'entendit, par lesquels ils se firent connaître l'un à l'autre qu'ils étaient de la même corporation, sinon de la même compagnie. Les deux Carnat, n'ayant plus rien à objecter, vu que tout le monde rendait témoignage pour Huriel qu'il avait joué sans se faire payer, se retirèrent tout grommelants et en disant des malhonnêtetés que personne ne voulut relever, afin d'en finir.

Dès qu'ils furent partis, on appela la Marie Guillard, qui était une petite jeunesse très-subtile de sa langue, et on la fit chanter, pour que l'étranger pût avoir son plaisir de la danse.

Il ne dansait pas de la même manière que nous autres, encore qu'il s'accordât très-bien à nos carrements et à notre mesure ; mais il avait meilleure façon et donnait du jeu à tout son corps si librement, qu'il paraissait encore plus beau et plus grand que de coutume. Brulette y fit attention, car, au moment qu'il l'embrassa, comme c'est la manière de chez nous au commencement de chaque bourrée, elle devint toute rouge et confuse, contrairement à son habitude, qui était tranquille et indifférente à ce baiser-là.

J'en augurai qu'elle m'avait un peu surfait son mépris pour l'amour ; mais je n'en témoignai rien, et j'avoue qu'en dépit de tout, je me coiffais pour mon compte des grands talents et des belles façons du muletier.

La danse finie, il vint à moi, tenant Brulette par le bras et me disant :

— C'est à ton tour, mon camarade, et je ne peux pas te faire plus grand remercîment que de te rendre cette jolie danseuse. C'est une vraie beauté de mon pays, et, à cause d'elle, je fais réparation à la race berrichonne ; mais pourquoi finir sitôt la fête ? Est-ce qu'il n'y a pas, dans votre bourg, une autre musette que celle de ce vieux chagriné ?

— Si fait, dit vivement Brulette, à qui l'envie de danser encore fit échapper le secret qu'elle eût voulu garder ; mais, tout aussitôt, elle se reprit en rougissant et ajouta :

Du moins, il y a des pipeaux et des porchers qui en savent jouer tant bien que mal.

— Fi! des pipeaux ! dit le muletier ; si on vient à rire, on les avale, et ça fait tousser. J'ai la bouche trop grande pour ces instruments-là, et c'est pourtant moi qui veux vous faire danser, gentille Brulette ; car c'est votre nom, je l'ai entendu, dit-il en s'éloignant un peu avec elle et moi ; et je sais qu'il y a chez vous une musette belle et bonne, venant du Bourbonnais, et appartenant à un certain Joseph Picot, votre ami d'enfance, votre camarade de première communion.

— Oh ! oh ! d'où savez-vous cela ? dit Brulette bien confondue. Vous connaissez donc notre Joseph ? Et peut-être pourriez-vous nous dire où il a passé ?

— En êtes-vous en peine ? dit Huriel en l'observant.

— Si fort en peine que je vous remercierais, d'un grand cœur, de m'en donner nouvelles.

— Eh bien, je vous en donnerai, mignonne, mais pas avant que vous m'ayez remis sa musette, que je suis chargé de lui porter au pays où il est maintenant.

— Quoi ? dit Brulette, il est donc déjà bien éloigné ?

— Assez pour ne pas avoir envie de revenir.

— Vrai, il ne reviendra pas ? Il s'en va pour tout à fait ? Voilà qui m'ôte l'envie de rire et de danser.

— Oh ! ma belle enfant, fit Huriel, vous êtes donc la fiancée de ce petit Joseph ? Il ne m'avait pas dit cela !

— Je ne suis la fiancée de personne, répondit Brulette en se redressant.

— Et pourtant, reprit le muletier, voilà un gage qu'on m'a dit de vous montrer, dans le cas où vous douteriez que je suis chargé d'emporter la musette.

— Où donc ? quel gage ? fis-je à mon tour.

— Regardez à mon oreille, dit le muletier, en relevant une peignée de ses cheveux noirs tout crépus, et en nous montrant un tout petit cœur en argent, passé par son anneau à une grande boucle en or qui lui traversait l'oreille à la manière des bourgeois de ce temps-là.

Je crois bien que ces oreilles percées commencèrent à donner dans la vue de Brulette, car elle lui dit : — Vous n'êtes pas ce que vous paraissez, et je vois bien que vous n'êtes pas un homme à vouloir tromper de pauvres gens. D'ailleurs, c'est bien à moi le gage que vous portez là ; ou plutôt c'est à Joset, car c'est un cadeau que sa mère m'a fait le jour de notre première communion, et que je lui ai donné en souvenance de moi, le lendemain, quand il a quitté la maison pour entrer dans son service. Or donc Tiennet, me dit-elle, va-t'en à mon logis, chercher la musette, et l'apporte là, sous le porche de l'église où il fait noir, sans qu'on voie où tu l'as prise, car le père Carnat est un homme méchant, qui ferait des peines à mon grand-père s'il savait que nous nous sommes prêtés à une pareille chose.

HUITIÈME VEILLÉE

Je fis ce qui m'était commandé, laissant, à contre-cœur, Brulette seule avec le muletier, dans un endroit de la place déjà bien embruni par la nuit tombante. Quand je revins, portant la musette pliée et démontée sous ma blouse, je les retrouvai au même coin, devisant avec beaucoup d'action, et Brulette me dit : — Tiennet, je te prends à témoin que je ne suis point consentante à donner à cet homme-là le gage qu'il a pendu à son oreille. Il prétend ne me le point rendre, parce que, de fait, c'est propriété pour Joset; mais il dit que Joset ne le lui reprendra pas, et encore que ce soit une petite chose qui n'a pas conséquence de dix sous vaillant, il ne me plaît pas d'en faire don à un étranger. Je n'avais pas plus de douze ans quand je l'ai baillé à Joset, et il faudrait être fin pour y entendre malice : mais puisqu'on veut qu'il y en ait, ce m'est une raison de plus pour le refuser à un autre.

Il me sembla que Brulette se donnait trop de mal pour enseigner au muletier qu'elle n'était point l'amoureuse de Joset, et que, pour sa part, le muletier était content de lui trouver le cœur libre d'engagements. En tous cas, il ne se gêna guère pour continuer à la courtiser devant moi.

— Mignonne, lui dit-il, vous avez tort de vous défier. Je ne veux faire montre de vos dons à personne, encore qu'il y eût de quoi être glorieux s'ils étaient miens; mais je reconnais ici, devant Tiennet, que vous ne m'encouragez point à vous aimer. Dire que cela m'en empêchera, je n'en réponds pas; mais, à tout le moins, vous êtes forcée de souffrir que je me souvienne de vous, et que j'estime ce gage de dix sous vaillant à mon oreille, plus qu'aucune autre chose que j'aie jamais convoitée. Joseph est mon ami, et je sais qu'il vous aime; mais l'amitié de ce garçon-là est si tranquille, qu'il ne songera pas seulement à me redemander son gage. Or donc, si nous nous revoyons dans un an ou dans dix, vous le retrouverez là, à moins que l'oreille n'y soit plus.

Et disant ainsi, il prit et embrassa la main de Brulette, et se mit en devoir de rajuster et d'enfler la cornemuse.

— Que faites-vous là? lui dit-elle. Quant à moi, je vous l'ai dit, puisque Joset quitte sa mère et ses amis pour longtemps, j'ai de la peine et ne veux plus me divertir; et tant qu'à vous, vous vous mettez en danger d'une bataille, si d'autres cornemuseux du pays viennent à passer,

— Bah! bah! répondit Huriel, c'est ce qu'on verra; ne vous inquiétez pas de moi; et quant à vous, Brulette, vous danserez, ou je croirai que vous êtes amoureuse d'un ingrat qui vous quitte.

Soit que Brulette eût trop de fierté pour laisser prendre cette idée-là, soit que le diable de la danse fût plus fort qu'elle, sitôt que la musette, dressée et enflée, commença de sonner, elle n'y put tenir et se laissa emmener par moi à la bourrée.

Vous ne sauriez croire, mes amis, quels cris de contentement et d'émerveillance il y eut sur la place, au bruit tonnant de cette musette bourbonnaise et au retour du muletier, que l'on croyait déjà parti. On ne dansait plus que d'un pied et on allait finir, quand il reparut sur la pierre des ménétriers. Aussitôt ce devint comme une rage, on ne s'y mit plus à quatre ni à huit, mais bien à seize ou à trente-deux, se tenant par les mains, sautant, criant et riant, que le bon Dieu n'aurait pu y placer un mot.

Et bientôt après, les vieux, les jeunes, les petits enfants qui ne savaient pas encore mener leurs jambes, comme les grands-pères qui ne tenaient quasi plus sur les leurs, les vieilles qui se trémoussaient à l'ancienne mode, les gars maladroits qui n'avaient jamais mordu à la mesure, tout se mit en branle, et, pour un peu, la cloche de la paroisse s'y serait mise aussi d'elle-même. Jugez donc une musique, la plus belle qu'on eût ouïe au pays, et qui ne coûtait rien! même elle paraissait aidée du diable, puisque

le cornemuseux ne demandait jamais grâce et faisait éreinter tout le monde sans se lasser. — J'en veux avoir le dernier! s'écriait-il, à chaque fois qu'on lui conseillait de se reposer; je prétends que la paroisse entière y crève et que nous soyons encore tous ici au lever du soleil, moi debout et vaillant, vous autres me demandant merci!

— Et lui de cornemuser, et nous tous de trépigner comme des fous.

La mère Biaude, voyant qu'il y avait là de l'ouvrage et du profit, avait fait apporter des bancs, des tables, du boire et du manger, et, comme, de ce dernier article, elle n'était pas assez fournie pour tant de ventres creusés par la danse, un chacun se mit en devoir de livrer aux amis et parents qu'il avait là tout ce que son logis contenait de victuailles pour la semaine. Qui apportait un fromage, qui un sac de noix, qui un quartier de chèvre, ou un cochon de lait, lesquels furent rôtis ou grillés à la cantine vitement dressée. C'était comme une noce où les voisins se seraient invités les uns les autres. Les enfants ne se couchèrent point, on n'eut pas le temps d'y songer, et ils dormirent en tas de moutons sur le bois de travail toujours emmagasiné sur le commun, au bruit enragé de la danse et de la musette qui ne s'arrêtait que le temps d'entonner au cornemuseux une chopine du meilleur vin.

Et tant plus il buvait, tant plus il était gaillard et cornemusait en manière admirable. Enfin, l'appétit venant aux plus solides, Huriel fut forcé de finir, faute de danseurs à contenter; et, ayant gagné sa gageure de nous enterrer tous, il consentit à souper. Chacun l'invitait et se disputait l'honneur et le plaisir de le régaler; mais voyant que Brulette venait à ma table, il accepta mon offre et s'assit à côté d'elle, tout bouillant d'esprit et de belle humeur. Il y mangea vite et bien; mais, au lieu d'être appesanti par la digestion, il fut le premier à lever son verre pour chanter, et malgré qu'il eût bouffé six heures durant comme un orage, il avait la voix aussi fraîche et aussi juste que si de rien n'était. On essaya de lui tenir tête, mais les plus renommés chanteurs y renoncèrent bientôt pour le plaisir de l'écouter, car rien ne valait auprès de ses chansons, tant pour les airs que pour les paroles, et on avait même grand'peine à lui donner le refrain; car il n'y avait rien dans son sac qui ne fût tout neuf pour nos oreilles et d'une qualité qui dépassait tout notre savoir.

On quitta toutes les tables pour l'entendre, et, au moment que le jour levant commença de percer à travers la feuillée, il y avait autour de nous une foule plus charmée et plus attentionnée qu'au plus beau prêche.

Alors il se leva, monta sur son banc et présenta son verre vide au premier rayon du soleil qui passait au-dessus de sa tête, en disant, d'un air qui nous fit trembler tous, sans qu'on sût ni pourquoi ni comment : — Amis, voilà le flambeau du bon Dieu! Éteignez vos petites chandelles, et saluez ce qu'il y a de plus clair et de plus beau dans le monde !

— Et à présent, dit-il en se rasseyant et en posant son verre retourné sur la table, assez causé, assez chanté pour une nuit. Que faites-vous là, sacristain? Allez sonner l'Angelus, et qu'on voie ceux qui se signeront chrétiennement! à cela on connaîtra celui qui s'est diverti honnêtement de celui qui s'est abruti comme un sot. Après que nous aurons tous rendu gloire à Dieu, je vous quitterai, mes enfants, vous remerciant de m'avoir fait si bonne fête et marqué tant de fiance. Je vous devais une petite réparation pour un dommage que j'ai causé, sans le vouloir, à quelques uns d'entre vous, il n'y a pas longtemps. Devinez si vous pouvez; moi, je ne suis pas ici à confesse; mais je pense avoir fait de mon mieux pour vous divertir, et le plaisir valant mieux que le profit, selon moi, je me crois quitte envers tous.

Et comme on voulait le faire expliquer :

— Silence! cria-t-il, voilà l'Angelus qui cloche !

Et il se mit à genoux, ce qui entraîna tout le monde à en faire autant, et même avec un recueillement singulier, car cet homme-là semblait avoir puissance sur les esprits.

Quand on eut fini la prière, on le chercha; il avait disparu, et si bien, qu'il y eut des gens qui se frottèrent l es yeux, pensant qu'ils avaient rêvé cette nuit de liesse et de folie.

NEUVIÈME VEILLÉE

Brulette était toute tremblante, et quand je lui demandai ce qu'elle avait et ce qu'elle pensait, elle me répondit en portant à sa joue le revers de sa main : — Cet homme-là est aimable, Tiennet ; mais il est bien hardi.

Comme j'étais allumé un peu plus que de coutume, je me trouvai assez courageux pour lui dire :

— Si la bouche d'un étranger vous a offensé la peau, celle d'un ami peut enlever la tache.

Mais elle me repoussa en répondant :

— Il est parti,et il y a sagesse à oublier ceux qui s'en vont.

— Mêmement le pauvre Joset?

— Oh! celui-là, c'est différent, dit-elle.

— Pourquoi différent? Vous ne répondez point? Ah ! Brulette, vous en tenez pour...

— Pour qui ? dit-elle vivement. Comment s'appelle-t-il? Dis donc, puisque tu le connais?

— C'est, lui répondis-je en riant, l'homme noir pour qui Joset s'est donné au diable, et qui vous a fait peur, un soir de ce printemps que vous étiez en ma maison.

— Non, non, tu te moques! Dis-moi son nom, son état, son pays?

— Non pas, Brulette! tu dis qu'il faut oublier les absents, et j'aime autant ne pas te faire changer d'avis.

Le monde de la paroisse s'étonna bien de voir le cornemuseux parti comme par miracle, sans qu'on eût songé à s'informer de lui. Quelques-uns l'avaient bien questionné ; mais à l'un il avait dit être Marchois et s'appeler d'une façon, à l'autre il avait dit autrement, et nul ne savait la vérité. Je leur jetai encore un nom différent pour les dérouter, non pas qu'Huriel le gâteux de blés eût rien a craindre de personne, après qu'Huriel le cornemuseux avait si bien monté la tête à tout le monde, mais pour me divertir, et aussi pour faire enrager Brulette. Puis, quand on me demanda d'où je le connaissais, je répondis, en me moquant, que je ne le connaissais pas; qu'il lui avait pris fantaisie, en arrivant, de m'accoster comme un ami, et que j'avais répondu de même par manière de plaisanter.

Cependant Brulette m'ayant questionné à fond, force me fut de lui dire ce que j'en savais, et encore que ce ne fût pas grand'chose, elle regretta de l'entendre, car elle avait, comme beaucoup de gens du pays, un grand préjugé contre les étrangers, et contre les muletiers principalement.

Je pensais que cette répugnance lui ferait vitement oublier Huriel, et si elle y songea, elle ne le montra guère, car elle continua la joyeuse vie qui lui plaisait, sans marquer de préférence à personne, disant que, voulant être femme aussi fidèle qu'elle était fille insoucieuse, elle avait le droit de prendre son temps d'étudier son monde; et tant qu'à moi, me répétant souvent qu'elle ne voulait que mon amitié fidèle et tranquillé, sans idée de mariage.

Mon naturel ne me portant point à la tristesse, je n'en fis point de maladie. Je me sentais bien un peu comme Brulette à l'endroit de la liberté. J'usais de la mienne comme un garçon, et je prenais le plaisir où je le trouvais sans la chaîne. Mais ma fougue passée, je revenais tou jours auprès de ma belle cousine, comme en une compagnie douce, honnête et réjouissante, dont je me serais trop privé en essayant de bouder contre moi-même. Elle avait plus d'esprit que toutes les filles et femmes de l'endroit. Et puis, son logis était agréable, toujours propre et bien gouverné, ne sentant point la gêne, et se remplissant, dans les veillées d'hiver comme dans tous les autres chômages de l'année, de la plus gentille jeunesse de la paroisse. Les filles suivaient volontiers la compagnie de cette belle, parce qu'il y pleuvait des garçons à choisir et que, de temps en temps, elles y accrochaient un mari pour leur compte. Mêmement Brulette se servait de l'estime qu'on faisait de son esprit juste et de ses jolies paroles, pour décider les jeunes gens à donner leur attention à des filles qui les convoitaient, et elle s'y montrait généreuse comme font les riches qui savent bien ne devoir jamais manquer.

Le grand-père Brulet aimait cette jeune compagnie et la réjouissait par ses vieilles chansons et par beaucoup de belles histoires qu'il savait. Par des fois, la Mariton venait aussi pour un moment, à seules fins d'avoir à parler de son garçon, et c'était une femme de grande causette, encore très-fraîche et donnant aux jeunes filles la vraie manière de se bien habiller; car elle était élégante pour complaire à son maître Benoît, lequel voulait que, par sa bonne mine et sa braverie, elle fît belle enseigne à sa maison.

Il n'était même point rare qu'au passage, les vieilleux du pays, voyant là de la jeunesse rassemblée, ne se missent en besogne de faire danser devant la porte, si bien que la Brulette, en son petit logis, sans autre avoir de conséquence que sa gentillesse et sa belle grâce, devint comme une reine, que les filles laides et délaissées criquaient tout bas, mais que les autres trouvaient plus de profit que de dépit à reconnaître et à fréquenter.

Il y avait approchant une année qu'on se divertissait ainsi, sans avoir reçu d'autres nouvelles de Joseph que deux lettres par lesquelles il faisait connaître à sa mère qu'il était en bonne santé et gagnait bien sa vie dans le Bourbonnais. Il n'y disait point l'endroit de sa demeurance, et les deux lettres portaient la marque de deux endroits différents. Mêmement la seconde n'était guère commode à comprendre, encore que notre curé fût très-adroit à lire les écritures; mais il paraissait que Joseph s'était fait enseigner l'instruction, et s'était essayé, pour la première fois, à écrire de lui-même. Enfin vint une troisième lettre, adressée à Brulette, et M. le curé la lut bien couramment et la trouva clairement tournée. Celle-là disait que Joseph était un peu malade et s'en remettait à la main d'un ami pour donner de ses nouvelles. Ce n'était qu'une fièvre de printemps, et l'on ne s'en devait point tourmenter. On y disait encore qu'il était avec des amis, lesquels, faisant coutume de voyager, se mettaient en route pour le pays de Chambérat, d'où ils écriraient encore, si son état venait à s'empirer malgré les grands soins qu'ils lui donnaient.

— Mon Dieu! dit Brulette, quand le curé lui eut fait entendre ce qu'il y avait sur ce papier, j'ai grand'peur qu'il ne se soit fait muletier aussi, et je n'oserais dire à sa mère ni sa maladie ni l'état qu'il a pris. La pauvre âme a bien assez de peines comme ça.

Et puis, regardant la lettre, elle demanda ce que disait la signature. M. le curé, qui n'y avait pas fait grande attention, mit ses lunettes et se prit à rire, disant qu'il n'avait jamais vu chose pareille et qu'il avait beau s'y reprendre, il n'y voyait. en guise de nom, que la re-présentation d'un bout d'oreille avec un anneau et une manière de cœur passé dedans.

— C'est, dit-il, quelque signe de compagnonnage. Toute confrérie a ses emblêmes, et personne n'y connaît goutte.

Mais Brulette comprit fort bien, se troubla un peu, em-porta la lettre et l'examina souvent, je peux croire, d'un œil moins indifférent qu'elle ne le prétendait : car il lui poussa en tête l'idée de savoir lire, et bien secrètement elle s'y mit, avec l'aide d'une ancienne fille de chambre de noble, qui était retirée mercière en notre bourg, et qui venait souvent babiller en une maison si bien achalandée de monde, comme était celle de ma cousine.

Il ne fallut pas grand temps à une tête si futée pour en savoir long, et, un beau jour, je fus bien étonné de voir qu'elle écrivait des chansons et des prières qui paraissaient moulées finement. Je ne pus m'empêcher de lui demander si c'était pour correspondre avec Joseph ou avec le beau muletier qu'elle s'apprenait des malices au-dessus de son état.

— Il s'agit bien de ce faraud aux oreilles percées! fit-elle en riant. Me crois-tu fille si peu réfléchie que d'en-voyer des lettres à un garçon étranger? Mais si Joseph nous revient savant, il aura bien fait de se sortir de sa bêtise, et, tant qu'à moi, je ne suis point fâchée non plus d'être un peu moins sotte que je n'étais.

— Brulette, Brulette, lui dis-je, vous mettez votre idée hors de votre pays et de vos amis! Ça vous portera mal-heur, prenez-y garde! Je ne suis pas plus tranquille pour Joseph là-bas que pour vous ici.

— Tu peux être tranquille sur mon compte, Tiennet; j'ai la tête froide, malgré qu'on en dise. Tant qu'à notre pauvre gars, j'en suis bien en peine; car nous voilà, depuis six mois bientôt, sans nouvelles de lui, et ce beau muletier, qui avait si bien promis d'en donner, n'y a plus songé. La Mariton se désole de l'oubli de Joset, car elle n'a point su sa maladie, et peut-être qu'il est mort sans que personne s'en doute.

Je lui remontrai que, dans ce cas-là, nous en aurions reçu avertissement, et que le manque de nouvelles signi-fiait toujours bonnes nouvelles.

— Tu diras ce que tu voudras, répondit-elle; j'ai rêvé, il y a deux nuits, que je voyais arriver ici le muletier, nous rapportant sa musette et nous annonçant qu'il avait péri. Depuis ce rêve, je suis attristée dans mon cœur et me fais reproche d'avoir laissé passer tant de temps sans

songer à mon pauvre ami de jeunesse, et sans m'essayer. à lui écrire; mais où lui aurais-je envoyé ma lettre, puis-que je ne sais pas seulement où il est?

Disant cela, Brulette, qui était auprès d'une fenêtre et regardait par hasard au dehors, poussa un cri et devint toute blanche de peur. Je regardai aussi et je vis Huriel, tout encharbonné et noirci dans sa figure et ses habille-ments, comme je l'avais vu la première fois. Il venait vers nous, et les enfants se sauvaient de son passage en criant : « Le diable! le diable! » tandis que les chiens jappaient après lui.

Saisi de ce que m'avait raconté Brulette et voulant lui épargner d'apprendre trop vite une mauvaise nouvelle, je courus au-devant du muletier, et ma première parole fut pour lui dire au hasard et dans un grand trouble :

— Est-ce donc qu'il est mort?

— Qui? Joseph? répondit-il; non, Dieu merci! Mais vous savez donc qu'il est encore malade?

— Est-il en danger?

— Oui et non. Mais c'est devant Brulette que je te veux parler de lui. Est-ce là sa maison? Conduis-moi au-près d'elle.

— Oui, oui, viens! lui dis-je; et, courant en avant, je dis à ma cousine de se tranquilliser et que les nouvelles n'étaient point si mauvaises qu'elle s'y attendait.

Elle appela vitement son grand-père qui chapusait dans la chambre voisine, et se mit en devoir de recevoir honnê-tement le muletier; mais le voyant si différent de l'idée qu'elle en avait gardée, si mal connaissable dans sa cou-leur et son habillement, elle perdit contenance et en dé-tourna ses yeux avec tristesse et confusion.

Huriel s'en aperçut bien, car il se prit à sourire, et, relevant ses rudes cheveux noirs, comme par hasard, mais de manière à montrer que le gage de Brulette était toujours à son oreille : — C'est bien moi, dit-il, et non point un autre. Je viens exprès de mon pays pour vous parler d'un ami qui, grâce à Dieu, n'est ni mort, ni mou-rant, mais dont cependant il faut que je vous entretienne un peu à loisir. Avez-vous celui de m'écouter?

— Fort bien oui, dit le père Brulet. Asseyez-vous, mon homme; on va vous servir.

— Il ne me faut rien, dit Huriel prenant une chaise. J'attendrai l'heure de votre repas. Mais, avant tout, je me dois faire connaître des personnes à qui je parle.

DIXIÈME VEILLÉE

— Parlez, dit mon oncle, on vous entendra.

Alors le muletier : — Je m'appelle Jean Huriel, muletier de mon état, fils de Sébastien Huriel, qui est dit Bastien le grand bûcheux, maître sonneur très-renommé et ouvrier très-estimé dans les bois du Bourbonnais. Voilà mes noms et qualités, dont je peux faire preuve et honneur. Je sais que, pour gagner plus de confiance, j'aurais dû me pré-senter à vous comme j'ai le moyen de paraître; mais ceux de mon état ont une coutume...

— Votre coutume, dit le père Brulet, qui lui portait grande attention, je la connais, mon garçon. Elle est bonne ou mauvaise, selon que vous êtes bons ou mauvais vous-mêmes. Je n'ai pas vécu jusqu'à présent sans savoir ce que c'est que les muletiers, et comme j'ai roulé autrefois hors du pays, je sais vos usages et comportements. On dit vos confrères sujets à beaucoup de méfaits : on en a vu enlever des filles, battre des chrétiens, voire les faire périr dans de méchantes disputes et leur enlever leur argent.

— Je pense, dit Huriel en riant, qu'on a beaucoup surpassé le mal en le racontant. Les choses dont vous parlez sont si anciennes qu'on n'en pourrait retrouver les auteurs, et la peur qu'on a eu dans vos pays les a augmentées, si bien que, pendant longues années, les muletiers n'ont osé sortir des forêts qu'en grandes bandes et avec grand danger. La preuve qu'ils se sont bien amendés et qu'on n'a plus à les craindre, c'est qu'ils ne craignent plus rien eux-mêmes, et que me voilà seul au milieu de vous.

— Oui, dit le père Brulet, qui n'était point aisé à persuader, mais vous avez le noir sur la figure, pas moins ! Vous avez juré à votre confrérie de suivre son commandement, qui est de passer déguisé en cette mode dans les pays où vous êtes encore suspects, afin que si l'un de vous y fait quelque mal, on ne puisse pas dire, en voyant les autres plus tard : « C'est lui ou ce n'est pas lui. » Enfin, vous êtes tous responsables les uns pour les autres. Ça a son bon côté, qui est de vous faire amis bien fidèles, chacun à la dévotion de tous ; mais ça laisse une grande doutance pour le restant de votre religion, et je ne vous cache pas que si un muletier, tant bon garçon et avancé d'argent fût-il, venait me demander mon alliance, je lui offrirais bien de bon cœur mon vin et ma soupe, mais je ne le semonderais point d'épouser ma fille.

— Aussi, dit le muletier, l'œil allumé et regardant hardiment Brulette qui faisait semblant de penser à autre chose, n'ai-je point eu l'idée de me présenter dans un pareil dessein ; vous n'avez pas besoin de me refuser, père Brulet , car vous ne savez pas si je suis marié ou garçon, je ne vous en ai rien dit.

Brulette baissa les yeux tout à fait, sans laisser voir si elle était contente ou fâchée du compliment. Puis elle reprit son courage, et dit au muletier : —Il ne s'agit point de céla, mais de Joset, dont vous deviez nous donner nouvelles, et dont la santé m'angoisse beaucoup le cœur. Voilà mon grand-père qui a élevé ce garçon et qui lui porte de l'intérêt : ne sauriez-vous nous parler de lui avant toutes choses ?

Huriel regarda très-fixement Brulette, parut surmonter un moment de chagrin et se raffermir en lui-même pour parler ; puis il dit :

— Joseph est malade, assez malade pour que je me sois décidé à venir dire à cèlle qui en est l'auteur : « Voulez-vous le guérir, et cela est-il en votre pouvoir ? »

— Qu'est-ce que vous chantez là ? dit mon oncle ouvrant l'oreille, qu'il commençait à avoir un peu dure. En quoi ma fille peut-elle guérir cet enfant dont nous parlons ?

— Si j'ai parlé de moi avant de parler de lui, répondit Huriel, c'est que j'avais à en dire des choses délicates et que vous n'auriez point souffertes du premier venu. A présent, si vous me jugez honnête homme, permettez-moi d'exposer tout ce que je pense et tout ce que je sais.

— Expliquez-vous sans crainte, dit vivement Brulette ; je ne m'embarrasse d'aucune idée qu'on puisse avoir de moi.

— Je n'ai de vous qu'une bonne idée, belle Brulette, repartit le muletier : ce n'est pas votre faute si Joseph vous aime ; et si vous le lui rendez dans le secret de votre cœur,

personne n'a le droit de vous en blâmer. On peut envier Joseph dans ce cas-là, mais non point le trahir, ni vous faire de la peine. Sachez donc comment vont les choses entre lui et moi depuis le jour où nous avons fait amitié ensemble, et où je lui ai persuadé de venir apprendre, en mon pays, la musique dont il se montrait si affolé.

— Je ne sais pas si vous lui avez rendu là un bien beau service, observa mon oncle ; m'est avis qu'il aurait pu l'apprendre ici tout aussi bien, et sans chagriner ni inquiéter son monde.

— Il m'a dit, reprit Huriel, et je l'ai bien vu depuis, qu'il ne serait pas souffert par les autres sonneurs. D'ailleurs, je lui devais la vérité, puisqu'il me donnait sa confiance quasiment à la première vue. La musique est une herbe sauvage qui ne pousse pas dans vos terres. Elle se plaît mieux dans nos buyères, je ne saurais vous dire pourquoi ; mais c'est dans nos bois et dans nos ravines qu'elle s'entretient et se renouvelle comme les fleurs de chaque printemps ; c'est là qu'elle s'invente et fait foisonner des idées pour les pays qui en manquent ; c'est de là que vous viennent les meilleures choses que vous entendez dire à vos *sonneux*; mais comme ils sont paresseux ou avares, et que vous vous contentez toujours du même régal, ils viennent chez nous une fois en leur vie, et se nourrissent là-dessus tout le restant. A cette heure même, ils font des élèves qui rabâchent nos vieux airs en les corrompant, et qui se croient dispensés de venir consulter nos anciens. Donc un jeune homme bien intentionné comme toi, disais-je à votre Joset, qui s'en irait boire à la source, s'en reviendrait si frais et gras nourri que personne ne pourrait se soutenir contre lui.

C'est pourquoi Joset fit accord de partir à la Saint-Jean ensuivante, et de s'en aller en Bourbonnais, où il trouverait, à la fois, de l'ouvrage pour vivre dans nos bois et des leçons du meilleur maître. Car il faut vous dire que les plus fameux inventeurs sont dans le haut Bourbonnais, vers les bois de pins, du côté où la Sioule descend emmi les monts Dômes, et que mon père, natif du bourg nommé Huriel, d'où il a pris son nom, a passé sa vie dans les meilleurs endroits et se tient toujours en bonne haleine et provision de belle science. C'est un homme qui n'aime pas à travailler deux ans de suite au même pays, et plus il avance en âge, plus il est vif et changeant. Il était en la forêt de Tronçay l'an dernier ; il a été ensuite en celle de l'Épinasse, et il est, à cette heure, en celle de l'Alleu, où Joset, toujours fendant, bûchant et cornemusant avec lui, l'a suivi fidèlement, l'aimant comme s'il était son fils et se louant d'en être pareillement aimé.

Il s'y est trouvé aussi heureux que peut l'être un amant séparé de sa maîtresse ; mais la vie n'est pas si douce et si commode chez nous que dans vos pays, et malgré que mon père, conseillé par son expérience, le voulait retenir, Joseph, pressé de réussir, a un peu usé de son souffle dans nos instruments, qui sont, comme vous avez pu voir, d'autre taille que les vôtres, et qui fatiguent l'estomac, tant qu'on n'a pas trouvé la vraie manière de les enfler : si bien que les fièvres l'ont pris et qu'il a commencé de cracher du sang. Mon père, connaissant le mal et sachant le gouverner, lui a retiré sa musette et lui a recommandé le repos ; mais si son corps y a gagné d'une façon, il s'y est empiré de l'autre. Il s'est arrêté de tousser et de cracher le sang, mais il est tombé dans un ennui et dans une faiblesse qui ont donné frayeur pour sa vie ; si bien qu'il y a huit jours, revenant d'un de mes voyages, j'ai trouvé Joset si pâle que je ne le reconnaissais point, et si lâche sur ses jambes qu'il ne se pouvait porter.

Questionné par moi, il m'a dit bien tristement et versant des larmes : « Je vois bien, mon Huriel, que je vas mourir au fond de ces bois, loin de mon pays, de ma mère, de mes amis, et sans avoir été aimé de celle à qui j'aurais tant voulu montrer mon savoir. L'ennui me mange la tête et l'impatience me sèche le cœur. J'aurais mieux souhaité que ton père me laissât m'achever en cornemusant. Je me serais éteint envoyant de loin à celle que j'aime toutes les douceurs que ma bouche n'a jamais su lui dire, et en rêvant que j'étais à son côté. Sans doute le père Bastien a eu bonne intention, car je sentais bien que je m'y tuais par trop d'ardeur. Mais qu'est-ce que je gagne à mourir moins vite ? Il n'en faut pas moins que je renonce à la vie, puisque, d'une part, me voilà sans pain et à votre charge, faute de pouvoir bûcher ; et que, de l'autre, je me vois trop chétif de ma poitrine pour cornemuser. Ainsi, c'est fait de moi. Je ne serai jamais rien, et je m'en vas, sans avoir tant seulement le plaisir de me remémorer un jour d'amour et de bonheur.

Ne pleurez pas, Brulette, continua le muletier en lui prenant la main dont elle s'essuyait le visage ; tout n'est pas encore perdu. Ecoutez-moi jusqu'à la fin.

Voyant l'angoisse de ce pauvre enfant, je m'en allai quérir un bon médecin, lequel, l'ayant examiné, nous dit qu'il avait plus d'ennui que de maladie, et qu'il répondait de le bien guérir, pourvu qu'il pût le retenir de sonner et se dispenser de bûcher encore un mois durant.

Quant au dernier point, c'était bien commode ; mon père n'est pas malheureux, ni moi non plus, Dieu merci, et nous n'avons pas grand mérite à prendre soin d'un ami empêché dans son travail ; mais l'ennui de ne point musiquer et d'être là, loin de son monde, privé de voir sa Brulette, sans profit pour son avancement, a fait mentir le médecin. Un mois s'est quasiment passé, et Joset n'est pas mieux. Il ne voulait pas vous le faire assavoir, mais je l'y ai décidé ; et mêmement, je le voulais amener ici avec moi. Je l'avais bien arrangé sur un de mes mulets et vous le reconduisais déjà, lorsqu'au bout de deux lieues, il est tombé en faiblesse, et j'ai été obligé de le reporter à mon père, lequel m'a dit : « Va-t'en au pays de ce garçon et ramène ici sa mère ou sa fiancée. Il n'est malade que de chagrin, et, en voyant l'une ou l'autre, il reprendra courage et santé pour achever ici son apprentissage ou pour s'en retourner chez lui. »

Cela dit devant Joset l'a beaucoup secoué : « Ma mère, criait-il comme un enfant ; ma pauvre mère, qu'elle vienne au plus tôt ! » Mais bien vite il se reprenait : « Non, non ! je ne veux pas qu'elle me voie mourir ; son chagrin m'achèverait trop malheureusement ! — Et Brulette ? lui disais-je tout bas. — Oh ! Brulette ne viendrait pas, faisait-il ; Brulette est bonne ; mais il n'est point possible qu'elle n'ait pas fait choix d'un amoureux qui la retiendrait de me venir consoler. »

Alors, j'ai fait jurer à Joset qu'il prendrait au moins patience jusqu'à mon retour, et je suis venu. Père Brulet, décidez de ce qu'il faut faire, et vous, Brulette, consultez votre cœur.

— Maître Huriel, dit Brulette en se levant, j'irai, encore que je ne sois point la fiancée de Joseph, comme vous le dites, et que rien ne m'oblige envers lui, sinon que sa mère m'a nourrie de son lait et portée en ses bras. Mais pourquoi pensez-vous que ce jeune homme est épris de moi, puisque, aussi vrai que voilà mon grand-père, il ne m'en a jamais dit le premier mot ?

— Il m'avait donc bien dit la vérité ? s'écria Huriel, comme charmé de ce qu'il entendait ; mais, se raccoisant aussitôt : Il n'en est pas moins vrai, dit-il, qu'il en peut mourir, d'autant plus que l'espoir ne le soutient pas, et je dois ici plaider sa cause et dire ses sentiments.

— En êtes-vous chargé ? dit Brulette avec fierté et aussi avec un peu de dépit contre le muletier.

— Il faut que je m'en charge, commandé ou non, répliqua Huriel. J'en veux avoir le cœur net... à cause de lui qui m'a confié sa peine et demandé mon secours. Voilà donc comme il me parlait : « J'ai voulu me donner à la musique, autant par amour de la chose que par amour de ma mie Brulette. Elle me considère comme son frère, elle a toujours eu pour moi de grands soins et une bonne pitié ; mais elle n'en a pas moins fait attention à tout le monde, hormis à moi ; et je ne l'en peux blâmer. Cette jeunesse aime la braverie et tout ce qui rend glorieux. C'est son droit d'être coquette et avantageuse. J'en ai le cœur fâché, mais c'est la faute du peu que je vaux si elle donne ses amitiés à de plus vaillants que moi. Tel que me voilà, ne sachant ni piocher rude, ni parler doux, ni danser, ni plaisanter, ni même chanter, me sentant honteux de moi et de mon sort, je mérite bien qu'elle me regarde comme le dernier de ceux qui pourraient prétendre à elle. Eh bien, voyez-vous, cette peine me fera mourir si elle dure, et j'y veux trouver un remède. Je sens en dedans de moi quelque chose qui me dit que je peux musiquer mieux que tous ceux qui s'en mêlent dans notre endroit ; si j'y aboutis, je ne serais plus un rien du tout. Je deviendrais plus que les autres, et comme cette fille a du goût et de l'accent pour chanter, elle comprendrait, par elle-même, ce que je vaux, outre que sa fierté serait flattée de l'estime qu'on ferait de moi. »

— Vous parlez, dit Brulette en souriant, comme si je l'entendais lui-même, encore qu'il ne m'ait jamais dit cela à propos de moi. Son amour-propre a toujours été en souffrance, et je vois que c'est aussi par l'amour-propre qu'il croirait pouvoir me persuader ; mais puisque une telle maladie le met en danger de mourir, je ferai, pour lui remonter le courage, tout ce qui dépendra de la sorte d'amitié que j'ai pour lui. J'irai le voir avec la Mariton, si toutefois c'est le conseil et la volonté de mon grand-père.

— Avec la Mariton, dit le père Brulet, ça ne me paraît pas possible, pour des raisons que je sais et que tu sauras bientôt, ma fille. Qu'il te suffise, quant à présent, que je te dise qu'elle est empêchée de quitter son maître, à cause d'embarras qu'il a dans ses affaires. D'ailleurs, si la maladie de Joseph peut se dissiper, il est inutile de tourmenter et de déranger cette femme. J'irai donc avec toi, parce que j'ai la confiance, comme tu as toujours gouverné Joseph pour le mieux, que tu auras encore crédit sur son esprit pour le ramener au courage et à la raison. Je sais ce que tu penses de lui, et c'est ce que j'en pense aussi : d'ailleurs, si nous le trouvions dans un état désespéré, nous ferions vitement écrire pour que sa mère vienne lui fermer les yeux.

— Si vous voulez me souffrir en votre compagnie pour le voyage, dit Huriel, je vous conduirai bien au juste, d'un soleil à l'autre, au pays où se trouve Joseph, et mêmement en une seule journée, si vous ne craignez pas trop les mauvais chemins.

— Nous causerons de ça à table, répondit mon oncle; et quant à votre compagnie, je la souhaite et la réclame, car vous avez très-bien parlé, et je ne suis pas sans savoir à quelle famille d'honnêtes gens vous appartenez.

— Connaissez-vous donc mon père? dit Huriel. En nous entendant nommer Brulette, il nous a dit, à Joseph et à moi, que son père avait eu un ami de jeunesse qui s'appelait Brulet.

— C'était moi, dit mon oncle. J'ai bûché longtemps, il y a une trentaine d'années, dans le pays de Saint-Amand avec votre grand-père, et j'ai connu votre père tout jeune, travaillant avec nous et sonnant déjà par merveille. C'était un garçon bien aimable, qui ne doit pas être encore trop chagriné par l'âge. Quand vous vous êtes fait connaître tout à l'heure, je n'ai pas voulu vous couper la parole, et si je vous ai un peu tancé sur les coutumes de votre état, c'était à seules fins de vous éprouver. Or donc, asseyez-vous, et n'épargnez rien de ce qui est ici à votre service.

Pendant le souper, Huriel se montra aussi raisonnable dans ses discours et aussi gentil dans son sérieux que nous l'avions trouvé divertissant et agréable dans la nuit de la Saint-Jean. Brulette l'écoutait beaucoup et paraissait s'accoutumer à sa figure de charbonnier; mais quand on parla du chemin à faire et de la manière de voyager, elle s'inquiéta pour son grand-père de la fatigue et du dérangement; et comme Huriel ne pouvait pas répondre que la chose ne fût bien pénible pour un homme d'âge, je m'offris à accompagner Brulette à la place de mon oncle.

— Voilà la meilleure des idées, dit Huriel. Si nous ne sommes que nous trois, nous prendrons la traverse, et, partant demain matin, arriverons demain soir. J'ai une sœur, très-sage et très-bonne, qui recevra Brulette en sa propre cabiole, car je ne vous cache pas que là où nous sommes, vous ne trouverez ni maisons, ni couchée selon vos habitudes.

— Il est vrai, reprit mon oncle, que je suis bien vieux pour dormir sur la fougère, et malgré que je ne sois pas bien complaisant à mon corps, si je venais à tomber malade là-bas, je vous serais d'un grand embarras, mes chers enfants. Or donc, si Tiennet y va, je le connais assez pour lui confier sa cousine. Je compte qu'il ne la quittera d'une semelle dans toute rencontre où il y aurait danger pour une jeunesse, et je compte sur vous aussi, Huriel, pour ne l'exposer à aucun accident en route.

Je fus bien content de cette résolution et me fis un plaisir de conduire Brulette, de même qu'un honneur de la défendre au besoin. Nous nous départîmes à la nuit, et avant la levée du jour, nous nous retrouvâmes à la porte du même logis; Brulette déjà prête et tenant son petit paquet, Huriel conduisant son clairin et trois mules, sur l'une desquelles il y avait une bâtine très-douce et très-propre où il assit Brulette; puis il enfourcha le cheval, et moi l'autre mule, un peu étonné de me voir là-dessus. La

troisième, chargée de grandes bannes neuves, suivait d'elle-même, et Satan fermait la marche. Personne n'était encore levé dans le village, et c'était mon regret, car j'aurais souhaité donner un peu de jalousie à tant de galants de Brulette, qui m'avaient fait enrager maintes fois; mais Huriel paraissait pressé de quitter le pays sans être examiné de près et critiqué, aux oreilles de Brulette, pour sa figure noire.

Nous n'allâmes pas loin sans qu'il me fît sentir qu'il ne me laisserait pas gouverner toutes choses à mon gré. Nous étions au bois de Maritet sur le midi, et avions fait quasi la moitié du voyage. Il y avait par là un petit endroit qu'on appelle la Ronde, où j'aurais été content d'entrer et de nous payer un bon déjeuner; mais Huriel se moqua de mon goût pour le couvert, et, se voyant soutenu par Brulette, qui était disposée à prendre tout en gaieté, il nous fit descendre au chaque côté, jusqu'à ses rives. Il lâcha les bêtes dans les joncs, nous choisit une belle place toute rafraîchie d'herbes sauvages, ouvrit les paniers, déboucha le baril, et nous servit un aussi bon goûter que nous l'eussions pu faire chez nous, bien proprement, et avec tant d'égards pour Brulette qu'elle ne se put empêcher d'en marquer son plaisir.

Et comme elle vit qu'avant de toucher au pain pour le couper, et à la serviette blanche qui roulait les provisions, il se lavait avec grand soin les mains dans la rivière, jusqu'au-dessus des coudes, elle lui dit en riant et avec son petit air de commandement gracieux : — Pendant que vous y êtes, vous pourriez bien aussi vous laver la figure, afin qu'on voie si c'est bien vous le beau cornemuseux de la Saint-Jean. — Non, mignonne, répondit-il. Il faut vous habituer à l'envers de la monnaie. Je ne prétends rien sur votre cœur qu'un peu d'amitié et d'estime, malgré que je sois un païen de muletier; je n'ai donc pas besoin de vous plaire par mon visage, et ce n'est pas pour vous que je le blanchirai.

Elle fut mortifiée, mais ne resta point court :

— On ne doit point faire peur à ses amis, dit-elle, et tel que vous voilà, vous risquez que la frayeur m'ôte l'appétit.

— En ce cas-là, j'irai donc manger à l'écart, pour ne vous point écœurer.

Il le fit comme il le disait, s'assit sur une petite roche qui avançait dans l'eau, en arrière de l'endroit où nous étions assis, et se mit à manger seul, tandis que je profitais du plaisir de servir Brulette.

Elle en rit d'abord, croyant l'avoir fâché et y prenant gré comme toutes les coquettes; mais quand elle se lassa du jeu et le voulut ramener, elle eut beau l'exciter en paroles, il tint bon, et, chaque fois qu'elle tournait la tête devers lui, il lui tournait le dos en se cachant d'elle et en lui répondant, bien à propos, mille badineries, sans montrer aucun dépit, ce qui, pour elle, était peut-être bien le pire de la chose.

De sorte qu'elle en eut regret, et, à un mot un peu vif qu'il lâcha sur les bégueules, et qu'elle crut dit à son

---

1. *Nymphea* ou nénufar.

intention, deux larmes lui tombèrent des yeux, encore qu'elle eût bien voulu les retenir en ma présence. Huriel ne les vit point, et je n'eus garde de paraître les avoir vues.

Quand nous fûmes assez repus pour une fois, Huriel me dit de serrer le restant de nos vivres, et ajouta :

— Si vous êtes las, mes enfants, vous pouvez faire un somme ici, car nos bêtes ont besoin qu'on laisse passer la grande chaleur du jour. C'est l'heure où la mouche est enragée, et, dans ces taillis, elles se peuvent frotter et secouer à leur guise. Je compte, Tiennet, que tu feras bonne garde à notre princesse. Moi, je vas monter un peu dans la forêt pour voir comment s'y gouverne l'œuvre du bon Dieu.

Et d'un pas léger, ne sentant pas plus le chaud que si nous étions au mois d'avril, encore que ce fût en plein juillet, il grimpa la côte et se perdit sous les grands arbres.

ONZIÈME VEILLÉE

Brulette fit de son mieux pour me cacher son ennui de le voir partir, mais, ne se sentant point le cœur à la causette, elle fit mine de s'endormir sur le sable fin de la rive, la tête appuyée sur les paniers qu'on avait retirés au mulet pour le soulager, et le visage garanti des mouches par son mouchoir blanc. Je ne sais si elle dormit; je lui parlai deux ou trois fois sans avoir réponse, et comme elle m'avait laissé mettre ma figure sur le bout de son tablier, je me tins coi aussi, mais sans dormir d'abord, car je me sentais bien encore un peu agité par son voisinage.

Enfin la fatigue me gagna et je perdis ma connaissance pour un bout de temps. Quand elle me revint, j'entendis causer, et connus, à la voix, que le muletier était revenu et s'entretenait avec Brulette. Je ne voulus point déranger le tablier afin de pouvoir les entendre parler librement, mais je le tenais bien serré dans mes mains, et la fillette n'aurait pas pu s'éloigner d'un pas, encore qu'elle l'eût voulu.

— Mais enfin, j'ai le droit, disait Huriel, de vous demander quelle conduite vous avez résolu de tenir avec ce pauvre enfant. Je suis son ami plus qu'il ne m'est permis d'être le vôtre, et je me reprocherais de vous avoir amenée auprès de lui, si votre idée était de le tromper.

— Qui vous parle de le tromper? répondit Brulette. Pourquoi critiquez-vous mon intention sans la connaître?

— Je ne la critique pas, Brulette; je vous questionne en homme qui aime beaucoup Joseph, et qui vous porte assez d'estime pour croire que vous irez franchement avec lui.

— Cela ne regarde que moi, maître Huriel; vous n'êtes pas juge de mes sentiments, et je n'en dois confidence à personne. Je ne vous demande pas, moi, si vous êtes franc et fidèle envers votre femme!

— Ma femme? fit Huriel, comme étonné.

— Eh oui, reprit Brulette, n'êtes-vous point marié?

— Vous ai-je dit cela?

— Je croyais que vous l'aviez dit chez nous hier soir, quand mon grand-père, s'imaginant que vous veniez me parler mariage, s'est dépêché de vous refuser.

— Je n'ai rien dit du tout, Brulette, si ce n'est que je

ne demandais pas le mariage. Avant d'avoir la personne, il faut avoir le cœur, et je n'ai pas droit au vôtre.

— Je vois au moins, dit Brulette, que vous êtes plus raisonnable et moins hardi avec moi que l'an passé.

— Oh! reprit Huriel, si je vous ai dit, à la fête de votre village, des paroles un peu vives, c'est qu'elles me sont venues comme ça en vous voyant; mais le temps a passé là-dessus, et vous devriez avoir oublié l'offense.

— Qui vous dit que je m'en souvienne? Est-ce que je vous en fais reproche?

— Vous me la reprochez en vous-même, ou tout au moins vous en gardez souvenance, puisque vous ne me voulez point parler clairement au sujet de Joseph.

— J'ai cru, dit Brulette, dont la voix marquait un peu d'impatience, que je m'étais expliquée là-dessus bien clairement hier au soir; mais quel accord voulez-vous donc faire entre ces deux choses-là? Plus je vous aurai oublié, moins je dois être pressée de vous confesser mes sentiments pour n'importe qui.

— Tenez, mignonne, dit le muletier, qui ne paraissait donner dans aucune des petites réserves de Brulette, vous avez très-bien parlé sur le passé hier au soir; mais vous n'avez guère appuyé sur l'avenir, et je ne sais pas encore ce que vous comptez dire de bon à Joseph pour le raccommoder avec la vie. Pourquoi refusez-vous de me le faire savoir franchement?

— Et qu'est-ce que cela vous fait, je vous le demande? Si vous êtes marié, ou seulement engagé de parole, vous ne devez point tant regarder à travers le cœur des filles.

— Brulette, vous voulez absolument me faire dire que je suis libre de vous faire la cour. Et vous, vous ne me direz rien de votre position? Je ne dois pas savoir si vous devez un jour favoriser Joseph, ou si vous n'avez pas donné parole à quelque autre, ne fût-ce qu'à ce grand garçon-là qui dort sur votre tablier?

— Vous êtes trop curieux! dit Brulette en se levant et en se hâtant de me retirer le tablier que je fus bien forcé de lâcher, en faisant celui qui s'éveille.

— Partons, dit Huriel, que la mauvaise humeur de Brulette ne paraissait point entamer et qui montrait toujours le rire sur ses dents blanches et dans ses grands yeux, les seuls endroits de sa figure qui ne fussent point en deuil.

Nous reprîmes le chemin du Bourbonnais. Le soleil s'était caché sous une grosse nuée qui montait, et il commençait à tonner dans les bas du ciel.

— Cet orage-là n'est rien, dit le muletier: il s'en va sur notre gauche. Si nous n'en rencontrons pas un autre en tirant sur les affluents de la Joyeuse, nous arriverons sans peine; mais le temps est si lourd qu'il faut s'apprêter à tout.

Il déplia alors son manteau, qui était lié derrière lui avec une belle capiche de femme, toute neuve, dont Brulette s'émerveilla. — Vous ne direz pas, fit-elle en rougissant, que vous n'êtes pas marié? A moins que ce ne soit un cadeau de noces que vous avez acheté en chemin?

— C'est possible, dit Huriel du même air; mais s'il vient à pleuvoir, vous l'étrennerez et ne le trouverez pas de trop, car votre capé est légère.

Comme il l'avait prédit, le temps s'éclaircit d'un côté et s'embrouilla de l'autre, et, comme nous traversions une brande plate, entre Saint-Saturnin et Sidiailles, il s'émaliça tout d'un coup et nous battit d'un grand vent. Le pays devenait sauvage, et la tristesse me prit malgré moi. Brulette aussi trouva l'endroit bien aride et observa qu'il n'y avait pas un seul arbre pour s'abriter. Huriel se moqua de nous.

— Voilà bien les gens des pays de blé ! dit-il ; aussitôt qu'ils foulent la bruyère, ils se croient perdus.

Comme il nous conduisait en droite ligne, connaissant, comme son œil, toutes les sentes et coursières par où un mulet pouvait passer pour abréger le chemin, il nous fit laisser Sidiailles sur la gauche et descendre tout droit aux bords de la petite rivière de Joyeuse, un pauvre rio qui n'avait pas la mine d'être bien méchant, et que pourtant il se montra pressé de passer. Quand ce fut fait, la pluie commença de tomber, et il fallait, ou nous mouiller ou nous arrêter en un moulin qu'on appelle le moulin des Paulmes. Brulette voulait passer outre, et c'était aussi le conseil du muletier, qui pensait ne pas devoir attendre que les chemins fussent gâtés ; mais j'observai que la fille m'étant confiée, je ne devais point l'exposer à attraper du mal, et Huriel se rendit cette fois à mon vouloir.

Nous fûmes arrêtés là deux grandes heures, et quand il fut possible de se risquer dehors, le soleil s'en allait grand train. La Joyeuse avait si bien enflé que c'était une vraie rivière dont le guéage n'eût pas été commode ; heureusement, nous l'avions derrière nous ; mais les chemins étaient devenus abominables et nous avions encore une petite rivière à traverser avant de nous trouver en Bourbonnais.

Tant que le jour dura, nous pûmes avancer ; mais la nuit vint si noire, que Brulette eut peur sans oser le dire. Huriel, qui s'en aperçut à son silence, descendit de cheval, et, chassant devant lui cette bête qui connaissait le chemin aussi bien que lui-même, il prit la bride du mulet qui portait ma cousine et le conduisit bien adroitement pendant plus d'une lieue, le soutenant pour qu'il ne bronchât, et se mettant dans l'eau ou dans les sables jusqu'au genou, sans souci de rien pour son compte, et riant chaque fois que Brulette le plaignait ou le priait de ne pas se tuer pour elle. Là, elle s'avisa bien qu'il était ami plus fidèle et plus secourable qu'un simple galant, et qu'il savait aider beaucoup sans se faire valoir.

Le pays me paraissait de plus en plus vilain. C'était toutes petites côtes vertes coupassées de ruisseaux bordés de beaucoup d'herbes et de fleurs qui sentaient bon, mais ne pouvaient en rien amender le fourrage. Les arbres étaient beaux, et le muletier prétendait ce pays plus riche et plus joli que le nôtre, à cause de ses pâturages et de ses fruits; mais je n'y voyais pas de grandes moissons, et j'eusse souhaité être chez nous, surtout voyant que je ne servais de rien à Brulette et que j'avais assez à faire pour mon compte de me tirer des viviers et des trous du chemin.

Enfin le temps s'éclarcit, la lune se montra, et nous nous trouvâmes dans le bois de la Roche, au confluent de l'Arnon et d'une autre rivière dont j'ai oublié le nom.

— Restez sur la hauteur, nous dit Huriel; vous pouvez même y mettre pied à terre pour vous dégourdir les jambes. C'est sablonneux et la pluie n'a guère percé les chênes. Moi, je vas voir si nous pouvons passer le gué.

Il descendit jusqu'à la rivière, et remontant bientôt : — Tous les fonds sont noyés, nous dit-il, et il nous faudrait peut-être remonter jusqu'à Saint-Pallais pour passer en Bourbonnais. Si nous ne nous étions pas arrêtés au moulin de la Joyeuse, nous aurions devancé le débordement, et nous serions rendus à cette heure; mais ce qui est fait est

fait; voyons ce qui nous reste à faire. L'eau tend à s'écouler. En restant ici, nous pouvons passer dans quatre ou cinq heures, et nous arriverons à notre destination au petit jour, sans fatigue et sans danger ; car entre les deux bras de l'Arnon, nous avons pays de plaine sèche : au lieu que si nous remontons jusqu'à Saint-Pallais de Bourbonnais, nous risquons de barboter toute la nuit pour ne pas arriver plus tôt.

— Eh bien, dit Brulette, restons ici. L'endroit est sec et le temps clair ; et encore que nous soyons en un bois un peu sauvage, je n'aurai point peur avec vous deux.

— Voilà enfin une brave voyageuse ! dit Huriel. Or çà, soupons, puisque nous n'avons rien de mieux à faire. Tiennet, attache le clairin, car nous avons beaucoup d'autres bois avoisinant celui-ci, et je ne répondrais pas de la traîtrise de quelque loup. Déshabille les mules, elles ne s'éloigneront pas de la clochette ; et vous, mignonne, aidez-moi à faire le feu, car l'air est encore humide, et je suis d'avis que vous ne preniez pas de rhume en mangeant bien à votre aise.

Je me sentais le cœur très-découragé et attristé sans pouvoir me dire pourquoi ; soit que j'eusse honte de n'être bon à rien dans un pareil voyage auprès de Brulette, soit que le muletier eût raison de me plaisanter, j'étais déjà comme si j'avais eu le mal du pays.

— De quoi te plains-tu ? me disait cependant Huriel, qui paraissait toujours plus gai à mesure que nous étions plus en détresse : n'es-tu pas là comme un moine en son réfectoire? Ces rochers ne sont-ils pas disposés comme pour nous servir de cheminée, de dressoirs et de siéges ? Ne voilà-t-il pas ton troisième repas aujourd'hui ? Cette claire lune d'argent n'éclaire-t-elle pas mieux que la vieille lampe d'étain ? Nos vivres, bien couverts dans mes bannes, ont-ils souffert de la pluie? Ce grand foyer ne sèche-t-il pas l'air autour de nous ? Ces branches et ces herbes mouillées n'ont-elles pas meilleure senteur que vos provisions de fromage et de beurre rance ? Est-ce qu'on ne respire pas autrement sous ces grandes voûtures de branches ? Regarde-les, éclairées par la flamme de notre campement! Ne dirait-on pas des centaines de grands bras maigres qui s'entre-croisent pour nous abriter ? Si de temps en temps, un petit vent nous secoue la feuillée humide sur la tête, n'en vois-tu pas pleuvoir des diamants qui nous couronnent? Qu'est-ce que tu trouves de si triste dans l'idée que nous sommes seuls dans un lieu inconnu pour toi ? Ne rassemble-t-il pas ce qu'il y a de plus consolant dans la vie? Dieu d'abord, qui est partout, et ensuite une fille charmante et deux bons amis prêts à s'entr'aider ?

Et puis, croyez-vous que l'homme soit fait pour nicher toute l'année ? M'est avis, au contraire, que son destin est de courir, et qu'il serait cent fois plus fort, plus gai, plus sain d'esprit et de corps, s'il n'avait pas tant cherché ses aises, qui l'ont rendu mol, craintif et sujet aux maladies. Plus vous fuyez le froid et le chaud, plus ils vous blessent quand ils vous attrapent. Vous verrez mon père, qui, comme moi, n'a peut-être pas dormi dans un lit dix fois en sa vie, s'il a des courbatures et des rhumatismes, encore qu'il travaille en bras de chemise en plein hiver !

Et puis enfin, n'est-ce pas réjouissant de se sentir plus solide que le vent et les tonnerres du ciel? Quand l'orage gronde, n'est-ce pas la plus belle des musiques? Et les courants d'eau qui s'engouffrent dans les ravines et qui s'en vont sautant d'une racine sur l'autre, emportant les cailloux et laissant leur écume aux tiges des fougères, ne chantent-ils pas aussi des chansons folles qui portent aux jolis rêves, quand on s'endort dans les îlots qu'en une nuit ils découpent autour de vous ? Les bêtes s'attristent du mauvais temps, j'en conviens ; les oiseaux se taisent, les renards se terrent ; mon chien lui-même cherche un abri sous le ventre de mon cheval ; mais ce qui distingue l'homme des animaux, c'est de conserver son cœur tranquille et allègre au milieu des batailles de l'air et du caprice des nuées. Lui seul, qui sait se préserver, par son raisonnement, de la peur et du danger, a le pouvoir et l'instinct de sentir ce qu'il y a de beau dans ce vacarme.

Brulette écoutait le muletier avec un grand saisissement. Elle suivait ses yeux et tous ses gestes, et goûtait chaque chose qu'il disait, sans s'expliquer à elle-même comment des paroles et des idées si nouvelles lui montaient la tête et lui échauffaient le cœur. Je m'en sentais bien un peu touché aussi, encore que j'y fisse plus de résistance : car Huriel avait une mine si aimable et si résolue sous son barbouillage, qu'on en était gagné malgré soi, comme lorsqu'on se voit surpassé au mail par un si beau joueur qu'on lui rend hommage tout en perdant son enjeu.

Nous n'étions pas pressés de finir notre souper, car, de vrai, nous étions très-bien séchés, et quand notre feu ne fut plus qu'un tas de cendres chaudes, le temps était devenu si doux et si clair, que nous nous trouvions très-dispos et tout à fait soutenus en courage et bien-être par les joyeux propos et beaux devis du muletier. De temps en temps, il se taisait pour écouter la rivière qui grondait toujours assez fort, et comme les eaux tombées dans les hauts s'épanchaient vers son lit en mille petits ruisseaux encore grouillants, il n'y avait point d'apparence que nous pussions nous remettre en marche avant la tombée de la nuit. Huriel ayant été encore s'en assurer, revint nous donner le conseil de dormir. Il fit un lit à Brulette avec les bâtines des animaux, et l'enveloppa bien de tout ce qu'il avait de vêtements de rechange, toujours bien gaiement et sans lui conter davantage fleurette, mais en lui marquant l'intérêt et la douceur qu'il aurait eus pour un petit enfant.

Puis il s'étendit, sans manteau ni coussins, sur la terre séchée aux alentours du foyer, m'invitant à faire de même, et bientôt dormit comme un loir, ou peu s'en faut.

J'étais bien tranquille, mais je ne dormais point, car je ne pouvais goûter cette façon de dortoir, lorsque j'entendis au loin une sonnette, comme si le clairin se fût détaché et écarté dans la forêt. Je me soulevai et le vis bien tranquille au lieu où nous l'avions mis. C'était donc un autre clairin qui nous annonçait l'approche ou le voisinage d'autres muletiers.

Tout aussitôt je vis Huriel se soulever aussi, écouter, se lever tout à fait et venir à moi : — J'ai le sommeil dur, me dit-il, et quand je n'ai que mes mules à garder, je peux m'oublier quelquefois : mais comme j'ai ici la garde d'une princesse fort précieuse, c'est autre chose, et je n'ai dormi que d'un œil. Ainsi as-tu fait, Tiennet, et c'est bien. Parlons bas, et ne bougeons, car j'aime autant ne pas faire rencontre de mes confrères ; mais comme j'ai bien choisi la place où nous sommes, il y a peu d'apparence qu'on nous y découvre.

Il n'avait pas fini de parler, qu'une figure noire glissa entre les arbres et passa si près de Brulette que, pour un peu, elle l'eût heurtée sans la voir. C'était un muletier qui, aussitôt, fit un grand cri en manière de sifflement, auquel d'autres cris pareils furent répondus de plusieurs endroits, et, en moins d'un instant, une demi-douzaine de ces diables, tous plus affreux à voir les uns que les autres, furent autour de nous. Nous avions été trahis par le chien d'Huriel, qui, sentant des amis et des connaissances dans les chiens des muletiers, avait été à leur rencontre et servi de guide à leurs maîtres pour trouver notre gîte.

Huriel avait beau s'en cacher, il marquait de l'inquiétude, et malgré que j'eusse averti doucement Brulette de ne bouger point et que je me fusse mis devant elle pour la cacher, il paraissait impossible, entourés comme nous l'étions, de la sauver bien longtemps de leurs yeux.

J'avais une idée confuse du danger, et je le devinais plus que je ne le voyais, car Huriel n'avait pas eu le temps de m'expliquer le plus ou moins de chrétienté des gens avec qui nous nous trouvions. Ils s'entretenaient avec lui dans le patois quasi-auvergnat du haut Bourbonnais, que notre ami parlait aussi bien qu'eux, encore qu'il fût né dans le bas pays. Je n'y comprenais qu'un mot de temps en temps, et voyais bien qu'ils le traitaient de bonne amitié et lui demandaient ce qu'il faisait là et qui j'étais. Je le voyais désireux de les éloigner, et même il me dit, pour être entendu d'eux, qui comprenaient aussi langage de chrétien :
— Allons, mon camarade, nous allons souhaiter le bonjour à ces amis et reprendre notre chemin.

Mais, au lieu de nous laisser à nos apprêts de départ, ils trouvèrent la place bonne pour se réchauffer et se reposer, et se mirent en devoir de déshabiller leurs mulets pour les laisser paître jusqu'au jour. — Je vas crier au loup pour les éloigner un moment, me dit tout bas Huriel. Ne bouge de là, ni elle non plus, je reviens. Toi, habille nos montures et nous partirons vite ; car de rester ici, c'est le pire que nous puissions faire.

Il fit comme il disait, et les muletiers coururent du côté où il criait. Par malheur, je manquai de patience et m'imaginai devoir profiter de cette confusion pour me sauver avec Brulette. Il m'était possible de la faire lever sans qu'on eût les yeux sur elle, jusque-là les manteaux qui la couvraient l'ayant fait prendre pour un amas de hardes et d'équipages. Elle m'observa bien qu'Huriel nous avait dit de l'attendre ; mais je me sentais pris de colère, de peur et de jalousie. Tout ce que j'avais ouï-dire de la communauté des muletiers me revenait en l'esprit ; j'avais des soupçons sur Huriel lui-même, si bien que je perdis la tête, et, voyant un fourré très-voisin, je pris ma cousine résolûment par la main et l'y entraînai à la course.

Mais la lune était si claire, et les muletiers si près, que nous fûmes vus et qu'il s'éleva un cri : « Ohé ! ohé ! une femme ! » Et tous ces coquins se mettant à notre poursuite, je vis qu'il n'y avait plus d'autre moyen que de s'y faire tuer. Alors, faisant tête comme un sanglier et levant mon bâton, j'allais décharger sur la mâchoire du plus approché de moi un coup qui ne l'aurait peut-être pas mis en paradis, sans Huriel, qui me retint le bras en se montrant à mon côté bien lestement.

Alors il leur parla avec beaucoup d'action et de résolution, et il s'ensuivit comme une dispute, où Brulette ni moi ne comprenions un mot et qui ne paraissait guère rassurante, car Huriel, écouté par moments, ne l'était plus dans d'autres, et, deux ou trois fois, l'un de ces mécréants, qui paraissait le plus animé, mit sa griffe de diable sur le bras de Brulette, comme pour l'emmener ; et, sans moi, qui lui enfonçais mes ongles dans sa peau de bouc, pour le faire lâcher prise, il l'aurait arrachée de mes bras avec l'aide des autres ; car ils étaient huit dans ce moment-là, tous armés de bons épieux et paraissant coutumiers des querelles et des injustices.

Huriel, qui gardait mieux son sang-froid, et qui se plaçait toujours entre nous et l'ennemi, me retint de porter le premier coup, lequel, comme je le compris ensuite, nous eût perdus. Il se contenta de parler, tantôt sur un ton de remontrance, tantôt sur un air de menace, et finit en se retournant vers moi, par me dire en ma langue. — N'est-ce pas, Étienne, que voilà ta sœur, une honnête fille, laquelle m'est accordée, et vient en Bourbonnais pour faire connaissance avec sa famille? Ces gens-ci, qui sont mes confrères et bons enfants vis-à-vis le droit et la justice, ne me cherchent noise que par doutance de la vérité. Ils s'imaginent que nous étions ici en causette avec la première venue, et prétendent nous garder en leur compagnie. Mais je leur dis et je jure Dieu qu'avant de faire affront, même d'une parole, à cette jeunesse, il leur faudra nous tuer ici tous les deux, et avoir notre sang sur leurs têtes et sur leurs âmes devant le ciel et devant les hommes.

— Eh bien, quand même? répondit en même langage français un de ces forcenés, celui qui venait toujours sur moi et que je grillais d'étendre par terre d'un coup de poing dans l'estomac. Si vous vous y faites tuer, tans pis pour vous ! Il ne manque pas de fosses par ici pour enterrer deux imbéciles : et qu'on vienne les chercher ensuite ! Nous serons loin, et les arbres ni les pierres n'ont de langue pour raconter ce qu'ils ont vu !

Par bonheur, celui-là était le seul coquin de la bande. Il fut blâmé des autres, et mêmement un grand rouge, qui paraissait se faire écouter, le prit par un bras et le poussa loin de nous, en lui disant, dans charabiat, des reproches et des jurements à faire trembler toute la forêt.

Et, de ce moment, le plus gros danger fut passé, l'idée du sang versé ayant soulevé, à propos la conscience de ces hommes sauvages. Ils tournèrent la chose en riant, et plaisantèrent Huriel, qui leur répondit de même, faisant contre fortune bon cœur. Mais ils ne paraissaient point encore résolus à nous laisser partir. Ils souhaitaient voir le visage de Brulette, qui se tenait cachée sous sa cape et qui, contre sa coutume, eût bien souhaité se faire passer pour vieille et laide.

Mais, tout d'un coup, elle changea d'idée en devinant que les mauvaises paroles dites à Huriel et à moi en baragouin d'Auvergne, s'adressaient à elle en questions assez vilaines ; emportée de colère et de fierté, elle se dégagea de mon bras, et, jetant sa cape de dessus sa tête : — Hommes sans cœur, leur dit-elle d'un ton offensé et rempli de courage, j'ai le bonheur de ne pas comprendre ce que vous me dites, mais je vois bien que vous avez intention de me faire insulte dans vos pensées. Eh bien, regardez-moi, et si jamais vous avez vu la figure d'une femme qui mérite respect, connaissez que la mienne y a droit. Ayez honte de votre vilain comportement, et laissez-moi continuer mon chemin sans vous plus entendre.

L'action de Brulette, encore que hardie, fit comme un miracle. Le grand rouge haussa les épaules, sifflota un petit moment, tandis que les autres se consultaient, un peu interloqués ; puis, tout d'un coup, il tourna le dos, disant d'une voix forte : — Assez causé, en route ! Vous m'avez élu chef de bande, j'appliquerai punition à qui tourmentera davantage Jean Huriel, bon compagnon et bien vu de toute la confrérie.

Ils s'éloignèrent, et Huriel, sans faire réflexion ni dire un mot, rhabilla les mulets quatre à quatre, nous fit monter dessus, et, passant devant, non sans se retourner à chaque pas, nous mena bon train au bord de la rivière. Elle était encore bien grosse et bien grondeuse ; mais il ne barguigna point pour y entrer, et quand il fut au mitant : — Venez, cria-t-il, n'ayez peur ! Et, comme j'hésitais un peu à faire mouiller Brulette, car elle y avait déjà les pieds, il revint vers nous comme en colère, et frappa la mule pour la faire avancer au plus creux, jurant, et disant qu'il valait mieux être morte qu'insultée.

—C'est bien ce que je pense ! lui répondit Brulette sur le même ton ; et, frappant aussi, elle se jeta hardiment dans le courant qui écumait jusqu'au-dessus du poitrail de la mule.

DOUZIÈME VEILLÉE

Il y eut un moment où la bête parut perdre pied ; mais Brulette était, en ce moment-là, entre nous deux, et montrait beaucoup de courage. Quand nous fûmes sur l'autre rive, Huriel, fouaillant toujours nos montures, nous fit prendre le galop, et ce ne fut qu'en plaine, à la vue du ciel et à la portée des habitations, qu'il nous laissa souffler.

— A présent, dit-il en marchant entre moi et Brulette, je vous dois des reproches à tous deux. Je ne suis pas un enfant pour vous mettre dans un danger et vous y laisser. Pourquoi vous êtes-vous sauvés de l'endroit où je vous avais recommandé de m'attendre ?

— C'est vous qui nous faites reproche ? dit Brulette un peu animée ; j'aurais cru que ce dût être le contraire.

— Commencez donc ! dit Huriel devenu pensif. Je parlerai après. De quoi me blâmez-vous.

— Je vous blâme, répondit-elle, de n'avoir pas eu la prévoyance de la mauvaise rencontre que nous devions faire ; je vous blâme surtout d'avoir su donner fiance à mon père et à moi, pour me faire sortir de ma maison et de mon pays, où je suis aimée et respectée, et pour m'amener dans des bois sauvages, où vous ne pouvez qu'à grand'peine me sauver des offenses de vos amis. Je ne sais pas quelles paroles grossières ils ont voulu me dire ; mais j'ai bien entendu que vous étiez forcé de répondre de moi comme d'une honnête fille. C'est donc qu'on en doit douter en me trouvant en votre compagnie ! Ah ! le malheureux voyage ! Voici la première fois de ma vie que je me vois insultée, et je ne croyais point que cela me dût arriver jamais !

Là-dessus, de dépit et de chagrin, le cœur lui enfla et elle se prit à pleurer de grosses larmes. Huriel ne répondit pas d'abord : il avait une grande tristesse. Enfin, il prit courage et lui dit :

— Il est vrai, Brulette, que vous avez été méconnue.

Vous en serez vengée, je vous en réponds ! Mais comme je i pu en donner punition sur l'heure, sans vous exposer davantage, ce que je souffre au dedans de moi de colère rentrée, je ne veux pas vous le dire, vous ne le comprendriez jamais !

Et les larmes qu'il retenait lui coupèrent la parole.

— Je n'ai pas besoin d'être vengée, reprit Brulette, et je vous prie de n'y plus songer ; je tâcherai d'oublier de mon côté.

— Mais vous n'en maudirez pas moins le jour où vous vous êtes confiée à moi ? dit-il en serrant le poing comme si, pour un peu, il eût voulu s'en assommer lui-même.

— Allons, allons, leur dis-je à mon tour, il ne se faut point quereller, à présent que le mal et le danger sont passés. Je reconnais qu'il y a eu de ma faute. Huriel emmenait les muletiers d'un côté et nous eût fait sauver de l'autre. C'est moi qui ai jeté Brulette dans la gueule du loup en croyant la sauver plus vite.

— Le danger n'y était d'aucune façon sans cela, dit Huriel. Certainement, parmi les muletiers, comme parmi tous les hommes qui vivent d'une manière sauvage, il y a des coquins. Il y en avait un dans cette bande-là ; mais vous avez vu qu'il a été blâmé. Il est vrai aussi que beaucoup d'autres parmi nous sont mal appris et plaisantent mal à propos ; mais je ne sais point ce que vous entendez par notre communauté. Si nous sommes associés d'argent et de plaisirs comme de pertes et de dangers, nous respectons les femmes les uns des autres comme tous les autres chrétiens, et vous avez bien vu que l'honnêteté était pareillement respectée pour elle-même, puisqu'il vous a suffi de dire un mot de fierté pour ranger ces hommes-là au devoir.

— Et pourtant, dit Brulette encore fâchée, vous étiez bien pressé de nous faire partir, et il a fallu se sauver vitement, au risque de se noyer dans la rivière. Vous voyez bien que vous n'êtes pas maître de ces mauvais esprits, et que vous aviez grand'peur de les voir revenir à leur méchante idée.

— Tout cela, parce qu'on vous avait vu fuir avec Tiennet, reprit le muletier. On a cru que vous étiez là en faute. Sans votre peur et votre défiance, vous n'auriez même pas été vue de mes compagnons ; mais vous avez eu mauvaise idée de moi tous les deux, confessez-le !

— Je n'avais pas mauvaise idée de vous, dit Brulette.

— Et moi, si fait, dans ce moment-là, répondis-je. Je m'en confesse, ne voulant pas mentir.

— Ça vaut toujours mieux, reprit Huriel, et j'espère que tu en reviendras sur mon compte.

— C'est fait, lui dis-je. J'ai vu comme tu étais décidé, et maître de ta colère en même temps, et je reconnais qu'il vaut mieux savoir bien parler en commençant que de finir par là ; les coups viennent toujours assez tôt. Sans toi, je serais mort à cette heure, et toi aussi, pour me soutenir, ce qui eût été un grand mal pour Brulette. Or donc, nous en voilà dehors, grâce à toi, et je pense que nous devrions en être meilleurs amis tous les trois.

— A la bonne heure ! répondit Huriel en me serrant la main. Voilà le bon côté du Berrichon : c'est son grand sens et son tranquille raisonnement. Etes-vous donc Bourbonnaise, Brulette, que vous voilà si vive et si têtue ?

Brulette consentit à mettre sa main dans la sienne, mais elle demeura soucieuse ; et comme je pensais qu'elle avait

froid, pour s'être beaucoup mouillée dans la rivière, nous la fîmes entrer dans une maison pour changer et se rigoter d'un doigt de vin chaud. Le jour était venu, et les gens du pays paraissaient de bonne aide et de bon cœur.

Quand nous reprîmes notre voyage, le soleil était déjà chaud, et le pays, un peu élevé entre deux rivières, réjouissait la vue par son étendue, qui me rappelait nos plaines. Le dépit de Brulette était passé ; car en causant avec elle auprès du feu de ces Bourbonnais, je lui avais remontré qu'une honnête fille n'est point salie par des propos d'ivrognes, et que nulle femme ne serait nette si ces propos-là comptaient pour quelque chose. Le muletier nous avait quittés un moment, et quand il revint pour mettre Brulette en selle, elle ne se put tenir de crier d'étonnement. Il s'était lavé, rasé et habillé proprement, non pas si brave qu'elle l'avait vu une fois, mais aussi gentil de sa mine et assez bien couvert pour lui faire honneur.

Cependant elle n'en fit ni compliment ni badinerie, et seulement le regardait beaucoup, comme pour refaire connaissance avec lui, quand il n'avait pas les yeux sur elle. Elle paraissait chagrinée de lui avoir été un peu froide, mais ne savait plus comment revenir là-dessus, car il parlait d'autres sujets, nous donnant explication du pays bourbonnais, où, depuis le passage de la rivière, nous étions entrés, me faisant connaître les cultures et usances, et raisonnant en homme qui n'est sot sur aucune chose.

Au bout de deux heures, sans autre fatigue ni encombre, toujours montant, nous étions arrivés à Mesples, qui est paroisse voisine de la forêt où nous devions trouver Joseph. Nous ne fîmes que traverser l'endroit, où Huriel fut beaucoup accosté de gens qui paraissaient lui porter bonne estime, et de jeunesses qui le suivaient de l'œil et s'étonnaient de la compagnie qu'il menait avec lui.

Nous n'étions cependant pas encore arrivés. C'était au fin fond du bois, ou, pour mieux dire, au plus haut, que nous devions gagner ; car le bois de l'Alleu, qui se joint avec celui de Chambérat, remplit un plateau d'où descendent les sources de cinq ou six petites rivières ou ruisseaux, et formait alors un pays sauvage, entouré de landes désertes, ou peu s'en faut, d'où la vue s'étendait très-au loin de tous les côtés ; et de tous ces côtés-là, c'étaient autres forêts ou bruyères sans fin.

Nous n'étions cependant encore que dans le bas Bourbonnais, qui touche au plus haut du Berry, et il me fut dit par Huriel que le pays allait toujours grimpant jusqu'à l'Auvergne. Les bois étaient beaux, tout en futaies de chênes blancs, qui sont la plus belle espèce. Les ruisseaux, dont ces bois étaient coupés et ravinés en mille endroits, formaient des places plus humides, où poussaient des vergnes, des saules et des trembles, tous arbres grands et forts, dont s'approchent point ceux de notre pays. J'y vis aussi, pour la première fois, un arbre blanc de sa tige et superbe de son feuillage, qui ne pousse point chez nous, et qui s'appelle le hêtre. Je crois bien que c'est le roi des arbres après le chêne, et s'il est moins beau, on peut dire quasiment qu'il est plus joli. Ils étaient encore assez rares dans cette forêt, et Huriel me dit qu'ils n'étaient foisonnants que dans le mitan du pays bourbonnais.

Je regardais toutes choses avec grand étonnement, m'attendant toujours à voir plus de raretés qu'il n'y en avait, et ne revenant pas de trouver que les arbres n'avaient pas la tête en bas et les racines en l'air, tant on s'inquiète de ce qui est éloigné et de ce qu'on n'a jamais vu. Quant à Brulette, soit qu'elle eût du goût naturel pour les endroits sauvages, soit qu'elle voulût consoler Huriel des reproches qui l'avaient affligé, elle admirait tout plus que de raison et faisait honneur et révérence aux moindres fleurettes du sentier.

Nous marchions depuis un bon bout de temps sans rencontrer âme qui vive, quand Huriel nous dit en nous montrant une éclaircie et un grand abatis : — Nous voilà aux coupes, et dans deux minutes, vous verrez notre ville et le château de mon père.

Il disait cela en riant, et pourtant nous cherchions encore des yeux quelque chose comme un bourg et des maisons, quand il ajouta, en nous montrant des huttes de terre et de feuillage qui ressemblaient plus à des terriers d'animaux qu'à des demeures d'humains : — Voilà nos palais d'été, nos maisons de plaisance. Restez ici, je cours en avertir Joseph.

Il partit au galop, regarda à l'entrée de toutes ces cabioles et revint nous dire, un peu inquiet, mais le cachant de son mieux : — Il n'y a personne, c'est bon signe ; Joseph va bien ; il aura accompagné mon père au travail. Attendez-moi encore ; reposez-vous dans votre cabane, qui est la première ici devant vous ; j'irai voir où est notre malade.

— Non, non, dit Brulette, nous irons avec vous !

— Avez-vous donc peur ici ? Vous auriez tort ; vous êtes sur le domaine des bûcheux, et ce ne sont pas, comme les muletiers, des suppôts du diable. Ce sont de braves gens de campagne comme ceux de chez vous, et là où règne mon père, vous n'avez rien à craindre.

— Je n'ai pas peur de votre monde, reprit Brulette, mais bien de ce que je ne vois pas Joset. Qui sait s'il n'est point mort et enseveli ? Depuis un moment, l'idée m'en est venue, et j'en ai le sang figé.

Huriel devint pâle, comme si la même idée le gagnait ; mais il n'y voulut pas donner attention. — Le bon Dieu ne l'aurait pas permis ! dit-il ; descendez, laissez là vos montures qui ne passeraient pas dans le fourré, et venez avec moi.

Il prit une petite sente qui menait à une autre coupe ; mais là encore, nous ne vîmes ni Joseph ni autre personne.

— Vous pensez que ces bois sont déserts, nous dit Huriel, et cependant je vois, aux coupes fraîches, que les bûcheux y ont travaillé tout le matin ; mais c'est l'heure où ils font un petit somme, et ils pourraient bien être couchés dans les bruyères sans que nous les vissions, à moins de marcher dessus. Mais écoutez ! voilà qui me réjouit le cœur ! c'est mon père qui cornemuse, je reconnais sa manière, et c'est signe que Joset ne va pas plus mal, car l'air n'est point triste, et je sais que mon père le serait si un malheur était arrivé.

Nous le suivîmes, et c'était véritablement une si belle musique, que Brulette, encore que pressée d'arriver, ne pouvait tenir de s'arrêter par moments, comme charmée. Et moi, je n'ai peut-être jamais été aussi porté qu'elle à comprendre une pareille chose, je me sentais secoué aussi dans mes cinq sens de nature. A mesure que j'avançais, je croyais voir autrement, entendre autrement, respirer et marcher d'une manière qui m'était nouvelle. Les arbres me paraissaient plus

beaux, aussi la terre et le ciel, et j'avais plein le cœur un contentement dont je n'aurais su dire la cause.

Et voilà qu'enfin, sur des roches, au long desquelles marmonnait un gentil ruisselet tout rempli de fleurs, nous vîmes Joset debout, d'un air triste, auprès d'un homme assis qui cornemusait pour le plaisir de ce pauvre malade. Le chien Parpluche était à côté d'eux et paraissait écouter aussi, comme eût fait une personne douée de connaissance.

Comme on ne faisait pas encore attention à nous, Brulette nous retint d'avancer, voulant bien regarder Joseph et prendre connaissance de son état par son air, avant de lui parler.

Joseph était blanc comme un linge et sec comme un bois mort, à quoi nous connûmes bien que le muletier ne nous avait point menti ; mais ce qui nous consola un peu fut de voir qu'il avait grandi quasiment de toute la tête, ce que les gens qui le voyaient tous les jours pouvaient bien n'avoir pas remarqué, et nous expliquait, à nous autres, sa maladie par la fatigue de son croît. Et malgré qu'il avait les joues creusées et la bouche pâle, il était devenu tout à fait joli homme, ayant, malgré sa langueur, les yeux clairs et même vifs comme de l'eau courante, des cheveux fins, qui se séparaient, sur sa figure blême, en manière de bon Jésus, et toute une semblance d'ange du ciel, qui le différenciait d'un paysan autant qu'une fleur d'amandier se différencie d'une amande dans sa carcotte.

Mêmement ses mains étaient blanches comme celles d'une femme, pour ce que, depuis un temps, il n'avait point travaillé, et l'habillement bourbonnais, qu'il avait pris coutume de porter, le faisait ressortir plus dégagé et mieux construit, qu'autrefois ses blaudes de toile de chanvre et ses gros sabots.

Mais quand nous eûmes donné notre première attention à notre ami Joseph, force nous fût de regarder aussi le père d'Huriel, un homme comme j'en ai peu vu de pareils, croyez-moi, et qui, sans avoir étudié, avait une grande connaissance et un esprit qui n'est point gâté un plus riche et mieux connu. Il était grand et fort homme, de belle prestance comme Huriel, mais plus gros et large d'épaules ; sa tête était pesante et emmanchée de court comme celle d'un taureau. Sa figure n'était point jolie du tout, pour ce qu'il avait le nez plat, la bouche épaisse et les yeux ronds ; mais ça n'en faisait pas moins une mine qu'on aimait à regarder, et qui, tant plus on la regardait, tant plus vous saisissait par un air de force, de commandement et de bonté. Ses gros yeux noirs brillaient comme deux éclairs dans sa tête, et sa grande bouche, quand elle riait, vous aurait fait revenir de la plus mauvaise mort.

Il avait, en ce moment-là, la tête couverte d'un mouchoir bleu, noué par derrière, et ne portait guère autre vêtement que son haut-de-chausses et sa chemise, avec un grand tablier de cuir, dont ses mains, usées au travail, ne différaient point pour la couleur et la dureté. Mêmement ses doigts écrasés ou entaillés par maints accidents où ils ne s'étaient point épargnés, semblaient des racines de buis toutes contournées de gros nœuds, et l'on eût dit qu'ils ne pouvaient faire service que de marteaux à casser la pierre. Et nonobstant, il les menait aussi subtilement sur le hautbois de sa musette que si ce fussent légers fuseaux ou menues pattes d'oisillons.

A côté de lui étaient couchées les carcasses de grands

chênes fraîchement abattus et dépecés, emmi lesquels on voyait les instruments de son travail, sa cognée brillante comme un rasoir, son sciton pliant comme un jonc, et sa bouteille de terre, dont le vin entretenait ses forces.

A un moment, Joset, qui l'écoutait sans souffler, tant il y trouvait d'aise et de soulagement, vit son chien Parpluche venir vers nous pour nous caresser ; il leva les yeux et nous vit arrêtés à dix pas de lui. De blême, il devint rouge comme le feu, mais ne bougea, car il crut d'abord que c'était la vision des personnes auxquelles la musique le faisait songer.

Brulette courut vers lui, les bras étendus : alors il fit entendre un cri et tomba, comme suffoqué, sur ses deux genoux, ce qui me fit grand'peur, car je n'avais point idée d'un amour si étrange, et je pensais que le saisissement lui donnait le coup de la mort.

Mais il en revint au plus vite, et se mit à remercier Brulette et moi, ainsi qu'Huriel, dans des mots si amitieux et qui lui venaient si aisément, qu'on pouvait bien dire que ce n'était plus le même Joset qui, si longtemps, avait répondu : *Je ne sais pas*, à toute chose qu'on lui pût dire.

Le père Bastien, ou plutôt le Grand-Bûcheux, car on l'appelait toujours comme ça dans son pays, posa sa musette et, du temps que Brulette et Joset se parlaient, secoua ma main comme s'il m'eût connu de naissance.

— Voilà ton ami Tiennet ? dit-il à son garçon. Eh bien, sa figure me revient et sa corporence aussi ; car je gage que j'aurais peine à le tourer, et j'ai toujours vu que les hommes les plus forts étaient les plus doux. Je l'ai vu dans toi, mon Huriel, et dans moi-même qui me suis toujours senti en bonne disposition d'aimer mon prochain plutôt que de l'écraser. Or donc, Tiennet, sois le bienvenu dans nos forêts sauvages : tu n'y trouveras point du beau pain de pur froment et des salades de toutes sortes comme dans ton jardin ; mais nous tâcherons de te régaler de bonne causerie et de franche amitié. C'est bien fait à vous, car le courage lui manquait pour guérir ; mais à présent, je n'en serai plus en peine, et ce médecin-là me paraît bon.

Il disait ainsi, en regardant Joset, qui s'était assis sur ses talons aux pieds de Brulette et lui tenait la main en l'examinant de tous ses yeux, et la questionnant sur sa mère, sur le père Brulet, sur les voisins, les voisines et toute la paroissée.

Brulette, voyant que le Grand-Bûcheux parlait d'elle, vint à lui, et lui fit excuse de ne l'avoir point salué en premier ; mais lui, sans plus de façon, la prit par le corps et l'éleva sur la roche comme pour la voir d'entier, ainsi qu'une bonne sainte ou toute autre chose précieuse ; et, la reposant à terre, il l'embrassa au front, disant à Joset qui rougissait autant que Brulette : — Tu me disais bien ! c'est joli de tout en tout, et voilà, je pense, une pièce sans tache ni défaut. L'âme et le corps sont de la meilleure qualité qu'il y ait : ça se voit à travers les yeux. Et dis-moi donc, Huriel, je ne peux pas savoir, moi qui suis aveuglé sur mes enfants, si elle est plus jolie que ta sœur ; mais il me semble qu'elle ne l'est pas moins, et que si elles étaient à moi toutes les deux, je ne saurais laquelle me dire la plus fier. Voyons, Brulette, n'ayez point honte d'être belle, et n'en soyez pas vaine non plus. L'ouvrier qui façonne si bien les créatures de ce monde ne vous a pas consultée,

et vous n'êtes pour rien dans son ouvrage ; mais ce qu'il fait pour nous, on peut le gâter par folie ou sottise, et je vois, à votre air, que, loin de là, vous respectez ses dons en vous-même. Oui, oui, vous êtes une belle jeunesse, saine de cœur et droite d'esprit ; je vous connais assez, puisque vous voilà ici, venant réconforter ce pauvre enfant qui vous appelait comme la terre appelle la pluie. Bien d'autres n'eussent pas fait comme vous, et, pour cela, je vous estime. Aussi, je vous demande vos amitiés pour moi, qui vous serai ici un père, et pour mes deux enfants, qui vous seront frère et sœur.

Brulette, qui avait eu gros sur le cœur le mauvais comportement envers elle des muletiers dans le bois de la Roche, fut si sensible à l'estime et aux compliments du Grand-Bûcheux, qu'elle en eut des larmes prêtes à couler, et que, se jetant à son cou, elle ne sut lui répondre qu'en le baisant comme si ce fût son propre père.

— Voilà la meilleure réponse, dit-il, et j'en suis content. Or ça, mes enfants, l'heure du repos est passée pour moi, et je dois reprendre ma tâche. Si vous avez faim, voilà mon bissac et mes petites provisions. Huriel s'en ira tout à l'heure avertir sa sœur pour qu'elle vienne vous faire compagnie ; et vous autres, mes Berrichons, vous deviserez avec Joseph, car vous en avez long à lui dire, j'imagine ; mais vous ne vous écarterez point, sans lui, de mon han et du bruit de ma cognée, car vous ne connaissez point la forêt et pourriez vous y égarer.

Là-dessus, il se mit à débiter ses arbres, après avoir pendu sa musette à un de ceux qui étaient encore debout. Huriel mangea un morceau avec nous, et questionné sur sa sœur par Brulette : — Ma sœur Thérence, nous dit-il, est une bonne et gentille enfant d'environ votre âge. Je ne dirai pas, comme mon père, qu'elle peut soutenir la comparaison avec vous ; mais, telle qu'elle est, elle se laisse regarder, et son humeur n'est pas des plus sottes. Elle a coutume de suivre mon père dans toutes ses stations, afin qu'il n'y manque de rien, car la vie d'un bûcheux, comme celle d'un muletier, est bien dure et bien triste quand il n'a pas de compagnie pour son cœur.

— Et où donc est-elle en ce moment-ci ? demanda Brulette : ne pourrions-nous l'aller trouver ?

— Elle est je ne sais pas où, répondit Huriel, et je m'étonne qu'elle ne nous ait point entendus venir, car elle n'a pas coutume de s'éloigner des loges. L'as-tu vue aujourd'hui, Joseph ?

— Oui, dit-il, mais pas depuis le matin. Elle était un peu abattue et se plaignait du mal de tête.

— Elle n'est pourtant pas sujette à se plaindre de quelque chose ! reprit Huriel. Or donc, excusez-moi, Brulette ; je m'en vas vous la chercher au plus vite.

TREIZIÈME VEILLÉE

Quand Huriel nous eut quittés, nous fîmes promenade et conversation avec Joseph ; mais, pensant qu'il était content de m'avoir vu et le serait encore plus de se trouver seul avec Brulette, je les laissai ensemble, sans faire semblant de rien, et m'en allai rejoindre le père Bastien pour m'occuper à le voir travailler.

C'était une chose plus réjouissante que vous ne sauriez

croire, car, de ma vie, je n'ai vu travail de main d'homme dépêché d'une si rude et si gaillarde façon. Je pense bien qu'il eût pu faire, sans se gêner, l'œuvre de quatre des plus forts chrétiens en sa journée, et cela, toujours riant et causant quand il avait compagnie, ou chantant et sifflant quand il était seul. Il était d'un sang si chaud et si grouillant qu'il me donnait envie de l'aider, et que je regrettais de n'avoir rien à faire pour mon compte. Il m'apprit que, généralement, les fendeux et bûcheux étaient habitants voisins des bois où ils travaillaient, et que, quand leurs demeures en étaient tout proche, ils y venaient à la journée. D'autres, demeurant un peu plus loin, y venaient à la semaine, partant de chez eux le lundi avant le jour, pour y retourner à la nuit le samedi ensuivant. Quant à ceux qui descendaient comme lui du haut pays, ils s'engageaient pour trois mois, et leurs cabanes étaient plus grandes, mieux construites et mieux approvisionnées que celle des bûcheux à la semaine.

Il en était à peu près de même des charbonniers, et par là on entend non pas ceux qui achètent du charbon pour en revendre, mais ceux qui le fabriquent sur place, au compte des propriétaires des bois et forêts. Il y en avait aussi qui achetaient le droit de l'exploiter, de même qu'il y avait des muletiers qui en faisaient commerce pour leur compte ; mais, généralement, ce dernier métier consistait à faire seulement des transports.

Dans les temps d'aujourd'hui, l'industrie des muletiers est en baisse et va à se perdre. Les forêts sont mieux percées, et il n'y a plus tant de ces endroits abominables pour les chevaux et les voitures, où le service des mulets est le seul possible. Le nombre des forges et usines qui consomment encore du charbon de bois est bien mandré, et on ne voit que peu de ces ouvriers-là dans nos pays. Il y en a cependant encore qui vont dans les grands bois de Cheure en Berry, ainsi que des fendeux et bûcheux du Bourbonnais ; mais, au temps dont je vous parle, et où les bois couvraient au moins la moitié de nos provinces, tous ces états étaient grandement recherchés et avantageux. Si bien qu'en une forêt, au temps de son exploitation, on trouvait toute une population de ces différents ordres, tant de l'endroit même que des endroits éloignés, qui avaient chacun leurs coutumes, leurs confréries, et, autant que possible, vivaient en bon accord les uns vis-à-vis des autres.

Le père Bastien me raconta, et je le vis plus tard moi-même, que tous les hommes adonnés au travail des bois s'habituaient si bien à cette vie changeante et difficile, qu'ils avaient comme le mal du pays quand il leur fallait vivre en la plaine. Et tant qu'à lui, il aimait les bois comme s'il eût été loup ou renard, encore qu'il fût le meilleur chrétien et le plus divertissant compagnon qui se pût trouver.

Cependant il ne se moqua point, comme avait fait Huriel, de ma préférence pour mon pays. — Tous les pays sont beaux, disait-il, du moment qu'ils sont nôtres, et il est bon que chacun fasse estime particulière de celui qui le nourrit. C'est une grâce du bon Dieu sans laquelle les endroits tristes et pauvres seraient laissés à l'abandon. J'ai ouï dire à des gens qui ont voyagé au loin, qu'il y avait des terres sous le ciel que la neige ou la glace couvraient quasiment toute l'année, et d'autres où le feu sortait des montagnes et ravageait tout. Et cependant, toujours on

bâtissait de belles maisons sur ces montagnes endiablées, toujours on creusait des trous pour vivre sous ces glaces. On y aime, on s'y marie, on y danse, on y chante, on y dort, on y élève des enfants tout comme chez nous. Ne méprisons donc la famille et le logement de personne. La taupe aime sa noire caverne, comme l'oiseau aime son nid dans la feuillée, et la fourmi vous rirait au nez, si vous vouliez lui faire entendre qu'il y a des rois mieux logés qu'elle en leurs palais.

La journée s'avança sans que je visse revenir Huriel avec sa sœur Thérence. Le père Bastien s'en étonnait un peu mais ne s'en inquiétait point. Plusieurs fois, je me rapprochai de Brulette et de Joset, qui ne se tenaient pas loin de là : mais, les voyant causer toujours et ne point donner attention à mon approche, je m'en allai seul de mon côté, ne sachant trop comment avaler le temps. J'étais, avant toutes choses, moi aussi, le vrai ami de cette chère fille. Dix fois par jour je m'en sentais amoureux, dix fois par jour je m'en sentais guéri, et, le plus souvent, je n'y prétendais pas assez pour m'en chagriner. Je n'avais jamais été bien jaloux de Joseph, avant le moment où le muletier nous avait appris le grand feu qui consumait ce jeune homme ; et, depuis ce moment-là, chose étrange ! je ne l'étais plus du tout. Plus Brulette marquait de compassion pour lui, plus il me semblait reconnaître qu'elle s'y portait par devoir d'amitié seulement. Et cela me chagrinait au lieu de me réjouir. N'ayant point d'espérance pour moi, je souhaitais au moins conserver le voisinage et la compagnie d'une personne qui mettait tout en aise autour d'elle, et je me disais aussi que si quelqu'un méritait sa préférence, c'était ce jeune gars qui l'avait toujours aimée, et qui, sans doute, ne saurait jamais se faire aimer d'aucune autre.

Je m'étonnais même que ce ne fût pas là l'idée cachée de Brulette, surtout voyant comme Joset, au milieu de sa maladie, était devenu gentil, savant et parleur agréable. Certainement il devait son changement à la compagnie du Grand-Bûcheux et de son fils, mais il y avait mis un grand vouloir, et elle devait lui en savoir gré. Pourtant Brulette ne paraissait pas voir ce changement, et il me semblait qu'en voyage elle avait bien plus pris garde au muletier Huriel qu'elle n'avait encore fait à personne autre. Voilà l'idée qui m'angoissait à chaque moment davantage ; car si sa fantaisie se tournait sur cet étranger, deux grosses peines m'attendaient ; la première, c'est que notre pauvre Joset en mourrait de chagrin ; la seconde, que notre Brulette quitterait le pays de chez nous, et que je n'aurais plus ni sa vue, ni sa causerie.

J'en étais là de mon raisonnement, quand je vis revenir Huriel, menant avec lui une fille si belle, que Brulette n'en approchait point. Elle était grande, mince, large d'épaules et dégagée, comme son frère, dans tous ses mouvements. Naturellement brune, mais vivant toujours à l'ombre des bois, elle était plutôt pâle que blanche ; mais cette sorte de blancheur-là charmait les yeux, en même temps qu'elle les étonnait, et tous les traits de sa figure étaient sans défaut. Je fus bien un peu choqué de son petit chapeau de paille retroussé en arrière comme la queue d'un bateau ; mais il en sortait un chignon de cheveux si merveilleux de noirceur et quantité, qu'on s'accoutumait bientôt à le regarder. Ce que je remarquai dès le premier moment, c'est qu'elle n'était pas souriante et gracieuse comme

Brulette. Elle ne cherchait point à se rendre plus jolie qu'elle ne l'était, et son apparence était d'un caractère plus décidé, plus chaud dans la volonté et plus froid dans les manières.

Comme je me trouvais assis contre une corde de bois coupé, ils ne me voyaient point, et, au moment qu'ils s'arrêtèrent près de moi, à la fourche d'une sente, ils se parlèrent comme gens qui sont seuls.

— Je n'irai point, disait la belle Thérence d'une voix affermie. Je vas aux cabanes tout préparer pour leur souper et leur couchée ; c'est tout ce que je veux faire pour le moment.

— Et tu ne leur parleras point ? Tu vas leur montrer ta mauvaise humeur ? disait Huriel qui paraissait surpris.

— Je n'ai point de mauvaise humeur, répondit la jeune fille ; et d'ailleurs, si j'en ai, je ne suis pas forcée de la montrer

— Tu la montres pourtant, puisque tu ne veux point aller prévenir cette jeunesse qui doit commencer à s'ennuyer de la compagnie des hommes, et qui serait aise, je le parie, de se trouver avec une autre jeune fille.

— Elle ne doit point s'ennuyer, reprit Thérence, à moins qu'elle n'ait un mauvais cœur ; mais je ne suis point chargée de l'amuser ; je la servirai et l'assisterai, voilà tout ce qui est de mon devoir.

— Mais elle t'attend ; qu'est-ce que je vas lui dire ?

— Dis-lui ce que tu voudras : je n'ai pas à lui rendre compte de moi.

Là-dessus la fille du Bûcheux s'enfonça dans la sente, et Huriel resta un moment songeur, comme un homme qui cherche à deviner quelque chose.

Il passa son chemin ; mais moi, je restai là où j'étais, planté comme une pierre. Il s'était fait en moi comme un rêve surprenant à la première vue de Thérence ; je m'étais dit : Voilà une figure qui m'est connue ; à qui est-ce qu'elle ressemble donc ?

Et puis, à mesure que je l'avais regardée, tandis qu'elle parlait, j'avais trouvé qu'elle me rappelait la petite fille de la charrette embourbée qui m'avait fait rêvasser tout un soir et qui pouvait bien être cause que Brulette, me trouvant trop simple dans mon goût, avait détourné de moi son idée. Enfin, lorsqu'elle passa tout près de moi en s'en allant, encore que son air de dépit fût bien contraire à la figure douce et tranquille dont j'avais gardé souvenance, j'observai le signe noir qu'elle avait au coin de la bouche, et m'assurai par là que c'était bien la fille des bois que j'avais portée à mon cou, et qui m'avait embrassé d'aussi bon cœur en ce temps-là qu'elle paraissait mal disposée maintenant à me recevoir.

Je demeurai longtemps dans les réflexions qui me venaient sur une pareille rencontre ; mais enfin la musette du Grand-Bûcheux, qui sonnait une manière de fanfare, me fit observer que le soleil était justement couché.

Je n'eus point de peine retrouver le chemin des loges, car c'est comme cela qu'on appelle les cabioles des ouvriers forestiers.

Celle des Huriel était la plus grande et la mieux construite, formant deux chambres, dont une pour Thérence. Au-devant régnait une façon de hangar, tuilé en verts balais, qui servait à l'abriter beaucoup du vent et de la pluie ; des planches de sciage, posées sur des souches, formaient une table dressée à l'occasion.

Pour l'ordinaire, la famille Huriel ne vivait que de pain et de fromage, avec quelques viandes salées, une fois le jour. Ce n'était point avarice ni misère, mais habitude de simplicité, ces gens des bois trouvant inutiles et ennuyeux notre besoin de manger chaud et d'employer les femmes à cuisiner depuis le matin jusqu'au soir.

Cependant, comptant sur l'arrivée de la mère à Joseph, ou sur celle du père Brulet, Thérence avait souhaité leur donner leurs aises, et, dès la veille, s'était approvisionnée à Mesples. Elle venait d'allumer le feu sur la clairière et avait convié ses voisines à l'aider. C'étaient deux femmes de bûcheux, une vieille et une laide. Il n'y en avait pas plus dans la forêt, ces gens n'ayant ni la coutume ni le moyen de se faire suivre au bois de leurs familles.

Les loges voisines, au nombre de six, renfermaient une douzaine d'hommes, qui commençaient à se rassembler sur un tas de fagots pour souper en compagnie les uns des autres, de leur pauvre morceau de lard et de leur pain de seigle ; mais le Grand-Bûcheux, allant à eux, devant que de rentrer chez lui poser ses outils et son tablier, leur dit avec son air de brave homme : — Mes frères, j'ai aujourd'hui compagnie d'étrangers que je ne veux point faire pâtir de nos coutumes ; mais il ne sera pas dit qu'on mangera le rôti et boira le vin de Sancerre à la loge du Grand-Bûcheux sans que tous ses amis y aient part. Venez, je veux vous mettre en bonne connaissance avec mes hôtes, et ceux de vous qui me refuseront me feront de la peine.

Personne ne refusa, et nous nous trouvâmes rassemblés une vingtaine, je ne veux pas dire autour de la table, puisque ce monde-là ne tient point à ses aises, mais assis, qui sur une pierre, qui sur l'herbage, l'un couché de son long sur des copeaux, l'autre juché sur un arbre tordu, et tous plus ressemblants, sans comparaison du saint baptême, à un troupeau de sangliers qu'à une compagnie de chrétiens.

Cependant la belle Thérence, allant et venant, ne paraissait pas encore vouloir nous donner attention, lorsque son père, qui l'avait appelée sans qu'elle eût fait mine d'entendre, l'accrocha au passage, et, l'amenant malgré elle, nous la présenta. — Pardonnez-lui, mes amis, nous dit-il ; c'est une enfant sauvage, née et élevée au fond des bois. Elle a honte, mais elle en reviendra, et je vous demande, Brulette, de l'encourager, car elle gagne à être connue.

Là-dessus, Brulette, qui n'était embarrassée ni mal disposée, ouvrit ses deux bras et les jeta au cou de Thérence, laquelle, n'osant se défendre, mais ne sachant se livrer, resta ferme à la voir venir, et releva seulement sa tête et son regard jusqu'alors fiché en terre. En cette position, se voyant si près l'une de l'autre, les yeux dans les yeux, et quasi joue contre joue, elles me firent penser de deux jeunes taures, l'une desquelles avance le front pour folâtrer, tandis que l'autre, défiante et déjà malicieuse de son encornure, l'attend pour la heurter traîtreusement.

Mais Thérence parut tout à coup gagnée par le regard doux de Brulette, et, retirant sa figure, elle la laissa tomber sur l'épaule de cette belle, pour cacher des pleurs qui lui remplirent les yeux.

— Ma foi, dit le père Bastien en raillant et caressant sa fille, voilà ce qui s'appelle être farouche. Je n'aurais jamais cru que la honte des fillettes pût aller jusqu'aux larmes. Mais comprenez quelque chose aux enfants, si vous pouvez! Allons, Brulette, vous me paraissez plus raisonnable; suivez-la, et ne la lâchez qu'elle ne vous ait parlé: il n'y a que le premier mot qui coûte.

— A la bonne heure, dit Brulette, je l'aiderai, et au premier mot de commandement qu'elle me voudra dire, je lui obéirai si bien, qu'elle me pardonnera de lui avoir fait peur.

Et tandis qu'elles s'en allaient ensemble, le Grand-Bûcheux me dit: — Voyez un peu ce que c'est que les femmes! La moins coquette (et ma Thérence est de celles-là) ne se peut trouver en face d'une rivale en beauté, sans être ou échauffée de dépit ou glacée de peur. Les plus belles étoiles font bon ménage côte à côte dans le ciel; mais, de deux filles de la mère Ève, il y en a toujours une au moins qui est gênée par la comparaison qu'on peut lui faire de l'autre.

— Je pense, mon père, dit Huriel, que vous ne rendez point justice à Thérence pour le moment. Elle n'est ni honteuse ni envieuse. Et il ajouta en baissant la voix: — Je crois que je sais ce qui la chagrine, mais le mieux sera de n'y pas faire attention.

On apporta de la viande grillée, des champignons jaunes très-beaux, dont je ne pus me décider à goûter, encore que je visse tout ce monde en manger sans crainte; des œufs fricassés avec diverses sortes d'herbes fortes, des galetons de blé noir, et des fromages de Chambérat, renommés en tout le pays. Tous les assistants firent bombance, mais d'une manière bien différente de la nôtre. Au lieu de prendre leur temps et de ruminer chaque morceau, ils avalaient quatre à quatre comme gens affamés, ce qui, chez nous, n'eût point paru convenable, et ils n'attendirent point d'être repus pour chanter et danser au beau milieu du festin.

Ces gens, d'un sang moins rassis que le nôtre, semblaient ne pouvoir tenir en place. Ils ne patientaient point le temps qu'on leur fît offre de quelque plat. Ils apportaient leur pain pour recevoir le fricot dessus, refusaient les assiettes, et retournaient se percher ou se coucher; d'aucuns aussi mangeaient debout, d'autres en causant et gesticulant, ce qui, chez nous, n'eût point paru convenable, chacun racontant son histoire ou disant sa chansonnette. C'était comme abeilles bourdonnant autour de la ruche: j'en étais étourdi et ne me sentais pas festiner.

Malgré que le vin fût bon et que le Grand-Bûcheux ne l'épargnât point, personne n'en prit plus qu'il ne fallait, chacun étant à sa tâche et ne voulant point se mettre à bas pour le travail du lendemain. Aussi la fête dura peu; et, bien qu'au milieu elle parût vouloir être folle, elle finit de bonne heure et tranquillement. Le Bûcheux reçut grands compliments pour ses honnêtetés, et l'on voyait bien qu'il avait commandement naturel sur toute la bande, non point seulement par son moyen, mais aussi par son bon cœur et sa bonne tête.

On nous fit beaucoup d'avances d'amitié et d'offres de service, et je dois reconnaître que ces gens étaient plus ouverts et plus prévenants que ceux de chez nous. J'observai qu'Huriel les amenait, l'un après l'autre, auprès de Brulette, les lui présentant par leurs noms, et leur enjoignant de la regarder ni plus ni moins que comme sa sœur, d'où elle reçut tant de révérences et de politesses, qu'elle n'avait jamais été si bien fêtée dans notre village.

Quand l'heure de dormir fut venue, le Grand-Bûcheux m'offrit de partager sa chambre. Joset avait sa loge voisine de la nôtre, mais elle était plus petite et nous aurions pu y être gênés. Je suivis donc mon hôte d'autant plus volontiers que j'étais enchargé de veiller de près sur Brulette; mais je vis, en entrant dans la loge, qu'elle ne courait aucun risque, car elle devait partager la couche de la belle Thérence, et le muletier, fidèle à ses habitudes, s'était déjà couché dehors en travers de la porte, si bien que ni loup ni voleur n'en eût pu approcher.

En jetant un coup d'œil sur la chambrette où les deux filles se retiraient, je vis qu'il s'y trouvait un lit et quelques meubles très-propres; Huriel, grâce à ses mulets, pouvait transporter facilement et sans dépense, d'un lieu à l'autre, le petit ménage de sa sœur; mais celui de son père ne devait pas lui donner grand embarras, car il se composait d'un tas de fougères sèches avec une couverture. Encore le Grand-Bûcheux trouvait-il que c'était de trop et que, pour bien faire, il eût dû coucher à l'étoilée comme son fils.

J'étais assez las pour me passer de mon lit, et je dormis d'un bon somme jusqu'au jour. Je pensai que Brulette en avait fait autant, car je ne l'entendis remuer non plus qu'une petite pierre, derrière la cloison de planches qui nous séparait.

Quand je me levai, le Bûcheux et son garçon étaient debout et se consultaient ensemble.

— Nous parlions de toi, me dit le père, et comme il faut que nous allions au travail, je désire que l'affaire dont nous causons soit décidée: Brulette, à qui j'ai remontré que Joseph avait besoin de sa compagnie pour quelque temps, et qui m'a dit avoir la volonté de lui en donner le plus possible, s'est engagée pour la huitaine tout au moins; mais elle n'a pu s'engager pour toi et nous a priés de t'y décider. C'est ce que nous ferons, j'espère, en te disant que nous en serons contents, que tu ne nous pèses point, et que nous te prions d'agir avec nous comme nous ferions avec toi, si besoin était.

Cela dit d'un air de vérité et d'amitié me commandait de m'engager; et, de fait, ne pouvant abandonner Brulette chez les étrangers, encore qu'une huitaine me parût bien longue, j'étais obligé de me ranger à son vouloir et à l'intérêt de Joseph.

— Je t'en remercie, mon bon Tiennet, me dit Brulette, sortant de la chambre de Thérence, et j'en remercie les braves gens qui nous font si bonne réception; mais si je reste, c'est à la condition qu'on ne fera point ici de dépenses pour nous, et que nous serons libres tous les deux de vivre à nos frais comme nous l'entendrons.

— Il en sera ce que vous voudrez, dit Huriel; car si la crainte de nous être à charge doit vous faire partir plus vite, nous aimons mieux renoncer au plaisir de vous servir. Mais souvenez-vous seulement d'une chose, c'est que mon père gagne de l'argent et moi aussi, et que nous ne connaissons pas plus de grand contentement tous les deux que d'obliger nos amis et de leur faire honneur.

Il me sembla qu'Huriel faisait en toute occasion sonner un peu ses écus, comme pour dire: « Je suis un bon parti. » Cependant il agit tout aussitôt comme un homme qui se met de côté, car il nous annonça qu'il allait nous quitter.

Sur ce mot-là, Brulette eut un petit frisson que seul je vis, et qu'elle surmonta aussitôt pour lui demander, sans trop paraître s'en soucier, où il allait et pour combien de temps.

— Je m'en vas travailler au bois de la Roche, nous dit-il. Je serai assez près de vous pour revenir vous voir si vous avez besoin de moi; Tiennet sait le chemin. Je vas de ce pas, d'abord, dans la lande de la Croze chercher mes bêtes et mes équipages, et, en repassant, je vous dirai adieu.

Là-dessus il partit, et le Grand-Bûcheux, enjoignant à sa fille d'avoir grand soin et grand égard pour nous, s'en alla, de son côté, à son ouvrage.

Nous voilà donc restés, Brulette et moi, en compagnie de la belle Thérence, laquelle, tout en nous servant aussi activement que si elle eût été à nos gages, ne paraissait pas vouloir nous faire grande fête, et répondait par oui et par non à tout ce que nous inventions de lui dire. Si bien que cette indifférence rebuta Brulette, qui me dit, dans un moment où nous étions seuls : — Il me semble, Tiennet, que nous déplaisons beaucoup à cette fille; elle m'a fait place dans son lit, cette nuit, comme une personne qui serait forcée d'y recevoir un hérisson. Elle s'est jetée dans la ruelle, le nez contre la cloison, et sauf qu'elle m'a demandé si je voulais plus ou moins de couverture, elle ne m'a pas voulu dire un mot. J'étais si lasse que j'aurais volontiers dormi tout de suite, et même, voyant qu'elle en faisait semblant pour se dispenser de me parler, j'ai fait semblant aussi; mais, de longtemps, je n'ai pu fermer l'œil, car j'entendais qu'elle s'étouffait de pleurer. Si tu veux m'en croire, nous ne la gênerons pas plus longtemps, nous chercherons quelques loges vacantes dans une autre partie de la forêt, et, s'il n'y en a pas, je m'arrangerai avec la vieille femme que j'ai vue hier par ici, pour qu'elle envoie son mari chez un voisin et partage son logis avec moi. Si ce n'est qu'un lit d'herbages, je m'en contenterai ; c'est payer trop cher un matelas et un coussin que d'y être reçu avec des larmes. Quant à nos repas, je compte que, dès aujourd'hui, tu iras à Mesples acheter ce qu'il nous faut, et je me charge de notre cuisine.

— C'est très-bien, Brulette, lui répondis-je, et je ferai tout ce que vous voudrez. Cherchons un logement pour vous, et ne vous inquiétez pas de moi. Je ne suis pas plus de sel que ce muletier qui a dormi dehors sous le travers de votre porte. Ainsi ferai-je pour vous de bon cœur, sans craindre de fondre à la rosée. Cependant, écoutez-moi : si nous quittons comme ça la loge et la table du Grand-Bûcheux, il nous croira fâchés, et comme il nous a trop bien traités pour avoir à se reprocher quelque chose, il verra aisément que c'est sa fille qui nous rebute. Il l'en grondera peut-être, et voyons si la chose sera méritée. Vous dites que cette jeunesse a été très-honnête, voire soumise envers vous. Or donc, si elle a quelque peine cachée, avons-nous le droit de blâmer sa tristesse et son silence? Ne vaudrait-il pas mieux ne faire semblant de rien, la laisser libre tout le jour d'aller voir ou de recevoir son galant, si elle en a un, et, quant à nous, faire société avec Joset, pour qui seul nous sommes venus ici ? Ne craignez-vous point aussi qu'en nous voyant chercher tous deux un autre logement, on ne se fourre dans l'idée que nous avons quelque mauvais motif pour nous mettre à part ?

— Tu as raison, Tiennet, me dit Brulette. Eh bien, je patienterai avec cette grande rechigneuse et la verrai venir.

La belle Thérence ayant tout préparé pour notre déjeuner et voyant monter le soleil, demanda à Brulette si elle avait songé à réveiller Joseph. C'est l'heure, lui dit-elle, et il est fâché quand je le laisse dormir trop tard, parce que la nuit d'après il a peine à se reprendre.

— Si c'est vous qui avez coutume de l'appeler, ma mignonne, répondit Brulette, faites-le donc : je ne connais point son habitude.

— Non, non, reprit Thérence d'un ton sec : c'est votre affaire de le soigner à présent, puisque vous êtes venue pour ça. Je peux, à cette heure, m'en reposer et vous en laisser la charge.

— Pauvre Joset! ne put s'empêcher de dire notre Brulette. Je vois qu'il est d'un grand embarras pour vous et qu'il ferait mieux de s'en revenir avec nous dans son pays !

Thérence tourna le dos sans répondre, et je dis à Brulette : — Allons tous deux l'appeler. Je gage qu'il sera content d'entendre ta voix la première.

La loge de Joset touchait quasiment celle du Grand-Bûcheux. Sitôt qu'il entendit la voix de Brulette, il vint tout courant regarder à travers la porte et lui dit : — Ah ! je craignais de rêver, Brulette ! c'est donc bien vrai que tu es là ?

Quand il fut assis sur les souches entre nous deux, il nous dit que, pour la première fois depuis longtemps, il avait dormi tout d'une lampée, et cela était connaissable à son visage, qui valait déjà dix sous de plus que celui de la veille. Thérence lui apporta, dans une écuelle, un bouillon de poule, et il voulait le donner à Brulette, qui s'en défendit d'autant mieux que les yeux noirs de la fille des bois semblaient remplis de colère, à cause de l'offre qui lui en était faite.

Brulette, qui était trop fine pour vouloir donner prise à son dépit, refusa, disant qu'elle n'aimait point le bouillon et que ce serait grand dommage d'en avoir laissé le mal à l'infirmière pour n'en retirer ni le profit ni le plaisir ; et même, elle y ajouta avec douceur : — Je vois, mon gars, que tu es soigné comme un gros bourgeois, et que ces braves gens n'épargnent rien pour te réconforter le corps.

— Oui, dit Joset, prenant la main de Thérence et la joignant, dans les siennes, à celle de Brulette ; j'ai causé de la dépense à mon maître (il appelait toujours comme ça le Grand-Bûcheux, à cause qu'il lui enseignait à musiquer) et de la fatigue à cette pauvre sœur que vous voyez là. Sache, Brulette, qu'après toi, j'ai trouvé un ange sur la terre. Comme tu m'as assisté l'esprit et consolé le cœur quand j'étais un enfant ébervigé et quasi propre à rien, elle a soigné mon pauvre corps en détresse quand je suis tombé ici en misère de fièvre. Les secours qu'elle m'a donnés, jamais je ne pourrai l'en remercier comme je le dois; mais je peux dire une chose : c'est qu'il n'y en a pas une troisième comme vous deux, et qu'au jour des récompenses, le bon Dieu gardera au ciel ses deux plus belles couronnes pour Catherine Brulet, la rose du Berry, et pour Thérence Huriel, la blanche épine des bois.

Il sembla que ce doux parler de Joseph mît du baume dans le sang de Thérence, car elle ne refusa plus de s'asseoir pour manger avec nous, et Joseph était entre ces deux belles filles, tandis que moi, profitant du sans-gêne que j'avais vu dans la manière du pays, je me dérangeais tout en mangeant, pour être tantôt près de l'une et tantôt près de l'autre.

Je faisais de mon mieux pour contenter la fille des bois par mes prévenances, et je tenais à honneur de lui montrer que les Berrichons ne sont pas des ours. Elle répondait très-doucement à mes honnêtetés ; mais il ne me fut point possible de la faire sourire ni lever les yeux sur moi en me répondant. Elle me paraissait avoir l'humeur bizarre, prompte au dépit, et remplie de défiance. Et cependant, quand elle était tranquille, elle avait quelque chose de si bon dans l'air et dans la voix, qu'on ne pouvait prendre d'elle une mauvaise idée ; mais ni dans ses bons moments, ni dans les autres, je n'osai lui demander si elle se ressouvenait que je l'eusse portée en mes bras et qu'elle m'en eût payé d'une accolade. Je m'étais bien assuré que c'était elle, car son père, à qui j'en avais déjà parlé, n'avait point oublié la chose et prétendait avoir comme reconnu ma figure sans savoir pourquoi.

Tout en déjeunant, Brulette, comme elle m'en fit part ensuite, commençait à avoir une autre doutance de la vérité. C'est pourquoi elle se mit en tête d'observer et de feindre pour en savoir plus long.

— Or çà, dit-elle, vais-je rester tout ce jour les bras croisés ? Sans être une grosse ouvrière, je n'ai pas coutume de dire mon chapelet d'un repas à l'autre, et je vous prie, Thérence, de me montrer quelque ouvrage où je puisse vous aider. Si vous souhaitez courir, je garderai la loge et y ferai ce que vous me commanderez ; mais si vous restez, je resterai aussi, à condition que vous m'occuperez pour votre service.

— Je n'ai besoin d'aucune aide, répondit Thérence, et vous, vous n'avez besoin d'aucun ouvrage pour vous désennuyer.

— Pourquoi donc cela, ma mignonne ?

— Parce que vous êtes avec votre ami, et, comme je pourrais être de trop dans toutes les choses que vous avez à vous dire, je sortirai si vous souhaitez rester, je resterai si vous souhaitez sortir.

— Cela ne ferait ni le compte de Joset ni le mien, dit Brulette avec un peu de malice. Je n'ai point de secrets à lui dire, et tout ce que nous avions à nous raconter, nous y avons donné la journée d'hier. A cette heure, le contentement que nous avons d'être ensemble ne peut que s'augmenter de votre compagnie, et nous vous la demandons, à moins que vous n'en ayez une meilleure à nous préférer.

Thérence resta indécise, et la manière dont elle regarda Joseph fit voir à Brulette que sa fierté souffrait de la crainte d'être importune. Sur quoi, Brulette dit à Joseph : — Aide-moi donc à la retenir ! Est-ce que tu n'en seras pas content ? Ne disais-tu pas, tout à l'heure, que nous étions tes deux anges gardiens ? Et ne veux-tu pas qu'ils travaillent ensemble à ton salut ?

— Tu as raison, Brulette, dit Joseph. Entre vos deux bons cœurs, je dois guérir plus vite, et si vous vous met-

tez deux à vouloir bien m'aimer, il me semble que chacune de vous m'en aimera davantage, comme quand on se met à la tâche avec un bon compagnon, qui vous donne de sa force pour redoubler la vôtre.

— Est-ce donc moi, dit Thérence, qui serai le bon compagnon dont votre payse a besoin ? Allons, soit ! Je vas prendre mon ouvrage, et je travaillerai ici.

Elle alla quérir du linge taillé en chemise, et se mit à le coudre. Brulette voulut l'aider, et, comme elle s'y refusait :

— Alors, dit-elle à Joseph, donne-moi tes hardes à raccommoder ; elles doivent avoir besoin de moi, car il y a longtemps que je ne m'en suis pas mêlée.

Thérence la laissa examiner le trousseau de Joseph ; mais il ne s'y trouva pas un seul point à faire, ni seulement un bouton à coudre, tant on y avait bien veillé ; et Brulette parla d'acheter du linge à Mesples le lendemain, pour lui faire des chemises neuves. Mais il se trouva que celles que Thérence cousait en ce moment étaient destinées à Joseph, et qu'elle voulait les finir seule, comme elle les avait commencées.

Les soupçons venant de plus en plus à Brulette, elle fit semblant d'insister là-dessus, et Joseph même fut obligé d'y dire son mot, à savoir que Brulette s'ennuyait à ne rien faire. Alors Thérence jeta son ouvrage avec colère, disant à Brulette : — Finissez-les donc toute seule ; je ne m'en mêle plus ! Et elle s'en alla bouder en la maison.

— Joset, dit alors Brulette, cette fille-là n'est ni capricieuse ni folle, comme je me le suis imaginé ; elle est amoureuse de toi !

Joseph eut un si grand saisissement, que Brulette vit bien qu'elle avait parlé trop vite. Elle ne s'imaginait point encore combien un homme malade dans son corps, par suite du mal de son esprit, est faible et craintif devant la réflexion.

— Que me dis-tu là ! s'écria-t-il, et quel nouveau malheur serait donc tombé sur moi ?

— Pourquoi serait-ce donc un malheur ?

— Tu me le demandes, Brulette ? Est-ce que tu crois qu'il dépendrait de moi de lui rendre ses sentiments ?

— Et bien, dit Brulette, tâchant de l'apaiser, elle s'en guérirait !

— Je ne sais pas si on guérit de l'amour, répondit Joseph ; mais moi, si j'avais fait, par ignorance et par manque de précaution, le malheur de la fille au Grand Bûcheux, de la sœur d'Huriel, de la vierge des bois, qui a tant prié pour moi et veillé à ma vie, je serais si coupable, que je ne pourrais me le pardonner.

— L'idée ne t'est donc jamais venue que son amitié pouvait se changer en amour ?

— Non, Brulette, jamais !

— C'est singulier, Joset !

— Pourquoi ça ? N'étais-je point accoutumé, dès mon enfance, à être plaint pour ma bêtise et secouru dans ma faiblesse ? Est-ce que l'amitié que tu m'as toujours marquée, Brulette, m'a jamais rendu vaniteux au point de croire... Ici Joseph devint rouge comme le feu et ne put dire un mot de plus.

— Tu as raison, lui répondit Brulette, qui était prudente et avisée autant que Thérence était prompte et sensible. On peut beaucoup se tromper sur les sentiments qu'on donne ou qu'on reçoit. J'ai eu une folle idée sur cette fille, et puisque tu ne la partages point, c'est qu'elle n'est point fondée. Thérence doit être, comme je le suis encore, ignorante de ce qu'on appelle la vraie amour, en attendant que le bon Dieu lui commande de vivre pour celui qu'il lui aura choisi.

—N'importe, dit Joseph, je veux et je dois quitter ce pays.

— Nous sommes venus pour te ramener, lui dis-je, aussitôt que tu t'en sentiras la force.

Contre mon attente, il rejeta vivement cette idée.—Non, non, dit-il, je n'ai qu'une force, c'est ma volonté d'être grand musicien, pour retirer ma mère avec moi et vivre honoré et recherché dans mon pays. Si je quitte celui-ci, j'irai dans le haut Bourbonnais jusqu'à ce que je sois reçu maître sonneur.

Nous n'osâmes point lui dire qu'il ne nous semblait pas devoir jouir jamais de bons poumons.

Brulette lui parla d'autre chose, et moi, très-occupé de la découverte qu'elle venait de me faire faire sur Thérence, porté, je ne sais pourquoi, à m'inquiéter d'elle, que je venais de voir sortir de sa loge et s'enfoncer dans le bois, je me mis à marcher du côté qu'elle avait pris, allant comme à l'aventure, mais curieux et même envieux de la rencontrer.

Je ne fus pas longtemps sans entendre des soupirs étouffés qui me firent connaître où elle s'était retirée. Ne me sentant plus honteux avec elle, du moment que je ne pouvais rien prétendre dans son chagrin, je m'approchai et lui parlai résolûment :

— Belle Thérence, lui dis-je, voyant qu'elle ne pleurait point et seulement tremblait et suffoquait comme d'une colère rentrée, je pense que vous sommes cause, ma cousine et moi, de l'ennui que vous avez. Nos figures vous choquent, et surtout celle de Brulette, car je n'estime pas la mienne mériter tant d'attention. Nous parlions de vous ce matin, et justement je l'ai empêchée de s'en aller de votre loge, où elle pensait bien vous être à charge. Or parlez-moi franchement, et nous nous retirerons ailleurs; car si vous avez mauvaise opinion de nous, nous n'en sommes pas moins bien intentionnés pour vous et craintifs de vous occasionner du déplaisir.

La fière Thérence parut comme outrée de ma franchise, et, se levant de l'endroit où je m'étais assis auprès d'elle:

— Votre cousine veut s'en aller? dit-elle d'un air de menace ; elle veut me faire honte ? Non ! elle ne le fera point !... ou bien...

— Ou bien quoi ? lui dis-je, déterminé de la confesser.

— Ou bien je quitterai les bois, et mon père, et ma famille, et je m'en irai mourir seule en quelque désert !

Elle parlait comme d'autre chose, avec l'œil si sombre et la figure si pâle, qu'elle me fit peur. — Thérence, lui dis-je en lui prenant très-honnêtement la main et en la forçant à se rasseoir, ou vous êtes née injuste, ou vous avez des raisons pour haïr Brulette. Eh bien, dites-le-moi, en bonne chrétienne, car il est possible que je la blanchisse du mal dont vous l'accusez.

— Non, vous ne la blanchirez pas, car je la connais, s'écria Thérence, qui ne se pouvait surmonter davantage! Ne vous imaginez pas que je ne sache rien d'elle ! Je m'en suis assez tourmenté l'esprit, j'ai assez questionné Joseph et mon frère pour juger, à sa conduite, qu'elle est un cœur ingrat et un esprit trompeur. C'est une coquette, voilà ce qu'elle est, votre Berrichonne, et toute personne franche a le droit de la détester.

— Voilà un reproche bien dur, répondis-je sans me troubler. Sur quoi vous fondez-vous ?

— Et ne sait-elle point, s'écria Thérence, qu'il y a ici trois garçons qui l'aiment et dont elle se joue ? Joseph qui en meurt, mon frère qui s'en défend, et vous qui tâchez d'en guérir ? Prétendez-vous me faire accroire qu'elle n'en sait rien et qu'elle a une préférence pour l'un des trois ? Non ! elle n'en a pour personne ; elle ne plaint pas Joseph, elle n'estime pas mon frère, elle ne vous aime pas. Vos tourments l'amusent, et, comme elle a, en son village, une cinquantaine d'autres galants, elle prétend vivre pour tous et pour aucun. Eh bien, peu m'importe quant à vous, Tiennet, puisque je ne vous connais point. Mais quant à mon frère, qui est si souvent éloigné de nous par son état et qui nous quitte dans un moment où il pourrait rester... et quant à Joseph qui en est malade et quasi hébété... Ah ! tenez, votre Brulette est bien coupable envers tous deux, et devrait rougir de ne pouvoir dire une bonne parole ni à l'un ni à l'autre.

En ce moment, Brulette, qui nous écoutait, se montra, et, mal habituée à être traitée de la sorte, mais contente cependant d'entendre expliquer la conduite d'Huriel, s'assit auprès de Thérence et lui prit la main d'un air sérieux, où il y avait de la compassion et du reproche en même temps. Thérence en fut un peu apaisée et lui dit d'une manière plus douce :

— Pardonnez-moi, Brulette, si je vous ai fait de la peine ; mais, véritablement, je ne me le reprocherai point, si je vous amène à de meilleurs sentiments. Voyons, convenez que votre conduite a été fausse et votre cœur dur. Je ne sais pas si c'est la coutume en vos pays de se faire désirer avec l'intention de se refuser ; mais moi, pauvre fille sauvage, je trouve le mensonge criminel et ne comprends rien à ces manéges-là. Or donc, ouvrez les yeux sur le mal que vous faites. Je ne vous dirai pas que mon frère y succombera : c'est un homme trop fort et trop courageux, il est aimé de trop de filles qui vous valent bien, pour ne pas en prendre son parti ; mais ayez pitié du pauvre Joset, Brulette ! Vous ne le connaissez point, encore que vous ayez été élevée avec lui ; vous l'avez jugé imbécile, et c'est au contraire un grand esprit. Vous le croyez froid et indifférent, tandis qu'il est rongé d'une tristesse qui prouve le contraire : mais son corps est trop faible et ne saura tenir contre le chagrin, si vous l'abusez. Donnez-lui votre cœur comme il le mérite, c'est moi qui vous en prie et qui vous maudirai si vous le faites mourir !

— Est-ce que vous pensez ce que vous me dites là, ma pauvre Thérence ? répondit Brulette en la regardant à travers les yeux. Si vous voulez savoir le fond de mon idée, je crois que vous aimez Joseph et que je vous donne, malgré moi, une forte jalousie qui vous porte à me chercher des torts. Eh bien, regardez-y mieux, mon enfant, je ne veux point rendre ce garçon amoureux de moi, je n'y ai jamais songé, et je regrette qu'il le soit. Je suis même toute portée à vous aider à l'en guérir, et si j'avais su ce que vous me faites voir, je ne serais point venue ici, encore que votre frère m'eût dit la chose être nécessaire.

— Brulette, dit Thérence, vous me croyez bien peu fière, si vous jugez que j'aime Joseph comme vous l'entendez, et que je descends jusqu'à la jalousie pour vos agréments. La manière dont je l'aime, je n'ai pas de sujet de m'en cacher ni d'en avoir honte devant personne. S'il en était ainsi, j'aurais, à tout le moins, assez d'orgueil pour ne pas laisser croire que je le dispute. Mais mon amitié pour lui est si franche et si honnête, que je me porterai courageusement à le défendre contre vos piéges. Ainsi, aimez-le franchement comme moi, et, au lieu de vous en vouloir, je vous aimerai et vous estimerai ; je reconnaîtrai vos droits, qui sont plus anciens que les miens, et vous aiderai à l'emmener dans son pays, à la condition qu'il y sera votre seul ami et mari. Autrement, attendez-vous à trouver en moi une ennemie qui vous donnera ouvertement condamnation. Il ne sera pas dit que j'aurai aimé cet enfant et soigné ce malade, pour qu'une belle coquette de village le vienne tuer sous mes yeux.

— C'est bien, dit Brulette qui avait repris toute sa fierté ; je vois de plus en plus que vous êtes amoureuse et jalouse, et j'en suis plus tranquille pour m'en aller et le laisser à vos soins. Que votre attache soit honnête et franche, je n'en doute pas ; je n'ai pas, comme vous, des raisons pour être colère et injuste. Pourtant je m'étonne de ce que vous voulez me faire rester et me paraître amie. C'est là où finit votre sincérité, et je vous déclare que j'en veux savoir la raison, sans quoi je ne m'y prêterai point.

— La raison, dit Brulette vous la dites vous-même, répondit Thérence, quand vous vous servez de vilains mots pour m'humilier. Vous venez de prononcer que j'étais amoureuse et jalouse : si c'est comme cela que vous expliquez la force et la bonté de mon sentiment pour Joseph, vous ne manquerez point de le lui faire croire aussi, et ce jeune homme, qui me doit le respect et la reconnaissance, se croira le droit de me mépriser et de se moquer de moi en lui-même.

— Vous avez raison, Thérence, dit Brulette, qui avait le cœur et l'esprit trop justes pour ne pas estimer la fierté de la fille des bois. Je dois vous aider à garder votre secret, et je le ferai. Je ne vous dis pas que je vous aiderai de tout mon pouvoir auprès de Joseph ; votre hauteur s'en offenserait, et je comprends que vous ne vouliez pas recevoir son amitié de moi comme une grâce ; mais je vous prie d'être juste, de réfléchir, et même de me donner un conseil que, plus douce et plus humble que vous, je vous demande pour la gouverne de ma conscience.

— Dites donc, je vous écoute, répondit Thérence, apaisée par la soumission et la raison de Brulette.

— Sachez avant tout, dit celle-ci, que je n'ai jamais eu d'amour pour Joseph, et, si cela pouvait vous guérir, je vous en dirais la cause.

— Dites-là, je le veux savoir ! s'écria Thérence.

— Eh bien, la cause, dit Brulette, c'est qu'il ne m'aime pas comme je voudrais en être aimée. J'ai connu Joseph dès ses premiers ans ; il n'a jamais été aimable avant de venir ici, et il vivait si retiré en lui-même que je le jugeais égoïste. A présent, je veux croire qu'il ne l'était pas d'une mauvaise façon ; mais, d'après l'entretien que nous avons eu hier ensemble, je suis toujours assurée que j'aurais en son cœur une rivale dont je serais vitement écrasée, et cette maîtresse qu'il préférera à sa propre femme, ne vous y trompez pas, Thérence, c'est la musique.

— J'ai quelquefois songé à ce que vous dites là, répondit Thérence, après avoir réfléchi un peu et en montrant bien, par son air soulagé, qu'elle aimait mieux avoir à se battre contre la musique, dans le cœur de Joseph, que contre l'aimable Brulette. Joseph, dit-elle, est très-souvent dans l'état où j'ai vu quelquefois mon père, c'est-

à-dire que le plaisir de musiquer est si grand pour eux que rien ne compte auprès de celui-là ; mais mon père n'en est pas moins aimant et si aimable, que je ne suis point jalouse de son plaisir.

— Eh bien, Thérence, dit Brulette, espérons qu'il rendra Joseph tout pareil à lui et par conséquent digne de vous.

— De moi ? pourquoi de moi plus que de vous ? Dieu m'est témoin que je ne m'occupe pas de moi quand je travaille et prie pour Joseph. Mon sort me tourmente bien peu, allez, Brulette, et je ne comprends guère qu'on se souvienne de soi-même dans l'amitié qu'on a pour une personne.

— Alors, dit Brulette, vous êtes comme une manière de sainte, ma chère Thérence, et je sens que je ne vous vaux point ; car je me compte toujours pour quelque chose, et même pour beaucoup, quand je me permets de rêver le bonheur dans l'amour. Peut-être n'aimez-vous point Joseph comme je me l'imaginais ; mais, quoi qu'il en soit, je vous assure que de me dire comment je dois me comporter avec lui. Je ne suis point du tout sûre qu'en lui ôtant l'espérance, je lui porterais le coup de la mort : autrement vous ne me verriez pas si tranquille ; mais il est malade, c'est bien vrai, et je lui dois des ménagements. Voilà où mon amitié pour lui est grande et sincère, et où je ne suis pas si coquette que vous pensez ; car s'il est vrai que j'aie cinquante galants en mon village, où serait mon avantage et mon divertissement de venir relancer en ces bois le plus humble et le moins recherché de tous ? Il me semblait, au contraire, que je méritais mieux de votre estime, puisqu'à l'occasion, je savais lâcher sans regret ma joyeuse compagnie pour venir porter assistance à un pauvre camarade qui se réclamait de mon souvenir.

Thérence, comprenant enfin qu'elle avait tort, se jeta au cou de Brulette, sans lui demander aucunement excuse, mais en lui marquant par des caresses et par des larmes qu'elle s'en repentait franchement.

Elles en étaient là quand Huriel, suivi de ses mules, devancé par ses chiens et monté sur son petit cheval, parut au bout de l'allée où nous étions.

Le muletier venait nous faire ses adieux ; mais rien, dans son air, ne marquait le chagrin d'un homme qui se veut guérir, par la fuite, d'un amour nuisible. Il paraissait, au contraire, dispos et content, et Brulette pensa que Thérence ne l'avait mis au rang de ses amoureux que pour donner une raison de plus, bonne ou mauvaise, à son premier dépit.

Elle essaya même de lui faire dire le vrai motif de son départ, et, comme il prétendait avoir de l'ouvrage qui pressait, Thérence, de son côté, disant le contraire et s'efforçant à le retenir, Brulette, un peu piquée du courage qu'il marquait, lui fit reproche de s'ennuyer en la compagnie des Berrichons. Il se laissa plaisanter et ne voulut rien changer à son dessein ; ce qui finit par offenser Brulette et la porta à lui dire :

— Puisque je ne vous verrai peut-être plus jamais, ne pensez-vous pas, maître Huriel, qu'il serait temps de me rendre un gage qui ne vous appartient pas, et qui vous pend toujours à l'oreille ?

— Oui-dà, répondit-il, je crois qu'il m'appartient comme mon oreille appartient à ma tête, puisque c'est ma sœur qui me l'a donné.

— Votre sœur n'a pu vous donner ce qui est à Joseph ou à moi.

— Ma sœur a fait sa première communion tout comme vous, Brulette, et quand j'ai rendu votre joyau à Joset, elle m'a donné le sien. Demandez-lui si ce n'est point la vérité.

Thérence rougit beaucoup, et Huriel riait en sa barbe. Brulette crut comprendre que le plus trompé des trois était Joseph, qui portait, comme une relique, à son cou, le petit cœur d'argent de Thérence, tandis que le muletier portait toujours celui qui lui avait été confié d'abord. Elle ne se voulut point prêter à cette fraude, et s'adressant à Thérence : — Ma mignonne, lui dit-elle, je crois que le gage que garde Joset lui portera bonheur, et m'est avis qu'il le doit conserver ; mais puisque celui-ci est à vous, je vous requiers le redemander à votre frère, afin de m'en faire un don qui me sera très-précieux venant de vous.

— Je vous ferai n'importe quel autre don vous souhaiterez de moi, répondit Thérence, et ce sera de grand cœur ; mais celui-ci ne m'appartient plus. Ce qui est donné est donné, et je ne pense pas qu'Huriel me le veuille restituer.

— Je ferai, dit vivement Huriel, ce que Brulette voudra. Voyons, le commandez-vous ?

— Oui, dit Brulette, qui ne pouvait plus reculer, encore qu'elle regrettât son idée en voyant l'air fâché du muletier. Il ouvrit aussitôt son anneau d'oreille et en retira le gage qu'il remit à Brulette, disant : — Soit fait comme il vous plaît. Je serais consolé de perdre le gage de ma sœur, si je pensais que vous ne le donnerez, ni ne l'échangerez.

— La preuve que je ne le ferai point, dit Brulette en l'attachant au collier de Thérence, c'est que je le lui donne en garde. Et quant à vous, dont voici l'oreille déchargée de ce poids, vous n'avez plus besoin d'aucun signe pour vous faire reconnaître quand vous reviendrez en mon pays.

— C'est bien honnête de votre part, répondit le muletier ; mais comme j'ai fait mon devoir envers Joseph, et que vous savez à présent ce que vous aviez besoin de savoir pour le rendre heureux, je n'ai plus à me mêler de ses affaires. Je pense que vous l'emmènerez et que je n'aurai plus jamais occasion de retourner en votre pays. Adieu donc, belle Brulette, je vous augure tous les biens que vous méritez, et vous laisse en ma famille, qui, mieux que moi, vous servira ici et vous reconduira chez vous quand vous le souhaiterez.

Là-dessus, il s'en alla chantant :

> Un mulet, deux mulets, trois mulets
> Sur la montagne, voyez-les ;
> Au diable c'est la bande.

Mais il me parut que sa voix n'était point aussi assurée qu'elle s'efforçait de le paraître ; et Brulette, qui se sentait mal à l'aise, voulant échapper à l'attention de Thérence, revint avec elle et moi auprès de Joseph.

QUINZIÈME VEILLÉE

Je ne vous ferai point le récit de chaque jour que nous passâmes en la forêt. Ils furent d'abord peu différents les uns des autres. Joseph allait de mieux en mieux, et Thé-

rence voulait qu'on le maintînt dans ses espérances, s'associant toutefois à la résolution que Brulette avait prise de ne point l'encourager à expliquer ses sentiments. La chose n'était guère malaisée à obtenir, car Joseph s'était juré à lui-même de ne rien dire avant le moment où il se croirait digne d'attention, et il eût fallu que Brulette fût provocante avec lui pour lui arracher un mot d'amourette.

Pour surplus de précaution, elle s'arrangea de manière à n'être jamais seule avec lui. Elle retint si bien Thérence à son côté, que Thérence en vint bientôt à comprendre qu'on ne la trompait point et qu'on souhaitait même lui laisser gouverner la santé et l'esprit du malade en toutes choses.

Ces trois jeunes gens ne s'ennuyaient pas ensemble. Thérence cousait toujours pour Joseph, et Brulette, m'ayant fait acheter un mouchoir de mousseline blanche, se mit à le festonner et à le broder, pour en faire offre à Thérence ; car elle y était adroite, et c'était merveille de voir une fille de campagne faire des ouvrages si fins et si beaux, comme elle les faisait. Elle affichait même devant Joseph de n'aimer plus la couture et le soin des nippes, afin de se dispenser de travailler pour lui et de le forcer à remercier Thérence, qui s'y employait si bien ; mais, voyez un peu comme on est ingrat quand on s'est laissé déranger l'esprit par une femelle ! Joseph ne regardait quasiment point les doigts de Thérence usés à son service ; il avait toujours les yeux sur les mains douces de Brulette, et on eût dit qu'à la voir tirer son aiguille, il comptait chaque point comme un moment de son bonheur.

Je m'étonnais comment l'amour pouvait ainsi remplir son esprit et occuper tout son temps, sans qu'il songeât seulement à faire quelque ouvrage de ses mains. Quant à moi, j'eus beau essayer de peler de l'osier et de faire des paniers, ou, avec des pailles de seigle, des tresses pour les chapeaux, je ne fus point là deux fois vingt-quatre heures sans avoir un si gros ennui, que j'en étais malade. Le dimanche est un beau jour, parce qu'il vous repose de six jours de fatigue ; mais sept dimanches par semaine, c'est trop pour un homme habitué à faire service de ses membres. Je ne m'en serais point aperçu, si l'une de ces belles eût voulu faire attention à moi ; mêmement, la belle Thérence, avec ses grands yeux un peu enfoncés, et son signe noir auprès de la bouche, m'aurait bien tapé sur la tête, si elle l'eût souhaité ; mais elle n'était point d'une humeur à se laisser détourner de son idée. Elle causait peu, riait encore moins, et si l'on essayait le moindre badinage, elle vous regardait d'un air si étonné qu'elle vous ôtait la hardiesse de lui en donner l'explication.

Si bien qu'après avoir passé deux jours à fafioter avec ces trois personnes tranquilles, autour des loges, ou à m'asseoir avec elles en place en place dans la forêt, m'étant bien assuré que Brulette était aussi en sûreté en ce pays que dans le nôtre, je commençai à chercher de l'occupation, et j'offris au Grand-Bûcheux de l'aider à sa tâche. Il m'y reçut bien, et je commençais à me divertir en sa compagnie ; mais quand je lui eus dit que je ne voulais point être payé et que je bûchais à seules fins de me désennuyer en travaillant, il ne fut plus retenu par son bon cœur qui lui aurait fait excuser mes fautes, et commença de me montrer qu'il n'y avait point d'homme plus malpatient que lui, en fait d'ouvrage. Comme je n'étais point là dans mon métier et ne savais pas bien me servir des outils, je le fâchais par la moindre maladresse, et je vis bien qu'il se faisait tant de violence pour ne me point traiter d'imbécile et de lourdaud, que les yeux lui en sortaient de la tête et que la sueur lui en découlait du front.

Ne voulant point avoir des mots avec un homme si bon et si agréable en toutes autres choses, je m'employai avec les scieurs de long, et je m'en acquittai à leur contentement; mais là, je connus bien que l'ouvrage est triste et lourd quand ce n'est qu'un exercice de notre corps et qu'il ne s'y joint pas l'idée d'un profit pour soi-même ou pour les siens.

Brulette me dit le quatrième jour : — Tiennet, je vois que tu as de l'ennui, et je ne te cache pas que j'en ai aussi ma bonne part; mais c'est demain dimanche, et il nous faut inventer quelque réjouissance, je sais que les gens de la forêt se réunissent dans un bel endroit, ou le Grand-Bûcheux les fait danser. Eh bien, il nous faut acheter du vin et quelque victuaille pour leur donner un plus beau dimanche que de coutume, et faire honneur à notre pays chez ces étrangers.

Je fis comme Brulette me commandait, et, le lendemain, nous étions sur un bel herbage avec tous les ouvriers de la forêt et plusieurs filles et femmes des environs que Thérence avait invitées pour la danse. Le Grand-Bûcheux cornemusait. Sa fille, superbe en son attifage bourbonnais, était grandement fêtée, sans se départir de son air sérieux. Joset, tout enivré des grâces de Brulette, qui n'avait point oublié d'apporter de chez nous un peu de toilette, et qui charmait tous les yeux par sa bonne mine et ses jolis airs, la regardait danser. Je me démenais à régaler tout le monde de mes rafraîchissements, et comme je tenais à bien faire les choses, je n'y avais rien épargné. Il m'en coûta bien trois bons écus de ma poche, mais je n'y ai jamais eu regret, tant on se montra sensible à mes honnêtetés.

A l'heure de la vesprée, tout allait au mieux, et chacun disait que, de mémoire d'homme, les gens des bois ne s'étaient si bien divertis entre eux. Il y vint même un frère quêteur, qui était de passage, et qui sous prétexte de mendier pour son couvent, remplit fort bien son estomac, et buvait aussi rude que bûcheux ou fendeux qu'il y eût; ce qui beaucoup me divertissait, encore que ce fût à mes dépens; car c'était la première fois que je voyais boire un carme, et j'avais toujours ouï dire que, pour lever le coude, c'étaient les premiers hommes de la chrétienté.

J'étais en train de lui remplir sa tasse, m'ébahissant de ne le pouvoir soûler de boire, quand il se fit dans la danse un grand dérangement et un grand vacarme. Je sortis de la ramée que je m'étais bâtie et où je recevais le monde altéré, pour regarder ce que c'était, et vis une bande de trois cents et peut-être quatre cents mulets qui suivaient un clairin, lequel s'était mis en tête de traverser l'assemblée, et qui, repoussé d'un chacun à beaux coups de pied et de trique, s'en allait, épeuré, sautant de droite et de gauche; en sorte que les mulets, qui sont animaux têtus et très-durs de leurs os, accoutumés de trancher où le clairin tranchait, avaient pris leur passage emmi les danseurs, s'embarrassant peu qu'on leur battît en grange sur les reins, bousculant tout le monde, et allant devant eux comme ils eussent fait en un champ de chardons.

Ces bêtes n'allaient pas assez vite, chargées qu'elles étaient, pour qu'on n'eût point le temps de s'en garer. Il n'y eut donc personne de foulé ni de blessé; seulement, beaucoup de garçons, qui étaient échauffés à la danse, impatientés d'être interrompus dans leur plaisir, tapaient et juraient fort, au point que la chose était divertissante à voir, et que le Grand-Bûcheux s'arrêta de sonner pour se tenir le ventre à force de rire.

Mais connaissant l'air de musique qui rassemble les mules, et que je connaissais aussi pour l'avoir ouï en la forêt de Saint-Chartier, le père Bastien sonna en la propre manière qu'il fallait, et, tout aussitôt, le clairin et ses suivants, accourant autour de lui où il était monté, il se mit à rire de plus belle d'avoir, au lieu d'une brave compagnie endimanchée, une troupe de bêtes noires à faire danser.

Cependant Brulette, qui, au milieu de la confusion, s'était retirée à côté de moi et de Joseph, paraissait angoissée et ne riait que du bout des dents. — Qu'as-tu? lui dis-je; c'est peut-être notre ami Huriel qui repasse par ici et qui va venir danser avec toi.

— Non, non, répondit-elle; Thérence, qui connaît bien les mules de son frère, dit qu'il n'y en a pas une seule à lui dans cette bande; et, d'ailleurs, ce n'est point là son cheval ni ses chiens. Or j'ai peur de tous les muletiers, hormis Huriel; et j'ai envie que nous nous retirions d'ici.

Et comme elle disait cela, nous vîmes une vingtaine de muletiers, qui débouchaient du bois environnant et venaient pour écarter leurs bêtes et regarder la danse.

Je rassurai Brulette; car, en plein jour et à la vue de tant de monde, je ne craignais point d'embûche, et me sentais bon pour la défendre. Seulement, je lui dis de ne point s'écarter de moi, et retournai à ma ramée dont je voyais les muletiers s'approcher avec peu de façons.

Et comme ils criaient : « A boire! à boire! » comme gens qui se croient au cabaret, je leur fis observer honnêtement que je ne vendais pas de vin, et que s'ils le voulaient honnêtement requérir, je serais content de leur donner le coup de vespres.

— C'est donc une noce? dit le plus grand de tous, que je reconnus alors à son poil rouge pour le chef de ceux dont nous avions fait si mauvaise rencontre au bois de la Roche.

— Noce ou non, lui dis-je, c'est moi qui régale, et c'est de bon cœur envers qui me plaît; mais...

Il ne me laissa pas achever et répondit : — Nous n'avons pas droit ici, et vous y êtes maître; merci pour vos bonnes intentions, mais vous ne nous connaissez point et devez garder votre vin pour vos amis.

Il dit quelques mots aux autres dans son patois et les emmena à l'écart, où ils s'assirent par terre et firent leur souper très-sagement, tandis que le Grand-Bûcheux alla leur parler et marqua beaucoup d'égards à leur chef, le grand rouge, qui s'appelait Archignat, et passait pour un homme juste autant que peut l'être un muletier.

Comme, au reste, ces gens étaient aussi considérés que d'autres par ceux de la forêt, nous nous gardâmes, Brulette et moi, de dire à personne qu'ils nous répugnaient, et elle retourna à la danse sans plus de crainte; car, sauf le chef, nous n'avions reconnu parmi eux aucun de ceux qui avaient manqué de nous faire un si mauvais parti durant notre voyage; et, en fin de compte, ce chef nous avait sauvés du méchant vouloir de ses compagnons.

Plusieurs de ceux qui étaient là savaient cornemuser, non pas comme le Grand-Bûcheux, qui n'avait pas son

pareil dans le monde, et qui eût fait sauter les pierres et
batifoler les chênes de la forêt, s'il l'eût souhaité, mais
beaucoup mieux que Carnat et son garçon ; si bien que la
musette changea de mains et arriva en celles du muletier-
chef que je vous ai nommé Archignat, tandis que le Grand-
Bûcheux, qui avait le cœur et le corps encore jeunes, prit
le plaisir de faire danser sa fille, dont à bon droit il était
aussi fier que, chez nous, le père Brulet de la sienne.

Mais comme il criait à Brulette de venir lui faire vis-à-
vis, un vilain diable, sortant je ne sais d'où, se présenta
et la voulut prendre par la main. Encore qu'il commençât
de faire nuit, Brulette le reconnut tout d'abord pour celui
qui, au bois de la Roche, avait menacé le plus, et même
proposé d'assassiner ses deux défenseurs et de les enterrer
sous quelque arbre qui n'en dirait mot.

La peur et l'aversion lui firent refuser bien vite et se
serrer contre moi, qui, ayant épuisé mes provisions, me
rendais à la danse avec elle.

— Cette fille m'a promis la danse, dis-je au muletier
qui s'y entêtait. Laissez-nous et cherchez-en une autre.

— C'est bien, dit-il ; mais quand elle aura ballé cette
bourrée avec vous, ce sera mon tour.

— Non, dit Brulette vivement. J'aimerais mieux ne baller de ma vie.

— C'est ce que nous verrons, fit-il ; et il nous suivit à
la danse, où il se tint derrière nous, nous critiquant, je
pense, en son langage, et lâchant, à chaque fois que Brulette passait devant lui, des paroles que ses mauvais yeux
me faisaient juger insolentes.

— Attends que j'aie fini, lui dis-je en le heurtant au
passage ; je te baillerai ton compte en un langage que ton
dos saura bien entendre.

Mais, quand la bourrée fut finie, j'eus beau le chercher,
il s'était si bien caché que je ne pus mettre la main dessus. Brulette, voyant comme il était lâche, cessa de le
craindre et dansa avec d'autres, qui, tous, bien joliment,
lui faisaient hommage ; mais, en un moment où je n'avais
plus les yeux sur elle, ce coquin la vint prendre au milieu
d'une bande d'autres fillettes, l'attira de force au milieu
du bal, et, profitant de la nuit, qui empêchait de voir la
résistance de Brulette, il l'a voulut embrasser. En ce moment, j'accourais, ne voyant pas bien et m'imaginant
d'entendre Brulette m'appeler ; mais je n'eus point le
temps de lui faire justice moi-même, car, devant que cette
laide figure encharbonnée eût touché la sienne, l'homme
reçut au chignon du cou une si jolie empoignade, que les
yeux durent lui en grossir comme ceux d'un rat pris au
pilon.

Brulette, croyant que ce secours lui venait de moi, se
jeta vitement aux bras de son défenseur, et bien étonnée
fut de se trouver dans ceux d'Huriel.

Je voulus profiter de ce que notre ami était embarrassé
de ses mains pour empoigner, à mon tour, le méchant coquin, et je lui aurais payé tout ce que je lui devais, si le
monde ne se fût mis entre nous. Et comme cet homme
nous accablait de sottises, nous traitant de lâches, pour
nous être mis deux contre lui, la musique s'arrêta : on se
rassembla sur le lieu de la querelle, et le Grand-Bûcheux
vint avec le grand Archignat, l'un défendant aux muletiers,
l'autre aux bûcheux et fendeux, de prendre parti avant que
l'affaire fût éclaircie.

Malzac, c'était le nom de notre ennemi (et il avait une

langue aussi mauvaise que celle d'un aspic), porta sa
plainte le premier, prétendit qu'il avait honnêtement invité la Berrichonne, qu'en l'embrassant il n'avait fait
qu'user du droit et de la coutume de la bourrée, et que
deux galants de cette fille, à savoir Huriel et moi, l'avions
pris en traître et mauvaisement frappé.

— Le fait est faux, répondis-je, et c'est à mon grand
regret que je n'ai point roué de coups celui qui vous
parle ; mais la vérité est que je suis arrivé trop tard pour
le prendre soit en franchise, soit en trahison, et qu'on m'a
retenu la main au moment que j'allais cogner. Je vous dis
la chose comme elle est ; mais lâchez-moi, et je ne le
ferai point mentir !

— Et quant à moi, dit Huriel, je l'ai pris au collet
comme on prend un lièvre, mais sans le frapper, et ce
n'est pas ma faute si ses habits n'ont pas garanti sa peau ;
mais je lui dois une meilleure leçon et ne suis venu ici,
ce soir, que pour en trouver l'occasion. Or donc, je demande à maître Archignat, mon chef, ainsi qu'à maître
Bastien, mon père, d'être entendu sur l'heure ou après la
fête, et de me faire justice si mon droit est reconnu bon.

Là-dessus arriva le frère capucin, qui voulut prêcher la
paix chrétienne ; mais il avait trop fêté le vin bourbonnais
pour mener bien subtilement sa langue, et il ne put se
faire entendre dans le bruit.

— Silence ! cria le Grand-Bûcheux d'une voix qui eût
couvert le tonnerre du ciel. Écartez-vous tous, et laissez-
nous régler nos affaires ; vous pouvez écouter, mais non
point prendre voix à ce chapitre. Ici, tous les muletiers,
pour Malzac et Huriel. Ici, moi et les anciens de la forêt,
servant de parrains et de juges à ce garçon du Berry.
Parle, Tiennet, et porte ta plainte. Quelles raisons avais-
tu d'en vouloir à ce muletier ? Si c'est pour avoir tenté
d'embrasser ta payse, à la danse, je sais que c'est la coutume en ton endroit comme chez nous. Ça ne suffirait
donc pas pour avoir eu même l'intention de frapper un
homme. Dis-nous le sujet de ton dépit contre lui ; c'est
par là qu'il faut commencer.

Je ne me fis point prier pour parler, et, malgré que l'assemblée des muletiers et des anciens me causât un peu de
trouble, je sus assez bien dérouiller ma langue pour raconter, comme il faut, l'histoire du bois de la Roche, et
invoquer le témoignage du chef Archignat lui-même, à qui
je rendis justice, peut-être un peu meilleure qu'il ne la
méritait ; mais je voyais bien que je ne devais point jeter
de blâme sur lui pour me l'avoir favorable, et je lui mon-
trai en cela que les Berrichons ne sont pas plus sots que
d'autres, ni plus aisés à mettre dans leur tort.

Tous les assistants qui, déjà, faisaient bonne estime de
Brulette et de moi, réprouvèrent la conduite de Malzac ;
mais le Grand-Bûcheux réclama encore le silence, et s'a-
dressant à maître Archignat, lui demanda s'il y avait du
faux dans son rapport.

Ce grand compère rouge était un homme fin et prudent.
Il avait la figure aussi blanche qu'un linge, et, quelque
dépit qu'on lui pût causer, il ne paraissait pas avoir une
goutte de sang de plus ou de moins dans le corps. Ses
yeux étaient assez doux et n'annonçaient point la
fausseté ; mais sa bouche, qui était à moitié cachée sous
sa barbe de renard, souriait de temps en temps d'un air
sot qui cachait mal un bon fonds de malice. Il n'aimait
point Huriel, mais il faisait tout comme, et il passait pour

se conduire en homme juste. Au fond, c'était le plus grand pillard qu'il y eût, et sa conscience mettait les intérêts de sa confrérie au-dessus de tout. On l'avait pris pour chef à cause de la froideur de son sang, qui lui permettait d'opérer par la ruse, et par là d'éviter à sa bande les querelles, voire les procédures, où il passait pour être aussi clerc qu'un procureur.

Il ne répondit rien à la question du Grand-Bûcheux, et on n'eût su dire si c'était bêtise ou prudence, car tant plus il avait l'esprit éveillé, tant plus il se donnait l'air d'un homme endormi, qui rêvasse en lui-même et n'entend point ce qu'on lui demande.

Il se contenta de faire un signe à Huriel, comme pour lui demander si le témoignage qu'il allait faire serait conforme au sien ; mais Huriel qui, sans être sournois, était aussi bien avisé que lui, répondit : — Maître, vous avez été invoqué comme témoin par ce garçon. S'il vous plaît de lui donner raison, je n'ai pas à vous confirmer dans la vérité de vos paroles, et s'il vous convient de lui donner tort, les coutumes de ma confrérie me défendent de vous porter un démenti. Personne, ici, n'a rien à voir dans nos affaires, et si Malzac a été blâmable, je sais d'avance que vous l'aurez blâmé. Mais il s'agit pour moi d'une autre affaire. Dans la question que nous avons eue ensemble devant vous au bois de la Roche, et dont je ne suis point appelé à dire le motif, Malzac m'a, par trois fois, dit que je mentais, et menacé personnellement. Je ne sais si vous y avez fait attention, mais je le déclare par serment; et comme je m'en trouve offensé et déshonoré, réclame le droit de bataille, selon la coutume de notre ordre.

Archignat consulta tous bas les autres muletiers, et il paraît que tous approuvèrent Huriel, car ils se formèrent en rond, et le chef dit un seul mot : « Allez ! » Sur quoi Malzac et Huriel se mirent en présence.

Je voulais m'y opposer, disant que c'était à moi de venger ma cousine, et que la plainte que j'avais portée était d'une plus grande conséquence que celle d'Huriel ; mais Archignat me repoussa, en disant : — Si Huriel est battu, tu te présenteras après lui ; mais si c'est Malzac qui a le dessous, il faudra bien que tu te contentes de ce que tu auras vu faire.

— Que les femmes se retirent ! cria le Grand-Bûcheux ; leles sont de trop ici.

Et, en disant cela, il était pâle, mais il ne reculait pas devant le danger que son fils pouvait courir.

— Qu'elles se retirent si elles veulent, dit Thérence, qui était aussi pâle, mais aussi ferme que lui ; moi, je dois être là pour mon frère, s'il y a du sang à arrêter.

Brulette, plus morte que vive, suppliait Huriel et moi de ne pas donner suite à la querelle ; mais il était trop tard pour l'écouter. Je la confiai à Joseph, qui l'emmena à distance, et, posant ma veste, je me tins prêt à venger Huriel, s'il avait le dessous.

Je ne savais point quel serait le combat et je regardai bien, pour n'être pas pris au dépourvu quand mon tour viendrait. On avait allumé deux torchères de résine et mesuré, avec des pas, la place dont les deux combattants ne devaient point sortir. On leur donna à chacun un bâton de courza [1] noueux et court, et le Grand-Bûcheux assiste

1. Houx.

maître Archignat dans toutes ses préparations avec une tranquillité qu'il n'avait guère dans le cœur et qui faisait de la peine à voir.

Malzac, petit et maigre, n'était pas aussi fort qu'Huriel, mais il était plus vif de ses mouvements et connaissait mieux la bataille ; car Huriel, encore qu'adroit au bâton, était d'un naturel si bon, qu'il avait eu bien peu souvent l'occasion de s'en servir.

Voilà ce qu'il me fut dit pendant qu'ils commençaient à se tâter, et j'avoue que le cœur me battait fort, autant de crainte pour Huriel que de colère contre son ennemi.

Pendant deux ou trois minutes, qui me parurent des heures d'horloge, aucun coup ne porta, étant bien paré de part et d'autre ; enfin, on commença à entendre que le bois ne frappait plus toujours le bois, et le bruit sourd que faisaient ces bâtons sur les corps qu'ils rencontraient me donnait, chaque fois, une sueur froide. Dans notre pays, on ne se bat jamais comme cela, dans les règles, avec d'autres armes que les poignets, et je confesse que je n'avais pas l'esprit endurci à l'idée des têtes fendues et des mâchoires brisées. Jamais temps ne m'a paru plus long et souffrance pire que dans cette occasion-là. A voir Malzac si adroit, je tremblais de peur pour moi aussi peut-être ; mais, en même temps, j'avais tant de rage de ne pouvoir m'en mêler, que, si on ne m'eût retenu, je me serais jeté au milieu.

La chose me faisait dégoût, malice et pitié, et pourtant, j'ouvrais la bouche et les yeux pour n'en rien perdre, car le vent secouait les torches, et, par moments, on ne voyait quasi plus rien qu'un moulinet blanchâtre autour des batailleurs ; mais, voilà que l'un des deux fit entendre un soupir comme celui d'un arbre cassé en deux par un coup de vent, et roula dans la poussière.

Lequel était-ce? Je ne voyais plus, j'avais des orblutes dans les yeux ; mais j'entendis la voix de Thérence qui disait : — Dieu soit béni, mon frère a gagné !

Je recommençai à voir clair. Huriel était debout et attendait, en franc compagnon, que l'autre se relevât, sans pourtant l'approcher, dans la crainte d'une trahison dont il le savait bien capable.

Mais Malzac ne se releva point, et Archignat, faisant défense à personne de bouger, l'appela par trois fois. Il n'en eut point de réponse et s'avança jusqu'à lui, disant :

— Malzac, c'est moi, ne touchez point !

Malzac ne parut pas en avoir grande envie, car il ne se mut non plus qu'une pierre ; et le chef, se penchant sur lui, le toucha, le regarda, et, appelant par leurs noms deux muletiers, leur dit :

— C'est partie perdue pour lui ; faites ce qui est à faire.

Aussitôt ils le prirent par les pieds et la tête, et s'en allèrent, toujours courant, suivis des autres muletiers, qui s'enfoncèrent dans la forêt, défendant à tout ce qui n'était pas de leur bande de s'enquérir du résultat de l'affaire. Maître Archignat les suivit le dernier, après avoir parlé dans l'oreille du Grand-Bûcheux, qui lui répondit seulement:

— Ça suffit ; adieu !

Thérence s'était attachée à son frère et lui essuyait la sueur de la figure avec son mouchoir, lui demandant s'il était blessé et le voulant retenir pour l'examiner ; mais il lui parla aussi dans l'oreille, et, au premier mot, elle lui répondit :

— Oui, oui... adieu !

Alors Huriel prit le bras de maître Archignat, et tous deux disparurent aussitôt dans l'ombre; car, du pied, en se sauvant, ils renversèrent les torches, et je me sentis comme quand, d'un mauvais rêve tout plein de bruits et de clartés, on s'éveille dans le silence et l'épaisseur de la nuit.

SEIZIÈME VEILLÉE

Cependant ma vue s'éclaicit peu à peu, et mes pieds, que la soueur tenait comme chevillés en terre, me permirent de suivre le Grand-Bûcheux qui m'entraînait du côté des loges. Je fus alors bien étonné de voir que nous étions seuls avec sa fille, Joseph, Brulette et les trois ou quatre anciens qui avaient assisté au combat. Tout le reste du monde s'était ensauvé sitôt qu'on avait vu prendre les bâtons, afin de n'avoir point à témoigner en justice si l'affaire tournait mal. Les gens des bois ne se trahissent point les uns les autres, et pour n'avoir point à être appelés et tourmentés par les hommes de loi, ils s'arrangent pour ne rien savoir et n'avoir rien à dire. Le Grand-Bûcheux parla aux anciens dans leur langage, et je les vis retourner sur le lieu du combat, sans pouvoir m'imaginer ce qu'ils y voulaient faire; je suivis Joseph et les femmes, et nous revînmes aux loges sans nous dire un mot les uns aux autres.

Quant à moi, j'avais été si secoué en moi-même, que je ne me sentais point en train de causer. Quand nous fûmes rentrés en la loge, nous étions tous si blêmes que nous fîmes quasiment peur. Le Grand-Bûcheux, qui nous avait rejoint, s'assit, l'air pensif et les yeux fichés en terre. Brulette, qui avait fait un grand effort pour ne questionner personne, fondit en larmes dans un coin; Joseph, comme accablé de fatigue et de souci, s'étendit de son long sur le lit de fougère. Thérence seule allait et venait pour préparer la couchée; mais elle avait les dents serrées, et quand elle faisait effort pour parler, il semblait qu'elle fût devenue bègue.

Mais, au bout de quelques moments donnés à la réflexion ou à l'inquiétude, le Grand-Bûcheux se leva, et nous regardant tous : — Eh bien, mes enfants, nous dit-il, qu'est-ce qu'il y a donc ? Une leçon a été donnée, en toute justice, à un mauvais homme, connu dans tous ses passages pour quelque méchante action, et qui avait abandonné sa femme, laquelle en est morte de misère et de chagrin. Il y a longtemps que ce Malzac déshonorait le corps des muletiers, et s'il fût mort personne ne l'eût pleuré. Faut-il que nous soyons tristes et tourmentés pour quelques bons coups que mon fils Huriel lui a portés en franche bataille? Pourquoi pleurez-vous, Brulette? Avez-vous le cœur si doux que vous plaigniez le vaincu? et ne jugez-vous point que mon fils a bien fait de venger votre honneur et le sien? Il m'avait tout raconté, et je savais que, par prudence pour vous, il n'avait pas voulu punir sur l'heure le méfait de son confrère. Il aurait même souhaité que Tiennet n'en parlât point et n'y fût pour rien. Mais moi, qui ne voulais point de manquement à la vérité, j'ai laissé parler Tiennet comme il a cru devoir faire. Je suis content qu'il n'ait pas pu s'exposer dans une bataille très-dange-

reuse pour celui qui n'en connaît point les feintes. Je suis content aussi que la bonne chance ait été pour mon fils; car, entre un homme juste et un mauvais chrétien, j'aurais pris parti dans mon cœur pour le juste, encore qu'il n'eût point été le sang de mon sang et la chair de ma chair. Par ainsi, remercions Dieu, qui a bien jugé, et lui demandons d'être toujours pour nous, en ceci et en toutes choses.

Et le Grand-Bûcheux se mit à genoux, et fit avec nous la prière du soir, dont chacun se sentit réconforté et tranquilisé; puis on se sépara de bonne amitié pour prendre du repos.

Je ne fus pas longtemps sans entendre que le Grand-Bûcheux, dont je partageais la chambrette, dormait dur, malgré un peu d'angoisse dans ses rêvasseries. Mais, dans la loge des filles, j'entendais toujours pleurer Brulette, qui en était malade et ne se pouvait remettre; et comme elle parlait avec Thérence, j'approchai mon oreille tout près de la cloison, non pas par curiosité, mais par souci de sa peine.

— Allons, allons, rentrez vos pleurs et vous endormez, disait Thérence d'un ton décidé. Les larmes ne servent de rien, et, je vous l'ai dit, il faut que j'y aille; si vous réveillez mon père, qui ne le sait point blessé, il voudra y aller, et ça peut le compromettre dans une mauvaise affaire, au lieu que moi, je n'y risque rien.

— Vous me faites peur, Thérence; comment irez-vous toute seule trouver ces muletiers? Tenez, ils m'effrayent toujours beaucoup, et pourtant j'y veux aller avec vous. Je le dois, puisque c'est moi qui suis la cause de la bataille. Nous appellerons Tiennet...

— Non pas! non pas! ni vous, ni lui! Les muletiers ne regretteront pas Malzac s'il en meurt; bien au contraire : mais s'il avait été mis à mal par quelqu'un qui ne fût pas de leur corps, et surtout par un étranger, à l'heure qu'il est votre ami Tiennet serait en mauvaise passe. Laissez-le donc dormir; c'est assez qu'il ait voulu s'en mêler, pour qu'il fasse bien, à présent, de se tenir tranquille. Quant à vous, Brulette, sachez bien que vous y seriez mal reçue, vous n'avez pas, comme moi, un intérêt de famille qui vous y attire, et où personne, chez eux, ne s'avisera de me contrecarrer. Ils me connaissent tous, et ne craignent pas que je sois de trop dans leurs secrets.

— Mais croyez-vous donc les trouver encore dans la forêt? Votre père n'a-t-il pas dit qu'ils s'en allaient dans le haut pays et ne passeraient pas la nuit dans les environs?

— Il faut toujours qu'ils y restent le temps de panser les blessés; mais si je ne les trouvais plus, je serais tranquille; car ce serait la preuve que mon frère n'a que peu de mal et qu'il aurait pu se mettre en route avec eux tout de suite.

— Est-ce que vous l'avez vue, cette blessure? dites, ma chère Thérence, ne me cachez rien!

— Je ne l'ai pas vue : on ne voyait rien; il disait n'avoir reçu aucun mauvais coup et ne pensait point à lui-même : mais regardez, Brulette, et ne vous écriez pas; voilà le mouchoir dont je lui ai essuyé la figure et que je croyais mouillé de sa sueur. J'ai vu, en arrivant ici, qu'il était tout trempé de sang, et il m'a fallu du courage pour retenir mon saisissement devant mon père, qui était bien assez soucieux, et devant Joseph, qui est bien assez malade.

Il se fit un silence, comme si Brulette, en regardant ou

en prenant le mouchoir, eût été suffoquée; puis Thérence lui dit :

— Rendez-le-moi; il faut que je le lave dans le premier ruisseau que je rencontrerai.

— Ah ! dit Brulette, laissez-le-moi garder ; je le tiendrai bien caché.

— Non, mon enfant, répondit Thérence ; si les gens de justice avaient l'éveil de quelque bataille, ils viendraient tout bousculer ici, et mêmement fouiller les personnes. Ils sont devenus très-tracassiers depuis quelque temps, et voudraient nous faire renoncer à nos coutumes, qui se perdent bien assez d'elles-mêmes sans qu'ils y mettent la main.

— Hélas ! dit Brulette, ne serait-il pas à souhaiter que la coutume de batailles aussi dangereuses fût ôtée de votre pays ?

— Oui, mais cela dépend de bien des choses auxquelles les juges du roi ne peuvent ou ne veulent rien. Il faudrait qu'ils rendissent la justice, et ils ne la rendent guère qu'à ceux qui ont le moyen de la payer. En est-il autrement dans vos pays ? Vous n'en savez rien, mais je gage bien que c'est comme chez nous. Seulement, les Berrichons ont le sang très-lourd et ils patientent avec le mal qu'on peut leur faire, sans s'exposer à en chercher un pire. Ici, ce n'est point de même. L'homme qui vit dans les forêts, s'il ne se défendait point des méchants comme des loups et des autres mauvaises bêtes, ne pourrait point exister. Est-ce que, par hasard, vous blâmeriez mon frère d'avoir demandé justice devant son monde, d'une injure et d'une menace qu'il avait été forcé d'endurer devant vous ? Il y a peut-être bien eu un peu de votre faute, dans la rancune qu'il en avait gardée ; songez à cela, Brulette avant de l'accuser. Si vous n'aviez pas marqué tant de chagrin et de dépit pour les insultes de ce muletier, il les aurait peut-être oubliées pour sa part, car il n'y a pas homme plus doux qu'Huriel et plus enclin à pardonner ; mais vous vous teniez pour offensée, il vous avait promis réparation, il vous l'a baillée bonne. Ce n'est pas un reproche que je vous fais, ni à lui non plus ; j'aurais peut-être été aussi chatouilleuse que vous, et, quant à lui, il a fait son devoir.

— Non, non, dit Brulette se remettant à pleurer, il ne me devait point de s'exposer pour moi comme il l'a fait, et j'ai eu tort de lui montrer ma fierté. Je ne me le pardonnerai jamais, et, s'il lui arrive malheur d'une manière ou de l'autre, votre père et vous, qui avez été si bons pour moi, ne pourrez non plus me faire grâce.

— Ne vous tourmentez pas de cela, répondit Thérence. Arrive ce que Dieu voudra, vous n'aurez point de reproche de nous. Je vous connais à présent, Brulette, et je sais que vous méritez l'estime. Allons, essuyez vos larmes, et tâche de vous reposer. J'espère que je n'aurai pas de mauvaises nouvelles à vous rapporter, et je suis sûre que mon frère sera consolé et guéri à moitié, si vous me permettez de lui dire le chagrin que vous cause son mal.

— Je pense, dit Brulette, qu'il y sera moins sensible qu'à votre amitié, et qu'il n'y a point de femme au monde qu'il puisse aimer autant qu'une sœur si bonne et d'un si grand courage. C'est pourquoi, Thérence, je me reproche de vous avoir demandé votre gage de première communion, et s'il lui prenait envie de le ravoir, je pense que vous feriez bien de le lui rendre, puisque vous l'avez à votre collier.

— A la bonne heure, Brulette, dit Thérence, et pour cette parole, je vous embrasse. Dormez en paix, je pars !

— Je ne dormirai pas, répondit Brulette, je prierai Dieu de vous assister jusqu'à ce que je vous voie de retour.

J'entendis Thérence sortir doucement de sa loge, et j'en fis autant, une minute après. Je ne pouvais point m'accommoder la conscience de l'idée que cette belle jeunesse allait ainsi s'exposer toute seule aux dangers de la nuit, et que, par crainte pour moi-même, je ne ferais pas ce qui était en moi pour lui porter assistance. Les gens qu'elle allait trouver ne me paraissaient pas si commodes et si bons chrétiens qu'elle le disait, et d'ailleurs, ils n'étaient peut-être pas les seuls à battre les bois à cette heure. Notre danse avait attiré des gredots, et l'on sait que tous ceux qui demandent la charité ne la font pas aux autres quand l'occasion du mal leur est belle. Et puis, je ne sais pas pourquoi la figure rouge et luisante du frère carme, qui avait si bien fêté mon vin, me revenait en mémoire. Il m'avait semblé ne pas baisser souvent les yeux quand il passait auprès des filles, et je ne savais point ce qu'il était devenu dans la bagarre.

Mais comme Thérence avait témoigné à Brulette ne vouloir point de ma compagnie pour aller trouver les muletiers, souhaitant ne pas lui déplaire, je me déterminai de la suivre à portée de l'ouïe, sans me montrer à elle, si elle n'avait pas occasion de crier à l'aide. A cette fin, je lui laissai donc prendre environ une minute d'avance, mais pas davantage, encore que j'eusse aimé à tranquilliser Brulette en lui disant mon dessein ; j'aurais craint de me retarder et de perdre la piste de la belle des bois.

Je la vis traverser la clairière et entrer dans le taillis qui descendait vers le lit d'un ruisseau, non loin des loges. J'y entrai après elle, par le même sentier, et, comme il s'y trouvait beaucoup de crochets, je la perdis bien vite de vue; mais j'entendais le petit bruit de son pas, qui, de temps en temps, cassait une branche morte par terre, ou faisait rouler un petit caillou.

Il me sembla qu'elle marchait vite, et j'en fis autant pour ne me point trop laisser dépasser. Deux ou trois fois, je me crus si près d'elle, que je me détardai un peu pour ne pas me faire voir. J'arrivai ainsi à l'une des routes tracées dans le bois ; mais l'ombrage de la futaie y régnait si dru, que j'eus beau regarder à ma droite et à ma gauche, je pus rien voir qui me fit connaître quel côté elle avait pris.

J'écoutai, l'oreille penchée vers la terre, et j'entendis, dans la sente qui continuait de l'autre côté du chemin, le même bruit de branches qui m'avait déjà servi. Je me hâtai d'aller par là, jusqu'à un autre chemin qui me conduisait au ruisseau, et là, je commençai à croire que je n'étais plus sur la trace de Thérence, car le ruisseau était large et vaseux, et quand je l'eus passé, en y enfonçant beaucoup, je ne trouvai plus aucune trace frayée. Il n'y a rien qui trompe comme les sentiers des bois : en des endroits, les arbres se trouvent plantés de manière qu'on croit avoir trouvé une allée ; ou bien les animaux, en allant boire à quelque mare, ont battu un passage ; mais tout à coup, on se trouve pris dans des ronces si méchantes ou enfoncé dans un terrain si mouvant, que rien ne sert de s'y obstiner. On n'y entrerait que pour s'égarer de plus en plus

Cependant, je m'y entêtai, parce que j'entendais toujours du bruit devant moi, et même ce bruit devint si certain que je me mis à courir, me déchirant aux épines, et m'enfonçant au plus épais ; mais une manière de grognement sauvage que j'entendis me fit connaître que ce que je poursuivais était un sanglier, qui commençait à s'ennuyer de moi et à m'avertir qu'il en avait assez.

N'ayant qu'un bâton pour défense, et ne connaissant d'ailleurs la manière d'avoir raison d'une pareille bête, je quittai la partie et revins sur mes pas, un peu inquiet que ce sanglier ne s'imaginât, par honnêteté, de me vouloir faire la conduite.

Par bonheur, il n'y songea point, et je remontai jusqu'au premier chemin, d'où, à tout hasard, je tirai du côté qui conduisait à l'entrée du bois de Chambérat, où nous avions fait la fête.

Encore que dérouté, je ne voulus point renoncer à mon idée, car Thérence pouvait aussi bien que moi faire rencontre d'une bête sauvage, et je ne pense point qu'elle sût des paroles pour s'en faire écouter.

Je connaissais déjà assez la forêt pour ne m'y point perdre longtemps, et je gagnai l'endroit de la danse. Il me fallut quelques moments pour m'assurer que c'était bien là même clairière, car j'avais compté y retrouver ma ramée que je n'avais pas pris le temps d'enlever, non plus que les ustensiles dont je l'avais garnie, et j'en trouvai la place aussi nette que si elle n'y eût jamais été.

Cependant, en y regardant bien, je reconnus l'endroit où j'avais enfoncé les pieux, et celui où les pieds des danseurs avaient brûlé le gazon.

Je voulus me remettre en route vers le côté par où les muletiers avaient emmené Huriel et emporté Malzac ; mais j'eus beau chercher à m'en souvenir, j'avais été si empêché de mes esprits dans ce moment-là, que je ne pus m'en faire une idée. Force me fut d'aller à l'aventure, et je marchai ainsi toute la nuit, bien las, comme vous pouvez croire, m'arrêtant souvent pour écouter, et n'entendant que les chevêches qui criaient dans les arbres, ou quelque pauvre lièvre qui avait plus peur de moi que moi de lui.

Encore que le bois de Chambérat ne fît, dans ce temps-là, qu'un seul bois avec celui de l'Alleu, je ne le connaissais pas, n'y ayant été qu'une fois depuis que j'étais en ce pays. Je ne fus pas longtemps sans m'y trouver perdu, chose qui ne me tourmenta guère, car je savais que ni l'un ni l'autre de ces bois n'était d'une conséquence à me mener jusqu'à Rome. D'ailleurs, le Grand-Bûcheux m'avait déjà appris à m'orienter, non par les étoiles, qui ne se voient pas toujours en une forêt, mais par la direction des maîtresses branches, lesquelles, en nos pays du mitant, sont souvent battues du vent de galerne et s'étendent plus volontiers vers le levant du jour.

La nuit était très-claire, et si douce, que, si je n'eusse été galopé de quelque souci d'esprit et fatigué de mon corps, j'aurais pris aise à la promenade. Il ne faisait point clair de lune ; mais les étoiles brillaient dans le ciel, qui n'était embrouillé d'aucune nuée ; et mêmement, sous la feuillée, je voyais très-bien à me conduire. Je m'étais fort amendé en courage depuis le temps où j'avais peur en la petite forêt de Saint-Chartier ; car, tout au rebours, je me sentais aussi tranquille que dans nos traînes, et voyant fuir les animaux à mon approche, je ne m'en souciais plus du tout. Je commençais aussi à reconnaître que ces endroits

couverts, ces ruisseaux grouillants dans les ravines, ces herbages fins, ces chemins de sable, et tous ces arbres d'une aussi grande fierté, pouvaient faire aimer ce pays à ceux qui en étaient. Il y avait de grandes fleurs dont je ne sais point le nom, qui sont comme gueules blanches picotées de jaune, et dont l'odeur est si vive et si bonne, que, par moments, je me serais cru en un jardin [1].

En marchant toujours vers le couchant, je gagnai les brandes et suivis longtemps la lisière, écoutant et regardant partout ; mais je ne rencontrai signe de monde en aucun lieu, et m'en revins sur la pique du jour, sans avoir trouvé ni Thérence ni personne à qui parler.

Comme j'en avais assez et ne conservais plus espoir de m'utiliser, je rentrai sous bois, et, coupant tout à travers, je vis enfin, dans un endroit très-sauvage, sous un gros chêne, quelque chose qui ne parut être quelqu'un. Le petit jour grisonnait jusque sur les buissons, et je m'avançai sans bruit jusqu'à portée de reconnaître le froc du frère carme. Ce pauvre homme, que j'avais soupçonné dans mon esprit, était bien sagement et dévotement agenouillé, et faisait ses prières sans paraître penser à mal.

Je m'approchai en toussant pour l'avertir et ne le point effrayer ; mais ce n'était pas de besoin, car ce moine était un compère ne craignant que Dieu, et pas du tout le diable ni les hommes.

Il leva la tête, me regarda sans étonnement, puis renfonçant sa figure sous son capuchon, se remit à marmonner tout bas ses orémus, et je ne voyais que le bout de sa barbe qui dansait à chaque parole, comme celle d'une chèvre qui croque du sel.

Quand il me parut avoir fini, je lui souhaitai bonnes matines, espérant avoir de lui quelque nouvelle ; mais il me fit signe de me taire, se leva, ramassa sa besace, regarda bien la place où il s'était agenouillé, et avec son pied quasi nu, releva l'herbe et nivela le sable qu'il avait foulés ; puis il m'emmena à une petite distance et me dit à voix couverte :

— Puisque vous savez ce qui en est, je ne suis pas fâché de vous parler avant que je reprenne ma tournée.

Le voyant en humeur de causer, je me gardai de le questionner, ce qui l'eût rendu méfiant ; mais, au moment qu'il ouvrait la bouche, Huriel se montra devant nous et parut si surpris et même contrarié de me voir là, que j'en fus embarrassé de mon côté, comme si j'étais pris en faute.

Il faut dire aussi qu'Huriel m'eût peut-être effrayé si je l'eusse rencontré seul à seul dans la brume du matin. Il était plus barbouillé de noir que je ne l'avais encore vu, et un mouchoir, serré sur sa tête, cachait si bien ses cheveux et son front, qu'on ne voyait guère de sa figure que ses grands yeux, qui paraissaient creusés et qui avaient perdu leur feu ordinaire. Il avait l'air d'être son propre esprit plutôt que son propre corps, tant il glissait doucement sur les bruyères, comme s'il eût craint d'éveiller même les grêlets et les moucherons cachés dans l'herbe.

Le moine prit le premier la parole, non pas comme un homme qui en accoste un autre, mais comme celui qui reprend un entretien après un peu de dérangement :

— Puisque le voilà, dit-il en me montrant, il est utile

---

1. Probablement la mélisse.

de lui faire des recommandations sérieuses, et j'étais en
train de lui dire.

— Puisque vous lui avez tout dit... reprit Huriel en lui
coupant la parole d'un air de reproche.

A mon tour, je coupai la parole à Huriel pour lui apprendre que je ne savais encore rien, et qu'il était libre de me
cacher ce qu'il avait sur le bout de la langue.

— C'est bien à toi, répondit Huriel, de ne pas chercher
à en savoir plus long qu'il ne faut ; mais si c'est ainsi, frère
Nicolas, que vous gardez un secret de cette conséquence,
je regrette de m'être fié à vous.

— Ne craignez rien, dit le carme. Je croyais ce jeune
homme aussi compromis que vous !

— Il ne l'est pas du tout, dit Huriel, Dieu merci ! C'est
assez de moi !

— Tant mieux pour lui s'il n'a péché que par intention,
reprit le moine. Il est votre ami, et vous n'avez rien à en
craindre ; mais quant à moi, je serais bien aise qu'il ne dît
à personne que j'ai passé la nuit dans ces bois.

— Qu'est-ce que ça peut vous faire ? dit Huriel ; un muletier a été blessé par accident ; vous lui avez donné des
soins, et, grâce à vous, il sera vite guéri : qui peut vous
blâmer de cette charité ?

— Oui, oui, dit le moine : gardez bien la fiole et usez-
en deux fois par jour. Lavez bien la plaie à l'eau courante,
aussi souvent que faire se pourra ; ne laissez point les cheveux s'y coller, et tenez-la à couvert de la poussière : c'est
tout ce qu'il faut. Si vous veniez à prendre la fièvre, faites-
vous faire une bonne saignée par le premier frater que
vous rencontrerez.

— Merci ! dit Huriel. J'ai assez perdu de sang comme
cela, et ne crois point qu'on en ait jamais trop. Grâces
vous soient rendues, mon frère, pour vos bons secours,
dont je n'avais pas grand besoin, mais dont je ne vous
sais pas moins de gré ; et, à présent, recevez nos adieux,
car voilà qu'il fait jour, et votre prière vous a retenu ici
un peu trop.

— Sans doute, reprit le moine ; mais me laisserez-vous
partir sans me faire un bout de confession ? J'ai soigné
votre peau, c'était le plus pressé ; mais votre conscience
est-elle en meilleur état, et pensez-vous n'avoir pas besoin
de l'absolution, qui est pour l'âme ce que le baume est
pour le corps ?

— J'en aurais grand besoin, mon père, dit Huriel ; mais
vous auriez tort de me la donner : je n'en suis pas digne
avant d'avoir fait pénitence : et quant à ma confession,
vous n'en avez que faire pour me prêcher, vous qui m'avez
vu pécher mortellement. Priez Dieu pour moi, voilà ce que
je vous demande, et faites dire beaucoup de messes pour...
les gens qui se laissent trop emporter à la colère.

J'avais cru d'abord que le muletier plaisantait ; mais je
connus que non, à la manière triste dont il parla et à l'argent qu'il remit au carme en finissant son discours.

— Comptez que vous en aurez selon votre générosité,
dit le carme en serrant l'argent dans son aumônière ; et
il ajouta d'un air qui ne sentait point le cagot : « Maître
Huriel, nous sommes tous pécheurs, et il n'y a qu'un juge
qui soit juste. Lui seul, qui n'a jamais fait le mal, est en
droit de condamner ou d'absoudre les fautes des hommes.
Recommandez-vous à lui, et comptez que tout ce qui est
à votre décharge, il vous en fera profiter dans sa miséri-
corde. Quant aux juges de la terre, bien sot et bien lâche

serait celui qui voudrait vous envoyer devant eux, qui
sont faibles ou endurcis comme des créatures fragiles.
Repentez-vous, vous aurez raison, mais ne vous trahis-
sez pas, et quand vous sentirez la grâce vous appeler
au tribunal de pénitence, n'ayez affaire qu'à un bon prêtre, voire à un pauvre carme déchaussé comme le frère
Nicolas.

Et vous, mon enfant, dit encore le bonhomme, qui se
sentait en goût de prêcher et qui voulut me donner aussi
son coup de goupillon, apprenez à modérer vos appétits
et à surmonter vos passions. Évitez les occasions de pécher ; fuyez les querelles et les rixes sanglantes...

— C'est bon, c'est bon, frère Nicolas, dit Huriel en l'in-
terrompant. Vous prêchez un converti, et vous n'avez pas
de pénitence à commander à celui dont les mains sont res-
tées pures. Adieu. Partez, je vous dis, il est temps.

Le moine s'en alla en nous donnant la main, d'un grand
air de franchise et de bonté. Quand il fut loin, Huriel, me
prenant le bras, me ramena vers l'arbre où j'avais vu le
carme en prières :

— Tiennet, me dit-il, je n'ai aucune méfiance de toi, et,
si j'ai fait semblant de rappeler ce bon frère au silence,
c'est pour le rendre prudent. Au reste, il n'y a guère de
danger de son côté : il est le propre oncle de notre chef
Archignat, et c'est, en outre, un homme sûr, toujours en
bonnes relations avec les muletiers, qui l'aident souvent à
transporter les denrées de sa collecte d'un lieu à l'autre ;
mais si je suis tranquille sur lui et sur toi, ce n'est pas
une raison pour que je te dise ce que tu n'as pas besoin
de savoir, à moins que tu ne le souhaites pour ne pas
douter de mon amitié.

— Tu en feras ce que tu voudras, lui répondis-je. S'il
est utile pour toi que je sache les conséquences de ta batterie avec Malzac, dis-les-moi, quand même j'aurais regret
à les entendre ; sinon, j'aime autant ne pas trop savoir ce
qu'il est devenu.

— Ce qu'il est devenu ! répéta Huriel, dont la voix sembla étouffée par un grand malaise ; et il m'arrêta aux premières branches que le chêne étendait vers nous, comme
s'il eût craint de marcher sur un terrain où je ne voyais
pourtant nulle trace de ce que je commençais à deviner.
Puis il ajouta, en jetant devant lui un regard obscurci de
tristesse, et parlant de ce qu'il voulait faire, comme si
quelque chose le poussait à se trahir : — Tiennet, te sou-
viens-tu des paroles glaçantes que cet homme nous a
dites au bois de la Roche ? « Il ne manque pas de fosses
dans les bois pour enterrer les fous, et ni les pierres, ni
les arbres n'ont de langue pour raconter ce qu'ils ont vu ! »

— Oui, répondis-je, sentant une sueur froide me
passer par tout le corps ; il paraît que les mauvaises paroles tentent le mauvais sort, et qu'elles portent malheur
à ceux qui les disent.

DIX-SEPTIÈME VEILLÉE

Huriel se signa en soupirant ; je fis comme lui, et,
nous détournant de ce mauvais arbre, nous passâmes
notre chemin.

J'aurais voulu lui dire, comme le carme, quelque bonne parole pour le tranquilliser, car je voyais bien qu'il avait l'esprit en peine ; mais, outre que je n'étais pas assez savant pour le prêche, je me sentais coupable aussi à ma manière. Je me disais, par exemple, que si je n'eusse point raconté tout haut l'histoire du bois de la Roche, Huriel ne se serait peut-être pas si bien souvenu du serment qu'il avait fait à Brulette de la venger, et que si je ne me fusse point porté le premier son défenseur devant les muletiers et les anciens de la forêt, Huriel ne se serait pas tant pressé d'en avoir l'honneur avant moi vis-à-vis d'elle.

Tourmenté de ces idées, je ne pus m'empêcher de les dire à Huriel et de m'accuser devant lui, comme Brulette s'était accusée devant Thérence.

— Mon cher ami Tiennet, me répondit le muletier, tu es un bon cœur et un brave garçon. Je ne veux point que tu gardes du trouble en ta conscience, pour une chose que Dieu, au jour du jugement, n'attribuera ni à toi ni peut-être à moi. Le frère Nicolas a raison, il est le seul juge qui puisse rendre bonne justice, parce qu'il sait les choses comme elles sont. Il n'a pas besoin d'appeler des témoins et de faire enquête de la vérité. Il lit dans le fin fond des cœurs, et il sait bien que le mien n'avait juré ni comploté mort d'homme, au moment où j'ai pris un bâton pour corriger ce malheureux. Ces armes-là sont mauvaises ; mais elles sont les seules que nos coutumes nous permettent en pareil cas, et ce n'est pas moi qui en ai inventé l'usage. Certes, mieux vaudrait la seule force des bras et le seul office des poings, comme nous y avons eu recours une nuit, dans ton pré, à propos de mon mulet et de ton avoine ; mais sache qu'un muletier doit être aussi brave et aussi jaloux de son renom d'honneur que les plus grands messieurs portant l'épée. Si j'avais avalé l'injure de Malzac sans en chercher réparation, j'aurais mérité d'être chassé de ma confrérie. Il est bien vrai que je n'ai pas cherché cela de sang-froid, comme on doit le faire. J'avais rencontré, hier matin, ce Malzac seul à seul, dans ce même bois de la Roche, où je travaillais tranquillement, sans plus songer à lui. Il m'avait encore molesté de ses sottes paroles, prétendant que Brulette n'était qu'une ramasseuse de bois mort ; ce qui, chez les forestiers, s'entend d'un fantôme qui court la nuit, et dont la croyance sert souvent aux filles de mauvaise conduite pour être point reconnues, grâce à la peur que les bonnes gens ont de cet esprit follet. Aussi, dans l'idée des muletiers, qui ne sont point crédules, un pareil mot est une grande injure.

Pourtant, je fus aussi endurant que possible ; mais, à la fin, poussé à bout, je lui fis des menaces pour m'en débarrasser. Il me répondit alors que j'étais un lâche, capable d'abuser de ma force en un endroit écarté, mais que je n'oserais pas le défier au bâton, en franche bataille, devant témoins ; que chacun savait bien que je n'avais jamais eu occasion de marquer ma hardiesse, et que là où il y avait compagnie, j'étais toujours du goût de tout le monde, afin de n'avoir point à me mesurer en partie égale.

Là-dessus, il me quitta, disant qu'il y avait danse au bois de Chambérat, que c'était Brulette qui régalait, et qu'elle en avait le moyen, attendu qu'elle était maîtresse d'un gros bourgeois en son pays ; et que, pour sa part, il irait là se divertir et courtiser la demoiselle à ma barbe, si j'avais le cœur de m'en venir assurer.

Tu sais, Tiennet, que j'avais intention de ne plus revoir Brulette, et cela pour des raisons que je te dirai peut-être plus tard.

— Je le sais, répondis-je, car je vois que tu as vu ta sœur cette nuit, et voilà, à ton oreille, un gage qui dépasse ton mouchoir et qui me prouve ce dont j'avais déjà une forte doutance.

— Si tu sais que j'aime Brulette et que je tiens à son gage, reprit Huriel, tu en sais autant que moi ; mais tu ne peux en savoir davantage, car je ne suis sûr que de son amitié, et quant au reste... Mais il ne s'agit pas de ça, et je te veux raconter comment le malheur m'a ramené ici. Je ne voulais ni être vu de Brulette, ni lui parler, parce que j'avais remarqué le tourment qui serrait le cœur de Joseph à mon endroit ; mais je savais que Joseph n'avait pas ses forces pour la défendre, et que Malzac était assez sournois pour s'échapper aussi de toi.

Je suis donc venu ici au commencement de la fête, et je me suis tenu caché aux alentours de la danse, me promettant de partir sans me faire voir, si Malzac n'y venait point. Tu sais le reste jusqu'au moment où nous avons pris le bâton. Dans ce moment-là, j'étais en colère, je le confesse ; mais pouvait-il en être autrement, à moins de valoir autant qu'un saint du paradis ? Cependant, je ne voulais que donner une correction à mon ennemi, et ne pas laisser dire plus longtemps, surtout dans un moment où Brulette était au pays, qu'à force d'être doux et patient, j'étais un lièvre. Tu as vu que mon père, qui n'est pas de pareils propos, ne m'a pas empêché de prouver que je suis un homme ; mais il faut que je sois doué d'une mauvaise chance, puisque à mon premier combat, et quasi de mon premier coup... Ah ! Tiennet ! on a beau avoir été forcé et sentir en soi-même qu'on est doux et humain, on ne se console pas aisément, j'en ai peur, d'avoir eu la main si mauvaise ! Un homme est un homme, si mal appris et mal embouché qu'il soit : celui-là était peu de chose de bon, mais il aurait eu le temps de s'amender, et voilà que je l'ai envoyé rendre ses comptes avant qu'il les eût mis en ordre. Aussi, Tiennet, tu me vois, je t'assure, bien dégoûté de l'état de muletier, et je reconnais, à présent, avec Brulette, qu'il est malaisé à un homme juste et craignant Dieu de s'y maintenir en estime avec sa conscience et l'opinion des autres. Je suis obligé d'y passer encore un temps, à cause des engagements que j'ai pris ; mais tu peux compter que le plus tôt possible, je m'en retirerai et prendrai quelque autre métier plus tranquille.

— C'est là, dis-je à Huriel, ce que je dois rapporter à Brulette, n'est-ce pas ?

— Non, répondit Huriel avec une grande assurance ; à moins que Joseph ne soit si bien guéri de son amour et de sa maladie qu'il puisse renoncer à elle. J'aime Joseph autant que vous l'aimez, mes bons enfants ; et d'ailleurs, il m'a fait ses confidences, il m'a pris pour son conseil et son soutien ; je ne le veux pas tromper, ni contre-carrer.

— Mais Brulette ne veut pas de lui pour amant et mari, et peut-être vaudrait-il mieux qu'il le sût le plus tôt possible. Je me chargerais bien de le raisonner, si les autres n'osaient, et il y a chez vous une personne qui pourrait rendre Joseph heureux, tandis qu'il ne le sera point par Brulette. Il aura beau attendre, plus il se flattera, plus le coup lui paraîtra dur à porter : au lieu que, s'il ouvrait les yeux sur la véritable attache qu'il peut trouver ailleurs...

— Laissons cela, répondit Huriel en fronçant un peu le sourcil, ce qui lui fit faire la grimace d'un homme qui souffre d'un grand trou à la tête, comme il l'avait justement tout frais sous son mouchoir rouge : toutes choses sont en la main de Dieu; et, dans notre famille, personne n'est pressé de faire son bonheur aux dépens de celui des autres. Il faut, quant à moi, que je parte, car je répondrais trop mal aux gens qui me demanderaient où a passé Malzac, et pourquoi on ne le voit plus au pays. Écoute seulement encore un mot sur Brulette et sur Joseph. Il est bien inutile de leur dire le malheur que j'ai fait. Excepté les muletiers, il n'y a que mon père, ma sœur, le moine et toi qui sachiez que quand l'homme est tombé, c'était pour ne plus se relever. Je n'ai eu que le temps de dire à Thérence tout bas : « Il est mort; il faut que je quitte le pays. » Maître Archignat en a dit autant à mon père; mais les autres bûcheux n'en savaient rien et ne souhaitaient point le savoir. Le moine lui-même n'y aurait vu que du feu, s'il ne nous eût suivis pour porter secours aux blessés, et les muletiers étaient tentés de le renvoyer sans lui rien dire; mais le chef a répondu de lui, et moi, quand j'aurais dû y risquer mon cou, je ne voulais pas que cet homme fût enterré comme un chien, sans prières chrétiennes.

» A présent, c'est à la garde de Dieu. Tu comprends donc, de reste, qu'un homme menacé, comme je suis, d'une mauvaise affaire, ne peut pas, de longtemps, songer à courtiser une fille aussi recherchée et aussi précieuse que Brulette. Seulement, tu peux bien, pour l'amour de moi, ne pas lui dire où j'en suis. Je veux bien qu'elle m'oublie, mais non qu'elle me haïsse ou me craigne.

— Elle n'en aurait pas le droit, répondis-je, puisque c'est pour l'amour d'elle...

— Ah! dit Huriel en soupirant et en passant sa main sur ses yeux, voilà un amour qui me coûte cher !

— Allons, allons, lui dis-je, du courage ! Elle ne saura rien, tu peux compter sur ma parole; et tout ce que je pourrai faire pour qu'à l'occasion elle reconnaisse ton mérite, je le ferai bien fidèlement.

— Doucement, doucement, Tiennet, reprit Huriel ; je ne te demande pas de te mettre de côté pour moi comme je m'y suis mis pour Joseph. Tu ne me connais pas autant, tu ne me dois pas la même amitié, et je sais ce que c'est que de pousser un autre en la place qu'on voudrait occuper. Tu en tiens aussi pour Brulette, et il faudra que, sur trois prétendants que nous sommes, deux soient justes et raisonnables quand le troisième sera préféré. Encore ne savons-nous point si nous ne serons pas pillés par un quatrième. Mais, quoi qu'il en advienne, j'espère que nous resterons amis et frères tous les trois.

— Il faut me retirer de l'ordre des prétendants, répondis-je en souriant sans dépit. J'ai toujours été le moins emporté, et, à présent, je suis aussi tranquille que si je n'y avais jamais songé. Je sais le secret du cœur de cette belle; je trouve qu'elle a fait le bon choix, et j'en suis content. Adieu donc, mon Huriel, que le bon Dieu t'assiste et que l'espérance t'aide à oublier cette mauvaise nuit !

Nous nous donnâmes l'accolade du départ, et je m'enquis du lieu où il se rendait.

— Je m'en vas, dit-il, jusqu'aux montagnes du Forez, fais-moi écrire au bourg d'Huriel, qui est mon lieu de naissance et où nous avons des parents établis. Ils me feront passer tes lettres.

— Mais pourras-tu voyager si loin avec cette plaie à la tête? N'est-elle point dangereuse ?

— Non, non, dit-il, ce n'est rien, et j'aurais souhaité que l'autre eût la tête aussi dure que moi !

Quand je me trouvai seul, je m'étonnai de tout ce qui était advenu en la forêt sans que j'en eusse ouï ou surpris la moindre chose. D'autant plus que, repassant, au grand jour, sur la place de la danse, je vis que, depuis le minuit, on était revenu faucher l'herbe et piocher la terre pour enlever toute trace du malheur qui y était arrivé. Ainsi, d'une part, on s'était venu, par deux fois, raccommoder les choses en cet endroit; de l'autre, Thérence avait communiqué avec son frère, et, au milieu de tout cela, on avait pu faire un enterrement, sans que, malgré la nuit claire et le silence des bois, en les suivant dans toute leur longueur et en prêtant grande attention, j'eusse été averti par la moindre apparence et le moindre souffle. Cela me donna bien à penser sur la différence des habitudes et partant des caractères, entre les gens forestiers et les laboureurs des pays découverts. Dans les plaines, le bien et le mal se voient trop pour qu'on n'apprenne pas, de bonne heure, à se soumettre aux lois et à se conduire suivant la prudence. Dans les forêts, on sent qu'on peut échapper aux regards des hommes, et on ne s'en rapporte qu'au jugement de Dieu ou du diable, selon qu'on est bien ou mal intentionné.

Quand je regagnai les loges, le soleil était levé; le Grand-Bûcheux était parti pour son ouvrage, Joseph dormait encore, Thérence et Brulette causaient ensemble sous le hangar. Elles me demandèrent pourquoi je m'étais levé si matin, et je vis que Thérence était inquiète de ce que j'avais pu voir et apprendre. Je fis comme si je ne savais rien et comme si je n'avais pas quitté le bois de l'Alleu.

Joseph vint bientôt nous rejoindre, et j'observai qu'il avait beaucoup meilleure mine qu'à notre arrivée.

— Je n'ai pourtant guère dormi, répondit-il, je me suis senti agité jusqu'à l'approche du jour; mais je crois que c'est parce que la fièvre, qui m'a tant accablé, m'a enfin quitté depuis hier soir, car je me sens plus fort et plus dispos que je ne l'ai été depuis longtemps.

Thérence, qui se connaissait à la fièvre, lui questionna le pouls, et la figure de cette belle, qui était bien fatiguée et abattue, s'éclaircit tout d'un coup.

— Allons! dit-elle, le bon Dieu nous envoie au moins ce bonheur, que voilà un malade en bon chemin pour guérir. La fièvre est partie et les forces du sang reviennent déjà.

— S'il faut que je vous dise ce que j'ai senti, reprit Joseph, ne dites pas que c'est une songerie ; mais voici la chose. D'abord, apprenez-moi si Huriel est parti sans blessure, et si l'autre n'en a pas plus qu'il ne faut. Avez-vous reçu des nouvelles du bois de Chambérat?

— Oui, oui, répliqua vivement Thérence. Tous deux sont partis pour le haut pays. Dites ce que vous alliez dire.

— Je ne sais pas trop si vous le comprendrez, vous deux, reprit Joseph, s'adressant aux jeunes filles, mais voilà Tiennet qui l'entendra bien. En voyant hier notre Huriel se battre si résolûment, les jambes m'ont manqué, et, me sentant plus faible qu'une femme, j'aurais, pour un rien, perdu ma connaissance; mais, en même temps que mon corps s'en allait défaillant, mon cœur devenait chaud et mes yeux ne lâchaient point de regarder le combat.

Quand Huriel a abattu son homme et qu'il est resté debout, il m'a passé un vertige, et, si je ne me fusse retenu, j'aurais crié victoire, et mêmement chanté comme un fou ou comme un homme pris de vin. J'aurais couru l'embrasser si j'avais pu ; mais tout s'est dissipé, et, en revenant ici, j'étais brisé dans tous mes os, comme si j'eusse porté et reçu les coups.

— N'y pensez plus, dit Thérence, ce sont de vilaines choses à voir et à se remémorer. Je gage que vous en avez mal rêvé ce matin ?

— Je n'en ai rêvé ni bien ni mal, dit Joseph ; j'y ai songé, et me suis senti peu à peu tout réveillé dans mes idées, et tout raccommodé dans mon corps, comme si l'heure était venue pour moi d'emporter mon lit et de marcher, à la manière de ce paralytique dont il est parlé aux Évangiles. Je voyais Huriel devant moi, tout brillant de lumière et me reprochant ma maladie comme une lâcheté de mon esprit. Il avait l'air de me dire : « Je suis un homme, et tu n'es qu'un enfant ; tu trembles la fièvre pendant que mon sang est en feu. Tu n'es bon à rien, et moi je suis bon à tout pour les autres et pour moi-même ! Allons, allons, écoute cette musique... » Et j'entendais des airs qui grondaient comme l'orage, et qui m'enlevaient sur mon lit, comme le vent enlève les feuilles tombées. Tenez, Brulette, je crois que j'ai fini d'être lâche et malade, et que je pourrais, à présent, aller au pays, embrasser ma mère et faire mon paquet pour partir ; car je veux voyager, apprendre, et me faire ce que je dois être.

— Vous voulez voyager ? dit Thérence, qui s'était allumée de contentement comme un soleil, et qui redevint blanche et brouillée comme la lune d'automne. Vous espérez trouver un meilleur maître que mon père et de meilleurs amis que les gens d'ici ? Allez voir vos parents, vous ferez bien, si vous en avez la force ; à moins que vous n'ayez envie de mourir au loin...

Le chagrin ou le mécontentement lui coupèrent la parole. Joseph, qui l'observait, changea tout de suite de mine et de langage.

— Ne faites pas attention à ce que je rêvais ce matin, Thérence, lui dit-il ; jamais je ne trouverai meilleur maître ni meilleurs amis. Vous m'avez dit de vous raconter mes songes ; je vous les raconte, voilà tout. Quand je serai guéri, je vous demanderai conseil à vous trois, ainsi qu'à votre père. Jusque-là, ne pensons point à ce qui peut me passer par la tête, et réjouissons-nous, du temps que nous sommes ensemble.

Thérence s'apaisa ; mais Brulette et moi, qui connaissions bien comme Joseph était décidé et entêté sous son air doux ; nous, qui nous souvenions de la manière dont il nous avait quittés, sans rien contredire et sans se laisser rien persuader, nous pensâmes que son parti était pris et que personne n'y pourrait rien changer.

Pendant les deux jours qui s'ensuivirent, je recommençai de m'ennuyer, et Brulette pareillement, malgré qu'elle se dégageât beaucoup pour achever la broderie dont elle voulait faire don à Thérence, et qu'elle allât voir le Grand Bûcheux souvent, tant pour laisser Joseph aux soins de la fille des bois, que pour parler d'Huriel avec son père et consoler ce brave homme de la tristesse et de la crainte où l'avait mis la bataille. Le Grand-Bûcheux, touché de l'amitié qu'elle lui marquait, eut la confiance de lui dire toute la vérité sur Malzac, et loin que Brulette en voulût mal à

Huriel, comme celui-ci l'avait redouté, elle ne s'en attacha que mieux à lui, par l'intérêt qu'elle lui portait et la reconnaissance qu'elle lui devait.

Le sixième jour, on parla de se séparer, car le terme approchait, et il fallait s'occuper du départ. Joseph reprenait à vue d'œil ; il travaillait un peu et faisait de tout son mieux pour vitement éprouver et ramener ses forces. Il était décidé de nous reconduire et à passer un ou deux jours au pays, disant qu'il reviendrait au bois de l'Alleu tout de suite, ce qui ne nous paraissait pas bien certain, non plus qu'à Thérence, qui commençait à s'inquiéter de sa santé quasi autant qu'elle s'était inquiétée de sa maladie. Je ne sais si ce fut elle qui persuada au Grand Bûcheux de nous reconduire jusqu'à mi-chemin, ou si l'idée lui en revint de lui-même, mais il nous en fit l'offre, qui fut bien vite acceptée de Brulette, et ne plut qu'à moitié à Joseph, encore qu'il n'en fît rien voir.

Ce bout de voyage ne pouvait que donner au Grand Bûcheux une diversion à son chagrin, et, en s'y préparant, la veille du départ, il reprit une bonne partie de sa belle humeur. Les muletiers avaient quitté le pays sans encombre, et il n'y était point question de Malzac, qui n'avait ni parents ni amis pour le réclamer. Il pouvait donc bien se passer un an ou deux avant que la justice se tourmentât de ce qu'il était devenu, et encore, était-elle bien capable de ne s'en enquérir jamais ; car, dans ce temps-là, il n'y avait pas grand'police en France, et un homme de peu pouvait disparaître sans qu'on y prît garde.

De plus, la famille du Grand Bûcheux devait quitter l'endroit à la fin de la saison, et comme ni le père ni le fils ne se tenaient plus de six mois au même lieu, il eût fallu être habile pour savoir où les réclamer.

Pour toutes ces raisons, le Grand Bûcheux, qui ne craignait que le premier contre-coup de l'événement, voyant que le secret ne s'ébruitait point, reprit confiance et nous rendit le courage.

Le matin du huitième jour, il nous fit tous monter dans une petite charrette basse qu'il avait empruntée, ainsi qu'un cheval, à un sien ami de la forêt, et, prenant les rênes, nous conduisit par le plus long, mais par le plus sûr chemin, jusqu'à Sainte-Sévère, où nous devions prendre congé de lui et de sa fille.

Brulette regrettait, en elle-même, de passer par un pays nouveau, où elle ne revoyait aucun des endroits où elle avait cheminé en la compagnie d'Huriel. Pour moi, j'étais content de voyager et de voir Saint-Pallais en Bourbonnais, et Préveranges, qui sont petits bourgs sur grandes hauteurs ; puis, Saint-Prejet et Pérassay, qui sont autres bourgs, en descendant le courant de l'Indre ; et, comme nous suivions, quasi depuis sa source, cette rivière qui passe chez nous, je ne me trouvais plus si étrange et ne me sentais plus en un pays perdu.

Je me reconnus tout à fait à Sainte-Sévère, qui n'est plus qu'à six lieues de chez nous, et où j'étais déjà venu une fois. Là, du temps que mes compagnons de route parlaient d'adieux, je fus m'enquérir d'une voiture à louer pour continuer notre voyage ; mais je ne pus en trouver une que pour le lendemain, aussi matin que je le souhaiterais.

Quand j'en revins dire la nouvelle, Joseph prit de l'humeur. — Quoi donc faire d'une charrette, dit-il ; ne pouvons-nous, de notre pied, nous en aller chez nous à la fraîcheur et arriver sur la tardée du soir ? Brulette a fait souvent plus de chemin pour aller danser à quelque assemblée, et je me sens tout capable d'en faire autant qu'elle.

Thérence observa qu'une si longue course lui ferait revenir la fièvre, et il s'y obstina d'autant plus ; mais Brulette, qui voyait bien le chagrin de Thérence, coupa court en disant qu'elle se sentait lasse, qu'elle serait aise de passer la nuit à l'auberge et de s'en aller ensuite en voiture.

— Eh bien, dit le Grand-Bûcheux, nous ferons de même. Nous laisserons reposer notre cheval toute la nuit, et nous nous départirons de vous autres au jour de demain. Et, si vous m'en croyez, au lieu de nous restaurer en cette auberge pleine de mouches, nous emporterons notre dîner sous quelque feuillade, ou au bord de l'eau, et y passerons la soirée à deviser jusqu'à l'heure de dormir.

Ainsi fut fait. Je retins deux chambres, l'une pour les filles, l'autre pour les hommes, et, voulant régaler une bonne fois le père Bastien à mon idée, m'étant aperçu qu'à l'occasion il était beau mangeur, je fis remplir une grande corbeille de ce qu'il y avait de mieux en pâtés, pain blanc, vin et brandevin, et l'emportai au dehors de la ville. Il est heureux que la mode de boire le café et la bière ne régnât pas encore, car je n'y aurais pas regardé et y eusse laissé le restant de ma poche.

Sainte-Sévère est un bel endroit coupé en ravins bien arrosés, et réjouissant à la vue. Nous fîmes choix d'un tertre élevé, où l'air était si vif que, du repas, il ne resta ni une croûte, ni une verrée de boisson.

Après quoi, le Grand-Bûcheux, se sentant tout gaillard, prit sa musette, qui ne le quittait jamais, et dit à Joseph :

— Mon enfant, on ne sait qui vit ou qui meurt ; nous nous quittons, selon toi, pour deux ou trois jours ; selon moi, tu as l'idée d'une plus longue départie ; mais peut-être que, selon Dieu, nous ne devons point nous revoir. Voilà ce qu'il faut toujours se dire quand, au croisement d'un chemin, chacun tire de son côté. J'espère que tu t'en vas content de moi et de mes enfants, comme je suis content de toi et de tes amis qui sont là ; mais je n'oublie point que le principal a été de t'enseigner la musique, et j'ai regret aux deux mois de maladie qui t'ont forcé de t'arrêter. Je ne prétends pas que j'aurais pu faire de toi un grand savant, je sais qu'il y en a dans les villes, messieurs et dames, qui sonnent sur des instruments que nous ne connaissons pas, et qui lisent des airs écrits comme on lit la parole écrite dans les livres. Sauf le plain-chant, que j'ai appris dans ma jeunesse, je ne connais pas beaucoup cette musique-là et t'en ai montré tout ce que je savais, c'est-à-dire les clefs, les notes et la mesure. Quand tu auras envie d'en connaître plus long, tu iras dans les grandes villes, où les violoneurs t'apprendront le menuet et la contredanse, mais je ne sais pas si ça te servira, à moins que tu ne veuilles quitter ton pays et ta condition de paysan.

— Dieu m'en garde ! répondit Joseph en regardant Brulette...

— Or donc, répondit le Grand-Bûcheux, tu trouveras ailleurs l'instruction qu'il te faut pour sonner la musette ou la vielle. Si tu veux revenir à moi, je t'y aiderai ; si tu crois trouver du nouveau dans le pays d'en sus, il faut y aller. Tout ce que j'aurais souhaité, c'est de te me-

ner tout doucement, jusqu'au temps où ton souffle saura se donner sans effort et où tes doigts ne se tromperont plus ; car pour l'idée, ça ne se donne point, et tu as la tienne, que je sais être de bonne qualité. Je ne t'ai pas épargné la provision que j'ai dans la tête, et ce que tu auras retenu, tu t'en serviras s'il te plaît ; mais, comme ton vouloir est de composer, tu ne peux mieux faire que de voyager un jour ou l'autre, pour tirer la comparaison de ton fonds avec celui d'autrui. Il te faut donc monter jusqu'à l'Auvergne et au Forez, afin de voir, de l'autre côté de nos vallons, comme le monde est grand et beau, et comme le cœur s'élargit quand, du haut d'une vraie montagne, on regarde rouler les eaux vives qui couvrent la voix des hommes, et font verdir des arbres qui ne déverdissent jamais. Ne descends pourtant guère dans les plaines des autres pays. Tu y retrouverais ce que tu aurais laissé dans les tiennes ; car voici le moment de te donner un enseignement que tu ne dois pas oublier. Écoute-le donc bien fidèlement.

Le Grand-Bûcheux, s'étant assuré que Joseph lui donnait bonne attention, poursuivit ainsi son discours :

— La musique a deux modes, que les savants, comme j'ai ouï-dire, appellent majeur et mineur, et que j'appelle, moi, mode clair et mode trouble ; ou si tu veux, mode de ciel bleu et mode de ciel gris ; ou encore mode de la force ou de la joie, et mode de la tristesse ou de la songerie. Tu peux chercher jusqu'à demain, tu ne trouveras pas la fin des oppositions qu'il y a entre ces deux modes, non plus que tu n'en trouveras un troisième ; car tout, sur la terre, est ombre ou lumière, repos ou action. Or, écoute bien toujours, Joseph ! La plaine chante en majeur et la montagne en mineur. Si tu étais resté en ton pays, tu aurais toujours eu des idées dans le mode clair et tranquille, et, en y retournant, tu verras le parti qu'un esprit comme le tien peut tirer de ce mode ; car l'un n'est ni plus ni moins que l'autre.

Mais, comme tu te sentais musicien complet, tu étais tourmenté de ne pas entendre sonner le mineur à ton oreille. Vos ménétriers et vos chanteuses l'ont par acquit, parce que le chant est comme l'air qui souffle partout et transporte le germe des plantes d'un horizon à l'autre. Mais, de ce que la nature ne les a pas faits songeurs et passionnés, les gens de ton pays se servent mal du ton triste et le corrompent en y touchant. Voilà pourquoi il t'a semblé que vos cornemuses jouaient faux.

Donc, si tu veux connaître le mineur, va le chercher dans les endroits tristes et sauvages, et sache qu'il faut quelquefois verser plus d'une larme avant de se bien servir d'un mode qui a été donné à l'homme pour se plaindre de ses peines, ou tout au moins pour soupirer ses amours.

Joseph comprenait si bien le Grand-Bûcheux, qu'il le pria de jouer le dernier air qu'il avait inventé, pour nous donner échantillon de ce mode gris et triste qu'il appelait le mineur.

— Oui-dà, mon garçon, dit le vieux, tu l'as donc guetté, l'air que je m'essaye d'emmancher sur des paroles depuis une huitaine? Je pensais bien l'avoir chanté pour moi seul; mais puisque tu étais aux écoutes, le voilà tel que je compte le laisser.

Et, démanchant sa musette, il en sépara le hautbois, dont il joua très-doux un air qui, sans être chagrinant, donnait à l'esprit souvenir ou attente de toutes sortes de choses, à l'idée de chacun qui l'écoutait.

Joseph ne se sentait pas d'aise pour la beauté de l'air, et Brulette, qui l'entendit sans bouger, parut s'éveiller d'un songe quand il fut fini.

— Et les paroles, dit Thérence, sont-elles tristes aussi, mon père?

— Les paroles, répondit-il, sont comme l'air, un peu embrouillantes et portant réflexion. C'est l'histoire du tintoin de trois galants autour d'une fille.

Et il chanta une chanson, aujourd'hui répandue en notre pays, mais dont on a dérangé beaucoup les paroles. La voilà telle que le Grand-Bûcheux la disait :

Trois fendeux y avait,
Au printemps, sur l'herbette;
(J'entends le rossignolet),
Trois fendeux y avait,
Parlant à la fillette.

Le plus jeune disait,
(Celui qui tient la rose);
(J'entends le rossignolet),
Le plus jeune disait :
J'aime bien, mais je n'ose.

Le plus vieux s'écriait :
(Celui qui tient la fende),
(J'entends le rossignolet),
Le plus vieux s'écriait :
Quand j'aime je commande.

Le troisième chantait,
Portant la fleur d'amande,
(J'entends le rossignolet),
Le troisième chantait :
Moi, j'aime et je demande.

— Mon ami ne serez,
Vous qui portez la rose;
(J'entends le rossignolet),
Mon ami ne serez,
Si vous n'osez, je n'ose.

Mon maître ne serez,
Vous qui tenez la fende,
(J'entends le rossignolet),
Mon maître ne serez,
Amour ne se commande.

Mon amant vous serez,
Vous qui portez l'amande,
(J'entends le rossignolet),
Mon amant vous serez,
On donne à qui demande.

Je goûtai beaucoup plus l'air ajusté avec les paroles, que je n'avais fait la première fois, et j'en fus si content, que je le demandai encore sur la musette; mais le Grand-Bûcheux, qui ne tirait pas vanité de ses œuvres, dit que ça n'en valait pas la peine, et nous joua d'autres airs, tantôt sur un mode, tantôt sur l'autre, et mêmement en les

employant tous deux dans un même chant, enseignant à Joseph la manière de passer, à propos, du majeur dans le mineur, et pareillement du second dans le premier.

Si bien que les étoiles jetaient leur feu depuis longtemps, et que nous ne sentions pas l'envie de nous retirer; mêmement les gens de la ville et des environs s'assemblèrent au bas du ravin pour écouter, au grand contentement de leurs oreilles. Et plusieurs disaient : « C'est un sonneur du Bourbonnais, et, qui plus est, un maître sonneur. Cela se connaît à la science, et pas un de chez nous n'y pourrait jouter. »

Tout en reprenant le chemin de l'auberge, le père Bastien continua de démontrer Joseph, et celui-ci, qui ne s'en lassait point, resta un peu en arrière de nous à l'écouter et à le questionner. Je marchais donc devant avec Thérence, qui, toujours très-serviable et courageuse, m'aidait à remporter les paniers. Brulette, entre les deux couples, allait seule, rêvant à je ne sais quoi, comme elle en prenait le goût depuis quelques jours, et Thérence se retournait souvent comme pour la regarder, mais, dans le vrai, pour voir si Joseph nous suivait.

— Regardez-le donc bien, Thérence, lui dis-je en un moment où elle en paraissait toute angoissée; car votre père l'a dit : Quand on se quitte pour un jour, c'est peut-être pour toute la vie.

— Oui, répondit-elle; mais aussi quand on croit se quitter pour toute la vie, il peut se faire que ça ne soit que pour un jour.

— Vous me rappelez, repris-je, qu'en vous voyant, une fois, vous envoler comme une songerie de ma tête, je pensais bien ne vous retrouver jamais.

— Je sais ce que vous voulez dire, fit-elle. Mon père m'en a rafraîchi la souvenance, hier, en me parlant de vous : car mon père vous aime beaucoup, Tiennet, et fait de vous une estime très-grande.

— J'en suis content et honoré, Thérence; mais je ne sais guère en quoi je la mérite, car je n'ai rien de ce qui annonce un homme tant si peu différent des autres.

— Mon père ne se trompe pas dans ses jugements, et ce qu'il pense de vous, je le crois; mais pourquoi, Tiennet, cela vous fait-il soupirer?

— Ai-je donc soupiré, Thérence? C'est malgré moi.

— Sans doute, c'est malgré vous; mais ce n'est point une raison pour me cacher vos sentiments. Vous aimez Brulette, et vous craignez...

— J'aime beaucoup Brulette, c'est vrai; mais sans soupirs d'amour, et sans regret ni souci de ce qu'elle pense à l'heure qu'il est. Je n'ai point d'amour dans le cœur, puisque ça ne me servirait de rien.

— Ah! vous êtes bien heureux, Tiennet, s'écria-t-elle, de gouverner comme ça votre idée par la raison!

— Je vaudrais mieux, Thérence, si, comme vous, je la gouvernais par le cœur. Oui, oui, je vous devine et vous connais, allez! car je vous regarde et je trouve bien le fin mot de votre conduite. Je vois, depuis huit jours, comme vous savez vous mettre à l'écart pour la guérison de Joseph, et comme vous le soignez secrètement, sans qu'il y voie paraître le bout de vos mains. Vous le voulez heureux, et vous n'avez point menti en nous disant, à Brulette et à moi, que pourvu qu'on fît du bien à ce qu'on aime, on n'avait pas besoin d'y trouver son profit. C'est bien comme ça que vous êtes, et malgré que la jalousie vous

tourne quelquefois un peu le sang, vous ﬞ revenez tout
de suite, et si saintement, que c'est merveille de voir la
force et la bonté que vous avez! Convenez donc que si
l'un de nous doit faire estime de l'autre, c'est moi de
vous, et non pas vous de moi. Je suis un garçon assez raisonnable, voilà tout, et vous êtes une fille d'un grand
cœur et d'une rude gouverne d'elle-même.

— Merci pour le bien que vous pensez de moi, répondit Thérence ; mais peut-être que je n'y ai pas tant de
mérite que vous croyez, mon brave garçon. Vous voulez
me voir amoureuse de Joseph ; cela n'est point! Aussi
vrai que Dieu est mon juge, je n'ai jamais pensé à être sa
femme, et l'attache que j'ai pour lui serait plutôt celle
d'une sœur ou d'une mère.

— Oh! pour cela, je ne suis pas bien sûr que vous ne
vous trompiez pas sur vous-même, Thérence! votre naturel est emporté!

— C'est pour ça, justement, que je ne me trompe point.
J'aime vivement et quasiment follement mon père et mon
frère. Si j'avais des enfants, je les défendrais comme une
louve et les couverais comme une poule; mais ce qu'on
appelle l'amour, ce que, par exemple, mon frère sent pour
Brulette, l'envie de plaire, et un je ne sais quoi qui fait
qu'on s'ennuie seul et qu'on ne peut penser sans souffrance à ce qu'on aime... je ne le sens point et ne m'en
embarrasse point l'esprit. Que Joseph nous quitte pour
toujours s'il doit s'en trouver bien, j'en remercie Dieu, et
ne me désolerai que s'il doit s'en trouver mal.

La manière dont Thérence pensait me donnait bien à
penser aussi. Je n'y comprenais plus grand'chose, tant
elle me paraissait au-dessus de tout le monde et de moi-
même. Je marchai encore un bout de chemin auprès d'elle
sans lui rien dire, et ne sachant guère où s'en allait mon
esprit ; car il me prenait pour elle des bouffées d'amitié,
comme si j'allais l'embrasser d'un grand cœur et sans songer à mal. Puis, tout d'un coup, je la voyais si jeune et si
belle, qu'il me venait comme de la honte et de la crainte.
Quand nous fûmes arrivés à l'auberge, je lui demandai, je
ne sais à propos de quelle idée qui me vint, ce qu'au juste
son père lui avait dit de moi.

— Il a dit, répondit-elle, que vous étiez l'homme du plus
grand bon sens qu'il eût jamais connu.

— Autant vaut dire une bonne bête, pas vrai? repris-je
en riant, un peu mortifié.

— Non pas, répliqua Thérence ; voilà les propres paroles
de mon père : « Celui qui voit le plus clair dans les choses
de ce monde est celui qui agit avec le plus de justice... »
Or donc, le grand bon sens fait la grande bonté, et je ne
crois point que mon père se trompe.

— En ce cas, Thérence, m'écriai-je un peu secoué dans
le fond du cœur, ayez un peu d'amitié pour moi.

— J'en ai beaucoup, répondit-elle en me serrant la main
que je lui tendais ; mais cela fut dit d'un air de franc camarade qui rabattait toute fumée, et je dormis là-dessus
sans plus d'imagination qu'il n'en fallait avoir.

Le lendemain, quand vint l'heure des adieux, Brulette
pleura en embrassant le Grand-Bûcheux, et lui fit promettre
qu'il viendrait nous voir chez nous avec Thérence. Et
puis, ces deux belles filles se firent si grandes caresses et
assurances d'amitié, qu'elles ne se pouvaient quitter.
Joseph présenta ses remercîments à son maître pour tout
le bien et le profit qu'il en avait reçu, et quand ce fut au

tour de Thérence, il essaya de lui rendre les mêmes
grâces ; mais elle le regarda d'un air de franchise qui le
troubla et, se serrant la main, ils ne dirent guère mieux
que : « A revoir, portez-vous bien. »

Ne me sentant pas trop honteux, je demandai à Thérence licence de l'embrasser, pensant en donner le bon
exemple à Joseph ; mais il n'en profita point et monta
vivement sur la voiture pour couper court aux accolades.
Il était comme mécontent de lui et des autres. Brulette se
plaça tout au fond de la charrette, et tant qu'elle put voir
nos amis du Bourbonnais, elle les suivit des yeux, tandis
que Thérence, debout sur la porte, paraissait songer
plutôt que de se désoler.

Nous fûmes assez tristement quasi tout le reste du chemin. Joseph ne disait mot. Il eût peut-être souhaité que
Brulette s'occupât un peu de lui ; mais à mesure que Joseph
avait repris ses forces, Brulette avait repris sa liberté de
penser à celui qui mieux lui plaisait ; et, reportant bonne
part de ses amitiés sur le père et la sœur d'Huriel, elle
songeait à eux et en causait avec moi pour les louer et les
regretter. Et, comme si elle eût laissé tous ses esprits
derrière elle, elle regrettait aussi le pays que nous venions
de quitter. — C'est chose étrange, me disait-elle, comme je
trouve, à mesure que nous approchons de chez nous, que
les arbres sont petits, les herbes jaunes, les eaux endor-
mies. Avant d'avoir jamais quitté nos plaines, je m'imaginais ne pas pouvoir me supporter trois jours dans des
bois ; et, à cette heure, il me semble que j'y passerais
ma vie aussi bien que Thérence, si j'avais mon vieux père
avec moi.

— Je ne peux pas en dire autant, cousine, lui répondis-
je. Pourtant, s'il le fallait, je pense que je n'en mourrais
point ; mais que les arbres soient tant grands, les herbes
tant vertes et les eaux tant vives qu'elles voudront, j'aime
mieux une ortie en mon pays qu'un chêne en pays d'étrangers. Le cœur me saute de joie à chaque pierre et à chaque
buisson que je reconnais, comme si j'étais absent depuis
deux ou trois ans, et quand je vais apercevoir le clocher de
notre paroisse, je lui veux, pour sûr, bailler un bon coup
de chapeau.

— Et toi, Joset? dit Brulette, qui prit enfin garde à l'air
ennuyé de notre camarade. Toi qui es absent depuis plus
d'une année, n'es-tu pas content d'approcher de ton endroit ?

— Excuse-moi, Brulette, répondit Joseph ; je ne sais pas
de quoi vous parlez. J'avais dans la tête de me souvenir de
la chanson du Grand-Bûcheux, et il y a, au milieu, une
petite revirade que je ne peux pas rattraper.

— Bah! dit Brulette, c'est quand la chanson dit : *J'entends le rossignolet.*

Et, le disant, elle le chanta tout au juste, ce dont Joseph,
comme réveillé, sauta de joie sur la charrette en frappant
ses mains.

— Ah! Brulette, dit-il, que tu es donc heureuse de te
souvenir comme ça! Encore, encore *J'entends le rossignolet !*

— J'aime mieux dire toute la chanson, fit-elle, et elle
nous la chanta tout entière sans en omettre un mot; ce qui
mit Joseph en si grande joie, qu'il lui serra les mains en
lui disant avec un courage dont je ne l'aurais pas cru
capable, qu'il n'y avait qu'un musicien pour être digne de
son amitié.

— Le fait est, dit Brulette, qui songeait à Huriel, que si j'avais un bon ami, je le souhaiterais beau sonneur et beau chanteur.

— Il est rare d'être l'un et l'autre, reprit Joseph. La sonnerie casse la voix, et sauf le Grand-Bûcheux...

— Et son fils! dit Brulette, parlant à l'étourdie.

Je lui poussai le coude, et elle voulut parler d'autre chose; mais Joseph, qui n'était pas sans être mordu de jalousie, revint sur la chanson.

— Je crois, dit-il, que quand le père Bastien l'a mise en paroles, il a songé à trois garçons de notre connaissance; car je me souviens d'une causerie que nous avons eue avec lui à souper, le jour de votre arrivée dans les bois.

— Je ne m'en souviens pas, dit Brulette en rougissant.

— Si fait, moi, reprit Joseph. On parlait de l'amour des filles, et Huriel disait que cela ne se gagnait point à croix ou pile. Tiennet assurait, en riant, que la douceur et la soumission ne servaient de rien, et que, pour être aimé, il fallait plutôt se faire craindre que d'être trop bon; Huriel reprit pour contredire Tiennet, et moi j'écoutai sans parler. Ne serait-ce pas moi, *celui qui porte la rose? le plus jeune des trois? Il aime, mais il n'ose?* Dites donc le dernier couplet, Brulette, puisque vous le savez si bien! N'y a-t-il pas: *On donne à qui demande?*

— Puisque tu le sais aussi bien que moi, dit Brulette un peu piquée, retiens-le pour le chanter à la première bonne amie que tu auras. S'il plaît au Grand-Bûcheux de mettre en chansons les discours qu'il entend, ce n'est pas à moi d'en tirer la conséquence. Je n'y entends encore rien pour ma part. Mais j'ai les fourmis dans les pieds, et, pendant que le cheval monte la côte, je veux me dégourdir un peu.

Et, sans attendre que j'eusse repris les rênes pour arrêter le cheval, elle sauta sur le chemin et se mit à marcher en avant, aussi légère qu'une bergeronnette.

J'allais descendre aussi; Joseph me retint par le bras, et, toujours suivant son idée : — N'est-ce pas, dit-il, qu'on méprise également ceux qui marquent trop leur vouloir, et ceux qui ne le marquent pas du tout?

— Si c'est pour moi que tu dis ça...

— Je ne dis ça pour personne. Je reprends la causerie que nous avions là-bas et qui s'est tournée en chanson contre tes paroles et contre mon silence. Il paraît que c'est Huriel qui a gagné le procès auprès de la fillette.

— Quelle fillette? dis-je, impatienté; car Joseph n'avait point mis sa confiance en moi jusqu'à cette heure, et je ne lui savais point de gré de me le donner par dépit.

— Quelle fillette? reprit-il d'un air de moquerie chagrine? celle de la chanson!

— Eh bien, quel procès Huriel a-t-il gagné? Cette fillette-là demeure donc bien loin, puisque le pauvre garçon est parti pour le Forez?

Joseph resta un moment à songer; puis il reprit: — Il n'en est pas vrai qu'il ait raison, quand il disait qu'entre le commandement et le silence, il y avait la prière. Ça revient toujours un peu à ton premier dire, qui était que, pour être écouté, il ne faut point trop aimer. Celui qui aime trop est craintif; il ne se peut arracher une parole du ventre, et on le juge sot parce qu'il est transi de désir et de honte.

— Sans doute, répondis-je. J'ai passé par là en mainte occasion; mais il m'est quelquefois arrivé de si mal parler,

que j'aurais mieux fait de me taire : j'aurais pu me flatter plus longtemps.

Le pauvre Joseph se mordit la langue et ne parla plus. J'eus regret de l'avoir fâché, et, cependant, je ne me pouvais défendre de trouver sa jalousie bien mal plantée sur le terrain d'Huriel, étant à ma connaissance que ce garçon l'avait servi de son mieux à son propre détriment, et je pris, de ce moment, la jalousie en si mauvaise estime, que, depuis, je n'en ai plus jamais senti la piqûre, et ne l'aurais sentie, je crois, qu'à bonnes enseignes.

J'allais cependant lui parler plus doucement, quand nous vîmes que Brulette, qui marchait toujours devant, s'était arrêtée au bord du chemin pour parler avec un moine qui me semblait gros et court comme celui dont nous avions fait connaissance au bois de Chambérat. Je fouillai le cheval, et je m'assurai que c'était bien le même frère Nicolas. Il avait demandé à Brulette s'il était loin de notre bourg, et, comme il s'en fallait encore d'une petite lieue et qu'il se disait bien fatigué, elle lui avait fait offre de monter sur notre voiture pour gagner l'endroit.

Nous lui fîmes place, ainsi qu'à un grand corbillon couvert qu'il portait, et qu'il posa, avec précaution, sur ses genoux. Aucun de nous ne songea à lui demander ce que c'était, excepté moi peut-être, qui suis d'un naturel un peu curieux; mais j'aurais craint de manquer à l'honnêteté que je lui devais, car les frères quêteurs ramassaient dans leurs courses toutes sortes de choses qu'ils se faisaient donner par la dévotion des marchands et qu'ils revendaient ensuite au profit de leur couvent. Tout leur était bon pour ça, commerce, mêmement des affiquets de femme, qu'on était quelquefois bien étonné de voir dans leurs mains, et dont quelques-uns n'osaient pas trafiquer ouvertement.

Je repris le trot, et bientôt nous avisâmes le clocher, et puis les vieux ormeaux de la place, et puis toutes les maisons grandes et petites du bourg, qui ne me firent pas autant de plaisir que je m'en étais promis, la rencontre de frère Nicolas m'ayant remis en mémoire des choses tristes et qui me donnaient un restant d'inquiétude. Je vis cependant qu'il était sur ses gardes aussi bien que moi, car il ne me dit pas un mot devant Brulette et Joseph, qui pût faire croire que nous nous étions vus ailleurs qu'à la fête, et que lui ou moi en savions plus long que bien d'autres sur ce qui s'y était passé.

C'était un homme agréable et d'humeur joviale qui m'aurait pourtant diverti dans un autre moment; mais j'étais pressé d'arriver et de me trouver seul avec lui, pour lui demander s'il avait eu, de son côté, quelque nouvelle de l'aventure. A l'entrée du bourg, Joseph sauta à terre, et, quelque chose que Brulette pût lui dire pour le faire venir se reposer chez son père, il prit le chemin de Saint-Chartier, disant qu'il viendrait saluer le père Brulet quand il aurait vu et embrassé sa mère.

Il me sembla que le carme l'y poussait comme à son premier devoir, mais avec l'envie de le faire partir. Et puis, au lieu d'accepter l'offre que je lui fis de venir souper et coucher en mon logis, il me dit qu'il s'arrêterait seulement une heure en celui du père Brulet, à qui il avait affaire.

— Vous serez le bienvenu, lui dit Brulette; mais connaissez-vous donc mon grand-père? Je ne vous ai encore jamais vu chez nous?

— Je ne connais ni votre endroit, ni votre famille, répondit le moine ; mais je suis pourtant chargé d'une commission que je ne peux dire que chez vous.

— Je revins à mon idée qu'il avait, dans son panier, des dentelles ou des rubans à vendre, et qu'ayant ouï dire, aux environs, que Brulette était la plus pimpante de l'endroit, outre qu'il l'avait vue très-requinquée à la fête de Chambérat, il souhaitait lui montrer sa marchandise, sans s'exposer à la critique, qui, dans ce temps-là, n'épargnait guère ni bons ni mauvais moines.

Je pensai que c'était aussi l'idée de Brulette, car, lorsqu'elle descendit la première devant sa porte, elle tendit les deux mains pour prendre la corbeille, lui disant : — Ne craignez rien, je me doute de ce que c'est. Mais le carme refusa de s'en séparer, disant, de son côté, que c'était de valeur et craignait la casse.

— Je vois, mon frère, lui dis-je tout bas, en le retenant un peu, que vous voilà bien affairé. Je ne vous veux point déranger ; c'est pourquoi je vous prie de me dire vite s'il y a du nouveau pour l'affaire de là-bas.

— Rien que je sache, me dit-il en parlant de même point de nouvelles, bonnes nouvelles. Et, me secouant la main avec amitié, il entra en la maison de Brulette, où déjà elle était pendue au cou de son grand-père.

Je pensais que ce vieux, qui d'ordinaire était fort honnête, me devait quelque bon accueil et beau remerciment pour le grand soin que j'avais eu d'elle ; mais, au lieu de me retenir un moment, comme s'il eût été encore plus pressé de l'arrivée du carme que de la nôtre, il le prit par la main et le conduisit au fond de la maison, en me disant qu'il me priait de l'excuser s'il avait besoin d'être seul avec sa fille pour des affaires de conséquence.

DIX-NEUVIÈME VEILLÉE.

Je ne suis pas beaucoup choquable, et cependant je me trouvai choqué d'être si mal reçu, et m'en fus chez nous remiser ma carriole et m'informer de ma famille. Et puis, la journée étant trop avancée pour se mettre au travail, je dévallai par le bourg pour voir si chaque chose était en sa place, et n'y trouvai aucun changement, sinon qu'un des arbres couchés sur le communal, devant la porte du sabotier, avait été débité en sabots, et que le père Godard avait ébranché son peuplier et mis de la tuile neuve sur son courtil.

J'avais cru que mon voyage dans le Bourbonnais aurait fait plus de bruit, et je m'attendais à tant de questions que j'aurais fort à faire d'y répondre ; mais le monde de chez nous est très-indifférent, et, pour la première fois, je m'avisai qu'il était même endormi à toutes choses, car je fus obligé d'apprendre à plusieurs que j'arrivais de loin. Ils ne savaient seulement point que je me fusse absenté.

Vers le soir, comme je retournais à mon logis, je rencontrai le carme qui s'en allait à La Châtre, et qui me dit, de la part du père Brulet, qu'il me voulait avoir à souper.

Qui fut bien étonné, en entrant chez Brulette ? ce fut moi, d'y trouver le grand-père, assis d'un côté et la belle de l'autre, regardant sur la table, entre eux deux, la corbeille du moine, ouverte, et remplie d'un gros gars d'environ un an, assis sur un coussin et s'essayant à manger des guignes noires, dont il s'embarbouillait tout le museau !

Brulette me sembla d'abord très-pensive et même triste ; mais quand elle vit mon étonnement, elle ne se put retenir de rire ; après quoi elle s'essuya les yeux et me parut avoir versé quelques larmes, plutôt de chagrin ou de dépit, que de gaieté.

— Allons, dit-elle enfin, ferme la porte et nous écoute. Voilà mon père qui veut te mettre au fait du beau cadeau que le moine nous a apporté.

— Vous saurez, mon neveu, dit le père Brulet, qui jamais ne riait d'aucune chose plaisante, non plus qu'il ne se troublait d'aucun souci, que voilà un enfant orphelin dont nous nous sommes arrangés avec le carme, pour prendre soin, moyennant pension. Nous ne connaissons à cet enfant ni père, ni mère, ni pays, ni rien. Il s'appelle Charlot, voilà tout ce que nous en savons. La pension est bonne, et le carme nous a donné la préférence, pour ce qu'il avait rencontré ma fille en Bourbonnais ; et, comme il lui avait été dit d'où elle était, et que c'était une personne bien comme il faut, n'ayant pas grand bien, mais n'étant chargée d'aucune misère et pouvant disposer de son temps, il a pensé à lui faire plaisir et à lui rendre service en lui donnant la garde et le profit de ce marmot.

Encore que la chose fût assez étonnante, je ne m'en étonnai pas dans le premier moment, et demandai seulement si ce carme était anciennement connu du père Brulet, pour qu'il eût fiance en ses paroles, au sujet de la pension.

— Je ne l'avais jamais vu, dit-il ; mais je sais qu'il est venu plusieurs fois dans les environs, et qu'il est connu de gens dont je suis sûr, et qui m'avaient déjà annoncé de sa part, il y a deux ou trois jours, l'affaire dont il me voulait parler. D'ailleurs, une année de la pension est payée par avance, et quand l'argent manquera, il sera temps de s'en tourmenter.

— A la bonne heure, mon oncle ; vous savez ce que vous avez à faire ; mais je ne me serais pas attendu à voir ma cousine, qui aime tant sa liberté, s'embarrasser d'un marmot qui ne lui est de rien, et qui, sans vous offenser par conséquent, n'est pas bien gentil dans son apparence.

— Voilà ce qui me fâche, dit Brulette, et ce que j'étais en train de dire à mon père quand tu es entré céans. — Et elle ajouta, en frottant le bec du petit avec son mouchoir : — J'ai beau l'essuyer, il n'en a pas la bouche mieux fendue, et j'aurais pourtant souhaité faire mon apprentissage avec un enfant agréable à caresser. Celui-ci paraît de mauvaise humeur et ne répond à aucune risée. Il ne regarde que la mangeaille.

— Bah ! dit le père Brulet, il n'est pas plus vilain qu'un autre enfant de son âge, et quant à devenir mignon, c'est ton affaire. Il est fatigué d'avoir voyagé et ne sait point où il en est, ni ce qu'on lui veut.

Le père Brulet étant sorti pour aller chercher son couteau, qu'il avait laissé chez la voisine, je commençai à m'étonner davantage en me trouvant seul avec Brulette. Ell éparaissait contrariée par moments, et même peinée pour tout de bon.

— Ce qui me tourmente, dit-elle, c'est que je ne sais

point soigner un enfant. Je ne voudrais pas laisser souffrir une pauvre créature qui ne se peut aider en rien; mais je m'y trouve si maladroite, que j'ai regret d'avoir été jusqu'à cet heure peu portée à m'occuper de ce petit monde-là.

— En effet, lui dis-je, tu ne me parais. point née à ce métier, et je ne comprends pas que ton grand-père, lequel je n'ai jamais connu intéressé, te donne une pareille charge pour quelques écus de plus au bout de l'année.

— Tu parles comme un riche, reprit-elle. Songe que je n'ai rien en dot, et que la peur de la misère est ce qui m'a toujours détournée du mariage.

— Voilà une mauvaise raison, Brulette; car tu as été et tu seras encore recherchée par de plus riches que toi, qui t'aiment pour tes beaux yeux et ton joli ramage.

— Mes beaux yeux passeront, et mon joli ramage ne me servira de rien quand la beauté s'en ira. Je ne veux pas qu'on me reproche, au bout de quelques années, d'avoir dépensé ma dot d'agréments et de n'en avoir pas apporté une plus solide dans le ménage.

— C'est donc que tu penses pour de bon à te marier, depuis que nous sommes revenus du Bourbonnais? Voici la première fois que je t'entends faire des projets d'épargne.

— Je n'y pense pas plus que je n'y pensais, répondit-elle d'un ton moins assuré qu'à l'ordinaire; mais je n'ai jamais dit que je voulusse rester fille.

— Si fait, si fait, tu penses à t'établir, lui dis-je en riant. Tu n'as pas besoin de t'en cacher avec moi, je ne te demande plus rien, et ce que tu fais en te chargeant de ce petit malheureux riche que voilà, lequel a des écus et point de mère, me marque bien que tu veux faire ton meuriot[1]. Sans cela, ton grand-père, que tu as toujours gouverné comme s'il était ton petit-fils, ne t'aurait pas forcé la main pour prendre un pareil gars en sevrage.

Brulette prit alors l'enfant pour l'ôter de dessus la table et mettre le couvert, et, en le portant sur le lit de son grand-père, elle le regarda d'un air fort triste.

— Pauvre Charlot! dit-elle, je ferai bien pour toi mon possible, car tu es à plaindre d'être venu au monde, et m'est avis qu'on ne t'y avais point souhaité.

Mais sa gaieté fut vite revenue, et mêmement elle eut de grandes risées de souper, en faisant manger Charlot, qui avait l'appétit d'un petit loup t répondait à toutes ses prévenances en lui voulant griffer la figure.

Sur les huit heures du soir, Joseph entra et fut bien accueilli du père Brulet; mais j'observai que Brulette, qui venait de remettre Charlot sur le lit, tira vivement la courtine comme pour le cacher, et parut tourmentée tout le temps que Joseph demeura. J'observai aussi qu'il ne lui fut pas dit un mot de cette singulière trouvaille, ni par le vieux ni par Brulette, et je pensai devoir m'en taire pareillement pour leur complaire.

Joseph était chagrin et répondait le moins possible aux questions de mon oncle. Brulette lui demanda s'il avait trouvé sa mère en bonne santé, et si elle avait été bien surprise et bien contente de le voir. Et, comme il disait *oui* tout court à chaque chose, elle lui demanda encore s'il ne s'était pas trop fatigué en allant à Saint-Chartier, de son pied, et en revenant le soir même.

— Je ne voulais point passer la journée, dit-il, sans

1. Provision de fruits qu'on fait mûrir après la cueillette.

rendre mes devoirs à votre grand-père, et, à présent, je me sens fatigué pour de vrai et m'en irai passer la nuit chez Tiennet, si je ne le dérange point.

Je lui répondis qu'il me ferait plaisir, et l'emmenai à la maison, où, quand nous fûmes couchés, il me dit:

— Tiennet, me voilà autant sur mon départ comme sur mon arrivée. Je ne suis venu au pays que pour quitter le bois de l'Alleu, qui m'était tourné en déplaisance.

— Et c'est le tort que tu as, Joseph; tu étais là chez des amis qui remplaçaient ceux que tu avais quittés...

— Enfin, c'est mon idée, dit-il un peu sèchement; mais, prenant un ton plus doux, il ajouta: —Tiennet! Tiennet! il y a des choses qu'on peut dire, et il y en a aussi qu'on doit taire. Tu m'as fait du mal aujourd'hui, en me donnant à entendre que je ne serais peut-être jamais agréé de Brulette.

— Joseph, je ne t'ai rien dit de pareil, par la raison que je ne sais point si tu songes à ce que tu dis là.

— Tu le sais, reprit-il, et mon tort est de n'en avoir jamais ouvert mon cœur avec toi. Mais que veux-tu? Je ne suis point de ceux qui se confessent aisément, et les choses qui me tracassent le plus sont celles dont je m'explique le moins volontiers. C'est mon malheur, et je crois que je n'ai point d'autre maladie qu'une idée toujours tendue aux mêmes fins, et toujours rentrée au moment qu'elle me vient sur les lèvres. Écoute-moi donc, pendant que je peux causer, car Dieu sait pour combien de temps je vas redevenir muet. J'aime, et je vois que je ne suis point aimé. Il y a si longues années qu'il en est ainsi (car j'aimais déjà Brulette alors qu'elle était une enfant), que je suis accoutumé à ma peine. Je ne me suis jamais flatté de lui plaire, et j'ai vécu avec la croyance qu'elle ne ferait jamais attention à moi. A présent, j'ai vu par sa venue en Bourbonnais que j'étais quelque chose pour elle, et c'est ce qui m'a rendu la force et la volonté de ne point mourir. Mais je sais très-bien qu'elle a vu là-bas quelqu'un qui lui conviendrait mieux que moi.

— Je n'en sais rien, répondis-je; mais si cela était, ce quelqu'un-là ne t'aurait pas donné sujet de plainte ou de reproche.

— C'est vrai, reprit Joseph, mon dépit est injuste; d'autant plus qu'Huriel, connaissant Brulette pour une honnête fille, et n'étant pas en position de se marier avec elle, tant qu'il sera de la confrérie des muletiers, a de lui-même fait ce qu'il devait faire en s'éloignant d'elle pour longtemps. Je peux donc avoir espérance de me revenir présenter à Brulette, un peu plus méritant que je ne le suis. A cette heure, je ne me puis souffrir ici, car je sens que je n'y apporte rien de plus que par le passé. Il y a quelque chose dans l'air et dans les paroles de chacun qui me dit: « Tu es malade, tu es maigre, tu es laid, tu es faible, et tu ne sais rien de bon ni de neuf pour nous intéresser à toi! » Oui, Tiennet, et ce que je te dis est certain: ma mère a eu comme peur de ma figure en me voyant paraître, et elle a versé tant de larmes en m'embrassant, que la peine y était pour plus que la joie. Ce soir encore, Brulette a eu l'air embarrassé en me voyant chez elle, et son grand-père, tout brave homme et bon ami qu'il est pour moi, a paru inquiet si j'allongerais ou non sa veillée. Ne dis pas que je me suis imaginé tout cela. Comme tous ceux qui parlent peu, je vois beaucoup. Mon temps n'est donc pas venu: il faut que je parte, et le plus tôt sera le mieux.

— Je crois, lui dis-je, qu'il faudrait au moins prendre

quelques journées pour te reposer ; car m'est avis que tu veux t'éloigner beaucoup d'ici, et je ne trouve pas de bonne amitié que tu nous mettes sur ton compte dans des inquiétudes que tu nous pourrais épargner.

— Sois tranquille, Tiennet, répondit-il. J'ai la force qu'il faut, et ne serai plus malade. Je sais une chose, à présent, c'est que les corps chétifs, à qui Dieu n'a pas donné grands ressorts, sont pourvus d'un vouloir qui les mène mieux que la grosse santé des autres. Je n'ai rien inventé quand je vous ai dit là-bas que j'avais été comme renouvelé en voyant Huriel se battre si hardiment, et que, tout éveillé, dans la nuit, j'avais ouï sa voix me dire : « Sus ! sus ! je suis un homme, et tant que tu n'en seras pas un, tu ne compteras pour rien. » Je me veux donc départir de ma pauvre nature, et revenir ici aussi bon à voir et meilleur à entendre que tous les galants de Brulette.

— Mais, lui dis-je encore, si elle fait son choix avant ton retour ? La voilà qui prend dix-neuf ans, et pour une fille courtisée comme elle l'est, il est temps qu'elle se décide.

— Elle ne se décidera que pour Huriel ou pour moi, répondit Joseph d'une voix assurée. Il n'y a que lui ou moi qui soyons faits pour lui donner de l'amour. Excuse-moi, Tiennet, je sais, ou, tout au moins, je crois que tu y as songé...

— Oui, répondis-je, mais je n'y songe plus.

— Et bien tu fais, dit Joseph, car tu n'aurais point été heureux avec elle. Elle a des goûts et des idées qui ne sont pas du terrain où elle a fleuri, et il faut qu'un autre vent la secoue. Celui qui souffle ici n'est pas assez subtil et ne pourrait que la dessécher. Elle le sent bien, malgré qu'elle ne le sache point dire, et je te réponds que si Huriel ne me trahit point, je la retrouverai libre dans un an et même dans deux.

Là-dessus, Joseph, comme épuisé de s'être abandonné si longtemps, laissa retomber sa tête sur l'oreiller et s'endormit. Il y avait bien une heure que je me débattais pour ne pas lui en donner exemple, car j'étais las tout mon soûl ; mais quand, à la levée du jour, j'appelai Joseph, rien ne me répondit. Je le cherchai ; il était parti sans réveiller personne.

Brulette alla, dans le jour, voir la Mariton, disant que c'était pour lui apprendre doucement la chose et savoir ce qui s'était passé entre elle et son fils. Elle ne voulut point de ma compagnie pour cette visite, et me dit, au retour, qu'elle n'avait pu beaucoup la faire expliquer, parce que son maître Benoît était malade et même en danger pour un coup de sang. J'augurai que cette femme, obligée de soigner son bourgeois, n'avait pas pu, la veille, s'occuper de son garçon autant qu'elle l'aurait souhaité, et que Joseph en avait pris de la jalousie, comme son naturel annonçait de s'y porter en toutes choses.

— Cela est vrai, me dit Brulette ; à mesure que Joset s'est déniaisé par l'ambition, il est devenu exigeant, et je crois que je l'aimais mieux simple et soumis comme il était d'abord.

Et comme je racontai à Brulette, tout ce qu'il m'avait dit la veille, avant de s'endormir : — S'il a un si beau vouloir, dit-elle, nous ne ferions que le contrarier en nous tourmentant de lui plus qu'il ne le souhaite. Qu'il s'en aille donc à la garde de Dieu ! Si j'étais une coquette mauvaise comme tu me l'as quelquefois reproché dans le temps, je serais fière d'être la cause que ce garçon en cherche si

long pour élever son esprit et son sort ; mais cela n'est point, et je regrette plutôt qu'il n'agisse pas seulement en vue de sa mère et de lui-même.

— Mais n'a-t-il pas raison pourtant, quand il dit que tu ne pourras choisir qu'entre Huriel et lui ?

— J'ai du temps pour penser à cela, dit-elle en riant des lèvres sans que sa figure en fût égayée, puisque voilà les deux seuls galants que Joseph me permette, s'enfuyant de moi de toutes leurs jambes.

Pendant une semaine, l'arrivée de l'enfant que le moine avait apporté chez Brulette fit la nouvelle du bourg et le tourment des curieux. Il en fut bâti tant d'histoires que, pour un peu, Charlot aurait été le fils d'un prince, et chacun voulait emprunter de l'argent ou vendre des biens au père Brulet, estimant que la pension qui avait pu décider sa fille à un métier si contraire à ses goûts devait être le revenu d'une province, à tout le moins. On s'étonna vite de voir que le vieux et la fillette ne changeaient rien à leur pauvre vie, ne quittaient point leur petit logis et n'y ajoutaient qu'un berceau pour coucher l'enfant et une écuelle pour lui faire sa soupe. Il en fallut donc rabattre ; mais des commères, qui n'en voulaient point avoir sitôt le démenti, commencèrent à critiquer mon oncle sur son avarice, et même à le blâmer, prétendant qu'on ne faisait pas, pour le soin de cet enfant, tout ce qui était dû en rapport d'un si gros profit.

La jalousie des uns et le mécontentement des autres lui firent donc des ennemis qu'il n'avait jamais eus, dont bien il s'étonna ; car il était homme simple et d'une si bonne religion, qu'il n'avait pas seulement prévu qu'une telle chose ferait tant parler. Mais Brulette n'en fit que rire, et lui persuada de n'y point donner attention.

Cependant les jours et les semaines se suivirent, sans qu'il nous vînt aucune nouvelle de Joseph, d'Huriel, du Grand-Bûcheux ni de Thérence. Brulette envoya des lettres à Thérence, moi à Huriel, et il ne nous fut fait aucune réponse. Brulette s'en affligea et en prit même du dépit ; si bien qu'elle me dit vouloir ne plus songer à des étrangers, qui n'avaient pas seulement mémoire d'elle et ne lui retournaient pas l'amitié qu'elle leur avait avancée.

Elle recommença donc à se faire belle et à se montrer aux danses, car les galants se tourmentaient de son air triste et du mal de tête dont elle se plaignait souvent depuis son voyage en Bourbonnais. Ce voyage même avait bien été un peu critiqué, et on avait dit qu'elle avait par là une amour cachée, soit pour Joseph, soit pour un autre. On souhaitait qu'elle se montrât encore plus aimable que de coutume, pour lui pardonner de s'être absentée sans consulter personne.

Brulette était trop fière pour s'en tirer par des câlineries ; mais le goût qu'elle avait pour le plaisir l'emportant de ce côté-là, elle essaya de confier la garde de Chartot à sa voisine, la mère Lamouche, et de se donner, comme par le passé, de l'étourdissement.

Or, un soir que je revenais avec elle du pèlerinage de Vaudevant, qui est une grande fête, nous ouïmes Charlot brailler, du plus loin que nous pouvions accourir vers la maison. — Ce maudit gars, me dit Brulette, ne décote pas d'être en malice, et je ne sais qui serait capable de le gouverner.

— Es-tu sûre, lui dis-je, que la Lamouche en prend le soin qu'elle t'a promis ?

— Sans doute, sans doute. Elle n'a que ça à faire, et je l'en récompense de manière à la contenter.

Mais Charlot braillait toujours, et la maison nous paraissait fermée comme si tout le monde en fût sorti.

Brulette se mit à courir et eut beau cogner à la porte de la voisine, personne ne répondit, sinon Charlot qui criait encore plus fort, soit de peur, soit d'ennui ou de rage.

Je fus obligé de monter sur le chaume de la maison et de descendre en la chambre par la trappe du fenil. J'ouvris vitement la porte à Brulette, et nous vîmes Charlot tout seul, se roulant dans les cendres, où, par bonheur, il ne se trouvait plus de feu, et violet comme une bette à force de hurler.

— Oui-dà ! dit Brulette, est-ce ainsi qu'on garde ce pauvre petit malheureux ? Allons ! qui prend enfant prend maître. J'aurais dû le savoir, et ne me point charger de celui-ci ou renoncer à tout divertissement.

Elle emporta Charlot en son logis, moitié apitoyée, moitié impatientée, et, l'ayant lavé, repu et reconsolé de son mieux, elle le mit dormir et s'assit bien soucieuse, la tête dans ses mains. J'essayai de lui remontrer qu'il n'était pas malaisé, en faisant le sacrifice de l'argent qu'elle empochait, de confier ce petit à quelque femme bien douce et bien soigneuse.

— Non, fit-elle. Il faudra toujours le surveiller, puisque j'ai répondu de lui, et tu vois ce que c'est que la surveillance. Pour un jour qu'on croit pouvoir y manquer, c'est justement ce jour-là qu'il aurait fallu n'y manquer point. D'ailleurs, cela ne se peut, ajouta-t-elle en pleurant. Ce serait mal, et je me le reprocherais toute ma vie.

— Tu aurais tort, si l'enfant doit y gagner. Il n'est point heureux chez toi ; il pourrait l'être ailleurs.

— Comment ! il n'est point heureux ? J'espère que si, sauf les jours où je m'absente. Eh bien, je ne m'absenterai plus.

— Je te dis qu'il n'est guère mieux les autres jours.

— Comment ! comment ! dit encore Brulette, frappant ses mains avec dépit, où prends-tu cela ? M'as-tu jamais vue le maltraiter ou seulement le menacer ? Puis-je l'empêcher d'être d'un naturel mal plaisant et rechigneux ? Il serait à moi que je ne saurais faire davantage.

— Oh ! je sais que tu ne lui fais aucun mal et ne le laisses souffrir de rien, parce que tu es douce chrétienne ; mais enfin, tu ne saurais l'aimer, cela ne dépend pas de toi, et, sans le savoir, il le sent si bien qu'il n'est porté à aimer et à caresser personne. Les animaux ont bien la connaissance du bon vouloir ou de la répugnance qu'ils nous occasionnent ? Pourquoi les petits humains ne l'auraient-ils pas ?

VINGTIÈME VEILLÉE.

Brulette rougit, bouda, pleura encore et ne répondit point ; mais le lendemain, je la trouvai menant ses bêtes aux champs et ayant avec elle, contre son habitude, le gros Charlot sur ses bras. Elle s'assit au milieu du pâturage, et l'enfant se roulant sur sa robe, elle me dit :

— Tiennet, tu avais raison hier. Tes reproches m'ont donné à penser, et mon parti en est pris. Je ne promets pas d'aimer beaucoup ce Charlot, mais au moins d'agir tout comme, et peut-être que Dieu m'en récompensera un jour en me donnant des enfants plus mignons que celui-là.

— Eh ! ma mie, lui répondis-je, je ne sais où tu prends ce que tu dis et ce que tu penses. Je ne t'ai fait aucun reproche, et je n'en ai à te faire que sur l'entêtement où te voilà d'élever toi-même ce vilain gars. Voyons, veux-tu que je fasse écrire à ce carme, ou que je l'aille trouver, pour qu'il lui cherche une autre famille ? Je sais où est son couvent, et j'aime mieux encore faire un voyage que de te voir condamnée à de pareilles galères.

— Non, non Tiennet, dit Brulette, il ne faut pas seulement penser à changer ce qui est convenu. Mon père a promis pour moi, et j'ai dû l'approuver. Si je pouvais te dire... mais je ne le peux pas. Sache seulement une chose, c'est que l'argent n'est pour rien dans le marché, et que, ni mon père ni moi, ne voudrions accepter un denier en payement du devoir qui nous est commandé.

— Voilà que tu m'étonnes de plus en plus. A qui donc cet enfant ? c'est donc à des personnes de votre parenté ? de la mienne, par conséquent ?

— Ça se peut, dit-elle. Nous avons de la famille au loin d'ici. Mais prends que je ne te dis rien, car je ne le peux ni ne le dois. Seulement laisse croire que ce marmot nous est étranger et que nous en sommes payés. Autrement les mauvaises langues accuseraient peut-être des personnes qui ne le méritent point.

— Diantre ! lui dis-je, tu me mets le marteau dans la tête ! J'ai beau chercher...

— Justement, il ne faut pas chercher. Je te le défends ; quand même, je suis sûre que tu ne trouverais rien.

— A la bonne heure ; mais alors, tu vas donc te mettre en sevrage de divertissements comme ce gars est en sevrage de nourrice ? Le diable soit de la parole de ton grand-père !

— Mon grand-père a bien agi, et si je l'avais contredit, j'aurais été une sans-cœur. Aussi, je te répète que je ne veux point m'y mettre à moitié, quand j'y devrais périr d'ennui...

Brulette avait une tête. De ce jour-là, il se fit en elle un changement tel, qu'on ne la reconnaissait point. Elle ne quittait plus la maison que pour faire pâturer ses ouailles et sa chèvre, toujours en compagnie de Charlot ; et, quand elle l'avait couché le soir, elle prenait son ouvrage et veillait au dedans. Elle n'alla plus à aucune danse et n'acheta plus de belles nippes, n'ayant plus occasion de s'en attifer.

A ce dur métier-là, elle devint sérieuse et même triste, car elle se vit bientôt délaissée. Il n'est si jolie fille qui, pour avoir de l'entourage, ne soit forcée d'être aimable, et Brulette, ne montrant plus aucun souci de plaire, fut jugée maussade pour avoir trop donné de son esprit par le passé.

A mon sens, elle n'avait changé qu'en mieux, car n'ayant jamais fait la coquette, mais seulement la princesse avec moi, elle me paraissait plus douce en son parler, plus sensée et plus intéressante en sa conduite ; mais il n'en fut pas jugé ainsi. Elle avait laissé prendre assez d'espérance à tous ses galants pour que chacun se trouvât offensé de son abandon, comme s'il eût eu des droits ; et, encore que sa

4

coquetterie eût été très-innocente, elle en fut punie comme d'un dommage qu'elle aurait fait supporter aux autres ; ce qui prouve, à mon idée, que les hommes ont autant, sinon plus de vanité que les femmes, et ne trouvent pas qu'on en fasse jamais assez pour contenter ou ménager l'estime qu'ils ont d'eux-mêmes.

Ce qu'il y a de sûr, à tout le moins, c'est qu'il y a bien du monde injuste, mêmement parmi ces jeunes gens qui paraissent si bons enfants et serviteurs si réjouis, tant qu'ils sont amoureux. Plusieurs de ceux-là tournèrent à l'aigre, et j'eus, plus d'une fois, des mots avec eux pour défendre ma cousine du blâme qu'on lui donnait. Ils se trouvèrent malheureusement soutenus par les commères et les intéressés qui jalousaient la prétendue fortune du père Brulet ; si bien que Brulette, informée de ces malices, fut obligée de défendre sa porte à des curieux mal intentionnés, ou à de lâches amis qui, par faiblesse, répétaient ce qu'ils avaient ouï dire aux autres.

Ce fut de cette manière qu'en moins d'une année, la reine du bourg, la rose de Nohant, fut abîmée des méchants, et abandonnée des sots. On fit d'elle des diffamations si noires, que je tremblais qu'elle n'en eût connaissance, et que, moi-même, j'en étais par des fois tourmenté et embarrassé d'y répondre.

La plus forte des menteries, mais à laquelle le père Brulet aurait bien dû s'attendre, c'est que Charlot n'était ni un pauvre champi abandonné, ni un fils de prince élevé en secret, mais bien l'enfant de Brulette. J'avais beau remontrer que cette jeunesse ayant toujours vécu ouvertement sous les yeux du monde, et n'ayant jamais favorisé personne en particulier, ne pouvait pas avoir commis une faute si difficile à cacher. On me répondait par l'exemple d'une telle et d'une telle, qui avaient bien gaillardement dissimulé leur état jusqu'au dernier jour, et avaient reparu, quasi le lendemain, aussi tranquilles et réveillées que si de rien n'était, et même avaient réussi à cacher les conséquences, jusque après s'être mariées avec les auteurs ou les dupes de leur faute. Cela était malheureusement arrivé plus d'une fois chez nous. Dans nos petits bourgs de campagne, où les maisons sont toutes parsemées emmi les jardins, et séparées les unes des autres par des chènevières, des luzernières, voire des champs assez étendus, il n'est pas aisé de voir et d'entendre à toute heure de nuit les uns chez les autres, et, de tout temps, il s'est passé bien des choses dont le bon Dieu seul a fait le jugement.

Une des plus enragées langues était celle de la mère Lamouche, depuis que Brulette l'avait surprise dans son tort et lui avait retiré la garde de l'enfant. Elle avait été si longtemps la servante volontaire et le chien couchant de Brulette, qu'elle ne s'arrangeait plus de ne rien gagner avec elle, et, pour s'en revancher, elle inventait tout ce qu'on souhaitait lui faire dire. Elle racontait donc, à qui voulait l'entendre, que Brulette s'était oubliée dans son honneur avec *ce chétif gars Joset*, et qu'elle en avait eu tant de honte qu'elle lui avait commandé de partir. Joset s'y était soumis moyennant la promesse qu'elle ne se marierait avec aucun autre, et il avait été chercher fortune au loin, à seules fins de l'épouser. L'enfant avait été, disait encore Lamouche, emporté dans le Bourbonnais par des messagers tout barbouillés de noir qu'on disait muletiers, et avec lesquels Joseph s'était ménagé des accointances dans le

temps, sous couleur d'acheter une cornemuse ; mais il n'y avait jamais eu d'autre cornemuse en jeu que ce braillard de Charlot. Enfin, un an environ après sa délivrance, Brulette avait été voir son amant et son petit, en ma compagnie et en celle d'un muletier aussi laid que le diable. C'est là que nous avions fait la connaissance du frère quêteur, lequel s'était prêté à rapporter le petit avec nous, en conséquence de quoi nous avions, de concert, fabriqué l'histoire d'un champi de riche, ce qui était d'autant plus faux que ce champi-là n'avait pas fait entrer un sou de plus au logis de mon oncle.

Lorsque la Lamouche eut inventé cette explication, où, comme vous voyez, le mensonge se trouvait emmêlé avec la vérité, son dire prévalut sur tous les autres, et la visite, si courte et quasiment cachée, que Joseph était venu faire avec nous au pays acheva de persuader le monde.

Alors on en fit de grandes risées, et Brulette fut qualifiée de *Josette*, en manière de sobriquet.

Malgré mon dépit contre toutes ces méchancetés, Brulette prenait si peu de soin de s'en défendre et marquait, par ses soins pour l'enfant, tant de mépris du qu'en dira-t-on, que je commençais à m'y embrouiller moi-même. Qu'est-ce qu'il y avait d'absolument impossible, après tout, à ce que j'eusse été pris pour dupe ? Dans un temps, l'amitié de Brulette pour Joseph m'avait donné de la jalousie. Quelque sage et retenue que soit une fille, quelque honteux que soit un garçon, l'amour et l'ignorance en ont surpris bien d'autres, et il y a des couples si jeunes qu'ils ne connaissent le mal qu'après y être tombés. Pour avoir été sotte une fois, Brulette aurait pu n'en être pas moins, par la suite, une fille de tête, capable de bien cacher son malheur, trop fière pour s'en confesser, et assez sotte, nonobstant, pour ne vouloir tromper personne. Était-ce par son commandement que Joseph voulait se rendre digne d'être un beau mari et un bon père de famille ? C'était vouloir sage et patient. M'étais-je trompé en pensant qu'elle avait du goût pour Huriel ? J'en étais bien capable, et quand même ce goût lui serait venu malgré elle, comme elle n'y avait guère cédé, elle n'avait pas grand tort envers Joseph. Enfin, était-ce par devoir de conscience ou par durée d'amitié qu'elle avait marché au secour pauvre malade ? C'était son droit dans les deux cas. Finalement, si elle était mère, elle était bonne mère, encore que son naturel n'y fût peut-être pas porté. Toutes les femmes peuvent avoir des enfants, toutes les femmes ne sont pas curieuses d'enfants pour cela, et Brulette n'en avait que plus de mérite à revenir au sien, en dépit de son goût pour la compagnie et des doutes qu'elle laissait prendre sur la vérité.

Tout bien considéré, je ne voyais, en tout ce que je pouvais supposer de pire, rien qui me fît rabattre de mon amitié pour ma cousine. Seulement, je l'avais vue si diversieuse là-dessus dans ses paroles, que je me trouvais gêné dans ma confiance. Elle savait trop bien user de ruse, s'il était vrai qu'elle aimât Joseph ; et si elle ne l'aimait point, elle avait donné trop d'ruse et d'oubli à ses esprits pour une personne résolue à faire son devoir.

Si elle n'avait pas été si maltraitée, je me serais ralenti de la fréquenter, tant ces doutes m'avaient ôté de mon assurance avec elle ; mais je me commandai, tout au contraire, de l'aller voir journellement et de ne pas lui marquer la moindre méfiance de ses paroles. Cependant j'étais toujours étonné de la peine qu'elle avait à se ranger à son devoir de mère. Malgré le poids de chagrin que je lui sentais sur le cœur, il lui venait, à tout moment, des retours de cette belle jeunesse toujours fleurissante en toute sa personne. Si elle n'étalait plus ni soie ni dentelle, elle n'en avait pas moins toujours ses cheveux lisses, son bas blanc bien tiré, et ses pieds mignons grillaient de sauter quand elle voyait une belle place verte ou entendait un son de musette. Quelquefois, dans la maison, quand une bourrée bourbonnaise lui revenait en mémoire, elle mettait Charlot sur les genoux du grand-père, et me faisait danser avec elle, en chantant, riant et se carrant comme si toute la paroissée eût été encore là pour la regarder; mais, au bout d'un moment, Charlot criait et voulait aller au lit, ou être porté, ou manger sans faim et boire sans soif. Elle le reprenait avec des larmes dans les yeux, comme un chien à qui on remet son collier, et, en soupirant, le berçait ou lui chantait une routine, ou le faisait se pourlicher de quelque galette.

Voyant comme elle regrettait son beau temps, je tâchai de lui offrir ma sœur pour garder son petit, tandis qu'elle irait aux danses de Saint-Chartier. Il faut vous dire qu'en ce temps-là, il y avait, au vieux château dont vous ne voyez plus que la carcasse, une demoiselle vieille, qui était de belle humeur et donnait bal à tout le pays environnant. Bourgeois ou nobles, paysans ou artisans, y allait qui voulait; les salles du château étant si grandes qu'elles ne pouvaient jamais être trop remplies. Et l'on y voyait aller messieurs et dames montés sur leurs chevaux ou bourriques en plein hiver, par des chemins abominables, en bas de soie, boucles d'argent et tignasses poudrées à blanc comme l'étaient souvent de neige les arbres du chemin. On s'y amusait tant, que rien n'arrêtait la compagnie riche et pauvre, qui s'y voyait bien régalée de midi à six heures du soir.

La demoiselle dame de Saint-Chartier, qui avait remarqué Brulette dans les danses sur la place, l'année d'auparavant, et qui était curieuse d'amener de jolies filles à ses bals de jour, la fit demander, et, par mon conseil, elle s'y rendit une fois. Je crus bien faire, car je m'imaginais qu'elle se laissait trop rabaisser, en ne voulant pas tenir tête aux méchants esprits. Elle avait toujours si bon air et un langage si à propos, qu'il ne me paraissait point possible qu'on n'en revînt pas sur son compte, en la voyant si belle et si bien tenue.

Son entrée à mon bras fit d'abord chuchoter, sans qu'on osât davantage. Je la fis danser le premier, et, comme elle avait une grâce dont personne ne se pouvait défendre, d'autres vinrent l'inviter, qui peut-être furent tentés de lui dire quelque joyeuseté, mais n'osèrent point s'y risquer. Tout allait en douceur, quand des bourgeois arrivèrent dans la salle où nous étions; car les paysans avaient leur bal à part, et ne se confondaient pas avec les riches que sur la fin, quand les dames, ennuyées d'être quittées de leurs danseurs, se décidaient à se mélanger avec les filles de campagne, lesquelles attiraient mieux gens de toutes sortes par leur franc ramage et leur fraîche santé.

Brulette fut d'abord guignée comme la plus fine pièce de l'étalage, et les bas de soie lui firent tant de fête que les bas de laine n'en pouvaient plus guère approcher; et, par esprit de contradiction, après l'avoir bien déchirée pendant six mois, redevinrent tous jaloux en une heure, c'est-à-dire plus amoureux qu'auparavant; si bien que ce fut comme une rage à qui l'inviterait, et on se serait quasi battu pour lui donner le baiser de l'entrée en danse.

Les dames et demoiselles en bisquèrent, et les femmes de chez nous firent reproche à leurs paroissiens de ne savoir pas mieux garder leur rancune; mais ce fut comme si elles chantaient complies, tant le regard d'une belle a plus de baume que la langue d'une laide n'a de venin.

— Eh bien, Brulette, lui dis-je en la ramenant chez nous, n'avais-je pas raison de te secouer un peu de tes ennuis? Tu vois que la partie n'est jamais perdue, quand on sait la jouer franchement.

— Je t'en remercie, cousin, me dit-elle. Tu es le meilleur de mes amis, et mêmement, je pense, le seul fidèle et sûr que j'aie jamais eu. Je suis contente d'avoir eu raison de mes ennemis, et, à présent, ne m'ennuierai plus à la maison.

— Diantre! tu vas vite! Hier, c'était tout bouderie; aujourd'hui, c'est tout liesse! Tu vas donc reprendre ton rang de reine du bourg?

— Non, dit-elle; tu ne m'entends pas. Voici la dernière fête où j'irai, tant que j'aurai Charlot; car, si tu veux que je te le dise, je ne me suis pas diverti une miette. J'ai fait bon visage pour te contenter, et je suis aise, à présent, d'avoir soutenu l'épreuve; mais, tout le temps que j'ai été là, je n'ai pensé qu'à mon pauvre gars. Je le voyais toujours pleurant et rechignant, quelque amitié qu'on pût lui faire chez toi, et il est si maladroit à se faire comprendre, qu'il se sera ennuyé en m'ennuyant les autres.

Ces paroles de Brulette me retournèrent le sang. J'avais oublié Charlot en la voyant rire et danser. L'amour dont elle ne se cachait plus pour lui me remit en tête tout ce qui me semblait ses mensonges passés; et je crus aussi pouvoir la regarder comme une affineuse sans pareille, qui se lassait de se contraindre.

— Tu l'aimes donc de tes entrailles? lui dis-je, sans trop songer aux paroles que j'employais.

— Avec mes entrailles? dit-elle étonnée. Eh bien, peut-être qu'on aime comme cela tous les enfants, quand on réfléchit à ce qu'on leur doit. Je n'ai jamais fait semblant, comme bien des jeunesses que j'ai vues griller pour le mariage, d'avoir l'instinct d'une bonne poule couveuse. J'avais peut-être la tête un peu trop éventée pour mériter d'entrer en famille de bonne heure. Il y en a qui ne peuvent gagner leurs seize ans sans en perdre le dormir. Moi, je gagnerai la vingtaine sans trouver que je suis en retard. Si c'est un tort, il n'y a pas de ma faute. Je suis comme Dieu m'a faite et j'ai marché comme il m'a poussée. A dire vrai, un petit enfant est un rude maître, injuste comme un mari qui serait fol, obstiné comme une bête affamée. J'aime le raisonnement et la justice, et me serais plue en une compagnie douce et sage. J'aime aussi la propreté, et tu m'as souvent raillé de ce qu'un grain de poussière sur le dressoir me tourmentait, et de ce qu'une mouche dans mon verre m'ôtait la soif. Un petit enfant va toujours cherchant la malpropreté, quoi qu'on fasse pour l'en dégoûter. Et puis, j'aime à penser, à songer, à me ressouvenir; et le petit enfant veut qu'on ne songe qu'à lui, et s'ennuie dès que vous ne le regardez plus. Mais tout cela ne fait rien, Tiennet, quand le bon Dieu s'en mêle. Il a inventé une espèce de miracle qui se fait dans nos entendements quand il le faut, et, à présent, je sais une chose à laquelle je ne croyais pas, devant qu'elle m'advînt:

c'est que n'importe quel enfant, fût-il laid et méchant, peut bien être mordu par une louve ou piétiné par une chèvre, mais jamais par une femme, et qu'il viendra à la gouverner, à moins qu'elle ne soit faite d'un autre bois que les autres.

Comme elle disait cela, nous entrions chez moi, où Charlot jouait avec les enfants de ma sœur. — Oh! ma foi, vous faites bien d'arriver, dit ma sœur à Brulette; vous avez là le gars le plus farouche qu'il y ait sur terre. Il bat les miens, les mord, les enjure, et il faut avec lui quarante charretées de patience et de compassion.

Brulette s'approcha, en riant, de Charlot qui jamais ne lui faisait aucune fête, et, le regardant jouer à sa manière, lui dit, comme s'il eût pu l'entendre : J'en étais bien sûre, que tu ne te ferais point aimer chez ces braves gens qui te supportent. Il n'y a donc que moi, mon pauvre chathuant, qui sois accoutumée à ton bec et à tes griffes !

Quoique Charlot n'eût guère en ce temps-là que dix-huit mois, il eut l'air de comprendre ce que lui disait Brulette; car il se leva, après l'avoir regardée un moment d'un air pensif, puis, sautant après elle, se mit à lui manger les mains de baisers, comme s'il eût voulu la dévorer.

— Oh! oh! dit ma sœur, il a tout de même ses bons moments, à ce qu'il paraît.

— Ma fine, dit Brulette, j'en suis aussi confondue que vous, car voilà le premier que je lui vois. Et, embrassant Charlot sur ses gros yeux ronds, elle se prit à pleurer de joie et de tendresse.

Je ne sais pourquoi je fus secoué de ce mouvement-là comme si c'était chose merveilleuse. Et, au fait, si ce gars n'était point à elle, Brulette, en ce moment-là, changeait bien devant mes yeux. Cette fille si accrêtée, qu'elle n'eût point voulu traiter le roi de cousin, six mois auparavant, et que, le matin même, toute la jeunesse de l'endroit, bourgeois et paysans, aurait encore servie à genoux, avait mis tant de pitié et de chrétienté dans son cœur qu'elle se trouvait récompensée de toutes ses peines par les premières caresses d'un malplaisant petit bavoux, sans gentillesse et quasi sans connaissance.

J'en eus une larme dans l'œil, en songeant à ce que lui coûtaient ces caresses-là, et, prenant Charlot sur mon épaule, je le reportai avec elle à son logis.

J'eus vingt fois sur le bout de la langue de lui demander la vérité; car, si elle était fautive de Charlot, j'étais tout prêt à lui en remettre le péché, et si, au contraire, elle prenait le fardeau du péché d'une autre, j'avais envie de lui baiser le bout des pieds, comme à la plus douce et patiente gagneuse de paradis.

Mais je n'osais lui faire de questions, et quand je disais mes doutes à ma sœur, laquelle n'a jamais été sotte, elle me répondait : — Si tu n'oses point lui en parler, c'est que tu la sens innocente au fond de ton esprit. Et d'ailleurs, disait-elle encore, une si belle fille aurait fabriqué un plus beau garçon. Il ne lui ressemble non plus qu'une pomme de terre à une rose.

L'hiver passa et le printemps vint, sans que Brulette voulût retourner à aucun divertissement. Elle n'y sentait même plus de regret, ayant compris qu'il ne tiendrait qu'à elle de se rendre encore maîtresse des cœurs, mais disant que tant d'amitiés d'hommes et de femmes l'avaient trahie, qu'elle n'en estimait plus le nombre et se tiendrait dorénavant à la qualité. La pauvre enfant ne savait pas encore tout le mal qu'on lui avait fait. Tous l'avaient décriée; aucun n'avait eu le courage de l'insulter. Quand on la regardait, on trouvait l'honnêteté écrite sur sa figure; quand elle s'en estimait plus le nombre, par des paroles, de l'estime dont on n'avait pu se défendre, et on lui jappait de loin aux jambes, comme font les chiens couards qui n'osent sauter à la figure.

Le père Brulet se faisait vieux, devenait un peu sourd, et pensait plus souvent en lui-même, comme font les personnes d'âge, qu'il ne s'attentionnait aux paroles du monde. Le père et la fille n'avaient donc pas tout le chagrin qu'on eût souhaité leur faire, et mon père, à moi, ainsi que le restant de la famille, qui étaient chrétiennement sages, me donnaient le conseil et l'exemple de ne point leur en tourmenter l'esprit, disant que la vérité se ferait jour et qu'un temps viendrait où les mauvaises langues seraient punies.

Le temps, qui est aussi un grand balayeur, commençait à emporter de lui-même cette méchante poussière. Brulette eût méprisé d'en tirer vengeance et n'en voulut jamais avoir d'autre que de recevoir très-froidement les avances qui lui furent faites pour revenir en ses bonnes grâces. Il se trouva comme il arrive toujours, qu'elle eut des amis parmi ceux qu'elle n'avait pas eu pour galants, et ces amis, sans intérêt et sans dépit, la défendirent au moment qu'elle n'y comptait pas. Je ne parle pas de la Mariton, qui lui était comme mère, et qui, dans son cabaret, faillit, plus d'une fois, jeter les pots à la tête de buveurs, quand ils se permettaient de chanter la *Josette*, mais de personnes qu'on ne pouvait accuser d'aller à l'aveugle et qui firent honte aux affronteurs.

Brulette s'était donc rangée, avec peine d'abord, mais peu à peu avec contentement, à une vie plus tranquille que par le passé. Elle était fréquentée de personnes plus raisonnables et venait souvent à la maison avec son Charlot qui, l'hiver passé, perdit les rougeurs de sa mine échauffée et prit une humeur plus avenante. L'enfant n'était pas tant laid que bourru, et quand la douceur et l'amitié de Brulette l'eurent, à fine force, apprivoisé, on s'aperçut que ses gros yeux noirs ne manquaient pas d'esprit, et que, quand sa grande bouche voulait bien rire, elle était plus drôle que vilaine. Il avait passé par une gourme dont Brulette, autrefois si dégoûtée, l'avait pansé et soigné si bravement, qu'il était devenu l'enfant le plus sain, le plus ragoûtant et le plus proprement tenu qu'il y eût dans le bourg. Il avait bien toujours la mâchoire trop large et le nez trop court pour être joli, mais comme la santé est le principal chez un marmot, on ne se pouvait défendre de s'écrier sur sa grosseur, sa force et son air décidé.

Mais ce qui rendait Brulette encore plus fière de son œuvre, c'est que Charlot devenait tous les jours plus mignon de ses paroles et plus franc de son cœur. Quand elle l'avait pris en garde, les premiers mots qu'il sût dire étaient des jurons à faire reculer un régiment; mais elle lui avait fait oublier tout cela et lui avait appris de jolies prières et un tas d'amusettes et de disettes gentilles qu'il arrangeait à sa mode et qui réjouissaient tout le monde. Il n'était pas né câlin et ne caressait pas volontiers le premier venu, mais il avait pour sa mignonne, comme il appelait Brulette, une attache si violente, que quand il avait fait quelque sottise, comme de couper son tablier pour se faire des cravates, ou de mettre son sabot dans le pot à la soupe, il venait au-devant des reproches et lui serrait le cou si fort pour l'embrasser qu'elle n'avait pas le courage de lui faire la morale.

Au mois de mai, nous fûmes invités à la noce d'une cousine qui se mariait au Chassin et qui envoya, dès la veille, une charrette pour nous amener, faisant dire à Brulette que si elle ne venait avec Charlot, elle lui enchagrinerait son jour de mariage.

Le Chassin est un joli endroit sur la rivière du Gourdon, à environ deux lieues de chez nous. Le pays rappelle un si peu le Bourbonnais; et Brulette, qui était petite mangeuse, quitta le bruit de la noce et s'en alla promener au dehors pour désennuyer Charlot. — Mêmement, me dit-elle, je voudrais le conduire en quelque ombrage tranquille, car c'est l'heure où il fait son somme, et le bruit de la noce l'en empêche. S'il y manque, il sera mal à son aise et greugnoux jusqu'au soir.

Comme il faisait grand chaud, je lui fis offre de la conduire dans un petit bois anciennement cultivé en garenne, qui joute le château ruiné, et qui, bien clos encore d'épines et de fossés, est un endroit bien abrité et retiré. — Allons-y, dit-elle. Le petit dormira sur moi, et tu retourneras te divertir.

Quand nous y fûmes, je la priai de me laisser avec elle.

— Je ne suis plus si curieux de noces que j'étais, lui dis-je, et je m'amuserai autant, sinon mieux, à causer avec toi. On s'ennuie quand on n'est pas dans son endroit et qu'on n'a rien à faire, et tu t'ennuierais là; ou bien tu y serais peut-être accostée de quelque monde qui, ne te connaissant point, te donnerait une autre sorte d'ennui.

— A la bonne heure répondit-elle; mais je vois bien, mon pauvre cousin, que je te suis toujours un embarras; et cependant, tu t'y donnes de si grand patience et de si bon cœur que je ne sais point m'en déshabituer. Il faudra pourtant bien que ça vienne, car te voilà dans l'âge de t'établir, et la femme que tu auras me verra peut-être d'un mauvais œil comme font tant d'autres, et ne voudra point croire que je mérite ton amitié et la sienne.

— C'est trop tôt pour t'en tourmenter, lui dis-je en arrangeant le gros Charlot sur ma blouse que j'étendis sur le gazon, tandis qu'elle s'asseyait à côté de lui pour lui virer les mouches: je ne songe point au mariage, et s'il m'arrive de m'engager dans ce chemin-là, je te jure que ma femme fera bon ménage avec toi, ou que je ferai mauvais ménage avec elle. Il faudrait qu'elle eût le cœur planté de travers pour ne point reconnaître que j'ai pour toi la plus honnête de toutes les amitiés, et pour ne pas

comprendre que, t'ayant suivie dans tes joies et dans tes peines, je me suis accoutumé à ta compagnie comme si toi et moi ne faisions qu'un. Mais toi, cousine, ne songes-tu pas au mariage et as-tu donc fait la croix sur ce chapitre-là?

— Oh! quant à moi, Tiennet, je crois que oui, n'en déplaise à la volonté du bon Dieu! me voilà bientôt fille majeure, et je crois qu'à attendre l'envie du mariage, je l'ai laissée passer sans y prendre garde.

— C'est plutôt maintenant qu'elle commence peut-être, ma mignonne. Le goût du divertissement te quitte, l'amour des enfants t'est venu, et je te vois t'accommoder de la vie tranquille du ménage; mais il n'en est pas moins vrai que tu es toujours dans ton printemps, comme voilà la terre en fleurs. Tu sais que je ne t'en conte plus; ainsi tu peux me croire quand je te dis que tu n'as jamais été si jolie, encore que tu sois devenue un peu pâle, comme était la belle Thérence des bois. Mêmement, tu as pris un petit air triste comme le sien, qui se marie assez bien avec tes coiffes unies et tes robes grises. Enfin, je crois que ton dedans a changé, et que tu vas devenir dévote, si tu n'es amoureuse.

— Ne me parle pas de cela, mon cher ami, s'écria Brulette. J'aurais pu me tourner vers l'amour ou vers le ciel, il y a un an. Je me sentais, comme tu dis, changée en dedans; mais me voilà attachée aux peines de ce monde, sans y trouver ni la douceur de l'amour, ni la force de la religion. Il me semble que je suis liée à un joug et que je pousse en avant, de ma tête, sans savoir quelle charrue je traîne derrière moi. Tu vois que je n'en suis pas plus triste et que je n'en veux pas mourir; mais je confesse que j'ai regret à quelque chose dans ma vie, non point à ce qui a été, mais à ce qui aurait pu être.

— Voyons, Brulette, lui dis-je en m'asseyant auprès d'elle et lui prenant la main, c'est peut-être l'heure de la confiance. Tu peux, à présent, me dire tout sans crainte de ma jalousie ou de mon chagrin. Je me suis guéri de souhaiter autre chose que ce que tu peux me bailler. Baille-la-moi, cette chose qui m'est bien due, baille-moi la confidence de tes peines.

Brulette devint rouge, fit un effort pour parler, mais ne put dire un mot. On aurait cru que je la forçais de se confesser à elle-même et qu'elle s'en était si bien défendue qu'elle n'en savait plus le moyen.

Elle leva ses beaux yeux sur le pays que nous avions devant nous, car nous nous étions placés au bout du bois, sur un herbage en terrasse qui surmontait un joli vallon tout bosselé en tertres couverts de cultures.

Au-dessous de nos pieds coulait la petite rivière, et, de l'autre côté, le terrain se relevait tout droit sous une belle futaie de chênes peu étendue, mais si foisonnante en grands arbres qu'on eût dit d'un coin de la forêt de l'Alleu. Je vis dans ses yeux de Brulette à quoi elle pensait, et, lui reprenant sa main, qu'elle m'avait retirée pour se prendre le cœur, comme une personne qui souffre de ce côté-là:
— Est-ce Huriel ou Joseph? lui dis-je d'un ton où je ne mettais ni moquerie ni malice.

— Ce n'est pas Joseph! répondit-elle vivement.

— Alors, c'est Huriel; mais es-tu libre de suivre ton inclination?

— Comment aurais-je de l'inclination, répondit-elle en rougissant toujours plus, pour quelqu'un qui n'a sans doute jamais songé à moi?

— Ça n'est pas une raison !

— Si fait, je te dis.

— Eh non, je te jure. J'en ai bien eu pour toi !

— Mais tu t'en es corrigé.

— Et toi, tu te corriges à grand'peine ; ce qui veut dire que tu en es encore malade. Mais Joseph ?

— Eh bien, quoi, Joseph ?

— Tu ne t'es donc jamais engagée à lui ?

— Tu le sais bien !

— Mais... Charlot ?

— Eh bien, quoi, Charlot ?

Comme mes yeux étaient tombés sur l'enfant, les siens s'y tournèrent aussi, et puis revinrent sur moi, si étonnés, si clairs d'innocence, que je fus honteux de mon doute comme d'une injure que je lui aurais dite. — Ce n'est rien, répliquai-je vitement. Je disais *et Charlot*, parce que je m'imaginais le voir s'éveiller.

Dans ce moment-là, une sonnerie de musette se fit entendre de l'autre côté de l'eau, dans les chênes, et Brulette en fut secouée comme une feuille par un coup de vent.

— Oui-dà, lui dis-je, la danse va s'engager chez la mariée, et je pense qu'on envoie la musique pour te chercher.

— Non ! non ! dit Brulette, qui était devenue pâle. Ce n'est ni un air, ni une musette du pays. Tiennet, Tiennet... ou je suis folle... ou celui qui joue là-bas...

— Le vois-tu ? lui dis-je, avançant sur la terrasse et regardant de tous mes yeux ; serait-ce le père Bastien ?

— Je ne vois personne, dit-elle en me suivant ; mais ce n'est pas le Grand-Bûcheux... Ce n'est pas non plus Joseph... C'est...

— Huriel peut-être ! Ça me paraît moins sûr que la rivière qui nous en sépare ; mais allons-y tout de même ; nous trouverons un gué, et, s'il est par là, il faudra bien que nous l'attrapions au passage, ce beau muletier, et sachions ce qu'il pense.

— Non, Tiennet, je ne veux point quitter ni déranger Charlot.

— Au diable Charlot ! Alors, attends-moi là ; j'y vas tout seul.

— Non, non, non ! Tiennet ! s'écria Brulette en me retenant à deux mains ; l'endroit est dangereux pour descendre.

— Quand je m'y devrais casser le cou, je te veux sortir de la peine où tu es ! m'écriai-je.

— Quelle peine ? fit-elle en me retenant toujours et en se ravisant de son premier trouble, par un effort de sa fierté. Qu'est-ce que ça me fait, que ce soit Huriel ou tout autre qui passe dans ce bois ? Crois-tu que je veuille faire courir après quelqu'un qui, me sachant là, passerait peut-être encore plus loin.

— Si c'est là ce que vous pensez, fit une douce voix derrière nous, il faudra donc que nous nous en allions ?

Nous nous étions retournés au premier mot : la belle Thérence était devant nos yeux.

A sa vue, Brulette, qui avait tant murmuré de son oubli, perdit tout son courage et tomba dans ses bras en versant un grand flot de pleurs.

— Eh bien, eh bien, dit Thérence en l'embrassant avec la force d'une vraie fille de fendeux qu'elle était, m'avez-vous crue oublieuse de nos amitiés ? Pourquoi jugez-vous mal des gens qui n'ont point passé un jour sans songer à vous ?

— Dites-lui vitement si votre frère est là, Thérence, m'écriai-je, car... Brulette, se retournant, mit sa main sur ma bouche, et je me repris en riant pour dire : Car j'ai grand'soif de le revoir.

— Mon frère est là, dit Thérence ; mais il ne vous sait point si près... Tenez, le voilà qui s'éloigne, car sa musique ne s'entend quasiment plus.

Elle regarda Brulette, qui redevenait pâle, et ajouta en riant : — Il est trop loin pour que je puisse l'appeler ; mais il ne tardera pas de tourner par ici et de venir au vieux Château. Alors, si vous ne le méprisez pas trop, Brulette, et si vous ne m'en empêchez pas, je lui ferai une petite surprise à quoi il ne s'attend guère ; car il ne croyait vous saluer que ce soir. Nous devions aller vous faire visite à votre bourg, et c'est un bonheur que je vous aie trouvée ici pour nous sauver d'un retard dans notre rencontre. Rentrons sous ce bois, car s'il vous apercevait d'où il est, il serait capable de se noyer en passant la rivière, dont il ne connaît point encore les gués.

Nous retournâmes nous asseoir autour de Charlot, que Thérence regarda, demandant, de son grand air simple et franc, s'il était à moi. — A moins que je ne fusse marié depuis longtemps, lui répondis-je, ce qui n'est pas...

— Il est vrai, reprit-elle en le regardant mieux, c'est déjà un petit bonhomme ; mais vous auriez pu être marié quand vous êtes venu chez nous. Puis, elle avoua, en riant, qu'elle se faisait peu d'idée de la croissance des marmots, n'en voyant guère pousser dans les bois où elle vivait toujours, et où les humains ont peu coutume d'amener et d'élever leurs familles. — Vous me retrouvez aussi sauvage que vous m'avez laissée, reprit-elle, mais cependant moins quinteuse, et j'espère que ma douce Berrichonne n'aura plus à se plaindre de ma méchante humeur.

— En effet, dit Brulette, vous me paraissez plus gaie, mieux portante, et si fort embellie qu'on a les yeux éblouis de vous regarder.

C'était là une remarque qui m'avait brûlé la vue dès le premier moment. Thérence avait fait une provision de santé, de fraîcheur et de clarté dans la figure qui la changeait en une autre femme. Si elle avait encore l'œil un peu enfoncé sous le front, son sourcil noir ne se tordait plus pour en cacher le feu, et s'il y avait toujours de la fierté dans son rire, il y avait aussi de la belle gaieté qui, par moments, faisait reluire ses dents brillantes comme perles de rosée dans une fleur. Ses joues n'étonnaient plus par leur blancheur de fièvre, le soleil de mai l'ayant un peu mordue en voyage ; mais il y avait poussé des roses ; et je ne sais pas quoi de jeune, de fort, de vaillant dans toute sa mine me fit sauter le cœur à une idée qui me vint, je ne sais comment, en regardant si le signe noir comme un velours, qu'elle avait au coin de la bouche, était toujours bien à la même place.

— Mes amis, nous dit-elle en essuyant ses beaux cheveux, crépelés naturellement, que la chaleur avait collés à son front, puisque nous avons un moment pour nous parler avant que mon frère soit ici, je vous veux, sans grimace et sans honte, régaler de mon histoire ; car à cette histoire-là tient celle de plusieurs autres. Seulement, dis-moi, Brulette, si ce Tiennet, dont tu faisais autrefois grande estime, est, comme il me paraît, toujours le même, et si je peux reprendre la causette avec toi comme le jour où nous l'avons laissée, il y aura un an à la moisson qui vient ?

— Oui, ma chère Thérence, tu le peux, répondit ma cousine, contente d'en être tutoyée pour la première fois.

— Eh bien, Tiennet, dit Thérence avec une vaillantise de bonne foi sans pareille et qui la faisait bien différer de la retenue et craintive Brulette, je ne vous apprendrai rien en vous disant que l'an passé, avant votre visite chez nous, je m'étais attachée à un pauvre garçon triste et souffrant de son corps, comme une mère s'attache à son enfant. Je ne le savais pas encore épris d'une autre, et lui, voyant mon amitié, dont je ne me cachais point, n'avait pas le courage de me dire que j'en serais mal payée. Pourquoi Joseph, car je peux bien le nommer, et vous voyez, mes amis, que ça ne me fait point changer de couleur, pourquoi Joseph, à qui j'avais tant demandé, dans ses défaillances de maladie, de me dire la cause de ses peines, m'avait-il juré n'en avoir point d'autre que le regret de sa mère et de son pays? Il me jugeait donc lâche et me faisait injure, car s'il se fût ouvert à moi, c'est moi qui aurais été chercher Brulette, sans sourciller et sans tomber dans le tort de prendre une mauvaise opinion d'elle, comme cela m'est arrivé, dont je me confesse et lui demande pardon.

— Tu l'as déjà fait, Thérence, et il n'y a rien à pardonner quand l'amitié y est déjà.

— Oui, mon enfant, reprit Thérence; mais le tort que tu oublies, je n'en ai pas moins gardé souvenance, et, pour tout au monde, j'aurais voulu le réparer auprès de Joseph en lui conservant mes soins, mon amitié, ma bonne humeur après ton départ. Songez, mes amis, que je n'avais jamais menti, moi, et que, dès mon plus jeune âge, mon père, qui s'y connaît, m'avait surnommée Thérence la Sincère. Quand, sur les bords de votre Indre, la dernière fois que je vous vis, à moitié chemin de chez vous, je parlai seule à seul un moment avec Joseph, le priant de revenir chez nous et lui promettant que rien ne serait changé dans mon intérêt pour son repos et sa santé, pourquoi a-t-il refusé, dans son cœur, de me croire? Et pourquoi, me promettant des lèvres de revenir, mensonge dont je ne fus point dupe, se retira-t-il de moi pour toujours en me méprisant, comme une fille sans souci et sans honte qui le tourmenterait de quelque lâche folleté d'amour?

— Eh quoi, dis-je, est-ce que Joseph, qui n'a passé que vingt-quatre heures avec nous, n'est pas retourné auprès de vous autres, pour, à tout le moins, vous dire ses desseins et faire ses adieux? Depuis qu'il nous a quittés, nous n'avons point eu de nouvelles de lui.

— Si vous n'en avez point eu nouvelles, reprit Thérence, je vas vous en dire. Joseph est retourné en nos bois sans nous voir, sans nous parler. Il est venu nuitamment comme un voleur qui a honte du soleil. Il est entré en sa loge pour prendre sa cornemuse et ses effets, et il est parti sans saluer le seuil de la cabane de mon père, sans seulement détourner la tête de notre côté. Je l'ai vu, je ne dormais pas. J'ai suivi de l'œil toutes ses actions, et quand il a été enfoncé dans le bois, je me suis sentie aussi tranquille qu'une morte. Mon père m'a réchauffée au soleil du bon Dieu et de son grand cœur. M'emmenant avec lui dans la lande, il m'a parlé tout un jour, ensuite toute une nuit, jusqu'à ce qu'il m'ait vue prier et dormir. Vous connaissez un peu mon père, mes chers amis, mais vous ne pouvez pas savoir comme il aime ses enfants, comme il

les console, comme il sait trouver tout ce qu'il faut leur dire pour les rendre semblables à lui, qui est un ange du ciel caché sous l'écorce d'un vieux chêne.

» Mon père m'a guérie; sans lui, j'aurais méprisé Joseph; à présent, je ne l'aime plus, voilà tout! »

Et, finissant ainsi, Thérence essuya encore son beau front mouillé de sueur, reprit son haleine, embrassa Brulette, et me tendit, en riant, une grande main blanche et bien faite, dont elle secoua la mienne avec la franchise qu'un garçon eût pu y mettre.

VINGT-DEUXIÈME VEILLÉE

Je vis que Brulette était portée à blâmer Joseph très-sévérement et je pensai devoir le défendre un peu. — Je suis loin d'approuver ce que sa conduite montre d'ingratitude envers vous, dis-je à Thérence; mais, puisque vous en êtes assez revenue pour voir selon la justice, convenez qu'au fond de son idée, il y avait un respect pour vous et une crainte de vous tromper. Tout le monde n'est pas vous, ma belle fille des bois, et je pense même que peu de gens ont le cœur assez pur et le courage assez franc pour aller droit au but et dire, comme cela, les choses telles qu'elles sont. Et puis, vous avez une somme de force et de vertu dont Joseph, et bien d'autres en sa place, ne se sentiraient peut-être point capables.

— Je ne vous entends point, dit Thérence.

— Si fait moi, dit Brulette. Joseph craignait sans doute de se laisser jeter un charme par votre beauté, et de vous aimer pour cela, sans pouvoir vous donner tout son cœur, comme vous le méritez.

— Oh! dit Thérence, toute rougissante d'orgueil fâché, c'est juste de cela que je me plains! Joseph a craint de m'entraîner dans quelque faute, dites le mot. Il n'a pas compté sur ma raison et sur mon honneur. Eh bien, son estime m'eût consolée, au lieu que son doute est une chose humiliante. N'importe, Brulette, je lui pardonne tout, parce que je n'en souffra plus et me sens au-dessus de lui; mais rien n'ôtera du fond de mon cœur que Joseph a été ingrat envers moi et qu'il a vu petitement son devoir. Je vous dirais: N'en parlons plus, si je n'étais obligée de vous raconter le reste; mais il le faut, autrement vous ne sauriez quoi penser de la conduite de mon frère.

— Ah! Thérence, dit Brulette, il me tarde bien d'apprendre de vous s'il n'y a pas eu de suites à un malheur qui nous tourmentait tous là-bas!

— Mon frère, dit Thérence, n'a pas fait ce qu'on s'imaginait. Au lieu de s'en aller cacher son malheureux secret dans les pays éloignés, il est revenu sur ses pas au bout de huit jours. Il a été chercher le carme à son couvent, qui est du côté de Montluçon, où il savait qu'il le trouverait revenu de sa tournée.

» Frère Nicolas, qu'il lui a dit, je ne peux pas vivre avec un mensonge si lourd sur le cœur. Vous m'avez dit de m'en confesser à Dieu, mais il y a sur la terre une justice qui, pour n'être pas toujours bien rendue, n'en est pas moins une loi venue du ciel. Il faut donc que je me confesse aussi aux hommes et que j'endure la peine et le blâme que j'ai pu mériter.

» — Un moment, mon fils, a répondu le moine; les hommes ont inventé la peine de mort, que Dieu réprouve, et ils vous tueront peut-être volontairement pour avoir tué par mégarde.

» — Ça n'est pas possible, a dit mon frère. Je n'ai pas voulu tuer, et je le prouverai.

» — Vous le prouverez par témoins, a dit le moine; alors vous compromettrez vos compagnons, votre chef, qui est mon neveu et qui n'est pas plus assassin que vous dans son intention : vous les exposerez à être tourmentés et vous vous verrez entraîné à trahir les juremens que vous avez faits à votre confrérie. Tenez, restez à mon couvent et attendez-moi. Je me charge d'arranger tout, pourvu que vous ne me demandiez pas trop comment. »

» Là-dessus le carme a été trouver son abbé, lequel l'a renvoyé devant son évêque, celui que, dans les campagnes, nous appelons le grand prêtre, comme dans les temps anciens, et qui est évêque de Montluçon. Le grand prêtre, qui a le pouvoir d'être écouté des plus grands juges, a dit et fait des choses que nous ne savons point; puis il a mandé mon frère devant lui et lui a dit : « Mon fils, confessez-vous à moi comme à Dieu. » Et Huriel ayant dit toute la vérité de bout en bout, l'évêque lui a dit encore : « Faites-en pénitence, mon fils, et repentez-vous. Votre affaire est arrangée devant les hommes; vous n'en serez jamais inquiété; mais vous devez apaiser le mécontentement de Dieu, et pour cela, je vous engage à quitter la compagnie et la confrérie des muletiers, qui sont gens sans religion et dont les pratiques secrètes sont contraires aux lois du ciel et de la terre. » Et mon frère lui ayant humblement remontré qu'il s'y trouvait pourtant d'honnêtes gens : « C'est tant pis, a dit le grand prêtre. Si les honnêtes gens qui s'y trouvent refusaient les serments qui s'y font, le mal sortirait de cette société-là, et ce serait une corporation d'ouvriers aussi estimable que toute autre. »

» Mon frère a réfléchi aux paroles du grand prêtre, et aurait souhaité réformer les mauvaises coutumes de ses confrères, ce qui lui paraissait plus utile que de les abandonner. Il a donc été les trouver et fort bien parlé, à ce qu'on m'a dit; mais, après l'avoir écouté très-doucement, ils lui ont répondu ne pouvoir et ne vouloir rien changer dans leurs usances. Sur quoi, il leur a payé le dédit convenu, a vendu tous ses mulets, et n'a gardé que son clairin pour notre service. Par ainsi, Brulette, ce n'est pas un muletier que vous allez voir, mais un bon et solide fendeux de bois qui travaille avec son père.

— Et qui a dû avoir un peu de peine à s'y habituer, peut-être ? dit Brulette, cachant mal le plaisir qu'elle goûtait dans toutes ces nouvelles.

— S'il a senti quelque peine à changer de travail, répondit Thérence, il s'en est consolé en se souvenant que vous aviez peur des muletiers, et que dans vos pays on les avait en abomination. Mais puisque j'ai contenté votre impatience de savoir comment mon frère était sorti de ses peines, il faut que vous m'entendiez vous reparler de Joseph, pour vous en apprendre une chose qui vous fâchera peut-être, belle Brulette, et vous étonnera encore plus.

Comme Thérence disait cela avec un peu de malice et de gaieté, Brulette ne s'en inquiéta point et la pria de s'expliquer.

— Sachez donc, dit Thérence, que nous avons passé ces trois derniers mois en la forêt de Montaigu, où nous avons rencontré Joseph bien portant, mais toujours sérieux et comme recueilli en lui-même; et, si vous voulez connaître où il est, je vous dirai que nous l'avons laissé par là avec mon père, qui l'aide à se faire recevoir maître sonneur; car vous savez, ou ne savez pas, que cela aussi est une confrérie, et qu'il y faut des pratiques dont on ne dit pas le secret. Joseph a été embarrassé d'abord en nous voyant. Il se sentait honteux pour me parler, et nous eût peut-être évités, si mon père, après lui avoir reproché son manque de confiance et d'amitié, ne l'eût retenu, sachant bien qu'il lui était encore nécessaire. En s'assurant que j'étais tranquille et sans mauvaise ressouvenance, Joseph s'est enhardi à nous redemander notre amitié, et mêmement a tâché de s'excuser de sa conduite; mais mon père, qui ne lui voulait point laisser mettre le doigt sur la blessure, a tourné la chose en plaisanterie, et lui a fait travailler le bois et la musique, à seules fins de le mener vitement au bout de sa tâche.

Or, comme il ne nous parlait point de vous autres, je m'en suis étonnée et l'ai questionné beaucoup sans en pouvoir tirer un mot. Ni mon frère ni moi n'avions de vos nouvelles, qui ne nous sont venues que la semaine dernière, quand nous avons passé par notre pays d'Huriel. Nous étions donc tourmentés à votre sujet, et mon père ayant dit un peu vivement à Joseph que s'il avait des lettres de son pays, il devait au moins nous dire qui vit ou qui meurt, Joseph lui a répondu : « Tout le monde va bien et moi aussi. » Et il disait cela d'une voix qui sonnait bien creux.

Mon père, qui n'y va point par quatre chemins, lui a commandé de parler; mais lui, d'un ton raide : « Je vous dis, mon maître, que tous nos amis de là-bas sont contents, et que si vous me voulez accorder votre fille en mariage, je serai aussi content que les autres. »

Nous avons pensé d'abord qu'il devenait fou, et ne lui avons répondu qu'en riant, encore que son air nous donnât de l'inquiétude; mais il y revint sérieusement deux jours après et me demanda à moi-même si j'avais de l'amitié pour lui. Je n'eus point d'autre vengeance à faire d'une offre si tardive que de lui répondre : « Oui, Joseph, j'ai de l'amitié pour vous, comme Brulette en a. »

Il serra la bouche, baissa la tête et n'y revint pas. Mais mon frère l'ayant pris dans un autre moment, en a eu cette réponse : « Huriel, je ne pense plus à Brulette, et te prie de ne m'en jamais parler. »

Il n'y a pas eu moyen d'en tirer davantage, sinon qu'il voulait, aussitôt qu'il serait reçu maître sonneur, aller pratiquer un bout de temps en son pays, pour montrer à sa mère qu'il était en état de la soutenir; après quoi, il irait se fixer avec elle dans la Marche ou dans le Bourbonnais si je voulais être sa femme.

Alors il y a eu entre mon père, mon frère et moi de grandes explications. Tous deux me voulaient faire confesser que j'y consentirais peut-être; mais Joseph y revenait trop tard pour moi, et j'avais fait trop de réflexions à son sujet. J'ai refusé tranquillement, ne sentant plus rien pour lui, et sentant bien aussi qu'il n'avait jamais rien eu pour moi. Je suis fille trop fière pour vouloir être un remède contre le dépit. J'ai pensé que vous lui aviez écrit pour lui ôter l'espérance....

— Non, dit Brulette, je ne l'ai point fait, et c'est tout

bonnement grâce à Dieu qu'il m'a oubliée. C'est peut-être qu'il vous connaît mieux, ma Thérence, et que...

— Non, non, dit résolûment la fille des bois : si ce n'est par dépit contre votre indifférence, c'est alors par dépit contre ma guérison. Il ne ferait donc cas de moi que parce que je n'en fais plus assez de lui ! Si c'est là son amour, ce ne serait pas le mien, Brulette ! Tout ou rien : *oui* pour la vie en toute franchise, ou *non* pour la vie en toute liberté !

» Mais voilà cet enfant qui s'éveille, et je vous veux emmener à ma demeurance du moment, qui est ce vieux château du Chassin.

— Ne nous direz-vous, au moins, fit Brulette, bien intriguée de tout ce qu'elle apprenait, comment et pourquoi vous êtes dans le pays d'ici ?

— Vous êtes trop pressée de savoir, répondit Thérence ; soyez-le donc un peu plus de voir !

Et la prenant par le cou avec son beau bras nu, tout brun du soleil, elle l'emmena sans lui donner le temps de ramasser Charlot, qu'elle prit comme un chebrillon sous son autre bras, encore qu'il fût déjà lourd comme un petit bœuf.

Le fief du Chassin a été un château, j'ai ouï dire, avec justice et droits seigneuriaux ; mais, dans ce temps-là, il n'en restait déjà plus que le porche qui est une pièce de conséquence, lourdement bâtie, et si épaisse qu'il y a des chambres logeables dans les côtés. Il me paraîtrait même que la bâtisse que je vous nomme un porche, et dont l'usage n'est guère facile à expliquer à présent (de la manière qu'il est construit), était une voûte servant d'entrée à d'autres bâtiments ; car, de ceux qui restent autour du préau et qui ne sont que mauvaises étables et granges délabrées, je ne sais quelle défense on aurait pu tirer, ni quelles aises on eût pu s'y donner. Il y avait encore cependant, à l'heure que je vous raconte, trois ou quatre chambres dégarnies qui paraissaient anciennes ; mais si jamais gros seigneurs s'y sont logés pour leur plaisir, il ne leur en fallait guère.

C'est pourtant dans cette masure que le bonheur attendait quelques-uns de ceux dont je vous dis l'histoire, et comme s'il y avait un je ne sais quoi de caché dans l'homme, qui le régale par avance des biens qui lui sont promis, Brulette et moi ne trouvâmes rien de laid ni de triste en cet endroit. Le préau herbu, entouré de deux côtés par les ruines, des deux autres par le petit bois dont nous sortions ; la grande haie où déjà je m'étais étonné de voir des arbustes connus seulement dans les jardins des riches, ce qui marquait que le lieu avait eu des soins t des agréments ; le gros portail trapu, tout encombré de décombres, où l'on voyait pourtant des bancs de pierre, comme si au temps jadis quelque guetteur avait eu charge de garder cette baraque réputée précieuse ; des ronces si longues qu'elles couraient d'un bout à l'autre de ce chétif enclos : tout cela, encore que semblable à une prison fermée d'oubli et de délaissement plus qu'autrefois de guerre et de méfiance, nous parut cependant aimable comme le soleil de printemps qui en perçait les barrières et en séchait l'humidité. Peut-être aussi que la vue de notre vieille connaissance, le clairin d'Huriel qui paissait là en liberté, nous fut un avant-goût de la présence d'un vrai ami. Je compte qu'il nous reconnut, car il vint se faire caresser, et Brulette ne se put tenir de baiser la lune blanche qu'il avait au front.

— Voilà mon château, dit Thérence en nous menant à une chambre où déjà étaient installés son lit et ses petits meubles, et vous voyez, à côté, celle de mon frère et de mon père.

— Il va donc venir, le Grand-Bûcheux ? m'écriai-je en sautant d'aise ; à la bonne heure ! car je ne connais pas de chrétien plus à mon goût.

— Et raison vous avez, fit Thérence en me tapant sur l'oreille d'un air d'amitié. Il vous aime aussi. Eh bien, vous le verrez, si vous voulez revenir la semaine prochaine, et même... Mais c'est trop tôt vous parler de cela. Voilà le patron qui arrive.

Brulette rougit encore, pensant que ce fût Huriel que Thérence appelait ainsi ; mais ce n'était qu'un bourgeois étranger, lequel avait acheté la coupe de la forêt du Chassin.

Je dis forêt, parce que, sans doute, il y en avait une autrefois, qui continuait la petite et belle futaie de chênes que nous avions avisée de l'autre côté de l'eau. Puisque le nom s'en est conservé, il faut croire qu'il n'y a pas été donné pour rien. Par la conversation que cet acheteur de bois eut avec Thérence, nous fûmes bien vite au fait. Il était du Bourbonnais et connaissait, de longüe date, le Grand-Bûcheux et sa famille pour gens de bon travail et de parole certaine. Étant en quête, par son état, de beaux arbres pour la marine du roi, il avait découvert cette coupe vierge, chose rare en nos pays, et avait confié l'entreprise de l'abatage et du débitage au père Bastien, à quoi celui-ci s'était décidé d'autant mieux que son fils et sa fille, sachant l'endroit voisin du nôtre, avaient fait grand'fête à l'idée de venir passer tout l'été et peut-être partie de l'hiver auprès de nous.

Le Grand-Bûcheux avait donc le choix et la gouverne de ses ouvriers par un contrat à forfait avec le fournisseur des chantiers de l'État ; et pour faciliter son exploitation, ce fournisseur avait fait consentir le propriétaire de la forêt à lui céder gratis l'usance du vieux château, où lui, bourgeois, se serait senti bien mal logé, mais où une famille de bûcheux se trouverait mieux, dans la saison avancée, que sous ses cabanes de pieux et de bruyères.

Huriel et sa sœur étaient arrivés depuis le matin seulement ; l'une avait commencé de s'installer, tandis que l'autre avait été faire connaissance avec le bois, le terrain et les gens du pays.

Nous entendîmes que l'acheteur rappelait à Thérence, qui paraissait s'entendre aussi bien qu'homme que ce fût aux affaires du bûchage, une condition de son accord avec le père Bastien. C'était qu'il n'emploierait que des ouvriers bourbonneux pour le débitage des tiges, vu qu'eux seuls en savaient le ménagement, et non point ceux du pays, qui lui gâteraient ses plus belles pièces. « C'est bien, lui répondit la fille des bois ; mais pour le fagotage, nous prendrons qui nous voudrons. Nous ne sommes point d'avis de retirer tout ouvrage aux gens d'ici, qui nous molesteraient et nous prendraient en haîtion. Ils y sont déjà assez portés envers tout ce qui n'est pas de leur paroisse. »

— Or donc, Brulette, nous dit-elle quand fut parti le patron, qui avait établi son quartier à Sarzay, m'est avis que si rien ne te retient dans ton village, tu pourrais bien faire faire à ton grand-père un joli emploi de son été. Tu m'as dit qu'il était encore bon ouvrier, et il aurait affaire à un bon chef, qui est mon père et qui lui en laisserait

prendre à son aise. Vous vous logeriez ici sans rien dé-
penser, nous ferions ménage ensemble...

Et comme Brulette mourait d'envie de dire oui, et n'o-
sait point se trahir encore, Thérence ajouta : — Si tu bar-
guignes, je croirai que tu as le cœur engagé dans ton endroit, et que mon frère arrive trop tard.

— Trop tard ? fit une voix bien sonnante qui venait de
la petite fenêtre grillagée de lierre : que le bon Dieu fasse
mentir cette parole-là !

Et Huriel, beau et frais comme un homme joli qu'il était
quand le charbon ne lui faisait plus de tort, entra vitement
et enleva Brulette dans ses bras pour lui baiser fortement
les joues, car il n'était pas façonnier et ne connaissait
point la retenue un peu glaçante des gens de chez nous.
Il paraissait si content, criait si haut et riait si fort qu'il
n'y avait pas moyen pour elle de s'en fâcher. Il me bigea
aussi comme du pain, et sautait par la chambre comme
si la joie et l'amitié lui eussent fait l'effet du vin nouveau.

Mais, tout d'un coup, ayant observé Charlot, il s'arrêta,
regarda d'un autre côté, s'efforça pour dire deux ou trois
mots qui n'avaient point rapport à lui, s'assit sur le lit de
sa sœur et devint si pâle que je crus qu'il s'en allait en
pâmoison.

— Qu'est-ce qu'il a donc ? cria Thérence étonnée ; et,
lui touchant la tête, elle dit : — Ah ! mon Dieu, ta sœur
se glace sur toi ! Tu te sens donc malade ?

— Non, non, fit Huriel en se relevant et se secouant.
C'est la joie, le saisissement... ce n'est rien !

A ce moment-là, la mère de la mariée vint nous demander pourquoi nous avions quitté la noce, et si Brulette ou
l'enfant n'étaient point malades. Voyant que nous avions
été retenus par une compagnie étrangère, elle invita très-
honnêtement Huriel et Thérence à venir se divertir avec
nous, au repas et à la danse. Cette femme, qui était ma
tante, étant sœur de mon père et du défunt père à Brulette, était entrée dans le secret de la naissance de
Charlot, car il n'avait été fait aucune question sur lui, et
on en avait eu grand soin en son logis. Mêmement, elle
avait dit à son monde que c'était un petit parent, et les
gens du Chassin n'en avaient pris aucun soupçon.

Comme Huriel, qui était encore troublé dans ses esprits,
remerciait ma tante sans se décider à rien, Thérence le
réveilla en lui disant que Brulette était obligée de reparaî-
tre à la noce et que s'il ne l'y suivait, il perdrait l'occasion
de l'amener à ce qu'ils souhaitaient tous les deux. Mais
Huriel était devenu inquiet et comme hésitant, lorsque
Brulette lui dit : — Est-ce que vous ne me voulez point
faire danser aujourd'hui ?

— Vrai, Brulette ? lui dit-il en la regardant bien aux
yeux : souhaitez-vous m'avoir pour danseur ?

— Oui, car je me souviens que vous dansez au mieux.

— Est-ce là toute la raison de votre souhait ?

Brulette fut embarrassée, trouvant que ce garçon était
bien pressé de la faire expliquer, et n'osant cependant pas
revenir à ses petits airs dégagés d'autrefois, tant elle
craignait de le voir se dépiter ou se décourager encore.
Mais Thérence essaya de la retirer de sa peine en faisant
reproche à Huriel d'en trop demander pour le premier
jour.

— Tu as raison, sœur, répondit-il. Et pourtant je ne
puis me comporter autrement. Écoutez, Brulette, et pardonnez-moi. Il faut que vous me promettiez de n'avoir

pas d'autre danseur que moi à cette fête, ou je n'irai point.

— Eh bien, voilà un drôle de garçon ! dit ma tante qui
était une petite femme gaie et prenant tout pour le mieux.
Je vois bien, ma Brulette, que c'est un galant pour toi, et
m'est avis qu'il n'en tient pas à moitié ; mais apprenez,
mon enfant, dit-elle à Huriel, que ce n'est pas la coutume
de notre pays de tant montrer ce qu'on pense, et qu'on
ne danse ici plusieurs fois de suite qu'avec une fille dont
on a, en promesse, le cœur et la main.

— C'est ici comme chez nous, ma bonne mère, répondit
Huriel, et cependant il faut qu'avec ou sans promesse de
son cœur, Brulette que voilà me fasse promesse de sa
main pour toute la danse.

— Si cela lui convient, je ne l'empêche pas, reprit ma
tante. Elle est raisonnable et sait très-bien se conduire ;
mais j'ai devoir de l'avertir qu'il en sera beaucoup parlé.

— Frère, dit Thérence, je crois que tu deviens fou,
Est-ce comme cela qu'il faut être avec cette Brulette que
tu connais si retenue, et qui ne t'a pas encore donné les
droits que tu réclames ?

— Oh ! que je sois fou, qu'elle soit retenue, tout cela
se peut, dit Huriel ; mais il faut que ma folie ait raison et
que sa retenue ait tort aujourd'hui, tout de suite. Je ne
lui demande rien autre chose que de me souffrir auprès
d'elle jusqu'à la fin de cette noce. Si elle ne veut plus entendre parler de moi après, elle en sera maîtresse.

— C'est bien, dit ma tante ; mais le tort que vous lui
aurez fait, si vous vous retirez d'elle, qui le réparera ?

— Elle sait, dit Huriel, que je ne me retirerai pas.

— Si tu le sais, dit ma tante à Brulette, voyons, explique-toi ; car voilà une affaire à quoi je ne comprends
rien. T'es-tu donc accordée avec ce garçon dans le Bourbonnais ?

— Non, répondit Huriel, sans laisser à Brulette le temps
de parler. Je ne lui ai rien demandé, jamais ! Ce que je
lui demande à cette heure, c'est à elle, à elle toute seule
et sans consulter personne, de savoir si elle me le peut
octroyer.

Brulette, tremblante comme une feuille, s'était tournée
vers le mur et cachait sa figure dans ses mains. Si elle
était contente de voir Huriel si résolu auprès d'elle, elle
était fâchée aussi de le voir prendre si peu d'égard pour
son naturel craintif et incertain. Elle n'était pas bâtie comme Thérence, pour dire comme cela un beau oui tout de
suite et devant tout le monde ; si bien que, ne sachant
comment en sortir, elle s'en prit à ses yeux et pleura.

VINGT-TROISIÈME VEILLÉE

— Vous êtes un véritable imbriaque, mon ami, dit ma
tante à Huriel, en lui donnant une tape pour le retirer de
Brulette, dont il s'était approché tout ému ; et, prenant
les mains de sa nièce, elle la consola en la priant doucement de lui dire tout ce que cela pouvait signifier.

— Si ton grand-père était là, lui dit-elle, c'est lui qui
m'expliquerait de quoi il retourne entre toi en ce garçon
étranger, et il faudrait s'en rapporter à son jugement ;
mais, puisque je te sers ici de père et de mère, c'est à
moi que tu dois confiance. Souhaites-tu que je te débar-

rasse des poursuites qu'on te fait, et qu'au lieu d'inviter ce badin ou ce brutal, car je ne sais de quel nom l'appeler, je le prie de nous laisser tranquilles ?

— Eh bien, s'écria Huriel, ce que je réclame, c'est qu'elle dise sa volonté, à quoi je me rangerai sans dépit et en lui conservant mon estime et mon amitié. Si elle me croit badin ou brutal, qu'elle me consigne. Parlez, Brulette ; je serai toujours votre ami et votre serviteur : vous le savez bien.

— Soyez ce que vous voudrez, dit enfin Brulette en se levant et en lui tendant la main ; vous m'avez défendue dans une occasion si dangereuse, et vous avez souffert pour moi de tels soucis, que je ne peux ni ne veux vous refuser une aussi petite chose que de danser avec vous tant qu'il vous plaira.

— Songez à ce que vous dit votre tante, répliqua Huriel en lui tenant la main. Il en sera parlé, et s'il n'en résulte rien de bon entre nous deux, ce qui, de votre part, est encore possible, tout arrangement ou projet que vous auriez pour un autre mariage en sera gâté ou retardé.

— Eh bien, le mal n'en serait pas si grand, répondit Brulette, que celui où, sans réflexion ni crainte, vous vous êtes jeté pour moi. Ma tante, excusez-moi, ajouta-t-elle, si je ne peux pas vous expliquer cela tout de suite ; mais croyez que votre nièce vous aime, vous respecte, et n'aura jamais rien à se reprocher devant vous.

— J'en suis bien assurée, dit la bonne tante en l'embrassant ; mais que répondrons-nous aux questions qui nous seront faites ?

— Rien, ma tante, dit résolûment Brulette, rien du tout ! Je suis payée pour ne me point embarrasser des questions, et vous savez que j'en ai l'habitude.

Alors Huriel baisa, par cinq ou six fois, la main de Brulette, en lui disant :

— Merci, la mignonne de mon cœur ; je ne vous ferai pas repentir de ce que vous m'accordez là.

— Venez-vous, grand obstiné ? lui dit ma tante. Je ne peux pas me détarder plus longtemps, et si je n'emmène vitement Brulette, la mariée est capable de quitter son monde pour la venir réclamer ici.

— Allez, allez, Brulette, fit Thérence, et laissez-moi cet enfant ; je vous réponds d'en avoir soin.

— Ne venez-vous donc point, ma belle Bourbonnaise ? dit ma tante, qui ne se pouvait lasser de regarder Thérence comme une merveille. Je compte bien sur vous aussi.

— J'irai plus tard, ma brave femme, dit Thérence. Pour le moment, je veux donner à mon frère des habits convenables pour se faire honneur ; car nous voilà encore tous les deux dans nos effets de voyage.

La tante emmena Brulette, qui voulait emmener Charlot ; mais Thérence insista pour le garder, voulant que son frère eût le loisir d'être avec sa mie sans le trouble et l'embarras de ce petit enfant. Cela n'était point du goût de Charlot, qui, voyant emmener sa mignonne, commença de brailler et de se débattre dans les bras de la Bourbonnaise ; mais elle, le regardant d'un air sérieux et volontaire, lui dit : — Tu vas te taire, mon garçon ; il le faut, c'est comme ça.

Charlot, qui ne s'était jamais vu commander, fut si étonné d'un ton pareil, qu'il accota tout de suite ; mais, comme je voyais Brulette angoissée de le laisser dans les

mains d'une fille qui, de sa vie, n'avait touché un marmot, je lui promis de le ramener moi-même dès qu'il serait besoin, et la poussai à suivre notre petite tante, qui commençait à s'impatienter.

Huriel, poussé, de son côté, par sa sœur, entra dans sa chambre pour se raser et faire sa toilette ; et moi, restant seul avec Thérence, je l'aidai à défaire ses coffres et à déplier les habits, tandis que Charlot, tout maté, la regardait d'un air ébahi. Quand j'eus porté à Huriel les effets dont Thérence me chargeait les bras, je revins pour lui demander si elle n'allait pas aussi s'habiller, et lui offrir de promener l'enfant pendant ce temps-là.

— Quant à moi, répondit-elle en mettant ses affiquets sur son lit, j'irai si Brulette s'en tourmente ; mais, si elle peut m'oublier un peu, je vous confesse que j'aimerais mieux rester tranquille. Dans tous les cas, je serai prête en un moment, et n'ai besoin de personne pour me conduire. Je suis habituée à chercher et à préparer les logements en voyage, comme un vrai sergent en campagne, et ne suis embarrassée de rien, en quelque lieu que je me trouve.

— Vous n'aimez donc pas la danse, lui dis-je, puisque ce n'est pas la honte des nouvelles connaissances qui vous fait préférer de rester seule au logis ?

— Non, je n'aime pas la danse, répondit-elle, ni le bruit, ni la table, ni surtout le temps perdu qui laisse venir l'ennui.

— Mais on n'aime pas toujours la danse pour la danse. Vous avez donc crainte ou répugnance des propos que les garçons vous tiennent aux jeunes filles ?

— Je n'ai répugnance ni crainte, dit-elle simplement. Cela ne m'amuse pas, voilà tout. Je n'ai pas l'esprit de Brulette. Je ne sais répondre à propos, ni plaisanter, ni pousser personne à la causerie. Je suis sotte et rêvasseuse, enfin je m'imagine d'être aussi mal placée en une compagnie que le serait un loup ou un renard que l'on inviterait à danser.

— Vous n'avez pourtant mine de loup ni d'aucune bête chafouine, et vous dansez d'une aussi belle grâce que les branches des saules quand un air doux les caresse.

Je lui en aurais dit davantage, mais Huriel sortit de sa chambre, beau comme un soleil, et plus pressé de s'en aller que moi, qui me serais bien convenu en la compagnie de sa sœur. Elle le retint un peu pour lui arranger sa cravate et lui nouer ses jarretières de dessus, ne le trouvant jamais assez bien pour être digne de danser toute une noce avec Brulette ; et ce faisant : — Nous expliqueras-tu, lui dit-elle, pourquoi tu t'es montré si jaloux de ne la laisser divertir qu'avec toi ? Ne crains-tu pas de la choquer par un si prompt commandement ?

— Tiennet ! dit Huriel, s'arrêtant tout d'un coup de s'arranger, et prenant Charlot qu'il mit sur la table pour le regarder tout son soûl, à qui est cet enfant-là ?

Thérence, étonnée, demanda d'abord à lui, pourquoi il faisait cette question-là, et ensuite à moi, pourquoi je n'y répondais point.

Nous nous regardions tous les trois dans les yeux, comme trois essottis, et j'aurais donné gros pour pouvoir répondre, car je voyais bien qu'une pierre menaçait de nous tomber sur la tête. Enfin, je pris courage en me souvenant de ce que j'avais senti, ce jour-là même, d'honnêteté et de vérité dans les yeux de ma cousine, à une pareille question que je lui avais faite ; et allant tout de suite de l'avant, je répondis à Huriel : — Mon camarade, si tu viens en notre village, beaucoup de gens te diront que Charlot est l'enfant de Brulette...

Il ne me laissa pas continuer, et, prenant le petit, il le toucha et le retourna comme un chasseur qui examine un gibier de rencontre. Craignant quelque idée de colère, je voulus lui retirer l'enfant, mais il le retint en me disant :

— Ne crains rien pour un pauvre innocent ; je ne suis pas un mauvais cœur, et si je lui trouvais de la ressemblance avec *elle*, peut-être qu'en détestant mon sort, je ne pourrais pas m'empêcher d'embrasser cette ressemblance ; mais il n'y en a point, et j'ai beau me questionner le sang, cet enfant, dans mes bras, ne me donne ni chaud ni froid.

— Tiennet, Tiennet, répondez-lui ! s'écria Thérence sortant comme d'un rêve ; répondez-moi aussi, car je ne sais point ce que cela veut dire, et je deviens folle d'y songer. Il n'y a point de tache dans notre famille, et si mon père le croyait...

Huriel lui coupa la parole. — Attends, ma sœur, dit-il. Un mot de trop serait bien vite dit, et c'est à Tiennet de nous répondre. Une fois, deux fois, Tiennet, toi qui es un honnête homme, dis-moi à qui est cet enfant-là.

— Je te jure Dieu que je ne le sais pas, lui répondis-je.

— S'il était à elle, tu le saurais ?

— Il ne me semble point qu'elle eût pu me le cacher.

— T'a-t-elle jamais caché quelque autre chose ?

— Jamais.

— Connaît-elle les parents de cet enfant ?

— Oui ; mais elle ne veut pas seulement qu'on la questionne là-dessus.

— Nie-t-elle que l'enfant soit à elle ?

— Personne n'a jamais osé le lui demander !

— Pas même toi ?

Je racontai en trois mots ce que je savais, ce que je croyais, et je finis en disant : — Rien ne peut me servir de preuve pour ou contre Brulette ; mais, j'ai beau faire, je ne peux pas la soupçonner.

— Eh bien, ni moi non plus ! dit Huriel. Et, donnant un baiser à Charlot, il le remit par terre.

— Mi moi non plus, dit Thérence ; mais pourquoi cette idée est-elle venue à d'autres, et comment t'est-elle venue à toi, mon frère, en regardant cet enfant ? Je n'avais pas seulement songé à demander s'il était neveu ou cousin de Brulette. Je me disais qu'il était apparemment de sa famille, et il me suffisait de le voir sur ses bras pour que je voulusse le prendre sur les miens.

— Il faut donc que je t'explique cela, dit Huriel, encore que les mots me brûlent la bouche. Eh bien oui, j'aime mieux le dire ! Ce sera l'unique fois, car mon parti est pris, quoi qu'il y ait, quoi qu'il arrive ! Sache, Thérence, qu'il y a trois jours, quand nous avons quitté Joseph à Montaigu... tu sais comme je partais le cœur libre et content ! Joseph était guéri, Joseph renonçait à Brulette, Joseph te demandait en mariage, et Brulette n'était pas mariée ! il le disait. Il la regardait comme libre aussi, et, à toutes mes questions, il répondait : « Comme tu voudras, je n'en suis plus amoureux ; tu peux l'aimer sans que je m'en inquiète. »

» Eh bien, sœur, au moment où nous le quittions, il me

retint par le bras et me dit, pendant que tu montais sur la charrette : « Est-ce donc vrai ? est-ce décidé, Huriel, que tu vas au pays de chez nous ? Et ton idée est-elle de faire la cour à celle que j'ai tant aimée ?

» — Oui, lui dis-je, puisque tu veux le savoir. C'est mon idée, et tu n'as plus le droit de revenir sur la tienne, ou je croirais que tu as voulu te jouer de moi en me demandant ma sœur.

» — Cela n'est pas, a répondu Joseph ; mais je crois que je te trahirais, à cette heure, si je te laissais partir sans te dire une triste chose. Dieu m'est témoin que de telles paroles ne me seraient jamais sorties de la bouche contre une personne dont le père m'a élevé, si tu n'étais pas là prêt à faire une faute. Mais, comme ton père m'a élevé aussi, donnant l'instruction à mon esprit, comme l'autre avait donné le soin et la nourriture à mon corps, je crois que je suis obligé à la vérité. Sache donc, Huriel, qu'au temps où je quittais Brulette par amour, Brulette avait déjà eu, à mon insu, de l'amour pour un autre, et qu'il y en a une preuve aujourd'hui bien vivante, qu'elle ne prend même pas le soin de cacher. A présent, fais comme tu voudras, je n'y veux plus penser. »

» Là-dessus, Joseph a tourné le dos et s'est enfui dans le bois.

» Il avait l'air si agité, et moi, je sentais tant d'amour et de foi dans mon cœur, que j'ai accusé ce malheureux jeune homme d'un mouvement de folie et de mauvaise rage. Tu te souviens, ma sœur, que tu m'as trouvé changé et que tu m'as cru malade pendant que nous allions au bourg d'Huriel. Quand nous avons été là, tu as trouvé chez nos parents deux lettres de Brulette, et moi trois lettres de Tiennet, toutes déjà anciennes, et qu'on avait manqué à nous envoyer, malgré qu'on nous l'eût si bien promis. Ces lettres-là étaient si simples, si bonnes, et marquaient tant de vérité dans l'amitié, que j'ai dit : « Marchons ! » et les paroles de Joseph ont passé de mon esprit comme un mauvais rêve. J'en avais honte pour lui ; je ne voulais pas m'en souvenir. Et quand, tout à l'heure, j'ai vu là Brulette, avec son air si doux et sa modestie qui me charmait tant par le passé, je jure Dieu que j'avais oublié tout, aussi bien oublié que la chose qui n'a jamais été. La vue de cet enfant m'a tué ! Et voilà pourquoi j'ai voulu savoir si Brulette était libre de m'aimer. Elle l'est puisqu'elle m'a promis de s'exposer pour moi à la critique et au délaissement des autres. Eh bien, puisqu'elle ne dépend de personne, si elle a eu un malheur dans sa vie... que je le croie un peu ou pas du tout... qu'elle le confesse ou s'en justifie... c'est un : je l'aime !

— Tu aimerais une fille déshonorée ? s'écria Thérence. Non, non ! pense à ton père, à ta sœur ! Ne va pas à cette noce avant que nous sachions la vérité. Je n'accuse pas Brulette, je ne crois pas à Joseph. Je suis sûre que Brulette est sans tache, mais encore faut-il qu'elle le dise, et elle fera mieux, il le prouvera. Allez la chercher, Tiennet. Il faut qu'elle s'explique tout de suite, avant que mon frère fasse un de ces pas qu'un honnête homme ne peut plus faire en arrière.

— Tu n'iras pas, Tiennet, dit Huriel, je te le défends. Si, comme je le crois, Brulette est aussi innocente que ma sœur Thérence, il ne lui sera pas fait l'injure d'une question avant que je le lui aie fait, moi, l'honneur de ma parole.

— Penses-y, mon frère... dit encore Thérence.

— Ma sœur, répondit Huriel, tu oublies une chose: c'est que, si Brulette a fait une faute, moi, j'ai fait un crime, et que, si l'amour l'a entraînée à mettre un enfant dans le monde, moi, l'amour m'a entraîné à mettre un homme dans la terre!

Et comme Thérence insitait: — Assez, assez! lui dit-il en l'embrassant et en la repoussant. J'ai beaucoup à me faire pardonner avant de juger les autres: j'ai tué un homme! Disant cela, il s'enfuit sans vouloir m'attendre, et je le vis courir vers la maison de la mariée, qui fumait de cuisine et grouillait de vacarme emmi toutes celles du village.

— Ah! dit Thérence en le suivant des yeux, mon pauvre frère n'a pas oublié son malheur! et peut-être qu'il ne s'en consolera jamais!

— Il s'en consolera, Thérence, lui dis-je, quand il se verra aimé de celle qu'il aime, et je vous réponds qu'il l'est déjà et depuis longtemps.

— Je le crois bien aussi, Tiennet; mais si cette fille n'était pas digne de lui?

— Voyons, ma belle Thérence, êtes-vous donc si sévère que vous feriez péché mortel d'un malheur arrivé à une enfant; et, qui sait?.... peut-être par surprise ou par force?

— Ce n'est pas tant le malheur ou la faute que je blâmerais, que les mensonges de la bouche ou de la conduite qui en auraient été la conséquence. Si, du premier jour, votre cousine avait dit à mon frère: « Ne me recherchez pas, j'ai été trompée ou violentée, » j'aurais compris que mon frère n'en tînt compte et pardonnât tout à la franche confession; mais se laisser tant courtiser et admirer sans rien dire... Voyons, Tiennet, ne savez-vous vraiment rien? Ne pouvez-vous, à tout le moins, deviner ou supposer quelque chose qui me tranquillise? J'aime tant Brulette, que je ne me sens point le courage de la condamner. Et pourtant que me dira mon père, s'il pense que j'aurais dû tout faire pour retenir Huriel dans un pareil danger?

— Thérence, je ne peux rien vous dire, sinon que, moins que jamais, je doute de Brulette; car, si vous voulez savoir quelle était la seule personne que je pusse soupçonner de l'avoir abusée, et sur qui les accusations du monde eussent un peu d'apparence de raison, je vous dirai que c'était Joseph, lequel m'en paraît aussi blanc que neige, d'après ce que votre frère vient de nous en apprendre. Or, il n'y avait au monde, à ma connaissance, qu'un autre garçon, je ne dis pas capable, mais en position, par son amitié avec Brulette, de se laisser détourner de son honneur par une mauvaise tentation. Ce garçon-là, c'est moi. Eh bien, le croyez-vous, Thérence? Regardez-moi dans les yeux avant de me répondre. Personne ne me l'a jamais imputé, que je sache, mais je pourrais en être le païen tout de même, et vous ne me connaissez point assez pour être sûre de mon honnêteté et de ma parole. Voilà pourquoi je vous dis, regardez à ma figure si le mensonge et la lâcheté s'y peuvent loger à leur aise?

Thérence fit ce que je lui disais et me regarda sans montrer d'embarras, puis elle me dit:

— Non, Tiennet, vous n'êtes pas dans le cas de mentir comme ça; et si vous êtes tranquille sur Brulette, je sens que je dois l'être aussi. Allons, mon garçon, allez-vous-en à la fête: je n'ai plus besoin de vous ici.

— Si fait, lui dis-je. Cet enfant va vous embarrasser. Il n'est pas bien commode avec les personnes qu'il ne connaît point, et je voudrais ou l'emmener ou vous aider à le garder.

— Il n'est pas commode? dit Thérence en le prenant sur ses genoux. Bah! qu'est-ce qu'il y a donc de si mal aisé à gouverner une marmaille comme ça? Je n'y ai jamais essayé, mais il ne me paraît pas qu'il y faille tant de malice. Voyons, mon gros gars, que te faut-il? Veux-tu point manger?

— Non, dit Charlot, qui boudait sans oser le montrer.

— Oui-dà, c'est comme il te plaira! Je ne te force point; mais quand tu souhaiteras ta soupe, tu pourras la demander; je veux bien te servir, et même t'amuser, si tu t'ennuies. Dis, veux-tu t'amuser avec moi?

— Non, dit Charlot en fronçant sa figure bien fièrement.

— Or donc, amuse-toi tout seul, dit tranquillement Thérence en le mettant à terre. Moi, je vas aller voir le beau petit cheval noir qui mange dans la cour.

Elle fit mine d'y aller, Charlot pleura. Thérence fit semblant de ne pas l'entendre, jusqu'à ce qu'il vînt à elle.

— Eh bien, qu'est-ce qu'il y a? dit-elle, comme étonnée; dépêche-toi de le dire, ou je m'en vais; je n'ai pas le temps d'attendre.

— Je veux voir le beau petit cheval noir, dit Charlot en sanglotant.

— En ce cas, viens, mais sans pleurer, car il se sauve quand il entend crier les enfants.

Charlot rentra son dépit et alla caresser et admirer le clairin.

— Veux-tu monter dessus? dit Thérence.

— Non, j'ai peur.

— Je te tiendrai.

— Non, j'ai peur.

— Eh bien, n'y monte pas.

Au bout d'un moment, il y voulut monter.

— Non, dit Thérence, tu aurais peur.

— Non.

— Si fait, je te dis.

— Eh non! dit Charlot.

Elle le mit sur le cheval, qu'elle fit marcher en tenant l'enfant bien adroitement, et, quand je les eus regardés un bon moment, je fus bien assuré que les caprices de Charlot ne pouvaient pas tenir contre une volonté aussi tranquille que celle de Thérence. Elle s'y prenait tout aussi bien, dès le premier jour, pour gouverner un marmot naturellement difficile, que Brulette y était arrivée par une année de patience et de fatigue, et l'on voyait que le bon Dieu l'avait faite pour être bonne mère sans apprentissage. Elle en devinait les finesses et les forces et s'y prêtait sans se tourmenter, s'étonner ni s'impatienter de rien.

Charlot, qui se croyait le maître avec tout le monde, fut étonné de voir qu'il ne l'était pas, avec elle, que de bouder contre lui-même, et qu'elle s'en embarrassait si peu, que c'était peine perdue. Aussi, au bout d'une demi-heure, de vint-il tout à fait gentil, demandant lui-même ce qu'il souhaitait, et se dépêchant d'accepter ce qui lui était offert. Thérence le fit manger, et j'admirai comme, de son propre jugement, elle sut mesurer ce qu'il lui fallait, sans trop ni trop peu, et comme elle sut ensuite l'occuper à côté d'elle tout en s'occupant elle-même, causant avec lui comme avec une personne raisonnable, et lui donnant tant de confiance, sans avoir l'air de le questionner, qu'il lui eut bientôt défilé tout son chapelet de disettes, dont il avait l'habitude de se faire prier quand on s'en montrait trop curieux. Et mêmement, il se trouvait si content avec elle et si fier de savoir causer, qu'il s'impatientait contre les mots qu'il ne connaissait point, et rendait son idée par des mots de son invention, qui n'étaient du tout sots ni vilains.

— Qu'est-ce que vous faites donc là, Tiennet? me dit-elle tout d'un coup, comme pour me faire entendre que je restais trop longtemps.

Et, comme j'avais déjà inventé cinquante petites histoires pour ne pas m'en aller, je me trouvai à court et ne sus rien lui dire, sinon que j'étais occupé à la regarder.

— Est-ce que ça vous amuse? fit-elle.

— Je ne sais pas, lui répondis-je. Autant vaut demander au blé s'il est content de se sentir pousser au soleil.

— Oh! oh! il paraît que vous êtes devenu malin pour tourner les compliments! mais pensez donc que c'est peine perdue avec moi, qui n'y comprends rien et n'y sais rien répondre.

— Je n'y connais rien non plus, Thérence. Tout ce que je veux dire, c'est qu'à mon idée, il n'y a rien de si beau et de si saint à voir qu'une jeune fille prenant son plaisir dans la causette d'un petit enfant.

— Est-ce que ça n'est pas naturel? dit Thérence. Il me semble, à moi, que je rentre dans la vérité des choses du bon Dieu, en regardant et en écoutant ce marmot. Je sens bien que je ne vis pas, à l'ordinaire, comme une femme doit aimer à vivre; mais je n'ai pas choisi mon sort, et l'état voyageur et abandonné que je mène est dans mon devoir, puisque j'y suis le soutien et le bonheur de mon père. Aussi, je ne m'en plains pas et ne souhaite pas une vie qui ne serait pas la sienne; seulement, je comprends bien le plaisir des autres; celui que Brulette a dans la société de son Charlot, qu'il soit à elle ou au bon Dieu, me serait très-doux aussi. Je n'ai pas eu souvent l'occasion d'un si gentil divertissement, et je peux bien le prendre où je le trouve. Vrai, c'est une jolie compagnie que ce petit bonhomme, et je ne savais pas que ça pouvait avoir tant d'esprit et de connaissance.

— Et pourtant, mignonne, ce Charlot n'est aimable que par les grands soins de Brulette, et il lui a fallu s'amender beaucoup pour l'être autant que celui que Dieu a fait gentil de son naturel.

— Vous m'étonnez grandement, dit Thérence. S'il y a des enfants plus gentils que celui-là, on est trop heureux de pouvoir vivre avec eux. Mais en voilà assez, Tiennet. Allez-vous-en, ou l'on viendra vous chercher et on voudra aussi m'emmener, ce qui me contrarierait, je vous le confesse, car je suis un peu lasse et je me trouve si bien d'être là tranquille avec ce petit, qu'on ne me rendrait pas service en me dérangeant sitôt.

Il fallut bien obéir, et je m'en allai le cœur tout rempli et tout révolutionné des idées qui me venaient au sujet de cette fille.

VINGT-QUATRIÈME VEILLÉE

Ce n'était pas seulement la beauté surprenante de Thérence qui m'occupait l'esprit, mais un je ne sais quoi qui me la faisait paraître au-dessus de toutes les autres. Je m'étonnais d'aimer tant Brulette, qui lui ressemblait si peu, et j'allais me demander si l'une des deux était trop franche ou l'autre trop fine. Dans mon jugement, Brulette était plus aimable, ayant toujours quelque chose de gentil à dire à ses amis, et sachant les retenir autour d'elle par toutes sortes de petits commandements dont les garçons se sentent flattés, parce qu'ils aiment à se croire nécessaires. Tout au rebours, Thérence vous marquait franchement n'avoir aucun besoin de vous, et semblait même étonnée ou ennuyée que l'on fît attention à elle. Toutes deux sentaient leur prix cependant; mais tandis que Brulette se donnait la peine de vous le faire sentir aussi, l'autre avait l'air de ne vouloir qu'une estime pareille à celle qu'elle pourrait vous rendre. Et je ne sais comment ce grain de fierté, plus caché, me paraissait une amorce qui donnait la tentation en même temps que la peur.

Je trouvai la danse enrayée tout au mieux, et Brulette voltigeant comme un papillon aux mains et aux bras d'Huriel. Il y avait tant de feu sur leurs visages, elle paraissait si ivrée au dedans et au dehors, qu'ils ne voyaient et n'entendaient rien autour d'eux. La musique les enlevait, mais je crois bien que leurs pieds ne se sentaient point toucher la terre et que leurs esprits dansaient dans le paradis. Comme, parmi ceux qui mènent la bourrée, il y en a beaucoup qui n'aient point une amour ou une grosse fantaisie en la tête, on ne faisait pas seulement attention à eux, et il y avait tant de vin, de bruit, de poussière, de chansons et de joyeuses paroles dans l'air chaud de la noce, que le soir arriva sans que l'assistance prît grand souci du contentement particulier d'un chacun.

Brulette ne se dérangea que pour me demander nouvelles de Charlot et pourquoi Thérence ne venait point; mais elle se tranquillisa aisément sur mes réponses, et Huriel ne lui donna pas le temps d'en écouter bien long sur la conduite de son gars.

Je ne me sentais point en goût de danser, car il se faisait que je ne trouvais là aucune fille jolie, encore qu'il y en eût; mais pas une ne ressemblait à Thérence, et Thérence ne me sortait point de la tête. Je me mis en un coin pour regarder son frère, afin d'avoir quelque nouvelle à lui en donner quand elle me questionnerait. Huriel avait si bien oublié son tourment, qu'il était tout bonheur et toute jeunesse. Il se trouvait bien assorti avec Brulette, en ce qu'il aimait le plaisir et le bruit autant qu'elle, quand il s'y mettait, et il avait le dessus sur tous les autres garçons, en ce qu'il ne se lassait jamais à la danse. Chacun sait qu'en tout pays, les femmes enterrent les hommes à la bourrée et tiennent encore sans débrider quand nous sommes crevés de soif et de chaud. Huriel n'était curieux de boire ni de manger, et on aurait dit qu'il avait juré de rassasier Brulette de son meilleur divertissement; mais, au fond, je voyais bien qu'il y prenait son propre plaisir et qu'il aurait fait le tour de la terre sur un pied, pourvu que cette légère danseuse fût à son bras.

A la fin, plusieurs garçons, ennuyés d'être refusés par Brulette, observèrent qu'il y avait un étranger bien favorisé d'elle, et on commença d'en causer autour des tables. Il faut vous dire que Brulette, qui ne s'était pas attendue à se tant divertir et qui avait un peu de mépris dorénavant pour tous les galants des environs, à cause du mauvais comportement de leurs langues, ne s'était point mise dans de grands atours. Elle avait plutôt l'air d'une petite nonne que de la reine de chez nous; et, comme il y avait là de grandes toilettes de gala, elle n'avait pas fait les beaux effets du temps passé. Cependant, quand elle se fût animée à la danse, force fut de se rappeler que nulle ne pouvait lui être comparée, et ceux qui ne la connaissaient point ayant questionné ceux qui la connaissaient, il en fut dit du mal et du bien autour de moi.

J'y prêtai l'oreille, voulant en avoir le cœur net, et ne donnai point à connaître qu'elle était ma parente. Alors j'entendis revenir l'histoire du moine et de l'enfant, de Joseph et du Bourbonnais, et il fut dit que ce n'était peut-être pas Joseph l'auteur du péché, mais bien ce grand garçon si empressé auprès d'elle et paraissant si sûr de son fait qu'il ne souffrait personne autre s'en approcher.

— Eh bien, dit l'un, si c'est lui et qu'il y vienne à réparation, mieux vaut tard que jamais.

— Ma foi, dit un autre, elle n'avait pas mal choisi. C'est un gars superbe et qui paraît très-bon enfant.

— Après tout, dit un troisième, ça fera un beau couple, et quand le prêtre y aura passé, ça sera aussi bon qu'un autre ménage.

Par là, je vis bien qu'une femme n'est jamais perdue tant qu'elle a une bonne protection, mais qu'il en faut une franche et finale, car cent ne valent rien, et tant plus s'en mêlent, tant plus la rabaissent et lui font tort.

Dans ce moment-là, ma tante prit Huriel à part, et, l'amenant auprès de moi, lui dit :

— Je veux vous faire trinquer une verrée de mon vin à ma santé, car vous me réjouissez l'âme de si bien danser et de mettre si bien en train le monde de ma noce.

Huriel avait regret de quitter Brulette pour un moment; mais la maîtresse du logis était fort décidée, et il n'y avait pas moyen de lui refuser une politesse.

Ils s'assirent donc à un bout de table qui se trouvait vide, une chandelle posée entre eux, et se voyant face à face. Ma tante Marghitonne était, comme je vous l'ai dit, une toute petite femme qui avait oublié d'être sotte. Elle portait la plus drôle de figure qu'on pût voir, très-blanche et très-fraîche, encore qu'elle eût la cinquantaine et mis au monde quatorze enfants. Je n'ai jamais vu un si long nez avec de si petits yeux, enfoncés de chaque côté comme par une vrille, mais si vifs et si malins qu'on ne les pouvait regarder sans avoir envie de rire et de bavarder.

Je vis pourtant qu'Huriel était sur ses gardes, et qu'il se méfiait du vin qu'elle lui versait. Il trouvait dans son air quelque chose de moqueur et de curieux, et, sans savoir trop pourquoi, il se mettait en défense. Ma tante, qui, depuis le matin, n'avait pas reposé une minute de remuer et de causer, avait grand' soif pour de bon, et n'eût point avalé trois petits coups, que le bout pointu de son grand nez devint rouge comme une semelle, et que sa grande bouche, où il y avait des dents blanches et serrées pour trois personnes plutôt que pour une, se mit à rire jusqu'aux oreilles. Pourtant, elle n'était pas dérangée dans son jugement, car jamais femme ne porta mieux la gaieté sans outrance et la malice sans méchanceté.

— Ah çà, mon garçon, lui dit-elle, après beaucoup de propos en l'air, qui ne lui avaient servi qu'à faire passer la première soif, vous voilà, pour tout de bon, accordé avec ma Brulette? Il n'y a point à reculer, car ce que vous souhaitiez est arrivé : tout le monde en cause, et si vous pouviez entendre, comme moi, ce qui se dit de tous les côtés, vous verriez qu'on vous met sur le dos le futur aussi bien que le passé de ma jolie nièce.

Je vis que cette parole enfonçait un couteau dans le cœur d'Huriel et le faisait tomber des étoiles dans les épines; mais il y fit bonne contenance et répondit en riant :

— Je souhaiterais, ma bonne dame, avoir eu le passé, car tout en elle n'a pu être que beau et bon; mais si j'ai le futur seulement, je me tiendrai pour bien partagé du bon Dieu.

— Et sage vous serez, riposta ma tante, riant toujours et le regardant de près avec ses petits yeux verts qui ne voyaient pas de loin, de telle façon qu'on eût dit qu'elle lui voulait percer le front avec son nez effilé. Quand on aime, on aime tout, et on ne se rebute de rien.

C'est ma volonté, dit Huriel d'un ton sec qui ne démonta point ma tante.

— Et c'est d'autant mieux de votre part, que la pauvre Brulette a plus d'ordre que de bien. Vous savez sans doute que toute sa dot tiendrait bien dans votre verre, et si, n'y a-t-il point de louis d'or dans son compte.

— Eh bien, tant mieux, dit Huriel, le compte en sera fait vitement, et je n'aime point à perdre mes heures dans les additions.

— D'ailleurs, fit ma tante, un enfant tout élevé est un embarras de moins dans un ménage, surtout si le père fait son devoir, comme il le fera, je vous en réponds!

Le pauvre Huriel eut chaud et froid; mais, pensant que ce fût une épreuve, il se soutint et dit :

— Le père fera son devoir, moi aussi, j'en réponds! car il n'y aura pas d'autre père que moi pour tous les enfants nés ou à naître.

— Oh! quant à ça, reprit-elle, vous n'en serez pas le maître, je vous en donne ma parole!

— J'espère que si, dit-il en serrant son verre, comme s'il l'eût voulu écraser dans ses doigts. Quiconque abandonne son bien n'a plus à y repêcher, et je suis un gardien assez fidèle pour ne point souffrir les maraudeurs.

Ma tante allongea sa petite main sèche et la passa sur le front d'Huriel. Elle y sentit la sueur, encore qu'il fût très-pâle : et, changeant tout à coup sa mine de malin diable en une figure bonne et franche comme l'était le fond de son cœur :

— Mon garçon, lui dit-elle, mettez vos coudes sur la table, et venez ici tout près de ma bouche. Je veux vous donner un bon baiser sur la joue.

Huriel, étonné de son air attendri, se prêta à sa fantaisie. Elle releva les cheveux épais de sa tempe et avisa le gage de Brulette, qu'il portait toujours, et que sans doute elle connaissait. Alors, approchant sa grande bouche, comme si elle l'eût voulu mordre, elle lui glissa quatre ou cinq paroles dans le tuyau de l'ouïe, mais si bas, si bas, que je n'en pus rien attraper. Puis elle ajouta tout haut, en lui pinçant le bout de l'oreille :

— Allons ! voilà une oreille très-fidèle, mais convenez qu'elle en est bien récompensée ?

Huriel ne fit qu'un saut par-dessus la table, renversant les verres et la chandelle que je n'eus que le temps de rattraper. Il se trouvait déjà assis auprès de ma petite tante et l'embrassait aussi fort que si elle eût été la mère qui l'avait mis au monde. Il paraissait comme fou, criait et chantait, buvait et trinquait, et ma petite tante, riant comme une petite crécelle, lui disait, en choquant son verre :

— A la santé du père de votre enfant !

C'est ce qui prouve, dit-elle aussitôt en se retournant vers moi, que les plus malins sont quelquefois ceux qu'on croit les plus sots, de même que les plus sots se trouvent être ceux qui se croient bien malins. Tu peux le dire aussi, toi, mon Tiennet, qui as le cœur droit et la parenté fidèle, et je sais que tu t'es conduit avec ta cousine comme si tu lui eusses été frère. Tu mérites d'en être récompensé, et je compte que le bon Dieu ne te fera pas banqueroute. Un jour ou l'autre il te donnera aussi ton parfait contentement.

Là-dessus elle s'en alla, et Huriel, me serrant dans ses bras :

— Ta tante a raison, me dit-il ; c'est la meilleure des femmes. Tu n'es pas dans le secret, mais ça ne fait rien. Tu n'en es que meilleur ami aussi... donne-moi ta parole, Tiennet, que tu viendras travailler ici tout l'été avec nous ; car j'ai mon idée sur toi, et, si Dieu m'assiste, tu m'en remercieras bel et bien.

— Si je t'entends, lui dis-je, tu viens de boire ton vin bien pur, et ma tante en a retiré le brin de paille qui t'aurait fait tousser ; mais ton idée sur moi me paraît plus difficile à contenter.

— Ami Tiennet, le bonheur se gagne, et si tu n'as pas une idée contraire à la mienne...

— J'ai peur de l'avoir trop pareille ; mais ça ne suffit pas.

— Sans doute ; mais qui ne risque rien n'a rien. Es-tu si Berrichon que tu ne veuilles tenter le sort ?

— Tu me donnes trop bon exemple pour que j'y fasse le couard, répondis-je ; mais crois-tu donc...

Brulette vint nous interrompre, et nous vîmes à son air qu'elle ne se doutait toujours de rien.

— Asseyez-vous là, dit Huriel en l'attirant sur ses genoux, comme cela se fait chez nous quand on y voie du mal ; et dites-moi, ma chère mignonne, si vous n'avez point envie de danser avec quelque autre que moi ? Vous m'avez donné et tenu parole ; c'est tout ce que je souhaitais pour m'ôter un chagrin que j'avais sur le cœur ; mais si vous pensez qu'on en parlera d'une manière qui vous fâcherait, me voilà soumis à votre plaisir et ne danserai plus qu'à votre commandement.

— Est-ce donc, maître Huriel, répondit Brulette, que vous êtes las de ma compagnie, et que vous souhaitez faire connaissance avec les autres jeunesses de la noce ?

— Oh ! si vous le prenez comme ça, s'écria Huriel tout éperdu de joie, à la bonne heure ! Je ne sais pas seulement s'il y a ici d'autres jeunesses que vous et ne veux pas le savoir.

Alors, il lui présenta son verre, la priant d'y toucher

avec ses lèvres et but de grand cœur. Puis il cassa le verre pour que nul autre ne s'en pût servir, et emmena danser sa fiancée, tandis que je me pris à réfléchir sur la chose qu'il m'avait donnée à entendre et dont je me sentais tout je ne sais comment.

Je ne m'étais pourtant pas encore tâté de ce côté-là, et il ne m'avait jamais semblé que je fusse de nature assez ardente pour m'éprendre, à la légère, d'une fille aussi sérieuse que Thérence. Je m'étais sauvé du dépit de ne point plaire à Brulette, par mon humeur gaie et complaisante à la distraction ; mais je ne pouvais pas penser à Thérence sans une sorte de tremblement dans la moelle de mes os, comme si l'on m'eût invité à voyager en pleine mer, moi qui n'avais jamais mis le pied sur un bateau de rivage.

« Est-ce que, par hasard, pensais-je, j'en serais tombé amoureux aujourd'hui, sans le savoir ? Il faut le croire, puisque voilà Huriel qui m'y pousse, et dont l'œil aura saisi la vérité sur ma figure ; mais je n'en suis pas certain, parce que je me sens comme étouffé depuis tantôt, et il me semblait que l'amour devait prendre plus gaiement que ça. »

Tout en devisant avec moi-même, je me trouvai, je ne saurais dire comment, arrivé au vieux Château. Ce vieux tas de pierres dormait à la lune, aussi muet que ceux qui l'ont bâti ; seulement une petite clarté, sortant de la chambre que Thérence y occupait sur le préau, annonçait que les morts n'en étaient plus les seuls gardiens. Je m'avançai bien doucement, et, regardant à travers le feuillage de la petite croisée, qui n'avait ni vitrage ni boisure, je vis la belle fille des bois disant sa prière, à genoux, auprès de son lit, où Charlot était couché et dormait à pleins yeux.

Je vivrais bien cent ans que je n'oublierais point la figure qu'elle avait dans ce moment-là. C'était comme une image de sainte, aussi tranquille que celles que l'on taille en pierre pour les églises. Je venais de voir Brulette, aussi brillante qu'un soleil d'été, dans la joie de son amour et le vol de sa danse ; Thérence était là, seule et contente, aussi blanche que la lune dans la nuit claire du printemps. On entendait au loin la musique des noceux ; mais cela ne disait rien à l'oreille de la fille des bois, et je pense qu'elle écoutait le rossignol qui lui chantait un plus beau cantique dans le buisson voisin.

Je ne sais point ce qui se fit en moi ; mais voilà que, tout d'un coup, je pensai à Dieu, idée qui ne me venait peut-être pas assez souvent, dans ce temps de jeunesse et d'oubliance où j'étais, mais qui me plia les deux genoux, comme par un secret commandement, et me remplit les yeux de larmes qui tombèrent en pluie, comme si un gros nuage venait de se crever dans ma tête.

Ne me demandez point quelle prière je fis aux bons anges du ciel. Je ne m'entendais pas moi-même. Je n'eusse pas encore osé demander à Dieu de me donner Thérence, mais je crois bien que je le requis de me rendre mieux méritant pour un si grand honneur.

Quand je me relevai de terre, je vis que Thérence avait fini son oraison et qu'elle s'apprêtait à dormir. Elle avait ôté sa coiffe, et j'appris qu'elle avait des cheveux noirs qui lui tombaient en grosses tresses jusqu'aux pieds ; mais devant qu'elle eût ôté la première épingle de son habillement, vous me croirez si vous voulez, je m'étais déjà sauvé, comme si j'eusse craint d'être en délit de sa crilége. Je n'étais pourtant pas plus sot qu'un autre, et je n'avais point coutume de bouder le diable ; mais Thérence me tenait le cœur en respect comme si elle eût été cousine de la sainte Vierge.

Comme je sortais du vieux Château, un homme que je ne voyais pas dans l'ombre du portail, me surprit en me portant la parole :

— Hé, l'ami, disait-il, apprenez-moi si c'est là, comme je pense, l'ancien château du Chassin ?

— Le Grand-Bûcheux ! m'écriai-je, le reconnaissant à la voix. Et je l'embrassai d'un si grand cœur qu'il en fut étonné, car il n'avait pas autant souvenir de moi comme j'avais de lui.

Mais sitôt qu'il m'eut remis, il me fit grandes amitiés et me dit :

— Apprends-moi vitement, mon garçon, si tu as vu mes enfants, ou si tu les sais arrivés en cet endroit.

— Ils y sont depuis ce matin, répondis-je, ainsi que moi et ma cousine Brulette. Votre fille Thérence est là, bien tranquille, tandis que ma cousine est, ici près, à la noce d'une autre cousine, avec votre cher bon fils Huriel.

— Dieu merci ! dit le Grand-Bûcheux, je n'arrive pas trop tard, et Joseph est, à cette heure, sur la route de Nohant, où il croit bien les trouver ensemble.

— Joseph ? il est donc venu comme vous ? On ne vous attendait tous deux que dans cinq ou six jours, et Huriel nous disait...

— Tu vas savoir comment tournent les choses de ce monde, dit le père Bastien en me tirant un peu sur le chemin, afin de n'être entendu que de moi. De toutes les choses qui vont au gré du vent, la cervelle des amoureux est la plus légère. Huriel t'a-t-il raconté tout ce qui regarde Joseph ?

— Oui, de tous points, je crois.

— Joseph, en voyant partir Huriel et Thérence pour le pays d'ici, lui parla dans l'oreille ; sais-tu ce qu'il lui a dit ?

— Oui, je le sais, père Bastien ; mais...

— Tais-toi, car, moi aussi, je le sais. Voyant mon fils changer de couleur et Joseph se sauver dans le bois d'un air tout singulier, j'allai après lui et lui commandai de me dire quel secret il venait de raconter à Huriel. « Mon maître, dit Joseph, je ne sais pas si j'ai bien ou mal fait ; j'ai cru y être obligé, et voilà ce que c'est ; je vous le dois pareillement. » Là-dessus, il me raconta avoir reçu une lettre de son pays, où on lui apprenait que Brulette élevait un enfant qui ne pouvait être que le sien ; et, me disant cela avec beaucoup de souffrance et de dépit, il me conseilla fortement de courir après Huriel pour l'empêcher d'aller faire une grande sottise ou boire une grosse honte

Quand je l'eus questionné sur l'âge de l'enfant, et qu'il m'eût fait lire la lettre qu'il avait toujours sur lui, comme s'il eût voulu porter ce remède sur la blessure de son amour, je ne me sentis pas du tout persuadé qu'on ne se fût point moqué de lui, d'autant que le garçon Carnat, qui lui écrivait cette chose, en réponse à une avance de Joseph pour se faire honnêtement agréer sonneur de musette en son pays, paraissait y avoir mis de la malice pour empêcher son retour. Puis, me rappelant la décence et la modestie de la petite Brulette, je me persuadai de plus en plus qu'on lui faisait injure, et ne pus m'empêcher de railler et de blâmer Joseph pour avoir cru si légèrement à une affaire si vilaine.

J'aurais sans doute mieux fait, mon bon Tiennet, de le laisser, méprise ou non, dans la croyance que Brulette était indigne de son attachement ; mais que veux-tu ? l'esprit de justice conduisait ma langue et m'empêchait de songer aux conséquences. J'étais si mécontent de voir diffamer une pauvre honnête fille, que je parlais comme je m'y sentais poussé. Cela fit sur Joseph plus d'effet que je n'aurais cru. Il tourna vitement du tout au tout, et, versant des larmes comme un enfant, il se laissa choir à terre, déchirant ses habits et s'arrachant les cheveux, avec tant de chagrin et de colère contre lui-même, que j'eus grand'peine à l'apaiser. Par bonheur que sa santé est devenue pareille à la tienne, car un an plus tôt, ce désespoir, qui le secouait si fort, l'aurait tué.

Je passai le restant du jour et toute la veillée seul à seul avec lui à tâcher de lui remettre l'esprit. Ce n'était point facile pour moi. D'une part, je sais que mon fils, depuis le premier jour où il a vu Brulette, s'est pris pour elle d'une amour très-obstinée, et qu'il n'a été raccommodé avec la vie que le jour où Joseph ne s'est plus mis en travers de son espérance. De l'autre part, j'ai pour Joseph une grande amitié aussi, et je sais que Brulette est dans son idée depuis qu'il est au monde. Il me fallait sacrifier l'un des deux, et je me demandais si je ne serais pas un égoïste de père en me prononçant pour la satisfaction de mon fils au détriment de mon élève.

Tiennet, tu ne connais plus Joseph, et peut-être ne l'as-tu jamais bien connu. Ma fille Thérence a pu t'en parler un peu sévèrement. Elle ne le juge pas de la même manière que moi. Elle le croit égoïste, dur et ingrat. Il y a du vrai là-dedans ; mais ce qui l'excuse devant mes yeux ne peut l'excuser devant les yeux d'une jeunesse comme elle. Les femmes, mon petit Tiennet, ne nous demandent que de les aimer. Elles ne prennent que dans leur cœur la subsistance de leur vie. Dieu les a faites comme ça ; et nous en sommes heureux quand nous sommes dignes de le comprendre.

— Il me semble, observai-je au Grand-Bûcheux, que je le comprends à cette heure, et que les femmes ont grandement raison de ne vouloir de nous que notre cœur, car c'est la meilleure chose que nous ayons.

— Sans doute, sans doute, mon fils ! reprit ce grand brave homme. J'ai toujours pensé ainsi. J'ai aimé la mère de mes enfants plus que l'argent, plus que le talent, plus que le plaisir et la gaudriole, plus que tout au monde. Je vois bien que mon fils Huriel est de mon acabit, puisqu'il a changé, sans regret, d'état et de goûts pour se rendre capable de prétendre à Brulette. Et je crois que tu penses de même, puisque tu le dis si franchement. Mais enfin le talent est quelque chose que Dieu estime aussi, puisqu'il ne le donne pas à tout le monde, et on doit du respect et du secours à ceux qu'il a marqués comme les ouailles de son choix.

— Croyez-vous donc que votre fils Huriel n'ait pas autant d'esprit et plus de talent dans la sonnerie que notre Joset ?

— Mon fils Huriel a de l'esprit et du talent. Il a été reçu maître sonneur à dix-huit ans, et encore qu'il n'en fasse pas le métier, il en a la connaissance et la facilité ; mais il y a une grande différence, ami Tiennet, entre ceux qui

retiennent et ceux qui inventent : il y a ceux qui, avec
des doigts légers et une mémoire juste, disent agréable-
ment ce qu'on leur a enseigné ; mais il y a ceux qui ne se
contentent d'aucune leçon et vont devant eux, cherchant
des idées, et faisant, à tous les musiciens à venir, le cadeau de leurs trouvailles. Or je te dis que Joseph est de
ceux-là, et qu'il y a même en lui deux natures bien re-
marquables : la nature de la plaine, où il est né, et qui
lui donne des idées tranquilles, fortes et douces, et la nature de nos bois et de nos collines, qui s'est ouverte à son
entendement et qui lui a donné des idées tendres, vives
et sensibles. Il sera donc, pour ceux qui auront des oreilles
pour entendre, autre chose qu'un sonneur ménétrier de
campagne. Il sera un vrai maître sonneur des anciens
temps, un de ceux que les plus forts écoutent avec attention et qui commandent des changements à la coutume.

— Vous croyez donc, père Bastien, qu'il deviendra un
second Grand-Bûcheux de votre ordre ?

— Ah ! mon pauvre Tiennet, répondit le vieux sonneur
en soupirant, tu ne sais de quoi tu parles, et j'aurais peut-
être de la peine à te le faire comprendre !

— Essayez toujours, lui dis-je, vous êtes bon à écouter,
et il n'est pas bon que je reste toujours simple comme
je suis.

VINGT-CINQUIÈME VEILLÉE

— Sache donc, reprit le Grand-Bûcheux, oubliant son
récit aussi bien que moi (car il aimait à causer quand il
se voyait entendu volontiers), que j'aurais été quelque
chose, si je m'étais donné tout entier et sans partage à la
musique. Je l'aurais pu si je m'étais fait ménétrier, comme
c'était l'idée de ma jeunesse. Ce n'est pas qu'on gagne
du talent à brailler trois jours et trois nuits durant à une
noce, comme le malheureux que j'entends, d'ici, estropier
notre branle montagnard. On s'y fatigue et on s'y rouille,
quand on n'a en vue que l'argent à gagner ; mais il y a
manière de vivre de son corps sans se
tuer l'âme dans ce métier-là. Comme la moindre fête rapporte deux ou trois pistoles, on peut en prendre à son
aise, se soutenir frugalement et voyager pour son plaisir
et son instruction.

» C'est ce que Joseph veut faire, et ce que je lui ai toujours conseillé. Mais voici ce qui m'arriva, à moi. Je de-
vins amoureux, et la mère de mes chers enfants ne voulut
point entendre à être la femme d'un ménétrier sans feu
ni lieu, toujours dehors, passant les nuits en vacarme,
les jours en sommeil, et finissant sa vie en débauche ; car,
par malheur, il est rare que l'on s'en puisse préserver
toujours dans un pareil état. Elle me retint donc au travail des bois, et tout fut dit. Je n'ai jamais regretté mon
talent tant qu'elle a vécu. Pour moi, je te l'ai dit, l'amour
était la plus belle des musiques.

» Resté veuf de bonne heure et chargé de deux jeunes
enfants, je me suis donné tout à eux ; mais mon savoir
s'y est bien rouillé, et mes doigts sont devenus crochus,
à manier toujours la serpe et la coignée. Aussi, je te confesse, Tiennet, que si mes deux enfants étaient établis
heureusement et selon leur cœur, je quitterais cette tâche

pesante de lever le fer et de fendre le bois, et m'en irais,
content et rajeuni, vivre à ma guise et chercher la causerie des anges jusqu'à ce que la vieillesse me ramenât
engourdi et rassasié au foyer de ma famille.

» Et puis, je me lasse de couper des arbres. Sais-tu,
Tiennet, que je les aime, ces beaux vieux compagnons de
ma vie, qui m'ont raconté tant de choses dans les bruits
de leurs feuillages et les craquements de leurs branches !
Et moi, plus malsain que le feu du ciel, je les en ai re-
merciés en leur plantant la hache dans le cœur et en les
couchant à mes pieds, comme autant de cadavres mis en
pièces ! Ne ris de moi, je n'ai jamais vu tomber un
vieux chêne, ou seulement un jeune saule, sans trembler
de pitié ou de crainte, comme un assassin des œuvres du
bon Dieu. Il me tarde de me promener sous des ombrages
qui ne me repousseront plus comme un ingrat et qui me
diront enfin des secrets dont je n'étais pas digne. »

Le Grand-Bûcheux, qui s'était passionné à parler, resta
pensif un moment, et moi aussi, étonné de ne point le
trouver aussi fou que tout autre m'eût semblé en sa place,
soit qu'il sût me rendre ses idées, soit que j'eusse moi-
même la tête montée d'une certaine façon.

— Tu penses sans doute, reprit-il, que nous voilà bien
loin de Joseph ; mais tu te trompes, nous y sommes
d'autant mieux, et, à présent, tu comprendras pourquoi
je me suis décidé, après un peu d'hésitation, à brusquer
les peines de ce pauvre enfant. Je me suis dit, et j'ai vu,
à la tournure que prenait son chagrin, qu'il ne pourrait
jamais rendre une femme heureuse, et que, partant, il ne
serait jamais heureux lui-même avec une femme, à moins
qu'il ne fût rempli d'orgueil à cause de lui. Car Joseph,
il faut bien le reconnaître, n'a pas tant besoin d'amitié
que d'encouragement ou de louange. Ce qui l'a rendu
épris de Brulette, c'est que, de bonne heure, elle l'a écouté
et excité à la musique ; ce qui l'a empêché d'aimer ma fille
car son retour vers elle n'a été que du dépit), c'est que
ma fille lui demandait plus d'attachement que de savoir,
et le traitait comme un fils plutôt que comme un homme
de grand talent.

» J'ose dire, à présent, que j'ai lu dans le cœur de ce
garçon que toute son idée était d'éblouir, un jour, Brulette ; et comme Brulette était tenue pour la reine de
beauté et de fierté de son endroit, il aurait, grâce à elle,
tâté de la royauté tout son soûl ; mais Brulette, fanée par
une faute, ou tout au moins rabaissée dans l'apparence,
Brulette, moquée et critiquée, n'était plus son rêve. Et
moi, qui connaissais aussi le cœur de mon fils Huriel, je
savais qu'il ne condamnerait pas Brulette sans examen,
et que si elle n'avait rien fait de condamnable, il l'aime-
rait et la soutiendrait d'autant mieux qu'elle serait plus
méconnue.

» Voilà donc ce qui m'a décidé, en fin de compte, à
combattre l'amour de Joseph, et lui conseiller de ne plus
songer au mariage. Et mêmement, j'ai tâché de lui faire
entendre ce dont j'étais quasiment certain, c'est que Brulette lui préférait mon fils.

» Il a paru se rendre à mes raisons, mais c'était, je
pense, pour s'en débarrasser ; car, au petit jour, hier
matin, j'ai vu qu'il faisait ses dispositions pour s'en aller.
Encore qu'il se crût plus fin que moi et comptât pouvoir
déloger par surprise, je me suis accroché à lui, jusqu'à ce
que, perdant patience, il m'ait laissé voir le fond du sac.

J'ai connu alors que son dépit était gros, et qu'il était décidé à courir après Huriel pour lui disputer Brulette, si
Brulette lui en paraissait valoir la peine. Et comme il n'é-
tait pas, pour cela, assuré du dernier point, je pensai
devoir le blâmer, voire me moquer d'un amour comme le
sien, qui n'était que jalousie sans estime, et comme qui
dirait gourmandise sans appétit.

» Il a confessé que j'y voyais clair; mais il est parti
quand même, et, à cela, tu reconnais son obstination. Au
moment de recevoir la maîtrise de son art, et quand le
rendez-vous était pris pour un concours du côté d'Au-
zances, il a tout quitté, sauf à être retardé encore longtemps, disant qu'il se ferait recevoir de gré ou de force
en son pays. Le voyant si bien décidé que, pour un peu,
il se serait emporté contre moi, j'ai pris le parti de venir
avec lui, craignant quelque chose de mauvais dans son
premier mouvement ou quelque nouveau malheur dans
celui d'Huriel. Nous nous sommes départis l'un de l'autre,
seulement à une demi-lieue en sus, au bourg de Sarzay;
et tandis qu'il prenait le chemin de Nohant, j'ai pris celui
qui m'a amené ici, espérant bien y trouver encore Huriel
et pouvoir raisonner avec lui; et me disant, d'ailleurs, que
mes jambes me porteraient bien encore jusqu'à Nohant, ce
soir, si besoin était.

— Par bonheur, vous pourrez vous reposer tranquillement cette nuit, dis-je au Grand-Bûcheux; nous aviserons
demain; mais êtes-vous donc tourmenté pour tout de bon
de la rencontre de ces deux galants? Joseph n'a jamais
été querelleux à ma connaissance, et je l'ai toujours vu se
taire quand on lui montrait les dents.

— Oui, oui, répondit le père Bastien, tu as vu cela
dans le temps qu'il n'était qu'un enfant maladif et défiant
de sa force; mais il n'y a pire eau que celle qui dort, et
il n'est pas toujours sain d'en remuer le fond.

— Ne voulez-vous point entrer dans votre nouvelle demeurance et voir votre fille?

— Tu m'as dit qu'elle était bien tranquille; je n'en
suis donc point en peine, et me sens plus pressé de savoir
la vérité sur Brulette; car, enfin, encore que mon cœur
l'ait défendue, ma raison même me dit qu'il faut qu'il y
ait eu, en sa conduite, quelque petite chose qui prête au
blâme, et j'en dois être juge avant que d'aller plus loin.

J'allais lui raconter ce qui s'était passé une heure auparavant, sous ses yeux, entre Huriel et ma tante, quand
Huriel lui-même arriva vers nous, dépêché par Brulette,
qui craignait la gêne occasionnée à Thérence pour le dormir de Charlot. Le père et le fils eurent alors une explication où Huriel, priant son père de ne point lui faire dire
un secret où il avait engagé sa parole et dont Brulette
même ne le savait pas instruit, lui jura, sur son baptême,
que Brulette était digne en tout d'être bénie par lui.

— Venez la voir, mon cher père, ajouta-t-il; cela vous
est bien commode, car, en ce moment, on danse dehors,
et vous n'avez pas besoin d'être invité pour vous trouver
là. A la manière dont elle vous embrassera, vous verrez
bien que jamais fille plus aimable et plus mignonne ne fut
plus saine de sa conscience.

— Je n'en doute plus, mon fils, et j'irai seulement
pour te contenter, ainsi que pour le plaisir de la voir;
mais demeurons encore un peu, car je te veux parler de
Joseph.

Je pensai devoir les laisser s'en expliquer ensemble, et

aller avertir ma tante de l'arrivée du Grand-Bûcheux, sachant bien qu'elle lui ferait bon accueil et ne le laisserait
point dehors. Mais je ne trouvai au logis que Brulette
toute seule. Toute la noce, avec la musique en tête, avait
été porter la rôtie aux nouveaux mariés, lesquels s'étaient
retirés en une maison voisine, car il était environ les
onze heures du soir. C'est une ancienne coutume, que je
n'ai jamais trouvée bien honnête, d'aller ainsi troubler,
par une visite et des chansons de joyeuseté, la première
honte d'une jeune mariée; et, encore que les autres jeunes
filles s'y fussent rendues avec ou sans malice, Brulette
avait eu la décence de ne bouger du coin du feu, où je
la vis assise, comme surveillant un reste de cuisine, mais
prenant un peu de repos dont elle avait besoin. Et, comme
elle me paraissait assoupie, je ne la voulus point déranger,
ni lui ôter la bonne surprise du réveil que lui ferait le
Grand-Bûcheux.

Bien las moi-même, je m'assis contre une table, où
j'allongeai les deux bras et la tête dessus, comme on se
met quand on veut se refaire d'une ou deux minutes de
sommeil; mais je pensai à Thérence et ne dormis point.
Seulement j'eus, pour un moment bien court, les idées
embrouillées, lorsque, à un petit bruit, j'ouvris les yeux
sans lever la tête, et je vis qu'un homme était entré et
s'approchait de la cheminée.

Encore qu'on eût emporté toutes les chandelles pour
la visite aux nouveaux mariés, le feu de fagots, qui flam-
bait, envoyait assez de clarté dans la chambre pour me
laisser reconnaître bien vite celui qui était là. C'était
Joseph, lequel, sans doute, avait rencontré sur le chemin
de Nohant quelques noceux qui, lui apprenant où nous
étions, l'avait porté à revenir sur ses pas. Il était tout
poudreux de son voyage et portait son paquet au bout
d'un bâton, qu'il jeta en un coin, et resta planté, comme
une pierre levée, à regarder Brulette endormie, sans faire
attention à moi.

Depuis un an que je ne l'avais vu, il s'était fait en lui
autant de changement que dans Thérence. La santé lui
étant venue plus belle qu'il ne l'avait jamais eue, on pouvait dire qu'il était joli homme et que sa figure carrée et
son corps se marquaient plus de muscles que de mai-
greur. Il était jaune de figure, autant comme porté à la
bile que comme recuit par le hâle, et ce teint obscur
allait bien avec ses grands yeux clairs et ses longs cheveux plats. C'était bien toujours la même physionomie
triste et songeuse; mais il s'y était mêlé quelque chose de
décidé et de hardi qui montrait enfin le rude vouloir si
longtemps caché au dedans.

Je ne bougeai, voulant savoir de quelle façon il aborde-
rait Brulette et ce qu'on pouvait augurer de sa prochaine
rencontre avec Huriel. Sans doute il étudiait la figure de
Brulette et y cherchait la vérité, et peut-être que sous ses
yeux, clos par un léger somme, il reconnut la paix du
cœur; car la fillette était bien jolie, vue comme cela au
feu de l'âtre. Elle avait encore le teint animé de plaisir, la
bouche souriante de contentement, et les fines soies de
ses yeux abaissés envoyaient sur ses joues une ombre
très-douce, qui semblait cligner en dessous, comme ces
regards fripons que les jeunes filles détournent pour
mieux voir. Mais elle dormait pour tout de bon, et, rêvant
sans doute d'Huriel, ne songeait pas plus à amorcer Joseph
qu'à le repousser.

Je vis qu'il la trouvait si belle que son dépit ne tenait qu'à un fil, car il se baissa vers elle, et, avec une résolution dont je ne l'aurais jamais cru doué, il approcha sa bouche tout près de la sienne et l'eût touchée, si, par je ne sais quelle bisque qui me vint, je n'eusse toussé fortement pour arrêter le baiser au passage.

Brulette s'éveilla en sursaut; je fis comme si pareille chose m'arrivait, et Joseph se trouva un peu sot entre nous deux qui lui demandions ses portements, sans qu'il y eût apparence de confusion dans Brulette ni de malice dans moi.

VINGT-SIXIÈME VEILLÉE

Joseph se remit très-vite, et, reprenant son courage, comme s'il n'en eût point voulu garder le démenti : — Je suis aise de vous trouver céans, dit-il à Brulette, et, après un an écoulé sans nous voir, ne voulez-vous plus embrasser votre ancien ami? Il s'approcha encore; mais elle se recula, étonnée de son air singulier, et lui répondit : — Non, Joset, je n'ai point coutume d'embrasser aucun garçon, quelque ami ancien qu'il me soit et quelque plaisir que j'aie à le saluer.

— Vous êtes devenue bien farouche! reprit-il d'un air de moquerie et de colère.

— Je ne sache pas, Joset, dit-elle, avoir jamais été farouche hors de propos avec vous. Vous ne m'avez point mise dans le cas de l'être; et comme vous ne m'avez jamais demandé de me familiariser avec vous, je n'ai pas eu la peine de me défendre de vos embrassades. Qu'est-ce qu'il y a donc de changé entre nous, pour que vous me réclamiez ce qui n'est jamais entré dans nos amitiés?

— Voilà bien des paroles et des grimaces pour un baiser! dit Joseph, se montant peu à peu. Si je ne vous ai jamais réclamé ce dont vous étiez si peu avare avec les autres, c'est que j'étais un enfant très-sot. J'aurais cru que vous me recevriez mieux, à présent que je ne suis plus si niais et si craintif.

— Qu'est-ce qu'il a donc? me dit Brulette étonnée et mêmement effrayée, en se rapprochant de moi. Est-ce lui, ou quelqu'un qui lui ressemble? J'ai cru reconnaître notre Joset; mais, à présent, ce n'est plus ni sa parole, ni sa figure, ni son amitié.

— En quoi vous ai-je manqué, Brulette? reprit Joseph, un peu démonté et déjà repentant, au souvenir du passé. Est-ce parce que j'ai le courage qui me manquait pour vous dire que vous êtes, pour moi, la plus belle du monde, et que j'ai toujours souhaité vos bonnes grâces? Il n'y a point là d'offense, et je n'en suis peut-être pas plus indigne que bien d'autres soufferts autour de vous?

Disant cela avec un retour de dépit, il me regarda en face, et je vis qu'il souhaitait chercher querelle au premier qui s'y voudrait prêter. Je ne demandais pas mieux que d'essuyer son premier feu. — Joseph, lui dis-je, Brulette a raison de te trouver changé. Il n'y a rien là d'étonnant. On sait comment on se quitte et non comment on se retrouvera. Ne sois donc pas surpris si tu trouves en moi aussi un petit changement. J'ai toujours été doux et patient, te soutenant en toute rencontre et te consolant dans tes en-

nuis; mais si tu es devenu plus injuste que par le passé, je suis devenu plus chatouilleux, et je trouve mauvais que tu dises devant moi à ma cousine qu'elle est prodigue de baisers et qu'elle souffre trop de gens autour d'elle.

Joseph me regarda d'un œil méprisant, et prit véritablement un air de diable emmalicé pour me rire à la figure. Et puis il dit, en croisant ses bras et me toisant comme s'il eût voulu prendre ma mesure :

— Ah! vraiment, Tiennet? C'est donc toi? Eh bien, je m'en étais toujours douté, à l'amitié que tu me marquais pour m'endormir.

— Qu'est-ce que vous entendez par là, Joset? dit Brulette offensée et pensant qu'il eût perdu l'esprit. Où avez-vous pris le droit de me blâmer, et comment vous passe-t-il par la tête de chercher à voir quelque chose de mal ou de ridicule entre mon cousin et moi? Êtes-vous donc pris de vin ou de fièvre, que vous oubliez le respect que vous me devez, et l'attachement que je croyais mériter de vous?

Joseph fut battu de l'oiseau, et prenant la main de Brulette dans la sienne, il lui dit avec des yeux remplis de larmes :

— J'ai tort, Brulette; oui, j'ai été un peu secoué par la fatigue et par l'impatience d'arriver; mais je n'ai pour vous que de l'empressement, et vous ne devez pas le prendre en mauvaise part. Je sais très-bien que vos manières sont retenues et que vous voulez soumission de tout le monde. C'est le droit de votre beauté, qui n'a fait que gagner au lieu de se perdre; mais convenez que vous aimez toujours le plaisir, et qu'à la danse on s'embrasse beaucoup. C'est la coutume, et je la trouverai bonne quand j'en pourrai profiter à mon tour. Il faut que cela soit, car je sais danser, à présent, tout comme un autre, et, pour la première fois de ma vie, je vais danser avec vous. J'entends revenir les musettes. Venez, et vous verrez que je ne bouderai plus contre le plaisir d'être au nombre de vos serviteurs.

— Joset, répondit Brulette, que ce discours ne contenta qu'à demi, vous vous trompez si vous pensez que j'ai encore des serviteurs. J'ai pu être coquette, c'était mon goût, et je n'ai pas de compte à rendre de moi; mais j'avais aussi le droit et le goût de changer. Je ne danse donc plus avec tout le monde, et, ce soir, je ne danserai pas davantage.

— J'aurais cru, dit Joseph piqué, que je n'étais pas tout le monde pour l'ancienne camarade avec qui j'ai communié et vécu sous le même toit!

La musique et les noces, qui arrivaient à grand bruit, lui coupèrent la parole, et Huriel entrant, tout animé, sans faire la moindre attention à Joseph, prit Brulette dans ses bras, l'enleva comme une paille et la conduisit à son père qui était dehors, et qui l'embrassa bien joyeusement, au grand crève-cœur de Joseph qui la suivit, et qui, serrant les poings, la voyait faire à ce vieux les amitiés d'une fille à son père.

Me coulant alors à l'oreille du Grand-Bûcheux, je lui fis observer que Joseph était là, et, le prévenant de sa mauvaise humeur, je lui dis qu'il serait à propos qu'il emmenât Huriel, tandis que je déciderais bien aisément Brulette à se retirer aussi. Par ce moyen, Joseph, qui n'était pas de la noce et que ma tante ne retiendrait point, serait bien obligé d'aller coucher à Nohant ou dans quelque autre maison du Chassin. Le Grand-Bûcheux fut de mon avis, et faisant semblant de ne point voir Joseph, qui se tenait à l'écart, il se consulta avec Huriel, tandis que Brulette s'en alla voir dans quel endroit de la maison elle pourrait passer la nuit.

Mais ma tante, qui s'était vantée de nous héberger, n'avait pas compté qu'elle prendrait fantaisie de se coucher avant les trois ou quatre heures du matin. Les garçons ne se couchent même point du tout la première nuit des noces, et font de leur mieux pour que la danse ne périsse point trois jours et trois nuits durant. Si l'un d'eux se sent trop fatigué, il s'en va au foin faire un somme. Quant aux filles et femmes, elles se retirent toutes en une même chambre; mais ce ne sont guère que les vieilles et les laides qui lâchent ainsi la compagnie.

Aussi, quand Brulette monta en la chambre où elle comptait trouver place auprès de quelque parente, elle tomba dans toute une ronflerie qui ne lui donna pas seulement un coin grand comme la main, et celles qu'elle réveilla lui dirent de revenir au jour, quand elles iraient reprendre le service de la table. Elle redescendit pour nous dire son embarras, car elle s'y était prise trop tard pour s'arranger avec les voisines, il n'y avait pas seulement une chaise en une chambre fermée, où elle pût passer la nuit.

— Alors, dit le Grand-Bûcheux, il faut vous en aller dormir avec Thérence. Mon garçon et moi passerons le temps ici et personne n'y pourra trouver à redire.

J'avisai que, pour ôter tout prétexte à la jalousie de Joseph, il était aisé à Brulette de s'échapper avec moi sans rien dire, et le Grand-Bûcheux allant à lui et l'occupant par ses questions, j'emmenai ma cousine au vieux Château, en sortant par le jardin de ma tante.

Quand je revins, je trouvai le Grand-Bûcheux, Joseph et Huriel attablés ensemble. Ils m'appelèrent, et je me mis à souper avec eux, me prêtant à manger, boire, causer et chanter pour éviter l'éclat du dépit qui aurait pu s'amasser dans les discours dont Brulette aurait été le sujet. Joseph, nous voyant ligués pour le forcer à faire bonne contenance, se posséda très-bien d'abord, et montra même de la gaieté; mais, malgré lui, il montrait bientôt en caressant, et on sentait qu'à tout propos joyeux il avait un aiguillon au bout de la langue, ce qui l'empêchait d'y aller franchement.

Le Grand-Bûcheux eût souhaité endormir son fiel par un peu de vin, et je crois que Joseph s'y serait prêté de bon cœur pour s'oublier lui-même; mais jamais le vin n'avait eu de prise sur lui, et, moins que jamais, il en ressentit le bon secours. Il but quatre fois comme nous autres, qui n'avions pas de raisons pour vouloir enterrer nos entendements, et il n'en eut que les idées plus claires et la parole plus nette.

Enfin, à une méchanceté un peu trop forte qui lui vint, sur la finesse des femmes et la traîtrise des amis, Huriel, frappant du poing sur la table et prenant dans ses mains le bras de son père, qui depuis longtemps le poussait du coude pour le rappeler à la patience :

— Non, mon père, dit-il, pardonnez-moi, mais je n'en puis endurer davantage, et il vaut mieux s'expliquer ouvertement quand on y est. Que ce soit demain, ou dans une semaine, ou dans une année, je sais que Joseph aura la dent aussi pointue qu'à cette heure; et si j'ai l'oreille fer-

mée jusque-là, il faudra bien toujours qu'elle finisse par s'ouvrir aux reproches et aux injustices. Voyons, Joseph, il y a une bonne heure que je comprends, et tu as dépensé beaucoup d'esprit de trop. Parle chrétien, j'écoute. Dis ce que tu as sur le cœur, le pourquoi et le comment. Je te répondrai de même.

— Allons, soit! expliquez-vous, dit le Grand-Bûcheux, en renversant son verre et prenant son parti comme il savait le faire à l'occasion : on ne boira plus, si ce n'est pour trinquer de franche amitié, car il ne faut pas mêler le venin du diable au vin du bon Dieu.

— Vous m'étonnez beaucoup tous les deux, dit Joseph, qui devint jaune jusque dans le blanc de l'œil, et qui cependant continua de rire mauvaisement. À qui diantre en avez-vous, et pourquoi vous grattez-vous quand nulle mouche ne vous pique? Je n'ai rien contre personne; seulement je suis en humeur de me moquer de tout, et je ne pense pas que vous m'en puissiez ôter l'envie.

— Peut-être ! dit Huriel, dépité à son tour.

— Essayez-y donc ! reprit Joseph toujours ricanant.

— Assez ! dit le Grand-Bûcheux, frappant sur la table avec sa grosse main noueuse. Taisez-vous l'un et l'autre, et puisqu'il n'y a pas de franchise chez toi, Joseph, j'en aurai pour deux. Tu as méconnu dans ton cœur la femme que tu voulais aimer; c'est un tort que le bon Dieu peut te pardonner, car il ne dépend pas toujours d'un homme d'être confiant ou méfiant dans ses amitiés; mais c'est, à tout le moins, un malheur qui ne se répare guère. Tu es tombé dans ce malheur, il faut t'y accoutumer et t'y soumettre.

— Pourquoi donc ça, mon maître ? dit Joseph, se redressant comme un chat sauvage. Qu'est-ce qui s'est chargé de dire mon tort à celle qui n'en avait pas eu connaissance et qui n'a rien eu à en souffrir?

— Personne ! répondit Huriel. Je ne suis pas un lâche.

— Alors, qui s'en chargera? reprit Joseph.

— Toi-même, dit le Grand-Bûcheux.

— Et qui m'y obligera ?

— La conscience de ton propre amour pour elle. Un doute ne va jamais seul, et si tu es guéri du premier, il t'en viendra un second qui te sortira des lèvres aux premiers mots que tu lui voudras dire.

— M'est avis, Joseph, dis-je à mon tour, que c'est déjà fait, et que tu as offensé, ce soir, la personne que tu veux disputer.

— C'est possible, répondit-il fièrement; mais cela ne regarde qu'elle et moi. Si je veux qu'elle en revienne, qui vous dit qu'elle n'en reviendra pas? je me rappelle une chanson de mon maître dont la musique est belle et les paroles vraies :

On donne à qui demande.

— Eh bien, marchez, Huriel! Demandez en paroles, moi je demanderai en musique, et nous verrons si on est trop engagé avec vous pour ne pas se retourner de mon côté. Voyons, allez-y franchement, vous qui me reprochez d'y aller de travers! Nous voilà à deux de jeu, nous n'avons pas besoin de nous déguiser. Une belle maison n'a pas qu'une porte, et nous frapperons chacun à la nôtre.

— Je le veux bien, répondit Huriel; mais vous ferez attention à une chose, c'est que je ne veux plus de repro-

ches, ni sérieux, ni moqueurs. Si j'oublie ceux que j'aurais
à vous faire, ma douceur n'ira pas jusqu'à souffrir ceux
que je ne mérite pas.

— Je veux savoir ce que vous me reprochez ! fit Joseph,
à qui le trouble de sa bile ôtait la souvenance.

— Je vous défends de le demander, et je vous commande de vous en aviser vous-même, répondit le Grand-
Bûcheux. Quand vous échangeriez quelque mauvais coup
avec mon fils, vous n'en seriez pas plus blanc pour cela,
et vous n'auriez pas sujet d'être bien fier, si je vous reti-
rais le pardon que, sans rien dire, mon cœur vous a accordé !

— Mon maître, s'écria Joseph, très-échauffé d'émotion,
si vous avez cru avoir quelque pardon à me faire, je vous
en remercie; mais, dans mon idée, je ne vous ai pas fait
d'offense. Je n'ai jamais songé à vous tromper, et si votre
fille avait voulu dire oui, je n'aurais pas reculé devant
mon offre; c'est une fille sans pareille pour la raison et la
droiture; je l'aurais aimée, mal ou bien, mais sincèrement
et sans trahison. Elle m'eût peut-être sauvé de bien des
torts et de bien des peines ! mais elle ne m'en a pas trouvé
digne. Or donc, je suis libre, à cette heure, de rechercher
qui me plaît, et je trouve que celui qui avait ma confiance
et me promettait son secours s'est bien dépêché de profiter d'un moment de dépit pour me vouloir supplanter.

— Ce moment de dépit a duré un mois, Joseph, répondit Huriel, soyez donc juste ! Un mois, pendant lequel vous
avez, par trois fois, demandé ma sœur. Je devais donc
penser que vous en faisiez une dérision, et, pour vous jus-
tifier d'une pareille insulte auprès de moi, il faut que vous
me blanchissiez de tout blâme. J'ai cru à votre parole,
voilà tout mon tort : ne me donnez point à croire que
c'en soit un dont je me doive repentir.

Joseph garda le silence; puis, se levant : — Oui, vous
avez raison dans le raisonnement, dit-il. Vous y êtes tous
deux plus forts que moi, et j'ai parlé et agi comme un
homme qui ne sait pas bien ce qu'il veut; mais vous êtes
plus fous que moi si vous ne savez pas que, sans être fou,
on peut vouloir deux choses contraires. Laissez-moi pour
ce que je suis, et je vous laisserai pour ce que vous voudrez être. Si vous êtes un cœur franc, Huriel, je le connaîtrai bientôt, et, si vous gagnez la partie de bon jeu, je
vous rendrai justice et me retirerai sans rancune.

— A quoi connaîtrez-vous mon cœur franc, si vous
n'avez pas encore été capable de le juger et de m'en tenir
compte ?

— A ce que vous direz de moi à Brulette, répondit Joseph. Il vous est commode de l'indisposer contre moi, et
je ne peux pas vous rendre la pareille.

— Attends ! dis-je à Joseph, n'accuse personne injustement. Thérence a déjà dit à Brulette que tu l'avais deman-
dée en mariage il n'y a pas quinze jours.

— Mais il n'a pas été dit et il ne sera pas dit autre
chose, ajouta Huriel. Joseph, nous sommes meilleurs que
tu ne crois. Nous ne voulons pas t'ôter l'amitié de Brulette.

Cette parole toucha Joseph, et il avança la main comme
pour prendre celle d'Huriel; mais son bon mouvement demeura en route et il s'en alla, sans dire un mot de plus à
personne.

— C'est un cœur bien dur ! s'écria Huriel, qui était trop
bon pour ne pas souffrir de ces airs d'ingratitude.

— Non ! c'est un cœur malheureux, lui répondit son père.

Frappé de cette parole, je suivis Joseph pour le gronder
ou le consoler, car il me semblait qu'il emportait la mort
dans ses yeux. J'étais aussi mal content de lui qu'Huriel,
mais l'habitude que j'avais eue de le plaindre et de le soutenir, m'emportait vers lui quand même.

Il marchait si vite sur le chemin de Nohant, que je l'eus
bientôt perdu de vue; mais il s'arrêta au bord du Lajon,
qui est un petit étang sur une brande déserte. L'endroit
est triste et n'a, pour tout ombrage, que quelques mauvais
arbres mal nourris en terre maigre; mais le marécage
foisonne de plantes sauvages, et, comme c'était le moment
de la pousse du plateau blanc et de mille sortes d'herbages
de marais, il y sentait bon comme en une chapelle fleurie.

Joseph s'était jeté dans les roseaux, et, ne se sachant
pas suivi, se croyant seul et caché, il gémissait et grondait
en même temps, comme un loup blessé. Je l'appelai, seulement pour l'avertir, car je pensais bien qu'il ne me voudrait pas répondre, et j'allai droit à lui.

— Ça n'est pas tout ça, lui dis-je, il faut s'écouter, et
les pleurs ne sont pas des raisons.

— Je ne pleure pas, Tiennet, me répondit-il d'une voix
assurée. Je ne suis ni si faible ni si heureux que de me
pouvoir soulager de cette manière-là. C'est tout au plus
si, dans les pires moments, il me vient une pauvre larme
hors des yeux, et celle qui cherche à en sortir, à cette
heure, n'est pas de l'eau, mais du feu, que je crois, car
elle me brûle comme un charbon ardent; mais ne m'en
demande pas la cause; je ne sais pas la dire ou ne veux
pas la chercher. Le temps de la confiance est passé. Je
suis dans ma force et ne crois plus à l'aide des autres.
C'était de la pitié ; je n'en ai plus besoin, et ne veux plus
compter que sur moi-même. Merci de tes bonnes intentions. Adieu. Laisse-moi.

— Mais où vas-tu passer la nuit ?

— Je vais voir ma mère.

— Il est bien tard, et il y a loin d'ici à Saint-Chartier.

— N'importe ! dit-il en se levant. Je ne saurais rester
en place. Nous nous reverrons demain, Tiennet.

— Oui, chez nous, car c'est demain que nous y retour-
nons.

— Ça m'est égal, dit-il encore. Où elle sera, je saurai
bien la retrouver, votre Brulette, et elle n'a peut-être pas
encore dit son dernier mot !

Il s'en alla d'un air très-résolu et, voyant que sa fierté
le soutenait, je renonçai à le tranquilliser. Je comptai que
la fatigue, le plaisir de voir sa mère et une ou deux journées de réflexion le ramèneraient à la raison. Je projetai
donc de conseiller à Brulette de rester au Chassin jusqu'au
surlendemain, et, revenant vers le village, je trouvai,
dans le coin d'un pré que je traversais pour m'abréger le
retour, le Grand-Bûcheux et son fils qui faisaient, comme
ils disaient, leur couverture : ce qui signifiait qu'ils s'ar-
rangeaient pour dormir dans l'herbe, ne voulant pas déranger les deux fillettes au vieux Château, et se faisant un
plaisir de reposer à la franche étoile en cette douce saison
de printemps.

Leur idée me sembla bonne, et le gazon frais meilleur
que le foin échauffé, en quelque grenier, par une trentaine
de camarades. Je m'étendis donc à leurs côtés, et, regardant les petits nuages blancs dans le ciel clair, respirant
l'aubépine, et songeant à Thérence, je m'endormis du
meilleur somme que j'eusse jamais fait.

J'ai toujours été franc dormeur et m'en suis rarement tiré de moi-même dans ma jeunesse. Mes deux camarades de lit, ayant beaucoup marché pour venir au Chassin, laissèrent aussi lever le soleil, et s'éveillèrent en riant de se voir devancer par lui, ce qui ne leur arrivait pas souvent. Ils s'égayèrent encore davantage en regardant comme je m'y prenais pour ne pas tomber dans la ruelle, en ouvrant les yeux sans savoir où j'étais.

— Or çà, dit Huriel, debout, mon garçon, car nous voilà en retard. Sais-tu une chose? c'est que nous sommes aujourd'hui au dernier jour de mai, et que c'est chez nous la coutume d'attacher le bouquet à la porte de sa bonne amie, quand on ne s'est pas trouvé à même de le faire au premier jour du mois. Il n'y a point de risque qu'on nous ait prévenus, puisque, d'une part, on ne sait point où sent logées ma sœur et ta cousine, et que, de l'autre, on ne pratique pas chez vous ce bouquet du revenez-y. Mais nos belles sont peut-être déjà éveillées, et si elles sortent de leur chambre avant que le mai soit planté à l'huisserie, elles nous traiteront de paresseux.

— Comme cousin, répondis-je en riant, je te permets bien de planter ton mai, et comme frère, ta permission serait bonne pour le mien; mais voilà le père qui n'entend peut-être pas de la même oreille?

— Si fait! dit le Grand-Bûcheux. Huriel m'a dit quelque chose de cela. Essayer n'est pas difficile; réussir, c'est autre chose! Si tu sais t'y prendre, nous verrons bien, mon enfant. Cela te regarde!

Encouragé par son air d'amitié, je courus au buisson voisin et coupai, bien gaiement, tout un jeune cerisier sauvage en fleur, tandis qu'Huriel, qui s'était à l'avance pourvu d'un de ces beaux rubans tissus de soie et d'or qu'on vend dans son pays, et que les femmes mettent sous leurs coiffes de dentelle, mêlait de l'épine blanche avec de l'épine rose et les nouait en un bouquet digne d'une reine.

Nous ne fîmes que trois enjambées du pré au château, et le silence qui y était nous assura que nos belles dormaient encore, sans doute pour avoir causé ensemble une bonne partie de la nuit; mais notre étonnement fut grand lorsque, entrant dans le préau, nous vîmes un superbe mai tout chamarré de rubans blanc et argent, pendu à la porte que nous pensions étrenner.

— Oui-dà! dit Huriel, se mettant en devoir d'arracher cette offrande suspecte et regardant de travers son chien qui avait passé la nuit dans le préau. Comment donc avez-vous gardé la maison, maître Satan? Avez-vous fait déjà des connaissances dans le pays, que vous n'avez pas mangé les jambes de ce planteur de mai?

— Un moment, dit le Grand-Bûcheux, arrêtant son fils qui voulait ôter le bouquet: il n'y a, par ici, qu'une connaissance que Satan soit capable de respecter et qui sache la coutume du revenez-y, pour l'avoir vu pratiquer chez nous. Or, tu as promis, à celui-là justement, de ne le point contre-carrer. Contente-toi donc de plaire sans le faire prendre en déplaisance, et respecte son offrande, comme sans doute il eût respecté la tienne.

— Oui, mon père, dit Huriel, si j'étais sûr que ce fût lui; mais qui nous dit que ce ne soit pas quelque autre? et pour Thérence peut-être?

Je lui observai que personne ne connaissait Thérence et ne l'avait peut-être encore vue, et, en regardant les fleurs de nénufar blanc qui étaient là liées en gerbes et fraîchement arrachées, je me rappelai que ces plantes n'étaient pas communes dans l'endroit et ne poussaient guère que dans les marais du Lajon, où j'avais vu Joseph s'arrêter. Sans doute, au lieu de s'en aller à Saint-Chartier, il était revenu sur ses pas, et il avait même fallu qu'il entrât bien avant dans l'eau et dans le sable mouvant, qui y est dangereux, pour en retirer une si belle provision.

— Allons, dit Huriel en soupirant, c'est donc que la bataille commence entre nous! Et il attacha son mai d'un air soucieux que je trouvai bien modeste de sa part, car il me semblait pouvoir être sûr de son fait et ne craindre personne. J'aurais bien voulu être aussi assuré de ma chance auprès de sa sœur, et, en plantant mon bouquet, le cœur me battait comme si je l'eusse sentie derrière la porte, toute prête à me le jeter à la figure.

Aussi devins-je pâle quand cette porte s'ouvrit; mais ce fut Brulette qui parut la première, donna le baiser du matin au Grand-Bûcheux, une poignée de main à moi, et montra une mine tout enrougie d'aise à Huriel, à qui elle n'osa cependant rien dire.

— Oh! oh! mon père, dit Thérence, arrivant aussi et embrassant bien fort le Grand-Bûcheux, vous avez donc fait le jeune homme toute la nuit? Allons, entrez, que je vous fasse déjeuner. Mais, auparavant, laissez-moi regarder ces bouquets. Trois, Brulette? oh! comme vous y allez, mignonne! Est-ce que cette procession-là va durer tout ce matin?

— Deux seulement pour Brulette, répondit Huriel; le troisième est pour toi, ma sœur. Et il lui montra mon cerisier, si chargé de fleurs, qu'il avait déjà fait une pluie blanche sur le seuil de la porte.

— Pour moi? dit Thérence étonnée. C'est donc toi, frère, qui as craint de me rendre jalouse de Brulette?

— Un frère n'est pas si galant que ça, dit le Grand-Bûcheux. N'as-tu donc aucune doutance d'un amoureux craintif et discret, qui serre les dents au lieu de se déclarer?

Thérence regarda autour d'elle, comme si elle cherchait quelque autre que moi, et, quand elle arrêta ses yeux noirs sur ma figure déconfite et sotte, je crus qu'elle allait rire, ce qui m'eût percé le cœur. Mais elle n'en fit rien, et rougit même un si peu. Puis, me tendant la main bien franchement: — Merci, Tiennet, fit-elle. Vous avez voulu me marquer votre souvenir, et je l'accepte, sans plus m'en faire accroire qu'il ne faut pour un bouquet.

— Eh bien, dit le Grand-Bûcheux, si tu l'acceptes, ma fille, il t'en faut, suivant l'usage, attacher un brin sur ta coiffe!

— Mais non, répondit Thérence; cela pourrait fâcher quelque fille du pays, et je ne veux point que ce bon Tiennet ait à se repentir pour m'avoir fait une honnêteté.

— Oh! ça ne fâchera personne, m'écriai-je; e. si ça ne vous fâche point vous-même, ça me contentera grandement.

— Soit! dit-elle, en cassant une petite branche de mes fleurs qu'elle s'attacha d'une épingle sur la tête. Nous ne sommes ici qu'au Chassin, Tiennet; si nous étions en votre endroit, j'y ferais plus de façons, crainte de vous brouiller avec quelque payse.

— Brouillez-moi avec toutes, Thérence, je ne demande pas mieux !

— Pour cela ? dit-elle, ce serait aller trop vite. Quand on dépouille son prochain, il faut le dédommager, et je ne vous connais pas assez, Tiennet, pour dire que nous y gagnerions tous les deux. Puis, détournant ce propos avec l'oubli d'elle-même qu'elle faisait si naturellement :

— C'est à ton tour, mignonne, dit-elle à Brulette ; quel remerciement vas-tu faire de ces deux mais, et dans leque choisiras-tu ton fleuron ?

— Dans aucun, si je ne sais d'où ils me viennent, répondit ma prudente cousine. Parlez donc, Huriel, et m'empêchez de faire une méprise.

— Je ne peux rien dire, dit Huriel, sinon que voilà le mien.

— Alors, je le prends tout entier, fit-elle en le détachant ; et quant à ce bouquet de rivière, m'est avis qu'il se déplaît bien, pendu à ma porte. Il se trouvera mieux dans le fossé.

Parlant ainsi, elle orna sa coiffe et son corsage des fleurs d'Huriel, et, après avoir serré le restant dans sa chambre, elle se disposait à jeter l'autre dans le reste d'ancien fossé qui séparait le préau du petit parc ; mais comme elle y portait la main, Huriel s'étant refusé à faire une telle insulte à son rival, un son de musette sortit du bois dont le taillis serrait la petite cour en face de nous, et quelqu'un qui par conséquent se trouvait caché assez près pour entendre et voir toutes choses, joua l'air des *Trois Fendeux* du père Bastien.

Il le joua d'abord tel que nous le connaissions, et ensuite un peu différemment, d'une façon plus douce et plus triste, et enfin le changea du tout au tout, variant les modes et y mêlant du sien, qui n'était pas pire, et qui même semblait soupirer et prier d'une manière si tendre qu'on ne se pouvait tenir d'en être touché de compassion. Ensuite, il le prit sur un ton plus fort et plus vif, comme si c'était une chanson de reproche et de commandement, et Brulette, qui s'était avancée et arrêtée au bord du fossé, prête à y jeter le mai, mais ne s'y pouvant décider, recula comme effrayée de la colère, qui était marquée dans cette musique. Alors Joseph, écartant les broussailles avec ses pieds et ses épaules, parut sur le revers du fossé, l'œil en feu, sonnant toujours, et semblant, par son jeu et sa mine, menacer Brulette d'un grand désespoir si elle ne renonçait point à l'affront qu'elle avait eu dessein de lui faire.

VINGT-SEPTIÈME VEILLÉE

— Brave musique et grand sonneur ! s'écria le Grand-Bûcheux, battant des mains quand ce fut fini. Voilà du bon et du beau, Joseph, et on se peut consoler de tout quand on tient comme ça le dragon par les cornes. Viens ici qu'on te complimente !

— On ne se console pas d'une insulte, mon maître, répondit Joseph, et il y aura, pour toute la vie, un fossé plein d'épines entre Brulette et moi, si elle jette dans celui-ci les fleurs de mon offrande.

— A Dieu ne plaise, répondit Brulette, que je paye si mal une si belle aubade ! Viens ici, Joset ; il n'y aura jamais d'épines entre nous, que celles que tu y planteras toi-même.

Joseph, brisant, comme un sanglier, les ronces drues comme un filet qui le retenaient sur la berge du fossé, et voltigeant sur la vase qui en verdissait le fond, sauta dans le préau, et, prenant le bouquet dans les mains de Brulette, il en arracha des fleurs qu'il lui voulut placer sur la tête, à côté de l'épine blanche et rose d'Huriel. Il agissait ainsi d'un air d'orgueil, et comme un homme qui a gagné le droit d'imposer sa volonté ; mais Brulette l'arrêtant, lui dit :

— Un moment, Joseph ; j'ai mon idée, et c'est à toi de t'y soumettre. Tu dois être bientôt reçu maître sonneur, et puisque le bon Dieu m'a rendue si sensible à la musique, c'est que je m'y entends un peu sans avoir rien appris. J'ai donc fantaisie de faire ici un concours et d'y récompenser celui qui s'y comportera le mieux. Donne ta musette à Huriel et qu'il fasse sa preuve, comme tu viens de faire la tienne.

— Oui, oui, j'y consens tout à fait, s'écria Joseph, dont la figure brilla de défi. A ton tour, Huriel, et fais parler cette peau de bouc comme le gosier d'un rossignol, si tu peux !

— Ce ne sont pas là nos conditions, Joseph, répondit Huriel. Tu as dit que tu me laisserais la parole et j'ai parlé ! Je te laisse la musique, où je reconnais que tu es au-dessus de moi. Reprends donc ta musette et parle encore en ton langage ; personne ici ne se lassera de t'entendre.

— Puisque tu te confesses vaincu, reprit Joseph, je ne jouerai plus que par commandement de Brulette.

— Joue, lui dit-elle ; et, tandis qu'il sonnait encore merveilleusement, elle tressa une guirlande des fleurs de nénufar blanc avec les rubans argentés qui liaient la gerbe. La chanterie de Joseph étant achevée, elle vint à lui et enroula cette guirlande autour du bourdon de sa cornemuse, en lui parlant ainsi :

— Joset, le beau sonneur, je te reçois maître en sonnerie et t'en donne le prix. Que ce gage te porte bonheur et gloire, et qu'il te marque l'estime que je fais de tes grands talents.

— Oui, oui, c'est bien ! dit Joseph. Merci, ma Brulette. Achève donc de me rendre fier et content, en gardant pour toi une de ces fleurs que tu me donnes. Cueille sur moi la plus belle et la mets vivement sur ton cœur, si tu ne la veux mettre sur ton front.

Brulette sourit en rougissant, et, belle comme un ange, regarda Huriel, qui pâlissait et se jugeait perdu.

— Joseph, répondit-elle, je t'ai donné là une belle maîtrise, celle de la musique ! Il t'en faut contenter et ne point demander la maîtrise d'amour, qui ne se gagne point par force ni par science, mais par la volonté du bon Dieu.

La figure d'Huriel s'éclaircit, et celle de Joseph s'embrasa.

— Brulette, s'écria-t-il, il faudra que la volonté du bon Dieu soit la mienne !

— Oh ! doucement, dit-il ; lui seul est le maître, et voilà un de ses petits anges qui ne doit point entendre de paroles contraires à la religion.

Elle disait cela, recevant dans ses bras Charlot, bondissant après elle comme un agneau vers sa mère. Thérence, qui était rentrée en la chambre pendant la sonnerie de Joseph, venait de le lever, et, sans prendre le temps de se laisser habiller, il accourait, quasi nu, embrasser sa mignonne, avec un air de maître et de jaloux qui se moquait bien des prétentions des amoureux.

Joseph, qui avait oublié tous ses soupçons et qui se croyait abusé par la lettre du fils Carnat se recula du passage de Charlot, comme si ce fût un serpent; et quand il le vit échanger avec Brulette des caresses si vives, l'appelant mère mignonne et maman au petit Charlot, il lui passa un vertige devant les yeux comme s'il allait tomber en pâmoison; mais, tout aussitôt, transporté de colère, il s'élança sur l'enfant, et, l'attirant à lui très-brutalement:

— Voilà donc enfin la vérité qui se montre! dit-il d'une voix suffoquée; voilà le jeu qu'on fait de moi et la maîtrise d'amour qui m'a devancé!

Brulette, effrayée de la colère de Joseph et des cris de Charlot, voulut le lui reprendre; mais, ne se connaissant plus, il le tirait à lui, riant d'une manière farouche, et disant qu'il le voulait regarder tout son soûl pour en trouver la ressemblance; et, dans ce débat, il serrait l'enfant sans y songer et l'étouffait, au désespoir de Brulette, qui, n'osant pas ajouter, par sa défense, au risque qu'il y courait, se jeta vers Huriel en lui disant:

— Mon enfant! mon enfant! il me tue mon pauvre enfant!

Huriel n'y alla pas deux fois, il empoigna Joseph par la nuque et le serra si vite et si fort, que ses bras raidis se desserrant, je pus recevoir Charlot dans les miens et le rapporter quasi pâmé à Brulette.

Joseph faillit pâmer aussi, autant de l'accès de rage qui lui était venu, que de la manière dont Huriel l'avait empoigné. Il s'en serait suivi une bataille, et le Grand-Bûcheux se jetait déjà au milieu, si Joseph eût compris ce qui s'était passé; mais il ne se rendait compte de rien, sinon que Brulette était mère et qu'il avait été trompé par elle et par nous.

— Vous ne vous en cachez donc plus? lui dit-il avec des mots entrecoupés d'un reste d'étouffement.

— Qu'est-ce que vous prétendez donc me dire? répliqua Brulette, qui était tout en larmes, assise sur le gazon, et adoucissant avec ses mains les meurtrissures que Charlot avait reçues aux bras. Vous êtes un fou très-méchant, voilà tout ce que je sais. Ne vous approchez plus de moi, et n'ayez jamais le malheur de brutaliser cet enfant, si vous ne voulez que Dieu vous maudisse!

— Un seul mot, Brulette, dit Joseph; si vous êtes sa mère, confessez-le. Votre amour ma pitié et mon pardon; je vous soutiendrai même, au besoin; mais si vous ne pouvez le nier que par un mensonge... vous aurez mon mépris et mon oubli!

— Sa mère? moi, sa mère? s'écria Brulette en se relevant comme pour repousser Charlot. Vous croyez que je suis sa mère? dit-elle encore, en reprenant contre son cœur le pauvre enfant, cause de tant de soucis. Alors elle regarda d'un air égaré autour d'elle, et cherchant Huriel des yeux: Est-il possible, s'écria-t-elle, que l'on pense de moi une pareille chose?

— La preuve qu'on ne le pense pas, répondit Huriel en s'approchant d'elle et en caressant Charlot, c'est qu'on aime l'enfant que vous aimez.

— Dites mieux, mon frère, s'écria vivement Thérence, dites ce que vous me disiez hier! « Qu'il soit à elle ou non, il sera mien si elle veut être mienne. »

Brulette jeta ses deux bras au cou d'Huriel, et s'y tenant attachée comme une vigne à un chêne:

— Soyez donc mon maître, dit-elle; car je n'en ai jamais eu et n'en aurai jamais d'autre que vous.

Joseph regardait cet accord soudain dont il était la cause, avec une douleur et un regret si grands, qu'il faisait peine à voir. Le cri de vérité de Brulette l'avait saisi, et il croyait avoir rêvé l'offense qu'il venait de lui faire. Il sentit que tout était fini entre eux; et, sans dire une parole, il ramassa sa musette et s'enfuit.

Le Grand-Bûcheux courut après lui et le ramena, disant:

— Non, non, ce n'est pas comme cela qu'il faut se quitter, après une amitié d'enfance. Abaisse ton orgueil, Joseph, et demande pardon à cette honnête fille. C'est ma fille, à cette heure, l'accord en est fait, et j'en suis fier; mais il faut qu'elle reste ta sœur. On pardonne à un frère ce qu'on ne peut pardonner à un amant.

— Qu'elle me pardonne si elle veut et si elle peut! dit Joseph; mais si je suis coupable, je ne peux recevoir l'absolution que de moi-même. Haïssez-moi, Brulette, cela me vaudra peut-être mieux. Je vois bien que j'ai fait ce qu'il fallait pour me perdre dans votre esprit. Il n'y a pas à en revenir; mais si je vous fais pitié, ne me le dites pas. Je ne vous demande plus rien.

— Cela ne serait pas arrivé, répondit Brulette, si vous aviez fait votre devoir, qui était d'aller embrasser votre mère. Allez-y, Joseph, et surtout ne lui dites pas de quoi vous m'avez accusé: vous la feriez mourir de chagrin.

— Ma chère fille, reprit encore le Grand-Bûcheux, retenant toujours Joseph, j'ai idée qu'il ne faut gronder les enfants que quand ils sont dans un état tranquille. Autrement, ils entendent de travers ce qu'on leur dit, et ne profitent point des reproches. Pour moi, Joseph a des moments de folleté, et s'il n'en fait pas amende honorable aussi aisément qu'un autre, c'est peut-être qu'il sent beaucoup son tort et souffre plus de son propre blâme que de celui d'autrui. Donnez-lui l'exemple de la raison et de la bonté. Il n'est pas malaisé de pardonner quand on est heureux, et vous devez vous sentir contente d'être aimée comme vous l'êtes ici. Davantage ne serait pas possible, car je sais de vous, à présent, des choses qui me font vous tenir en si haute estime, que voilà des mains qui tordraient le cou à quiconque vous insulterait délibérément; mais il n'en est point ainsi de l'insulte de Joseph. Elle est partie de la fièvre et non de la réflexion, et la honte l'a suivie de si près que son cœur vous en fait, à cette heure, parfaite réparation. Allons, Joseph, un mot de ta signature à la fin de mon discours; je ne t'en demande pas plus, et Brulette s'en contentera, n'est-ce pas, ma fille?

— Vous ne la connaissez guère si vous croyez qu'il le dira, mon père, répondit Brulette; mais je ne l'exige pas, parce que, avant tout, je vous veux contenter. Par ainsi, Joseph, je te pardonne, encore que tu n'y tiennes point. Reste déjeuner avec nous, et parlons d'autre chose; ce qui a été dit est oublié.

Joseph ne dit mot, mais il ôta son chapeau et posa son

bâton, comme décidé à rester. Les deux jeunes filles rentrèrent en la maison pour apprêter le repas, et Huriel, qui avait grand soin de son cheval, se mit à l'étreiller et à le panser. Je m'occupai de Charlot que Brulette m'avait confié; et le Grand-Bûcheux, voulant distraire Joseph, lui parla musique et loua beaucoup l'arrangement qu'il avait donné à sa chanson.

— Ne me parlez plus de cette chanson-là, lui dit Joseph. Elle ne me rappellerait que des peines, et je la veux oublier.

— Eh bien, dit le Grand-Bûcheux, joue-moi quelque autre chose de ton invention, et là, tout de suite, comme l'idée t'en viendra.

Joseph s'éloigna avec lui dans le parc, et nous l'entendîmes sonner des airs si tristes et si plaintifs qu'il semblait d'une âme prosternée dans le repentir et la contrition.

— L'entends-tu? dis-je à Brulette. Voilà sa manière de se confesser, sans doute, et si le chagrin est une réparation, il te la donne de son mieux.

— Je ne crois pas à un bien tendre cœur sous une si rude fierté, répondit Brulette; je suis, à présent, comme Thérence : un peu de tendresse m'attire plus qu'un beau savoir; mais j'ai pardonné, et si ma pitié n'est pas aussi grande que Joseph la réclame en son langage, c'est parce que je lui connais une consolation dont mon oubli ne le privera point : c'est l'estime que les autres et lui-même feront de ses talents. Si Joseph n'y tenait pas plus qu'à l'amitié, il n'aurait pas la langue muette et l'œil sec devant les reproches de l'amitié. On ne sait bien demander que ce dont on a grand besoin.

— Eh bien, dit le Grand-Bûcheux, revenant seul du parc, l'avez-vous écouté, mes enfants? Il a dit tout ce qu'il pouvait et voulait dire, et, content de m'avoir tiré des larmes des yeux avec ses inventions, il s'en va plus tranquille.

— Vous ne l'avez pas pu garder à déjeuner, pas moins! dit Thérence en souriant.

— Non, répondit le père. Il a trop bien sonné pour n'être pas consolé aux trois quarts, et il a mieux aimé partir là-dessus que sur quelque sottise qu'il aurait pu dire à table.

VINGT-HUITIÈME VEILLÉE

Quand nous fûmes au repas, nous nous sentions tous soulagés de l'appréhension de la veille, par rapport à la fâcherie d'Huriel et de Joseph, et, comme Thérence montrait bien, soit en sa présence, soit en son absence, qu'elle n'avait pour lui aucun ressentiment, bon ou mauvais, du passé, je me trouvais, ainsi qu'Huriel et le Grand-Bûcheux, en idées riantes et tranquilles. Charlot, se voyant choyé et caressé de tout le monde, commençait à oublier l'homme qui l'avait épeuré et meurtri. De temps en temps il se retournait encore au moindre bruit, et Thérence le consolait en riant et en lui disant qu'il était parti et ne reviendrait plus. Nous étions là comme une seule famille, et, tout en servant Thérence avec un grand respect, je me

disais que j'aurais le vouloir moins impérieux et plus patient avec mes amours que Joseph avec les siennes.

Brulette seule demeurait soucieuse et accablée, comme si elle eût reçu dans le cœur un mauvais coup. Huriel s'en inquiétait; le Grand-Bûcheux, qui connaissait bien l'âme humaine dans tous ses plis, et qui était si bon que sa figure et sa parole mettaient du miel dans toutes les amertumes, lui prit ses petites mains, et, attirant sa jolie tête sur son cœur, lui dit, à la fin du repas :

— Brulette, nous avons une prière à t'adresser, et si tu as l'air triste et inquiète, voilà mon fils et moi qui n'oserons. Ne veux-tu point nous donner un sourire d'encouragement?

— Parlez, mon père, et commandez-moi? répondit Brulette.

— Eh bien, ma fille, il faut que tu sois consentante de nous présenter dès demain à ton grand-père, à seules fins qu'il agrée mon Huriel pour son petit-fils.

— C'est trop tôt, mon père, répondit Brulette, répandant encore quelques larmes, ou, pour mieux dire, c'est trop tard; car si vous m'aviez commandé cela, il y a une heure, avant que Joseph lâchât de certaines paroles devant moi, j'eusse été consentante de bon cœur. À présent, j'aurais honte, je vous le confesse, d'accepter si librement la foi d'un honnête homme, quand je vois que je ne passe point pour une honnête fille. Je savais qu'on m'avait reproché une humeur légère et des goûts de coquetterie. Votre fils lui-même m'avait doucement tancée là-dessus, l'an dernier. Thérence m'en blâmait, tout en me donnant son amitié. Aussi, voyant qu'Huriel avait tant de courage pour me quitter sans me demander rien, j'avais fait de grandes réflexions. Le bon Dieu m'y avait aidée en m'envoyant la charge de ce petit enfant, qui ne me plaisait pas d'abord et que j'aurais peut-être refusé, si à mon devoir ne se fût mêlée l'idée que, par un peu de souffrance et de vertu, je serais plus digne d'être aimée que par mon babillage et mes toilettes. Je pensais donc d'avoir réparé mes années d'insouciance, et d'avoir mis sous mes pieds le trop grand amour de ma petite personne. Je me voyais bien critiquée et délaissée chez nous; je m'en consolais en me disant : « S'il revient, lui, il verra bien que je ne mérite pas d'être blâmée pour être devenue raisonnable et sérieuse. » Mais voilà que j'apprends bien autre chose, autant par la conduite de Joseph que par la parole de Thérence. Ce n'était pas seulement Joseph qui me croyait égarée depuis longtemps, c'était Huriel aussi, puisqu'il avait l'amour assez fort et le cœur assez grand pour dire hier à sa sœur : « Fautive ou non fautive, je l'aime et la prends comme elle est. » Ah! Huriel, je vous en remercie! mais je ne veux pas que vous m'épousiez avant de me connaître. Je souffrirais trop de vous voir critiqué comme vous allez l'être, sans doute, à cause de moi. Je vous respecte trop pour laisser dire que vous endossez la paternité d'un champi. Allons! convenez qu'il faut que j'aie été bien légère dans mes allures d'autrefois, pour donner prise à une pareille accusation! Eh bien, je veux que vous me jugiez par ma conduite de tous les jours, et que vous sachiez que je suis pas seulement une belle danseuse à la noce, mais bonne gardienne de mon devoir à la maison. Nous viendrons demeurer ici, comme vous le souhaitez; et, dans un an, si je ne suis pas maîtresse de vous prouver que je n'ai pas à rougir de mes soins pour Charlot, du moins je vous aurai donné, par toutes mes actions, la preuve que je suis raisonnable dans mes esprits autant que saine dans ma conscience.

Huriel arracha Brulette des bras de son père, embrassa dévotement les larmes qui coulaient de ses beaux yeux, et la replaçant où il l'avait prise :

— Bénissez-la donc, mon père, dit-il, car vous voyez si je vous ai menti en vous disant qu'elle en était digne. Elle a très-bien parlé, cette chère langue dorée, et il n'y a rien à lui répondre, sinon que nous n'avons pas besoin d'un an ni même d'un jour d'épreuve, et que nous irons, dès ce soir, la demander à son grand-père ; car de passer encore une nuit dans l'attente de ce consentement, je ne m'en sens pas le courage, à présent que je n'ai plus que cela à obtenir pour me sentir le roi du monde.

— Voilà donc, dit le père Bastien à Brulette, ce que tu as gagné à chercher du répit ? Au lieu de te demander demain, nous te demanderons aujourd'hui. Allons, mon enfant, il t'y faut soumettre, et c'est le châtiment de ta mauvaise conduite dans le temps passé.

Le contentement s'épanouit enfin sur le visage de Brulette, et le mal que lui avait fait Joseph fut oublié. Cependant, quand nous quittâmes la table, il lui en vint encore un retardement. Charlot, entendant Huriel appeler le Grand-Bûcheux *mon père*, l'appela de même, et en fut d'autant mieux caressé ; mais Brulette s'en affligea encore un brin.

— Ne faudrait-il pas, dit-elle, se donner enfin la peine d'inventer une parenté à ce pauvre enfant ? car chaque fois, à présent, qu'il m'appellera sa mère, il me semblera qu'il fait souffrir ceux qui m'aiment.

On allait encore la rassurer sur ce point, lorsque Thérence dit :

— Parlez plus bas, nous sommes écoutés. Et, tournant tous, comme elle, nos yeux du côté du portail, nous vîmes le bout d'un bâton appuyé à terre et la renflure d'une besace pleine, qui dépassaient le mur et marquaient bien qu'un mendiant était là, attendant qu'on fît attention à lui et pouvant entendre des choses qui ne le regardaient point.

Je m'avançai vers lui et reconnus le carme Nicolas, qui, tout aussitôt s'approchant, nous confessa sans embarras qu'il nous écoutait depuis un quart d'heure et y avait même pris beaucoup de plaisir.

— Il me semblait bien connaître la voix d'Huriel, dit-il ; mais, en faisant ma tournée, je m'attendais si peu à le trouver céans, mes chers amis, que je n'en aurais pas été certain sans diverses choses qui se sont dites ici, et où Brulette sait bien que je ne suis pas de trop.

— Nous le savons aussi, dit Huriel.

— Vous ? fit le moine. Oui cela doit être !

— Et cela est, parce que la tante m'a tout confié hier soir, dit Huriel à Brulette. Vous voyez, mignonne, que je n'ai pas tant de mérite à vous croire.

— Oui, dit Brulette bien soulagée, mais hier matin !... Eh bien, puisque vous voilà instruit de mes affaires, ajoutait-elle en parlant au moine, que me conseillez-vous, frère Nicolas ? Vous qui avez été employé dans celles de Charlot, ne trouverez-vous pas quelque histoire à répandre pour couvrir le secret de ses parents et réparer le dommage fait à mon honneur ?

— Une histoire ! dit le carme. Moi, conseiller et aider le

mensonge ? Je ne suis point de ceux qui se peuvent damner pour l'amour des jeunes filles, ma mie ! Il ne m'en viendrait rien. Il faudra donc que je vous aide autrement, et j'y ai travaillé plus que vous ne pensez. Ayez patience, et tout s'arrangera aussi bien qu'une autre affaire, où maître Huriel sait bien que je n'ai pas été mauvais ami.

— Je sais que je vous dois le repos et la sûreté de ma vie, répondit Huriel. Aussi, qu'on dise des moines ce qu'on voudra, j'en sais au moins un pour qui je me ferais couper en quatre. Asseyez-vous donc, mon frère, et passez avec nous la journée. Ce qui est à nous est à vous, et la maison où nous sommes est aussi la vôtre.

Thérence et le Grand-Bûcheux allaient faire aussi leurs honnêtetés au bon frère, quand ma tante Marghitonne arriva et ne nous voulut plus souffrir ailleurs qu'avec elle. On allait faire la cérémonie du chou, qui est la grande farce ancienne du lendemain des noces, et déjà la promenade commençait et venait de notre côté. On buvait, chantait et dansait à chaque repos. Il n'y avait plus moyen pour Thérence de se tenir à l'écart, et elle accepta mon bras pour aller au-devant du cortège, tandis qu'Huriel y menait Brulette. Ma tante se chargea du petit, et le Grand-Bûcheux, entraînant le carme, le décida aisément à se divertir en bonne compagnie.

Le gars qui jouait le personnage du jardinier, ou, comme on dit encore chez nous, du païen, sur la civière, était orné d'une manière qui étonnait bien le monde. Il avait ramassé, auprès du petit parc, une belle guirlande de nénufars liée de rubans d'argent, et s'en était fait une ceinture sur sa bosse de filasse. Il ne fallut pas grand temps pour la reconnaître. Joseph l'avait perdue ou jetée en se retirant de nous. Ces rubans faisaient envie aux filles de la noce, qui délibérèrent de ne point les laisser gâter, et, se jetant toutes sur le païen, encore qu'on se défendant il en embrassât plus d'une avec son museau barbouillé de lie, elles l'en dépouillèrent et se firent le partage de cette riche livrée de mariage. Ainsi les rubans dépecés de Joseph brillèrent tout le jour sur la coiffe des plus fraîches fillettes de l'endroit et firent encore un meilleur usage qu'il ne pensait en les laissant sur le chemin.

La comédie donnée de porte en porte dans le village fut aussi folle que de coutume, et se termina par un grand repas et des danses jusqu'à la nuit. Après quoi, prenant congé, Brulette et moi, accompagnés du Grand-Bûcheux, de Thérence et d'Huriel, nous partîmes pour Nohant, avec le moine en tête, qui conduisait le clairin par la bride, et sur le clairin le gros Charlot, un peu grisé de tout ce qu'il avait vu, riant comme un fou et s'essayant à chanter comme il avait entendu faire tout le jour.

Encore que la jeunesse d'aujourd'hui soit bien dégénérée, vous avez tant de fois vu des fillettes de quinze ans faire cinq lieues le matin et autant le soir sur leurs jambes, et une journée de danse par la plus forte chaleur, que vous ne penserez point que nous arrivâmes chez nous rendus de fatigue. Tout au contraire, nous avions encore dansé à quatre, plus d'une fois, le long du chemin, le Grand-Bûcheux sonnant de la musette, Charlot dormant sur le cheval, et le carme nous traitant de fous, nous grondant et ne se pouvant retenir de rire et de frapper des mains pour nous exciter.

Enfin nous étions à la porte de Brulette sur les dix heures du soir, et le père Brulet dormait en son lit, quand la joyeuse compagnie entra dans la chambre. Comme il était pas mal sourd et dormait dur, Brulette coucha le petit, nous servit un bout de collation, et se consulta avec nous sur le réveil qu'on lui ferait, avant qu'il eût fini son premier somme.

A la fin il se retourna de notre côté, vit la lumière, reconnut sa fille et moi, s'étonna des autres, et, s'asseyant sur son lit, d'un air aussi sérieux qu'un juge, écouta le discours que lui fit un peu haut et en peu de paroles, mais bien honnêtement, le Grand-Bucheux. Le carme, en qui le père Brulet avait toute confiance, y ajouta l'éloge de la famille Huriel, et Huriel déclara son inclination et tous ses bons sentiments pour le présent et l'avenir.

Le père Brulet écouta le tout sans dire un mot, et j'avais crainte qu'il n'y eût rien compris ; mais encore qu'il parût rêver, il avait son entendement libre et répondit en homme sage qu'il reconnaissait très-bien dans le Grand-Bûcheux le fils d'un ancien ami ; qu'il faisait grand état de toute la famille ; qu'il estimait le frère Nicolas digne de foi, et que, par-dessus tout, il se fiait à l'esprit et au fin jugement de sa petite-fille. Selon lui, elle n'avait pas tant retardé son choix et refusé de si beaux partis pour finir par une sottise, et puisqu'elle souhaitait épouser Huriel, Huriel devait être un bon mari.

Il parlait d'une manière avisée, et pourtant sa mémoire lui faisait défaut sur un point qui lui revint au moment où nous nous retirions ; c'est qu'Huriel était un muletier :

— Et c'est là, dit-il, le seul point qui me fâche... Ma petite-fille s'ennuiera donc seule à la maison les trois quarts de l'année ?

On le consola bien en lui apprenant qu'Huriel avait quitté son état pour se mettre en fendage, et il agréa l'idée d'aller travailler au Chassin pendant la bonne saison.

Nous nous départîmes donc tous contents les uns des autres. Thérence resta avec Brulette, et j'emmenai les autres à mon logis.

Nous apprîmes, le lendemain soir, par le carme, qui s'était promené tout le jour, que Joseph, lequel n'avait point parut au bourg de Nohant, était allé passer une heure avec sa mère, après quoi il s'était mis en route pour courir les environs, disant que son idée était de rassembler les sonneurs du pays en un concours où il demanderait la maîtrise et le droit pour pratiquer. La Mariton était bien en peine de cette résolution-là, pensant que les Carnat et toute la bande des ménétriers du pays, qui était déjà plus nombreuse que de besoin, s'y montreraient contraires et lui causeraient du trouble et du tort. Mais Joseph ne l'avait point écoutée, disant toujours qu'il la voulait retirer de servitude et l'emmener au loin avec lui, encore qu'elle n'y parût point disposée comme il l'eût souhaité.

Le surlendemain, tous nos apprêts étant faits, et les premiers bans d'Huriel et de Brulette déjà publiés au prône de notre paroisse, nous retournâmes tous au Chassin. C'était comme le départ pour un pèlerinage au bout du monde. Comme il nous fallait emporter du mobilier, et que Brulette voulait que son grand-père ne manquât de rien, nous avions loué une charrette, et tout le village ouvrait de grands yeux, à nous voir emporter de sa maison jusqu'aux paniers. Elle n'oublia ni ses chèvres ni ses poules, que Thérence se réjouissait d'avoir à soigner, elle qui ne connaissait pas le gouvernement des bêtes et qui

disait vouloir l'apprendre pendant que l'occasion s'en trouvait.

Cela me fournit celle de m'offrir en plaisanterie à sa gouverne, comme la plus soumise et fidèle bête de tout le troupeau. Elle ne s'en fâcha pas, mais ne m'encouragea point à passer du badinage au sérieux. Seulement il me sembla bien qu'elle n'était pas mécontente de me voir quitter si gaiement pays et famille pour la suivre, et que, si elle ne m'attirait pas, elle ne me repoussait pas non plus.

Au moment où le vieux Brulet et les femmes, avec Charlot, montaient sur la voiture, Brulette étant fière de s'en aller avec un si bel amoureux, à la barbe de tous les amoureux qui l'avaient méconnue, le carme vint comme pour nous dire adieu, et ajouta pour les oreilles des curieux : — Au fait, je vas de votre côté, et ferai un bout de chemin avec vous.

Il monta auprès du père Brulet, et au bout d'une lieue, dans un chemin couvert, il fit arrêter. Huriel conduisait son clairin, qui était aussi bon au tirage qu'au transport, et nous marchions un peu en avant, le Grand-Bûcheux et moi. Voyant la voiture retardée, nous retournâmes, pensant que ce fût quelque accident, et vîmes Brulette tout en pleurs, embrassant Charlot, qui s'attachait à elle en faisant de grands cris, parce que le carme le voulait emporter. Huriel intercédait pour qu'on s'y prît autrement, car il était si peiné du chagrin de Brulette que, pour un peu, il aurait pleuré aussi.

— Qu'y a-t-il donc ? dit le Grand-Bûcheux, et pourquoi, ma fille, voulez-vous vous départir de ce pauvre enfant ? Est-ce donc la suite de votre idée de l'autre jour ?

— Non, mon père, répondit Brulette. Ce sont ses véritables parents qui le réclament, et c'est pour son bien. Le pauvre petit ne comprend pas cela, et moi, encore que je le comprenne, le cœur me manque. Mais comme il y a des raisons pour que la chose se fasse sans retard, donnez-moi du courage, au lieu de m'en ôter.

Et, tout en parlant de courage, elle n'en avait point contre les pleurs et les caresses de Charlot, car elle était arrivée à l'aimer d'une grande tendresse, et il fallut que Thérence s'en mêlât. La fille des bois avait dans son air et dans ses moindres discours une assurance de bonté qui eût persuadé les pierres, et que l'enfant sentait, encore qu'il ne sût comment. Elle réussit à lui faire entendre de s'apaiser, et qu'on ne le quittait que pour bien peu, de sorte que frère Nicolas put l'emporter sans violence, et qu'on se mit en route au son d'une manière de rondine qu'il lui chantait pour l'ébaubir, et qui ressemblait à un psaume d'église plus qu'à une chanson ; mais Charlot s'en paya, et quand leurs voix se perdirent, celle du carme couvrait les dernières plaintes du pauvre mignon.

— Allons, Brulette, en route, dit le Grand-Bûcheux. Nous vous aimerons tant, que nous vous consolerons.

Huriel monta sur le brancard, afin d'être près d'elle, et, tout le long du chemin, l'entretint si doucement qu'elle lui dit, à l'arrivée :

— Ne me croyez pas inconsolable, mon vrai ami ! J'ai eu le cœur faible un moment ; mais je sais bien où reporter l'amitié que j'avais pour cet enfant, et où je le retrouverai la joie qu'il me donnait.

Il ne nous fallut pas grand temps pour nous installer au vieux Château, et mêmement y pendre la crémaillère.

Il y avait plusieurs chambres habitables, encore qu'elles n'eussent pas de mine et qu'on les eût crues prêtes à nous choir sur la tête ; mais il y avait si longtemps que le vent en secouait les ruines sans les renverser, qu'elles pouvaient bien encore durer autant que nous.

La tante Marghitonne, enchantée de notre voisinage, nous fournit tout ce qui eût pu manquer aux petites aises dont nous étions coutumiers, et que la famille d'Huriel se laissa persuader de partager avec nous, malgré le peu d'habitude qu'elle en avait et le peu de cas qu'elle en faisait. Les ouvriers bourbonnais que le Grand-Bûcheux avait embauchés arrivèrent, et il en embaucha d'autres dans l'endroit même. Si bien que nous étions là comme une colonie, campée partie dans le bourg, partie dans les ruines, travaillant tous de bon cœur sous la conduite d'un homme juste qui savait ce que c'est que la peine à ménager et le courage à récompenser, et nous réunissant tous les soirs pour manger ensemble sur le préau, écouter et raconter des histoires, chanter et folâtrer à la fraîche, et faisant bal, le dimanche, avec toute la jeunesse du pays, qui nous savait tant de gré de la musique bourbonnaise qu'on nous apportait de petits présents de tous les côtés, et nous considérait on ne peut plus.

Le travail était rude à cause de la pente de la futaie qui se trouvait quasiment à pic sur la rivière, et l'abatage offrait de grands dangers. J'avais fait, au bois de l'Alleu, l'expérience du caractère vif du Grand-Bûcheux. Comme il n'avait que des ouvriers de choix pour sa partie, et que les dépeceurs étaient à leurs pièces, il n'avait pas sujet de s'impatienter ; mais j'avais l'ambition de devenir un fendeux du premier ordre pour lui complaire, et je craignais que mon apprentissage ne me fît encore traiter de maladroit et d'imprudent, ce qui m'eût bien mortifié devant Thérence. Aussi priai-je Huriel de m'en faire à part la démonstration et de me laisser le bien observer dans la pratique. Il s'y prêta de son mieux, et j'y portai un si bon vouloir qu'en peu de jours j'étonnai le maître par mon habileté. Il m'en fit compliment, et mêmement me demanda devant sa fille pourquoi je me donnais si vaillamment à un état qui ne m'était point de nécessité en mon endroit. — C'est, lui répondis-je, que je ne serais pas fâché d'être bon à gagner ma vie en tout pays. On ne sait point ce qui peut arriver, et si j'aimais une femme qui me voulût emmener au fond des bois, je l'y suivrais et l'y soutiendrais aussi bien qu'un autre.

Et, pour marquer à Thérence que je n'étais pas si câlin qu'elle le pensait peut-être, je m'exerçais à coucher sur la dure, à vivre sobrement et à devenir un forestier aussi solide que ceux qui m'entouraient. Je ne m'en trouvais pas plus mal portant, et même je sentais bien mon esprit y devenir plus léger et mes idées plus claires. Beaucoup de choses, que je n'entendais point sans de grandes explications au commencement, se débrouillaient peu à peu d'elles-mêmes devant mes yeux, et elle ne riait plus de mes questions lourdaudes. Elle causait avec moi sans ennui et marquait de la confiance dans mes jugements.

Pourtant une bonne quinzaine se passa devant que j'eusse un peu d'espérance, et comme je me plaignais à Huriel de n'oser point dire un mot à une fille qui me paraissait trop au-dessus de moi pour me vouloir jamais regarder, il me répliqua :

— Sois tranquille, Tiennet, ma sœur a le cœur le plus

juste qui existe, et si, comme toutes les jeunes filles, elle a ses moments de fantaisie, il n'y a point d'imagination en elle qui ne cède à l'amour d'une belle vérité et d'une franche réparation.

Les discours d'Huriel, qui étaient aussi ceux de son père avec moi, me baillèrent grand courage, et Thérence reconnut en moi un si bon serviteur, j'étais si attentionné à ce qu'elle n'eût peine, fatigue ou impatience d'aucune chose dépendant de mon pouvoir ; j'étais si soigneux de ne regarder aucune autre fille, et d'ailleurs j'en avais si peu d'envie ; enfin, je me comportais avec un respect si honnête et qui lui marquait si bien l'état que je faisais de son mérite, qu'elle y ouvrit les yeux, et je la vis plusieurs fois me regarder courir au-devant de ses souhaits, avec un air de réflexion très-doux, et m'en payer par des remerciments qui me rendaient fier. Elle n'était pas habituée, comme Brulette, à se voir prévenir, et n'eût pas su, comme elle, y inviter gentiment. Elle paraissait même toujours étonnée qu'on y songeât ; mais quand cela arrivait, elle en marquait une grande obligation, et je ne me sentais pas d'aise quand elle me disait, de son air sérieux et sans fausse retenue :

— Vraiment, Tiennet, vous avez trop bon cœur. Ou bien : — Tiennet, vous prenez pour moi tant de peine que je voudrais avoir à en prendre pour vous dans l'occasion.

Un jour qu'elle me parlait en cette manière, devant les autres bûcheux, l'un d'eux qui était un beau garçon bourbonnais, observa, à moitié voix, qu'elle me gratifiait d'un grand intérêt.

— Certainement, Léonard, lui répondit Thérence en le regardant d'un air assuré. Je lui porte l'intérêt que je dois à sa complaisance pour moi et à son amitié pour les miens.

— Est-ce que vous croyez, reprit Léonard, qu'on n'agirait pas aussi bien que lui, si on croyait être payé de même ?

— Je serais juste avec tout le monde, répliqua-t-elle, si j'avais le goût ou le besoin des complaisances de tout le monde ; mais cela n'est point, et, de l'humeur dont je suis, l'amitié d'une seule personne me contente.

J'étais assis sur le gazon, auprès d'elle, tandis qu'elle parlait ainsi, et je pris sa main dans la mienne, sans oser plus que de l'y retenir un petit moment. Elle me la retira, mais non sans me l'appuyer, en passant, sur l'épaule, en signe de confiance et de parenté d'âme.

Pourtant les choses duraient ainsi, et je commençais à souffrir grandement de ma retenue avec elle, d'autant que les amours d'Huriel et de Brulette étaient si tendres et si heureuses, que cela troublait le cœur et l'esprit. Leur beau jour approchait, et je ne voyais pas venir le mien.

VINGT-NEUVIÈME VEILLÉE

Un dimanche, c'était celui du dernier ban de Brulette, le Grand-Bûcheux et son fils qui, dès le matin, m'avaient paru se consulter secrètement, s'en allèrent ensemble, disant qu'une affaire regardant le mariage les appelait à Nohant. Brulette, qui savait bien où en étaient les préparatifs de sa noce, s'étonna qu'ils y fissent tant de dilligence inutile ou qu'on ne la mît point de la partie. Elle fut même tentée de bouder Huriel, qui annonçait d'être absent pour vingt-quatre heures ; mais il ne céda point et sut la tranquilliser, lui laissant penser qu'il ne la quittait que pour s'occuper d'elle, et lui ménager quelque belle surprise.

Cependant, Thérence, que mes yeux ne quittaient guère, me paraissait faire effort pour cacher son inquiétude, et, dès que son père et Huriel furent partis, elle m'emmena dans le petit parc, où elle me parla ainsi :

— Tiennet, je suis tourmentée et ne sais quel remède y trouver. Écoutez ce qui se passe, et dites-moi ce que nous pourrions faire pour empêcher des malheurs. La nuit dernière, ne dormant point, j'ai entendu mon frère et mon père faire accord de s'en aller au secours de Joseph, et, dans leur entretien, voilà ce que j'ai compris : Joseph, encore que très mal accueilli par tous les ménétriers du canton, auxquels il s'est présenté pour réclamer le concours, s'est obstiné à vouloir recevoir d'eux la maîtrise, chose qu'on ne lui peuvent refuser ouvertement sans avoir mis ses talents à l'épreuve.

Il s'est trouvé que le fils Carnat devait être reçu en la place de son père, qui se retire du métier, par la corporation, aujourd'hui même, si bien que Joseph vient là troubler une chose qui ne devait pas être contestée, et qui était promise et assurée d'avance.

Or, nos bûcheux, en se promenant dans les cabarets des environs, ont entendu et surpris les mauvais desseins de la bande des sonneurs de votre pays, lesquels sont résolus d'évincer Joseph, s'ils le peuvent, en faisant fi de sa science. S'il n'y risquait que le dépit d'endurer une injustice et une contrariété, ce ne serait point assez pour m'inquiéter comme vous voyez ; mais mon père et mon frère, qui sont maîtres sonneurs et qui ont voix à tout chapitre de musique, n'importe en quel pays ils se trouvent, ont cru de leur devoir d'aller réclamer leur place au concours, à seules fins d'y soutenir Joseph. Et puis, au bout de tout cela, il y a encore quelque chose que je ne sais point, parce que les sonneurs ont un secret de confrérie dont mon frère et mon père ne parlaient entre eux qu'à mots couverts et dans des paroles où je n'ai pu rien entendre. De toutes manières, soit dans leur prétention au jugement du concours, soit dans quelque autre cérémonie où l'on dit que les épreuves sont dures, il y a du danger pour eux, car ils ont pris, sous leurs sarraux, les petits bâtons de courza qui sont une arme dont vous avez vu la morsure ; et mêmement ils ont affilé leurs serpes et les ont cachées aussi sur eux, se disant l'un à l'autre, vers le matin :

— Le diable soit de ce garçon, qui n'a de bonheur pour lui ni pour les autres ! Il le faut pourtant secourir, car il va se jeter dans la gueule du loup, sans souci de sa peau ni de celle de ses amis.

Et mon frère se plaignait, disant qu'à la veille de se marier, il ne serait pas content de fendre encore une tête ou de ne point rapporter la sienne entière. A quoi mon père répondait qu'il n'y fallait point porter de mauvais pronostics, mais aller devant soi, où l'humanité commandait de secourir son prochain.

Comme ils avaient cité notre ami Léonard parmi ceux qui avaient recueilli les mauvais bruits, j'ai questionné ce Léonard un moment à la hâte, et il m'a dit que Joseph et conséquemment ceux qui le voudraient soutenir étaient

depuis une huitaine l'objet de grandes menaces, et que vos sonneurs n'avaient pas seulement parlé de lui refuser la maîtrise à ce concours, mais encore de lui ôter l'envie et le pouvoir de s'y présenter une autre fois. Je sais, pour l'avoir ouï dire chez nous, étant petite, à l'époque où mon frère fut reçu maître sonneur, qu'il s'y fallait comporter bravement et passer par je ne sais quels essais de la force et du courage. Mais chez nous, les sonneurs menant une vie errante et ne faisant pas tous métier de ménétriers, ne se gênent point les uns les autres et ne persécutent guère les aspirants. Il paraît, aux précautions de mon père et au dire de Léonard, qu'ici, c'est autre chose, et qu'il s'y fait quelquefois des batailles d'où ne reviennent point tous ceux qui s'y rendent. Assistez-moi, Tiennet, car je me sens morte de peur de tristesse. Je n'ose point donner l'éveil à nos bûcheux, car si mon père pensait que j'ai surpris et trahi quelque secret de la confrérie, il me retirerait l'estime et la confiance. Il est accoutumé à me voir aussi courageuse qu'une femme peut l'être dans les dangers ; mais, depuis la malheureuse affaire de Malzac, je vous confesse que je n'ai plus de courage du tout, et que je suis tentée d'aller me jeter au milieu de la bataille, tant j'en crains les suites pour ceux que j'aime.

— Et c'est là, ma brave fille, ce que vous appelez manquer de courage ? répondis-je à Thérence. Allons, restez tranquille et laissez-moi faire. Le diable sera bien malin si je ne découvre et surprends de moi-même, et sans qu'on vous soupçonne, le secret des sonneurs ; et, que votre père m'en blâme, qu'il me chasse d'auprès de lui et me retire tout le bonheur que j'ai songé de gagner... ça ne fait rien, Thérence ! pourvu que je vous le ramène ou que je vous le renvoie sain et sauf, ainsi qu'Huriel, je serai assez payé, ne dussé-je vous revoir jamais. Adieu, contenez vos angoisses, ne dites rien à Brulette, elle y perdrait la tête. Je saurai vitement ce qu'il faut faire. N'ayez point l'air de rien savoir. Je prends tout sur mon dos.

Thérence se jeta à mon cou et m'embrassa sur les deux joues avec toute l'innocence d'une bonne fille ; et, rempli de courage et de confiance, je me mis à l'œuvre.

Je commençai par aller chercher Léonard, que je savais être un bon gars, très fort et hardi, et grandement attaché au père Bastien. Encore qu'il fût un peu jaloux de moi au sujet de Thérence, il entra dans mon plan, et je le consultai sur ce qu'il pouvait savoir du nombre des sonneurs appelés au concours et du lieu où nous pourrions les aller surveiller. Il ne me put rien dire du premier point. Quant au second, il m'apprit que le concours ne se faisait point secrètement et qu'on le disait fixé pour l'heure d'après vêpres, à Saint-Chartier, dans le cabaret de Benoît. La délibération qui devait s'ensuivre était la seule chose où les sonneurs se retiraient entre eux ; mais c'était toujours dans la maison même, et leur jugement était rendu en public.

Je pensai alors qu'une demi-douzaine de garçons bien résolus suffiraient à rétablir la paix, si, comme Thérence le pensait, il survenait des querelles, et que la justice étant de notre côté, nous trouverions bien, au pays, des bons enfants qui nous donneraient un coup de main. Je fis donc le choix de mes compagnons avec Léonard, et nous en trouvâmes quatre bien consentants à nous suivre, ce qui, avec nous deux, faisait le nombre souhaité. Ils n'hésitèrent que sur une chose, la crainte de déplaire à leur maître en lui portant secours malgré lui ; mais je leur jurai que le Grand-Bûcheux ne saurait jamais leurs bonnes intentions s'ils le souhaitaient ; que nous serions amenés comme par le hasard, et enfin que, si quelqu'un en devait être blâmé, ils pourraient tout rejeter sur moi, qui les aurais attirés là pour boire, sans les prévenir de rien.

Nous étant ainsi accordés, j'allai dire à Thérence que nous étions en mesure contre n'importe quel danger, et, nous munissant chacun d'une bonne trique, nous arrivâmes à Saint-Chartier à l'heure dite.

Le cabaret à Benoît était si rempli, qu'on ne s'y pouvait retourner et que force nous fut d'accepter une table en dehors. En somme je ne fus pas fâché d'y installer ma réserve, et, leur recommandant bien de ne se point ivrer, je me coulai dans la maison où je comptai seize cornemuseux de profession, sans parler d'Huriel et de son père, qui étaient attablés au coin le plus obscur de la salle, le chapeau sur les yeux, et d'autant moins aisés à reconnaître que peu de ceux qui se trouvaient là les avaient aperçus ou rencontrés dans le pays. Je fis comme si je ne les voyais point, et, parlant haut à leur portée, je m'enquis à Benoît de cette bande de sonneurs réunis à son auberge, comme d'une chose dont je n'avais pas seulement ouï parler et dont je ne connaissais point le motif.

— Comment, me dit le patron, qui relevait de sa maladie et qui était beaucoup blême et mandré, ne sais-tu point que Joseph, ton ancien ami, le garçon de ma ménagère, va passer au concours avec le fils Carnat ? Je ne te cache pas que c'est une sottise, me dit-il tout bas. La mère s'en désole et craint les mauvaises raisons qui s'échangent dans ces sortes de conseils. Mêmement, elle en est si troublée qu'elle en perd la tête et qu'on se plaint d'être mal servi céans, pour la première fois.

— Vous puis-je aider en quelque chose ? lui dis-je, souhaitant d'avoir une raison pour rester en dedans et tourner autour des tables.

— Ma foi, mon garçon, répondit-il, si tu y as bonne volonté, tu me rendras service, car je ne te cache pas que je suis encore faible, et ne peux pas me baisser pour tirer le vin sans avoir le vertige ; mais j'ai confiance en toi : voilà la clef du cellier. Charge-toi de remplir et d'apporter les pichets. J'espère que la Mariton et ses aides de cuisine suffiront au restant du service.

Je ne me le fis point dire deux fois ; j'allai avertir mes compagnons de l'emploi que je prenais pour le bien de la chose, et je fis la besogne de sommelier, qui me permit de tout voir et de tout entendre.

Joseph et Carnat le jeune étaient chacun au bout d'une grande table, régalant toute la sonnerie, chacun par moitié. Il y régnait plus de bruit que de plaisir. On criait et chantait, pour se dispenser de causer, car on était sur la défensive de part et d'autre, et on y sentait les intérêts et les jalousies en émoi.

J'observai bientôt que tous les sonneurs n'étaient pas, comme je l'avais craint, du parti des Carnat contre Joseph ; car, si bien que se tienne une confrérie, il y a toujours quelque vieille pique qui y met le désaccord ; mais je vis aussi, peu à peu, qu'il n'y avait là rien de rassurant pour Joseph, parce que ceux qui ne voulaient point de son concurrent ne voulaient pas de lui davantage, et souhaitaient voir mandrer le nombre des ménétriers par la retraite du vieux Carnat. Il me parut même que c'était

le grand nombre qui pensait ainsi, et j'augurai que les deux aspirants seraient évincés.

Après qu'on eut festiné environ deux heures, le concours fut ouvert. Le silence ne fut point requis, car la cornemuse, en une chambre, n'est point un instrument qui s'embarrasse des autres bruits, et les chanteurs ne s'y obstinent pas longtemps. Il vint une foule de monde aux alentours de la maison. Mes cinq camarades grimpèrent du dehors sur la croisée ouverte ; je ne me plaçai pas loin d'eux. Huriel et son père ne bougèrent de leur coin. Carnat, désigné par le sort pour commencer, monta sur l'arche au pain, et, encouragé par son père, qui ne se pouvait tenir de lui marquer la mesure avec ses sabots, commença de sonner une demi-heure durant sur l'ancienne musette du pays, à petit bourdon.

Il en sonna fort mal, étant fort ému, et je vis que cela faisait plaisir à la plus grande partie des sonneurs. Ils gardèrent le silence, comme ils avaient coutume de faire pour se donner l'air important ; mais les autres assistants le gardèrent aussi, ce qui fâcha bien le pauvre garçon, car il avait espéré un peu d'encouragement, et son père commença de ruminer en grand dépit, laissant voir la vengeance et la méchanceté de son naturel.

Quand ce vint à Joseph, il s'arracha d'auprès de sa mère, qui, tout le temps, l'avait supplié, en lui parlant bas, de ne se point mettre sur les rangs. Il monta sur l'arche, tenant avec beaucoup d'aisance sa grande cornemuse bourbonnaise qui éblouit tous les yeux par ses ornements d'argent, ses miroirs et la longueur de ses bourdons. Joseph avait l'air fier et regardait comme en pitié ceux qui l'allaient écouter. On remarquait la bonne mine qui lui était venue, et les jeunesses du lieu se demandaient si c'était la Joset l'ébervigé, qu'on avait jugé si simple et qu'on avait vu si malingret. Toutefois il avait un air de hauteur qui ne plaisait point, et, dès qu'il eut rempli la salle du bruit de son instrument, il y eut quasi plus de peur que de plaisir dans la curiosité qu'il causait aux fillettes.

Mais comme il ne manquait pas là de monde qui s'y connaissait, et surtout les chantres de la paroisse, et puis les chanvreurs qui sont grands experts en idées de chansons, et mêmement des femmes âgées qui étaient bonnes gardiennes des meilleures choses du temps passé, Joseph fut vitement goûté, tant pour la manière de faire sonner son instrument sans y prendre aucune fatigue, et de donner le son juste, que pour le goût qu'il montrait en jouant des airs nouveaux d'une beauté sans pareille. Et, comme il lui fut fait observation, par les Carnat, que sa musette, mieux sonnante, lui donnait de l'avantage, il la démancha et n'en garda que le hautbois, dont il se servit si bien qu'on put encore mieux goûter l'excellence de ses airs. Enfin, il prit la musette de Carnat et la mena si habilement qu'il en tira encore des sons agréables, et qu'on n'eût dit d'un autre instrument que celui qu'on avait entendu d'abord.

Les juges ne firent rien connaître de leur opinion, mais les autres assistants, trépignant de joie et faisant grande acclamation, décidèrent que rien de si beau n'avait été ouï au pays de chez nous, et la mère Biine de la Breuille, qui avait quatre-vingt-sept ans et n'était encore sourde ni bègue, s'avançant à la table des sonneurs et frappant de sa béquille au milieu d'eux, leur dit en son franc parler que le grand âge autorisait :

— Vous aurez beau faire la moue et branler la tête, ça n'est aucun de vous qui pourrait joûter avec ce gars; on parlera de lui dans deux cents ans d'ici, et tous vos noms seront oubliés avant que vos carcasses soient pourries dans la terre.

Puis elle sortit, disant (et tout le monde avec elle) que si les sonneurs rejetaient Joseph de leur corporation, c'était la pire injustice qui se pût commettre et la plus vilaine jalousie qui se pût avouer.

C'était le moment de délibérer, et les sonneurs montèrent en une chambre haute, dont j'allai leur ouvrir la porte à seules fins d'essayer de surprendre quelque chose en les écoutant causer sur l'escalier. Les derniers qui se présentèrent à cette porte pour entrer furent le Grand-Bûcheux et Huriel; mais alors le père Carnat, qui reconnaissait le fils pour l'avoir vu chez nous à la jaunée de Saint-Jean, leur demanda ce qu'ils souhaitaient, et de quel droit ils se présentaient au conseil.

— Du droit que nous donne la maîtrise, répondit le père Bastien, et si vous en doutez, faites-nous les questions d'usage ou éprouvez-nous en quelle musique vous voulez.

On les fit entrer et on referma la porte. J'essayai bien d'entendre, mais on parlait à voix basse, et je ne pus m'assurer d'autre chose, sinon qu'on reconnaissait le droit des deux étrangers, et qu'on délibérait sur le concours sans bruit et sans dispute.

A travers la fente de l'huis, je vis qu'on se formait en rassemblements de quatre ou cinq, et qu'on échangeait des raisons tout bas avant d'aller aux voix; mais quand ce fut le moment de voter, un des sonneurs vint voir s'il n'y avait personne aux écoutes, et force me fut de me cacher et de descendre aussitôt, crainte d'être surpris en une faute où j'aurais eu de la honte sans excuse; car rien ne pouvait plus me donner à penser que mes amis eussent besoin de mon aide en une réunion si tranquille.

Je retrouvai en bas mes jeunes gens et beaucoup d'autres très de ma connaissance, qui s'étaient attablés, faisant fête et compliment à Joseph. Le fils Carnat était seul et triste en un coin, oublié et humilié au possible. Le carme était là aussi, sous la cheminée, s'enquérant auprès de la Mariton et de Benoît de ce qui se passait en leur logis. Quand il fut au fait, il approcha de la plus grande table où chacun voulait trinquer avec Joseph et le questionner sur le pays où il avait appris ses talents.

— Ami Joseph, dit le frère Nicolas, nous sommes de connaissance, et je vous veux complimenter aussi sur l'applaudissement que vous venez d'avoir, à bon droit, céans. Mais permettez-moi de vous remontrer qu'il est généreux autant que sage de consoler les vaincus, et qu'à votre place, je ferais avance d'amitié au fils Carnat, que je vois là, bien triste et bien seul.

Le carme parla ainsi d'une façon à n'être entendu que de Joseph et de quelques autres qui l'avoisinaient, et je pensai qu'il le faisait autant par conseil de son bon cœur que par incitation de la mère à Joseph, qui eût souhaité voir revenir les Carnat de leur aversion pour lui.

La manière dont le carme en appelait à la générosité de Joseph flatta ce garçon dans son amour-propre.

— Vous avez raison, père Nicolas, fit-il; et, d'une voix élevée :

— Allons, François, dit-il au fils Carnat, pourquoi bouder les amis? Tu n'as pas si bien joué que tu es en état

de le faire, j'en suis certain; mais tu auras ta revanche une autre fois; et, d'ailleurs, le jugement n'en est pas encore porté. Ainsi, au lieu de nous tourner le dos, viens boire avec nous, et tenons-nous aussi tranquilles que deux bœufs attelés au même charroi.

Chacun approuva Joseph, et Carnat, craignant de paraître trop jaloux, accepta son offre et vint s'asseoir non loin de lui. C'était bien jusque-là; mais Joseph ne se put défendre de marquer combien il estimait mieux son savoir que celui des autres, et, dans les honnêtetés qu'il fit à son concurrent, il prit des airs de protection qui le blessèrent d'autant plus.

— Tu parles comme si tu tenais la maîtrise, dit Carnat, qui était pâle et hautain, et tu ne tiens rien encore. Ce n'est pas toujours au plus subtil de ses doigts et au plus adroit de ses inventions que ceux qui s'y connaissent donnent la meilleure part. C'est quelquefois à celui qui est le mieux connu et le mieux estimé au pays, et qui, par là, promet un bon camarade aux autres ménétriers.

— Oh! je m'y attends, bien, répliqua Joseph. J'ai été longtemps absent, et, encore que je me pique de mériter autant d'estime qu'un autre par ma conduite, je sais de reste qu'on se rejettera sur la mauvaise raison que je suis peu connu. Eh bien, ça m'est égal, François! Je ne m'attendais point à trouver ici une assemblée de vrais musiciens, capables de me juger, et assez amis du beau savoir pour préférer mon talent à leurs intérêts et à leurs accointances. Tout ce que je souhaitais, c'était de me faire entendre et juger devant ma mère et mes amis, par les oreilles saines et les gens raisonnables. A présent, je me moque bien de vos beugleurs de musette criarde! Je crois, Dieu me pardonne, que je serais plus fier de leur refus que de leur agrément.

Le carme observa doucement à Joseph qu'il ne parlait pas d'une manière sage. — Il ne faut point récuser les juges qu'on a demandés librement, lui dit-il, et l'orgueil gâte toujours le plus beau mérite.

— Laissez-lui son orgueil, reprit Carnat. Je ne suis point jaloux de celui qu'il peut montrer. Il lui faut bien un peu de talent pour se consoler de ses autres disgrâces, car c'est de lui qu'on peut dire : Beau joueur, bien joué.

— Qu'est-ce que vous entendez par là? dit Joseph en posant son verre et le regardant entre les yeux.

— Je n'ai pas besoin de le dire, répondit l'autre. Tout le monde ici l'entend de reste.

— Mais je ne l'entends point, moi; et comme c'est à moi que vous parlez, je vous citerai comme lâche si vous craignez de vous expliquer.

— Oh! je peux bien le dire en face, reprit Carnat, une chose qui n'est point faite pour t'offenser; car il n'y a peut-être pas plus de ta faute à être malheureux en amour, qu'il n'y en a eu de la mienne à être malheureux, ce soir, en musique.

— Allons, allons! dit un des jeunes gens qui se trouvaient là, laissons la Josette tranquille. Elle a trouvé un épouseux, ça ne regarde plus personne.

— Et m'est avis, ajouta un autre, que ce n'est point Joseph qui est joué dans cette histoire-là, mais bien celui qui va endosser son ouvrage.

— De qui parlez-vous? s'écria Joseph, comme pris de vertige. Qui appelez-vous Josette? et quel méchant badinage prétendez-vous me faire?

— Taisez-vous ! s'écria la Mariton, rouge et tremblante de colère et de chagrin, comme elle était toujours quand on accusait Brulette. Je voudrais que toutes vos méchantes langues fussent arrachées et clouées à la porte de l'église !

— Parlons plus bas, dit un des jeunes gens ; vous savez bien que la Mariton n'entend pas qu'on médise de la bonne amie à son Joset. Les belles se soutiennent entre elles, et celle-ci n'est pas encore trop mûre pour perdre sa voix au chapitre.

Joseph s'évertuait à comprendre de quoi on l'accusait ou le raillait.

— Explique-moi donc ça, me disait-il en me tiraillant le bras. Ne me laisse pas sans défense ou sans réponse.

J'allais m'en mêler, encore que je me fusse interdit d'entrer dans aucune dispute où ne seraient point le Grand-Bûcheux et son fils, lorsque François Carnat me coupa la parole :

— Eh mon Dieu ! fit-il à Joseph en ricanant, Tiennet ne t'en dira pas plus que je t'en ai écrit.

— C'est donc de cela que vous parlez ? dit Joseph. Eh bien, je jure que vous êtes un menteur, et que vous avez écrit et signé un faux témoignage. Jamais...

— Bon, bon, reprit Carnat. Tu as pu faire ton profit de ma lettre, et si, comme l'on croit, tu étais l'auteur de l'enfant, tu n'as pas été trop sot d'en repasser la propriété à un ami. C'est un ami bien fidèle, puisqu'il est là-haut occupé à te soutenir dans le conseil. Mais si, comme je le pense, moi, tu es venu pour réclamer ton droit, et qu'on te l'ait refusé, ainsi qu'il résulterait d'une scène bien drôle qui a été vue de loin et qui a eu lieu au château du Chassin...

— Quelle scène ? dit le carme. Il faut vous expliquer, jeune homme, car j'en étais peut-être le témoin, et je veux savoir de quelle manière vous racontez les choses.

— Comme vous voudrez, répondit Carnat. Je la dirai comme je l'ai vue de mes yeux, sans entendre les discours qui s'y faisaient, mais vous en donnerez l'explication comme vous pourrez. Vous saurez donc, vous autres, que, le dernier jour du mois passé, Joseph, s'étant levé de bon matin pour porter un mai à la porte de Brulette, et y ayant vu un gros gars d'environ deux ans qui ne peut être que le sien, le voulut réclamer sans doute, puisqu'il le prit pour l'emporter et qu'il s'ensuivit une dispute, où son ami le bûcheux bourbonnais, le même qui est là-haut avec son père, et qui épouse la Brulette dimanche qui vient, lui porta de bons coups, et puis embrassa la mère et l'enfant ; après quoi Joset l'ébervigé fut mis en douceur à la porte et n'y est point retourné du depuis. Or, voilà la plus belle histoire que j'aie jamais vue. Arrangez-la comme vous voudrez. C'est toujours un enfant qui se voit disputé par deux pères, et une fille qui, au lieu de se donner au premier enjôleur, le chasse à coups de pied comme indigne ou incapable d'élever l'enfant de ses œuvres.

Au lieu de répondre, comme il s'en était vanté, à cette accusation, le père Nicolas était retourné vers la cheminée, et parlait bas, mais vivement, avec Benoît. Joseph était si saisi de voir interpréter de la sorte une aventure dont, après tout, il ne pouvait dire le fin mot, qu'il cherchait autour de lui quelqu'un pour l'y aider, et la Mariton étant sortie de la chambre comme une folle il ne restait que moi pour rembarrer Carnat. Son discours avait occasionné de l'étonne-

ment, et personne ne songeait à défendre Brulette, contre laquelle il y avait toujours un gros dépit. J'essayai de prendre son parti ; mais Carnat m'interrompit aux premiers mots.

— Oh ! tant qu'à toi le cousin, fit-il, personne ne t'accuse, tu peux y être de bonne foi, encore qu'on sache que tu t'es entremis pour attraper le monde en apportant au pays l'enfant déjà élevé dans le Bourbonnais. Mais tu es si simple, que tu n'y as peut-être vu que du feu. Le diable me punisse, ajouta-t-il en s'adressant à l'assistance, si ce garçon-là n'est pas sot comme un panier. Il est capable d'avoir servi de parrain à l'enfant, croyant faire le baptême d'une cloche. Il aura été dans le Bourbonnais pour voir son filleul, et on lui aura prouvé qu'il avait poussé dans le cœur d'un chou. Il l'aura apporté chez lui dans une besace, pensant mettre, le soir, un chebril à la broche. Enfin, il est si valet et si bon cousin à la fille, que si elle lui avait voulut faire entendre que le gros Charlot lui ressemble, il s'en serait trouvé content.

TRENTIÈME VEILLÉE

J'avais beau répondre et protester en me fâchant, on était plus en train de rire que de m'écouter, et ç'a été de tout temps une grande amusette pour les garçons éconduits, de médire d'une pauvre fille. On se dépêche de l'abîmer, sauf à en revenir plus tard, si l'on voit qu'elle ne le méritait point.

Mais, au milieu du bruit des mauvaises paroles, on entendit une voix forte, que la maladie avait un peu diminuée, mais qui était encore capable de couvrir toutes celles d'un cabaret en rumeur. C'était le maître du logis, habitué de longue date à gouverner les orages du vin et les vacarmes de la bombance.

— Tenez vos langues, dit-il, et m'écoutez, ou, dussé-je fermer la maison pour toujours, je vous ferai sortir à l'instant même. Tâchez de vous taire sur le compte d'une fille de bien que vous ne décriez que pour l'avoir trouvée trop sage. Et, quant aux véritables parents de l'enfant qui a donné lieu à tant d'histoires, dites-leur donc enfin, bien en face, le blâme que vous leur destinez, car les voilà devant vous. Oui ! dit-il en attirant contre lui la Mariton qui pleurait, tenant Charlot dans ses bras, voilà la mère de mon héritier, et voilà mon fils reconnu par mon mariage avec cette brave femme. Si vous m'en demandez la date bien au juste, je vous répondrai que vous ayez à vous mêler de vos affaires ; mais pourtant, à celui qui aurait de bonnes raisons pour me questionner, je pourrais montrer des actes qui prouvent que j'ai toujours reconnu l'enfant pour le mien, et qu'avant sa naissance, sa mère était déjà ma légitime épouse, encore que la chose fût tenue cachée.

Il se fit un grand silence d'étonnement, et Joseph, qui s'était levé aux premiers mots, resta debout comme changé en pierre. Le moine, qui vit du doute, de la honte et de la colère dans les yeux, jugea à propos de donner quelques explications de plus. Il nous apprit que Benoît avait été empêché de rendre son mariage public par l'opposition d'un parent à succession qui lui avait prêté des fonds pour son commerce, et qui aurait pu le ruiner en lui en demandant la restitution. Et comme la Mariton craignait d'être attaquée dans sa renommée, surtout à cause de son fils Joseph, elle avait caché la naissance de Charlot et l'avait mis en nourrice à Sainte-Sévère ; mais, au bout d'un an, elle l'avait trouvé si mal éduqué, qu'elle avait prié Brulette de s'en charger, comptant que nulle autre n'en aurait autant de soin. Elle n'avait point prévu que cela ferait du tort à cette jeunesse, et quand elle l'avait su, elle avait voulu reprendre l'enfant ; mais la maladie de Benoît avait fait empêchement, et Brulette, d'ailleurs, s'y était si bien attachée, qu'elle n'avait point voulu s'en séparer.

— Oui, oui, dit vivement la Mariton, la pauvre âme qu'elle est ! elle m'a montré son courage dans l'amitié. « Vous avez assez de peine comme cela, me disait-elle, s'il faut que vous perdiez votre mari, et que peut-être votre mariage soit attaqué ensuite par la famille. Il est trop malade pour que vous puissiez souhaiter qu'il se mette dans les grands embarras qui résulteraient, à présent, de la déclaration de votre mariage. Ayez patience, et ne le tuez point par des soucis d'affaires. Tout s'arrangera à vos souhaits, si Dieu vous fait la grâce qu'il en revienne. »

— Et si j'en suis revenu, ajouta Benoît, c'est par les soins de cette digne femme, qui est ma femme, et par la bonté d'âme de la jeune fille en question, qui s'est exposée patiemment au blâme et à l'insulte, plutôt que de me pousser à ma ruine en trahissant nos secrets. Mais voilà encore un fidèle ami, ajouta-t-il en montrant le carme, un homme de tête, d'action et de franche parole, qui a été mon camarade d'école, dans le temps que j'étais élevé à Montluçon. C'est lui qui a été trouver mon vieux diable d'oncle, et qui a la fin, pas plus tard que ce matin, l'a fait consentir à mon mariage avec ma bonne ménagère. Et quand il a eu lâché la promesse qu'il me laisserait ses fonds et son héritage, on lui a avoué que le prêtre y avait déjà passé, et on lui a présenté le gros Charlot, qu'il a trouvé beau garçon et bien ressemblant à l'auteur de ses jours.

Ce contentement de Benoît fit revenir la gaieté, et chacun fut frappé de cette ressemblance dont, pourtant on ne s'était point avisé jusque-là, moi pas plus que les autres.

— Par ainsi, Joseph, dit encore l'aubergiste, tu peux et dois aimer et respecter ta mère, comme je l'aime et la respecte. Je fais serment ici que c'est la plus courageuse et la plus secourable chrétienne qu'il y ait auprès d'un malade, et que je n'ai jamais eu une heure d'hésitation dans ma volonté de déclarer tôt ou tard ce que je déclare aujourd'hui. Nous voilà assez bien dans nos affaires, Dieu merci, et comme j'ai juré à elle et à Dieu que je remplacerais le père que tu as perdu, si tu veux demeurer avec nous, je t'associerai à mon commerce et te ferai faire de bons profits. Tu n'as donc pas besoin de te jeter dans le cornemusage, puisque ta mère y voit des inconvénients pour toi et des inquiétudes pour elle. Ton idée était de lui assurer un sort. Ça ne regarde plus que moi, et mêmement je m'offre à assurer le tien. Nous écouteras-tu, à la fin, et renonceras-tu à ta damnée musique ? Ne veux-tu point demeurer en ton pays, vivre en famille, et rougirais-tu d'avoir un aubergiste honnête homme pour ton beau-père ?

— Vous êtes mon beau-père, cela est certain, répondit Joseph sans marquer ni joie ni tristesse, mais se tenant assez froidement sur la défensive ; vous êtes honnête homme, je le sais, et je le vois : si ma mère se trouve heureuse avec vous....

— Oui, oui, Joseph ! la plus heureuse du monde, aujourd'hui surtout ! s'écria la Mariton en l'embrassant, car j'espère que tu ne me quitteras plus.

— Vous vous trompez, ma mère, répondit Joseph. Vous n'avez plus besoin de moi, et vous êtes contente. Tout est bien. Vous étiez le seul devoir qui me rappelât au pays, il ne m'y restait plus que vous à aimer, puisque Brulette, il est bon pour elle que tout le monde l'entende aussi de ma bouche, n'a jamais eu pour moi que les sentiments d'une sœur. A présent me voilà libre de suivre ma destinée, qui n'est pas bien aimable, mais qui m'est trop bien marquée pour que je ne la préfère point à tout l'argent du commerce et à toutes les aises de la famille. Adieu donc, ma mère ! Que Dieu récompense ceux qui vous donneront le bonheur ; moi, je n'ai plus besoin de rien, ni d'état en ce pays, ni de brevet de maîtrise octroyé par des ignorants mal intentionnés pour moi. J'ai mon idée et ma musette qui me suivront partout, et tout gagne-pain me sera bon, puisque je sais qu'en tous lieux je me ferai connaître sans autre peine que celle de me faire entendre.

Comme il disait cela, la porte de l'escalier s'ouvrit et toute l'assemblée des sonneurs rentra en silence. Le père Carnat réclama l'attention de la compagnie, et, d'un air joyeux et décidé qui étonna bien tout le monde, il dit :

— François Carnat, mon fils, après examen de vos talents et discussion de vos droits, vous avez été déclaré trop novice pour recevoir la maîtrise. On vous engage donc à étudier encore un bout de temps sous vos dégoûter, à seules fins de vous représenter plus tard au concours qui vous sera peut-être plus favorable. Et vous, Joseph Picot, du bourg de Nohant, le conseil des maîtres sonneurs du pays vous fait assavoir que, par vos talents sans pareils, vous êtes reçu maître sonneur de première classe, sans exception d'une seule voix.

— Allons ! répondit Joseph, qui resta comme indifférent à cette belle victoire et à l'approbation qui y fut donnée par tous les assistants, puisque la chose a tourné ainsi, je l'accepte, encore que, n'y comptant point, je n'y tinsse guère.

La hauteur de Joseph ne fut approuvée de personne, et le père Carnat se dépêcha de dire, d'un air où je trouvai beaucoup de malice déguisée : — Il paraîtrait, Joseph, que vous souhaitez vous en tenir à l'honneur et au titre, et que votre intention n'est pas de prendre rang parmi les ménétriers du pays ?

— Je n'en sais rien encore, répondit Joseph, par bravade assurément et pour ne pas contenter trop vite ses juges : j'y donnerai réflexion.

— Je crois, dit le jeune Carnat à son père, que toutes ses réflexions sont faites, et qu'il n'aura pas le courage d'aller plus avant.

— Le courage ? dit vivement Joseph : et quel courage faut-il, s'il vous plaît ?

Alors le doyen des sonneurs, qui était le vieux Paillou, de Verneuil, dit à Joseph :

— Vous n'êtes pas sans savoir, jeune homme, qu'il ne s'agit pas seulement de sonner d'un instrument pour être reçu en notre compagnie, mais qu'il y a un catéchisme de musique qu'il faut connaître et sur lequel vous serez questionné, si toutefois vous vous sentez l'instruction et la hardiesse pour y répondre. Il y a encore des engagements à prendre. Si vous n'y répugnez point, il faut vous décider avant une heure et que la chose soit terminée demain matin.

— Je vous entends, dit Joseph ; il y a les secrets du métier, les conditions et les épreuves. Ce sont de grandes sottises, autant que je peux croire, et la musique n'y entre pour rien, car je vous défierais bien de répondre, sur ce point, à aucune question que je pourrais vous faire. Par ainsi, celles que vous me prétendez adresser ne rouleront pas sur un sujet auquel vous êtes aussi étrangers que les grenouilles d'un étang, et ne seront que sornettes de vieilles femmes.

— Si vous le prenez ainsi, dit Renet, le sonneur de Mers, nous voulons bien vous laisser croire que vous êtes un grand savant et que nous sommes des ânes. Soit ! Gardez vos secrets, nous garderons les nôtres. Nous ne sommes point pressés de les dire à qui en fait mépris. Mais alors, souvenez-vous d'une chose : voilà votre brevet de maître sonneur, qui vous est délivré par nous, et où rien ne manque, de l'avis de ces sonneurs bourbonnais, vos amis, qui l'ont rédigé et signé avec nous tous. Vous êtes libre d'aller exercer vos talents où ils feront besoin et où vous pourrez ; mais il vous est défendu d'y essayer dans l'étendue des paroisses que nous exploitons et qui sont au nombre de cent cinquante, selon la distribution qui en a été faite entre nous, et dont la liste vous sera donnée. Et si vous y contrevenez, nous sommes obligés de vous avertir que vous n'y serez souffert de gré ni de force, et que la chose sera toute à vos risques et périls.

Ici la Mariton prit la parole :

— Vous n'avez pas besoin de lui faire des menaces, dit-elle, et pouvez le laisser à son humeur, qui est de cornemuser sans y chercher de profit. Il n'a pas besoin de ça, Dieu merci, et n'a pas, d'ailleurs, la poitrine assez forte pour faire état de ménétrier. Allons, Joseph, remercie-les de l'honneur qu'ils te donnent et ne les chagrine point dans leurs intérêts. Que ce soit une convention vitement réglée, et voilà mon homme qui en fera les frais, avec un bon quartaut de vin d'Issoudun ou de Sancerre, au choix de la compagnie.

— A la bonne heure, répondit le vieux Carnat. Nous voulons bien que la chose en reste là. Ce sera le mieux pour votre garçon, car il ne faut être ni sot ni poltron pour se frotter aux épreuves, et m'est avis que le pauvre enfant n'est point taillé pour y passer.

— C'est ce que nous verrons ! dit Joseph, se laissant prendre au piège, malgré les avertissements que lui donnait tout bas le Grand-Bûcheux. Je réclame les épreuves, et comme vous n'avez pas le droit de me les refuser, après m'avoir délivré le brevet, je prétends être ménétrier si bon me semble, ou, tout au moins, vous prouver que je n'en serai empêché par aucun de vous.

— Accordé ! dit le doyen, laissant voir, ainsi que Carnat et plusieurs autres, la méchante joie qu'ils y prenaient. Nous allons nous préparer à la fête de votre réception, l'ami Joseph ; mais songez qu'il n'y a point à en revenir, à présent, et que vous serez tenu pour une poule mouillée et pour un vantard si vous changez d'avis,

— Marchez, marchez ! dit Joseph. Je vous attends de pied ferme.

— C'est nous, lui dit Carnat près de l'oreille, qui vous attendrons au coup de minuit.

— Où ? dit encore Joseph avec beaucoup d'assurance.

— A la porte du cimetière, répondit tout bas le doyen ; et, sans vouloir accepter le vin de Benoît ni entendre les raisons de sa femme, ils s'en allèrent tous ensemble, promettant malheur à qui les suivrait ou les espionnerait dans leurs mystères.

Le Grand-Bûcheux et Huriel les suivirent sans dire un mot de plus à Joseph, d'où je vis que, s'ils étaient contraires au mal qui lui était souhaité par les autres sonneurs, ils n'en regardaient pas moins comme un devoir sérieux de ne lui donner aucun avertissement et de ne trahir en rien le secret de la corporation.

Malgré les menaces qui avaient été faites, je ne me gênai point pour les suivre à distance, sans autre précaution que celle de m'en aller par le même chemin, les mains dans les poches et sifflant, comme qui n'aurait eu aucun souci de leurs affaires. Je savais bien qu'ils ne me laisseraient point assez approcher pour entendre leurs manigances ; mais je voulais voir de quel côté ils prétendaient s'embusquer, afin de chercher le moyen d'en approcher plus tard être observé.

Dans cette idée, j'avais fait signe à Léonard de garder les autres au cabaret, jusqu'à ce que je revinsse les avertir ; mais ma poursuite ne fut pas longue. L'auberge était dans la rue qui descend à la rivière et qui est aujourd'hui route postale sur Issoudun. Dans ce temps-là, c'était un petit casse-cou étroit et mal pavé, bordé de vieilles maisons à pignons pointus et à croisillons de pierre. La dernière de ces maisons a été démolie l'an passé. De la rivière, qui arrosait le mur en contre-bas de l'auberge du *Bœuf couronné*, on montait, raide comme pique, à la place, qui était, comme aujourd'hui, cette longue chaussée raboteuse plantée d'arbres, bordée à gauche par des maisons fort anciennes, à droite par le grand fossé, alors rempli d'eau, et la grande muraille alors bien entière du château. Au bout, l'église finit la place, et deux ruelles descendent l'une à la cure, l'autre le long du cimetière. C'est par celle-là que tournèrent les cornemuseux. Ils avaient environ une bonne portée de fusil en avance sur moi, c'est-à-dire le temps de suivre la ruelle qui longe le cimetière, et de déboucher dans la campagne par la poterne de la tour des Anglais, à moins qu'ils ne fissent choix de s'arrêter en ce lieu, ce qui n'était guère commode, car le sentier, serré à droite par le fossé du château et de l'autre côté par le talus du cimetière, ne pouvait laisser passer qu'une personne à la fois.

Quand je jugeai qu'ils devaient avoir gagné la poterne, je tournai l'angle du château par une arcade qui, dans ce temps-là, donnait passage aux piétons sous une galerie servant aux seigneurs pour se rendre à l'église paroissiale.

Je me trouvai seul dans cette ruelle, où, passé soleil couché, aucun chrétien ne se risquait jamais, tant pour ce qu'elle côtoyait le cimetière, que parce que le flanc nord du château était mal renommé. On parlait de je ne sais combien de personnes noyées dans le fossé du temps de la guerre des Anglais, et mêmement on jurait d'y avoir entendu siffler la cocadrille dans les temps d'épidémie.

Vous savez que la cocadrille est une manière de lézard qui paraît tantôt réduit pas plus gros que le petit doigt, tantôt gonflé, par le corps, à la taille d'un bœuf et long de cinq à six aunes. Cette bête, que je n'ai jamais vue et dont je ne vous garantis point l'existence, est réputée vomir un venin qui empoisonne l'air et amène la peste.

Encore que je n'y crusse pas beaucoup, je ne m'amusai point dans ce passage, où le grand mur du château et les gros arbres du cimetière ne laissaient guère percer la clarté du ciel. Je marchai vite, sans trop regarder à droite ni à gauche, et sortis par la poterne des Anglais, dont il ne reste pas aujourd'hui pierre sur pierre.

Mais là, malgré que la nuit fût belle et la lune levée, je ne vis, ni auprès ni au loin, trace des dix-huit personnes que je suivais. Je questionnai tous les alentours, j'avisai jusque dans la maison du père Bégneux, qui était la seule habitation où ils auraient pu entrer. On y dormait bien tranquillement, et, soit dans les sentiers, soit dans le découvert, il n'y avait ni bruit, ni trace, ni aucune apparence de personne vivante.

J'augurai donc que la sonnerie mécréante était entrée dans le cimetière pour y faire quelque mauvaise conjuration, et, sans en avoir nulle envie, mais résolu à tout risquer pour les parents de Thérence, je repassai la poterne et rentrai dans la maudite rouette aux Anglais, marchant doux, me serrant au talus dont je rasais quasiment les tombes, et ouvrant mes oreilles au moindre bruit que je pourrais surprendre.

J'entendis bien la chouette pleurer dans les donjons et les couleuvres siffler dans l'eau noire du fossé; mais ce fut tout. Les morts dormaient dans la terre aussi tranquilles que des vivants dans leurs lits. Je pris courage pour grimper le talus et donner un coup d'œil dans le champ du repos. J'y vis tout en ordre, et de mes sonneurs, pas plus de nouvelles que s'ils n'y fussent jamais passés.

Je fis le tour du château. Il était bien fermé, et comme il était environ les dix heures, maîtres et serviteurs y dormaient comme des pierres.

Alors je retournai au *Bœuf couronné*, ne pouvant m'imaginer ce qu'étaient devenus les sonneurs, mais voulant faire cacher mes camarades dans la ruelle aux Anglais, puisque, de là, nous verrions bien ce qui arriverait à Joseph, à l'heure du rendez-vous donné à la porte du cimetière.

Je les trouvai sur le pont, délibérant de s'en retourner chez eux, et disant qu'ils ne voyaient plus aucun danger pour les Huriel, puisqu'ils s'étaient si bien entendus avec les autres dans le conseil de maîtrise. Pour ce qui regardait Joseph tout seul, ils ne s'en souciaient point et voulurent me détourner d'y prendre part. Je leur remontrai qu'à mon sens c'était dans les épreuves qui allaient se faire que le danger commençait pour tous les trois, puisque la mauvaise intention des sonneurs avait été bien visible, et que les Huriel allaient y secourir Joseph, selon leurs prévisions de la matinée.

— Êtes-vous donc déjà dégoûtés de l'entreprise? leur dis-je. Est-ce parce que nous ne sommes que huit contre seize? et ne vous sentez-vous point chacun du cœur pour deux?

— Comment comptez-vous! me dit Léonard. Croyez-vous que le Grand Bûcheux et son fils se mettent avec nous contre leurs confrères?

— Je comptais mal, lui répondis-je, car nous sommes neuf. Joseph ne se laissera point manger la laine sur le dos, si on lui chauffe trop les oreilles, et puisque les deux Huriel ont pris des armes, il me paraît bien certain que c'est pour le défendre, s'ils ne peuvent se faire écouter.

— Il ne s'agit pas de ça, reprit Léonard; nous ne serions que nous six, et ils seraient vingt contre nous, que nous irions encore sans les compter; mais il y a autre chose qui nous plaît moins que la bataille. On vient de causer au cabaret, chacun a raconté son histoire; le moine a blâmé ces pratiques-là comme impies et abominables; la Mariton a pris une peur qui a gagné tous les assistants, et, encore que Joseph ait ri de tout cela, nous ne pouvons pas être certains qu'il n'y ait quelque chose de vrai au fond. On a parlé d'aspirants cloués dans une bière, de brasiers où on les faisait choir, et de croix de fer rouge qu'on leur faisait embrasser. Ces choses-là me paraissent trop fortes à croire; mais si j'étais sûr que ce fût tout, je saurais bien donner une bonne correction aux gens assez mauvais pour y contraindre un pauvre prochain. Malheureusement...

— Allons, allons, lui dis-je, je vois que vous vous êtes laissé épeurer. Qu'est-ce qu'il y a encore? Dites le tout, afin qu'on s'en moque ou qu'on s'en gare.

— Il y a, dit un de ces garçons, voyant que Léonard avait honte de tout confesser, que nous n'avons jamais vu la personne du diable, et qu'aucun de nous ne souhaite faire sa connaissance.

— Oh! oh! leur dis-je, voyant que tous étaient soulagés par cet aveu et allaient dire comme lui, c'est donc du propre Lucifer qu'il retourne? Eh bien, à la bonne heure! Je suis trop bon chrétien pour le redouter; je donne mon âme à Dieu, et je vous réponds de prendre aux crins, à moi tout seul, l'ennemi du genre humain, aussi résolûment que je le prendrais au bouc à la barbe. Il y a assez longtemps qu'il porte dommage à ceux qui le craignent: m'est avis qu'un bon gars qui l'écornerait lui ôterait la moitié de sa malice, et ça serait toujours autant de gagné.

— Ma foi, dit Léonard, honteux de sa crainte, si tu le prends comme ça, je n'y reculerai pas, et si tu lui casses les cornes, je veux, à tout le moins, tenter de lui arracher la queue. On dit qu'elle est bonne, et nous verrons bien si elle est d'or ou de chanvre.

Il n'y a si bon remède contre la peur que la plaisanterie, et je ne vous cache pas qu'en mettant la chose sur ce ton-là, je n'étais point du tout curieux de me mesurer avec *Georgeon*, comme chez nous on l'appelle. Je ne me sentais peut-être pas plus rassuré que les autres; mais, pour Thérence, je me serais jeté en la propre gueule du diable. Je l'avais promis; le bon Dieu lui-même ne m'eût point détourné de mon dessein.

Mais c'est mal parler. Le bon Dieu, tout au contraire, me donnait force et confiance, et, tant plus je me sentis angoissé dans cette nuit-là, tant plus je pensai à lui et requis son aide.

Quand les autres camarades nous virent décidés, Léonard et moi, ils nous suivirent. Pour rendre la chose plus sûre, je retournai au cabaret, comptant y trouver d'autres amis qui, sans savoir de quoi il s'agissait, nous suivraient comme en partie de plaisir et nous soutiendraient à l'occasion; mais l'heure était avancée, et il n'y avait plus au *Bœuf couronné* que Benoît qui soupait avec le carme, la

Mariton qui faisait des prières, et Joseph qui s'était jeté sur un lit et dormait, je dois le dire, avec une tranquillité qui nous fit honte de nos hésitations.

— Je n'ai qu'une espérance, nous dit la Mariton en se relevant de sa prière, c'est qu'il laissera passer l'heure et ne se réveillera que demain matin.

— Voilà les femmes ! répondit Benoît en riant ; elles croient qu'il fait bon vivre au prix de la honte. Mais moi, j'ai donné à son garçon parole de le réveiller avant minuit, et je n'y manquerai point.

— Ah ! vous ne l'aimez pas ! s'écria la mère. Nous verrons si vous pousserez notre Charlot dans le danger, quand son tour viendra.

— Vous ne savez ce que vous dites, ma femme, répondit l'aubergiste. Allez dormir avec mon garçon ; moi, je vous réponds de ne pas trop laisser dormir le vôtre. Je ne veux point qu'il me reproche de l'avoir déshonoré

— Et d'ailleurs, dit le carme, quel danger voulez-vous donc voir dans les sottises qu'ils vont faire ? Je vous dis que vous rêvez, ma bonne femme. Le diable ne mange personne ; il vous le souffrirait point, et vous n'avez pas si mal élevé votre fils, que vous craigniez qu'il se veuille damner pour la musique ? Je vous répète que les vilaines pratiques des sonneurs ne sont, après tout, que de l'eau claire, des badinages impies, dont les gens d'esprit savent fort bien se défendre, et il suffira à Joseph de se moquer des démons dont on lui va parler pour les mettre tous en fuite. Il ne faut pas d'autre exorcisme, et je vous réponds que je ne voudrais pas perdre une goutte d'eau bénite avec le diable qu'on lui montrera cette nuit.

Les paroles du carme mirent le cœur au ventre de mes camarades.

— Si c'est une farce, me dirent-ils, nous tomberons dessus et battrons en grange sur le mauvais esprit ; mais ne ferons-nous point part à Benoît de notre dessein ? Il nous aiderait peut-être ?

— A vous dire vrai, répondis-je, je n'en sais rien. Il passe pour un très-brave homme ; mais on ne tient jamais le fin mot des ménages, surtout quand il y a des enfants d'un premier lit. Les beaux-pères ne les voient pas toujours d'un bon œil, et Joseph n'a pas été bien aimable, ce soir, avec le sien. Partons sans rien dire, ce sera le mieux, et l'heure n'est pas loin où il faut que nous soyons prêts.

Prenant alors le chemin de l'église, sans bruit et passant un à un, nous allâmes nous poster dans la rouette aux Anglais. La lune était si basse que nous pouvions en nous couchant le long du talus, n'être pas vus, quand même on eût passé tout près de nous. Mes camarades, étant étrangers au pays, n'avaient point pour cet endroit les répugnances que j'avais senties d'abord, et je pus les y laisser pour m'avancer et me cacher dans le cimetière, assez près de la porte pour voir ce qui entrerait, et assez près d'eux aussi pour les prévenir au besoin.

TRENTE-UNIÈME VEILLÉE

J'attendis assez longtemps, d'autant plus que les heures ne paraissent jamais courtes dans la triste compagnie des trépassés. Enfin minuit sonna à l'église, et je vis la tête

d'un homme dépasser en dehors le petit mur du cimetière, tout auprès de la porte. Un bon quart d'heure se traîna encore sans que je visse ou entendisse autre chose que cet homme, ennuyé d'attendre, qui se mit à siffler un air bourbonnais, à quoi je reconnus que c'était Joseph, qui trompait sans doute l'espérance de ses ennemis en ne ressentant aucune frayeur du voisinage des morts.

Enfin, un autre homme, qui était collé contre la porte, en dedans, et que je n'avais pu voir à cause d'un gros buis qui me le masquait, passa vivement sa tête par-dessus le petit mur, comme pour surprendre Joseph, qui ne bougea point et qui lui dit en riant : — Eh bien, père Carnat, vous êtes en retard, et, pour un peu, je me serais endormi à vous attendre. M'ouvrirez-vous la porte, ou dois-je entrer dans le *jardin aux orties* par la brèche ?

— Non, dit le vieux Carnat. Cela fâcherait le curé, et il ne faut point braver ouvertement les gens d'église. Je vais à toi.

Il enjamba par-dessus le mur, et dit à Joseph qu'il se fallait laisser couvrir la tête et les bras d'un sac très-épais, et marcher sans résistance.

— Faites, dit Joseph, d'un ton de moquerie et quasi de mépris.

Je les suivis de l'œil par-dessus le mur et je les vis rentrer dans la rouette aux Anglais. Je coupai droit jusqu'au talus où étaient cachés mes jeunes gens ; mais je n'en trouvai plus que quatre. Le plus jeune avait déguerpi tout doucement sans rien dire, et je n'étais pas sans crainte que les autres n'en fissent autant, car ils avaient trouvé le temps long, et ils me dirent avoir entendu, en ce lieu, des bruits singuliers qui leur semblaient venir de dessous terre.

Nous vîmes bientôt arriver Joseph, marchant sans y voir, et conduit par Carnat. Ils venaient sur nous, mais quittèrent le sentier à une vingtaine de pas. Carnat fit descendre Joseph jusqu'au bord du fossé, et nous pensâmes qu'il l'y voulait noyer. Aussi étions-nous déjà sur nos jambes et prêts à empêcher cette traîtrise, lorsque nous vîmes que tous deux entraient dans l'eau, qui n'était point creuse en cet endroit, et gagnaient une arcade basse, au pied de la grande muraille du château, qui baignait dans le fossé. Ils y entrèrent, et ceci m'expliqua par où les autres avaient disparu quand je les avais si bien cherchés.

Il s'agissait de faire comme eux, et ça ne me paraissait guère malaisé ; mais j'eus bien de la peine à y décider mes compagnons. Ils avaient ouï dire que les souterrains du château s'étendaient sous la campagne jusqu'à Déols qui est à environ neuf lieues, et qu'une personne qui n'en connaîtrait pas les détours ne s'y pourrait jamais retrouver.

Je fus obligé de leur dire que je les connaissais très-bien, encore que je n'y eusse jamais mis le pied, et que je n'eusse aucune idée si c'étaient des celliers pour le vin ou une ville sous terre, comme aucuns le prétendaient.

Je marchais le premier, sans voir seulement où je posais mes pieds, tâtant les murs qui me faisaient un passage très-étroit et où il ne fallait guère lever la tête pour rencontrer la voûte.

Nous avancions comme cela depuis un bon moment, quand il se fit au-dessous de nous, un vacarme comme si c'étaient quarante tonnerres roulant dans les cavernes du diable. Cela était si singulier et si épouvantable, que je m'arrêtai pour tâcher d'y comprendre quelque chose, et puis j'avançai vitement, ne voulant pas me laisser refroidir par l'imagination de quelque diablerie, et disant à mes camarades de me suivre; mais le bruit était trop fort pour qu'ils m'entendissent parler, et moi, pensant qu'ils étaient sur mes talons, j'avançai encore plus, jusqu'à ce que, n'entendant plus rien et me retournant pour leur demander s'ils étaient là, je n'en reçus aucune réponse.

Comme je ne voulais point parler haut, je fis quatre ou cinq pas en retour de ceux que j'avais faits en avant. J'allongeai les mains, j'appelai avec précaution; adieu la compagnie, ils m'avaient laissé tout seul.

Je pensai que n'étant pas bien loin de l'entrée, je les rattraperais dedans ou dehors; je marchai donc plus vite et avec plus d'assurance, et repassai l'arcade par où j'étais entré, pour regarder et chercher tout le long de la rouette aux Anglais; mais il était arrivé de mes camarades comme des sonneurs, il semblait que la terre les eût dévorés.

J'eus comme un moment de malefièvre en songeant qu'il fallait tout abandonner, ou rentrer dans ces mandites cavernes et m'y trouver tout seul aux prises avec les embûches et les frayeurs qui y attendaient Joseph. Mais je me demandai si, dans le cas où il ne s'agirait que de lui, je me retirerais tranquillement de son danger. Mon âme de chrétien m'ayant répondu que non, je demandai à mon cœur si l'amour de Thérence n'était pas aussi solide en lui que l'amour du prochain dans ma conscience, et la réponse que j'en reçus me fit repasser l'arcade noire et vaseuse bien résolûment et courir dans le souterrain, non pas aussi gai, mais aussi prompt que si ç'eût été à ma propre noce.

Comme je tâtais toujours en marchant, je trouvai sur ma droite, l'entrance d'une autre galerie que je n'avais point sentie la première fois en tâtant sur ma gauche, et je me dis que mes camarades, en se retirant, avaient dû la rencontrer et s'y engager, croyant aller à la sortie. Je m'y engageai pareillement, ne me disait que mon premier chemin fût celui qui me rapprochait des sonneurs.

Je n'y retrouvai point mes camarades, mais quant aux sonneurs, je n'eus pas fait vingt-cinq pas que j'entendis leur vacarme de beaucoup plus près que je n'avais fait la première fois, et bientôt une clarté trouble me fit voir que je débouchais dans un grand caveau rond qui avait trois ou quatre sorties noires comme la gueule de l'enfer.

Je m'étonnai de voir clair ou peu s'en faut dans un endroit voûté où ne se trouvait aucun luminaire, et, me baissant, je reconnus que cette lueur venait du dessous et perçait le sol où je marchais. J'observai aussi que ce sol se renflait en voûte sous mes pieds, et craignant qu'il ne fût point solide, je ne m'aventurai point au mitan, mais, suivant le mur, j'en m'avisai de plusieurs crevasses où, en me couchant par terre, je collai ma vue bien commodément et vis tout ce qui se passait dans un autre caveau rond, placé juste au-dessous de celui où j'étais.

C'était, comme j'ai su après, un ancien cachot, attenant à celui de la grande oubliette dont la bouche se voyait encore, il n'y a pas trente ans, dans les salles hautes du château. Je m'en doutai bien, à voir les débris d'ossements qu'on y avait dressés en manière d'épouvantail, avec des cierges de résine plantés dans des crânes, au fond de l'enceinte. Joseph était là tout seul, les yeux débandés, les bras croisés, aussi tranquille que je l'étais peu, et paraissant écouter avec mépris le tintamarre des dix-huit

musettes qui braillaient toutes ensemble, prolongeant la même note en manière de rugissement. Cette musique d'enragés venait de quelque cave voisine, où les sonneurs se tenaient cachés, et où, sans doute, ils savaient qu'un écho singulier trentuplait la résonnance; moi, qui n'en savais rien et qui ne m'en avisai que par réflexion, je pensai d'abord qu'il y avait là tous les cornemuseux du Berry, de l'Auvergne et du Bourbonnais rassemblés.

Quand ils se furent soûlés de faire ronfler leurs instruments, ils se mirent à pousser des cris et des miaulements qui, répétés par ces échos, paraissaient être ceux d'une grande foule mêlée d'animaux furieux de toute espèce; mais à tout cela Joseph, qui était véritablement un homme comme j'en ai peu vu dans les paysans de chez nous, se contentait de lever les épaules et de bâiller, comme ennuyé d'un jeu d'imbéciles.

Son courage passait en moi, et je commençais à vouloir rire de la comédie, quand un petit bruit me fit tourner la tête, et je vis derrière moi, à l'entrée de la galerie par où j'étais venu, une figure qui me glaça les sens. C'était comme un seigneur des temps passés, portant une cuirasse de fer, une pique bien affilée et des habits de cuir d'une mode qu'on ne voit plus. Mais le plus affreux de sa personne était sa figure, qui offrait la véritable ressemblance d'une tête de mort.

Je me remis un peu, me disant que c'était un déguisement pris par un de la bande pour éprouver Joseph; mais, en y pensant mieux, je vis que le danger était pour moi, puisque dans ce cas, me trouvant aux écoutes, il allait me faire un mauvais parti.

Mais, encore qu'il pût me voir comme je le voyais, il ne bougea point et resta planté à la manière d'un fantôme, moitié dans l'ombre, moitié dans la clarté qui venait d'en bas; et comme cette clarté allait et venait selon qu'on l'agitait, il y avait des moments où, ne le distinguant plus, je croyais l'avoir eu seulement dans ma tête; mais tout d'un coup, il reparaissait clairement, sauf ses jambes qui restaient toujours dans l'obscur, derrière une espèce de marche, de telle sorte que je m'imaginais le voir flotter comme une figure de nuages.

Je ne sais combien de minutes je passai à me tourmenter de cette vision, ne pensant plus du tout à épier Joseph, et craignant de devenir fou pour avoir tenté plus qu'il n'était en moi d'affronter. Je me souvenais d'avoir vu, dans les salles du château, une vieille peinture où l'on disait être le portrait d'un ancien guerrier bien mal commode, que le seigneur du lieu, lequel était son propre frère, avait fait jeter en l'oubliette. Le revêtement de fer et de cuir que j'avais là devant moi, avec une figure de mort desséchée, était si ressemblant à celui de l'image peinte, que l'idée me venait bien naturellement d'une âme en colère et en peine, qui venait épier la profanation de son sépulcre, et qui, peut-être bien, en marquerait son déplaisir d'une manière ou de l'autre.

Ce qui me rendit mon calcul assez raisonnable, c'est que cette âme ne me disait rien et ne s'occupait point de moi, connaissant peut-être que je n'étais point là à mauvaises intentions contre sa pauvre carcasse.

Un bruit différent des autres pourtant arracha mes yeux du charme qui les retenait. Je regardai dans le caveau où était Joseph, et j'y vis une autre chose bien laide et bien étrange.

Joseph était toujours debout et assuré, en face d'un être abominable, tout habillé de peau de chien, portant des cornes dans une tête chevelue, avec une figure rouge, des griffes, une queue, et faisant toutes les sauteries et grimaces d'un possédé. C'était fort vilain à voir, et cependant je n'en fus pas longtemps la dupe, car il avait beau changer sa voix, il me semblait reconnaître celle de Doré-Fratin, le cornemuseux de Pouligny, un des hommes les plus forts et les plus batailleurs de nos alentours.

— Tu as beau répondre, disait-il à Joseph, que tu te ris de moi et que tu n'as aucune peur de l'enfer, je suis le roi des musiqueux, et, sans ma permission, tu n'exerceras point que tu ne m'aies vendu ton âme.

Joseph lui répondit : — Qu'est-ce qu'un diable aussi sot que vous ferait de l'âme d'un musicien ? Il ne s'en pourrait servir.

— Fais attention à tes paroles, dit l'autre. Ne sais-tu point qu'il faut ici se donner au diable, ou être plus fort que lui ?

— Oui, oui, répliqua Joseph. Je sais la sentence : il faut tuer le diable ou que le diable vous tue.

Sur ce mot-là, je vis Huriel et son père sortir d'une voûte de côté et s'approcher du diable comme pour lui parler ; mais ils furent retenus par les autres sonneurs qui se montrèrent autour de lui ; et Carnat le père, s'adressant à Joseph :

— On voit, lui dit-il, que tu ne redoutes pas les sortiléges et on t'en tiendra quitte, si tu te veux conformer à l'usage, qui est de battre le diable, en marque de refus que tu fais chrétiennement de te soumettre à lui.

— Si le diable veut être bien étrillé, répliqua Joseph, donnez-m'en la permission vitement, et il verra si sa peau est plus dure que la mienne. Quelles sont les armes ?

— Aucune autre que les poings, répondit Carnat.

— C'est en franc jeu, j'espère ? dit le Grand Bûcheux. Joseph ne prit pas le temps de s'en assurer, et encoléré du jeu qu'on faisait de lui, il sauta sur le diable, lui arracha sa coiffure et le prit au corps si résolûment qu'il le jeta par terre et tomba dessus.

Mais il se releva aussitôt, et il me sembla qu'il poussait un cri de surprise et de souffrance ; mais toutes les musettes se mirent à jouer, sauf celles d'Huriel et de son père, lesquels faisaient semblant, et regardaient le combat d'un air de doute et d'inquiétude.

Cependant Joseph roulait le diable et paraissait le plus fort, mais je trouvais en lui une rage qui ne me paraissait point naturelle et qui me faisait craindre que, par trop de violence, il ne se mît dans son tort. Les sonneurs semblaient l'y aider, car au lieu de secourir leur camarade, trois fois renversé, ils tournaient autour de la lutte, sonnant toujours et frappant des pieds pour l'exciter à tenir bon.

Tout d'un coup, le Grand Bûcheux sépara les combattants en allongeant un coup de bâton sur les pattes du diable, et menaçant de faire mieux la seconde fois, si on ne l'écoutait parler. Huriel accourut à son côté, le bâton levé aussi, et tous les autres s'arrêtant de tourner et de sonner, il se fit un repos et un silence.

Je vis alors que Joseph, vaincu par la douleur, essuyait ses mains déchirées et sa figure couverte de sang, et que si Huriel ne l'eût retenu dans ses bras, il serait tombé sans connaissance, tandis que Doré-Fratin jetait son attirail, soufflait de chaud, et n'essuyait en ricanant que la sueur d'un peu de fatigue.

— Qu'est-ce à dire ? s'écria Carnat, venant d'un air de menace contre le Grand Bûcheux. Êtes-vous un faux frère ? De quel droit mettez-vous empêchement aux épreuves ?

— J'y mets empêchement à mes risques et à votre honte, répliqua le Grand Bûcheux. Je ne suis pas un faux frère, et vous êtes de méchants maîtres, aussi traîtres que dénaturés. Je m'en doutais bien, que vous nous trompiez, pour faire souffrir et peut-être blesser dangereusement ce jeune homme ! Vous le haïssez, parce que vous sentez qu'il vous serait préféré, et que là où il se ferait entendre, on ne voudrait plus vous écouter. Vous n'avez pas osé lui refuser la maîtrise, parce que tout le monde vous l'eût reproché comme une injustice trop criante ; mais, pour le dégoûter de pratiquer dans les paroisses dont vous avez fait usurpation, vous lui rendez les épreuves si dures et si dangereuses qu'aucun de vous ne les aurait supportées si longtemps.

— Je ne sais pas ce que vous voulez dire, répondit le vieux doyen, Pailloux de Verneuil, et les reproches que vous nous faites ici en présence d'un aspirant sont d'une insolence sans pareille. Nous ne savons pas comment on pratique la réception dans vos pays, mais ici, nous sommes dans nos coutumes et ne souffrirons pas qu'on les blâme.

— Je les blâmerai, moi, dit Huriel, qui étanchait toujours le sang de Joseph avec son mouchoir, et, l'ayant assis sur son genou, l'aidait à revenir. Ne pouvant et ne voulant vous faire connaître hors d'ici, à cause du serment qui me fait votre confrère, je vous dirai, au moins, en face, que vous êtes des bourreaux. Dans nos pays, on se bat avec le diable par pur amusement et en ayant soin de ne se faire aucun mal. Ici, vous choisissez le plus fort d'entre vous et vous lui laissez des armes cachées dont il cherche à crever les yeux et à percer les veines. Voyez ! ce jeune homme est abîmé, et, dans la colère où l'avait mis votre méchanceté, il s'y serait fait tuer, si nous ne l'eussions arrêté. Qu'en auriez-vous fait alors ? Vous l'eussiez donc jeté en cette caverne d'oubli, où ont péri tant d'autres pauvres malheureux dont les ossements devraient se redresser pour vous reprocher d'être aussi méchants que vos anciens seigneurs ?

Cette parole d'Huriel me rappela l'apparition que j'avais oubliée, et je me retournai pour voir si son invocation l'attirerait à lui. Je ne la vis plus, et pensai à trouver le chemin du caveau d'en bas, où, d'un moment à l'autre, je sentais bien devoir être utile à mes amis.

Je trouvai tout de suite l'escalier et le descendis jusqu'à l'entrée, où je ne songeai même pas à me tenir caché, tant il y avait là de dispute et de confusion qui ne permettaient pas de faire attention à moi.

Le Grand Bûcheux avait ramassé la casaque de peau de bête, et montrait comme quoi elle était garnie de pointes, comme une carde à étriller les bœufs, et les mitaines que ce faux diable portait encore avaient, à la paume des mains, de bons clous bien assujettis, la pointe en dehors. Les autres étaient furieux de se voir blâmer devant Joseph. — Voilà bien du bruit pour des égratignures, disait Carnat. N'est-il point dans l'ordre que le diable ait des ongles ! et cet innocent, qui l'a attaqué sans prudence, ne savait-il point qu'on ne joue pas avec lui sans s'y faire échaffrer un peu le museau? Allons, allons, ne le plaignez point tant, ce n'est rien; et puisqu'il en a assez, qu'il se retire et confesse qu'il n'est point de force à se divertir avec nous; partant, qu'il ne saurait être de notre compagnie en aucune manière.

— J'en serai? dit Joseph, qui, en s'arrachant des bras d'Huriel, montra qu'il avait la poitrine ensanglantée et sa chemise déchirée. J'en serai malgré vous! J'entends que la bataille recommence, et il faudra que l'un de nous reste ici.

— Et moi, je m'y oppose, dit le Grand Bûcheux, et j'ordonne que ce jeune homme soit déclaré vainqueur, ou bien je jure d'amener dans ce pays une bande de sonneurs, qui feront connaître la manière de se comporter et y rétabliront la justice.

— Vous? dit Fratin, en tirant une manière d'épieu de sa ceinture. Vous pourrez le faire, mais non pas sans porter de nos marques, à seules fins qu'on puisse donner foi à vos rapports.

Le Grand Bûcheux et Huriel se mirent en défense. Joseph se jeta sur Fratin pour lui arracher son épieu, et je ne fis qu'un saut pour les joindre; mais, devant qu'on eût pu échanger des coups, la figure qui m'avait tant troublé se montra sur le seuil de l'oubliette, étendit sa pique et s'avança d'un pas qui suffit pour donner la frayeur aux malintentionnés. Et, comme on s'arrêtait, morfondu de crainte et d'étonnement, on entendit une voix plaintive, qui récitait la prose des morts dans le fond de l'oubliette.

C'en fut assez pour démonter la confrérie, et l'un des sonneurs s'étant écrié : « Les morts! les morts qui se lèvent! » tous prirent la fuite, pêle-mêle, criant et se poussant par toutes les issues, sauf celle de l'oubliette, où apparaissait une autre figure couverte d'un suaire, toujours psalmodiant de la manière la plus lamentable qui se puisse imaginer. Si bien qu'en une minute, nous nous trouvâmes sans ennemis, le guerrier ayant jeté son casque et son masque, et nous montrant la figure réjouie de Benoît, tandis que le carme, déroulant son suaire, se tenait les côtes à force de rire.

— Que le bon Dieu me pardonne la mascarade! disait-il; mais je l'ai faite à bonne intention, et il me semble que ces coquins méritaient qu'on leur donnât une bonne leçon, pour leur apprendre à se moquer du diable, dont ils ont plus de peur que ceux à qui ils le font voir.

— J'en étais bien sûr, moi, disait Benoît, qu'en voyant notre comédie, ils trembleraient au beau milieu de la leur. Mais alors, avisant le sang et les blessures de Joseph, il s'inquiéta de lui et lui montra tant d'intérêt, que cela, joint au secours qu'il lui apportait, me prouva son amitié pour lui et son bon cœur, dont j'avais douté.

Tandis que nous nous assurions que Joseph n'avait pas de mal trop profond, le carme nous racontait comme quoi le sommelier du château lui avait dit avoir coutume de permettre aux sonneurs et autres joyeuses confréries de faire leurs cérémonies dans les souterrains. Ceux où nous étions se trouvaient assez distants des bâtiments habités par la demoiselle dame de Saint-Chartier, pour qu'elle n'entendît pas le bruit, et, dans tous les cas, elle n'eût fait qu'en rire, car on n'imaginait point qu'il s'y pût mêler de la méchanceté; mais Benoît, qui se doutait de quelque mauvais dessein, avait demandé au même sommelier un

déguisement et les clefs des souterrains, et c'est ainsi qu'il se trouvait là si à point pour écarter le danger.

— Eh bien, lui dit le Grand Bûcheux, merci pour votre assistance; mais je regrette que l'idée vous en soit venue, car ces gens sont capables de m'accuser de l'avoir réclamée, et, par là, d'avoir trahi les secrets de mon métier. Si vous m'en croyez, nous partirons sans bruit, et leur laisserons croire qu'ils ont vu des fantômes.

— D'autant plus, dit Benoît, que leur rancune pourrait me retirer leur consommation, qui n'est pas peu de chose. Pourvu qu'ils n'aient point reconnu Tiennet? Et comment diable, à propos, Tiennet se trouve-t-il là?

— Ne l'avez-vous pas amené? dit Huriel.

— Vraiment non, répondis-je. Je suis venu pour mon compte, à cause de toutes les histoires qu'on faisait sur vos diableries. J'étais curieux de les voir; mais je vous jure qu'ils avaient l'esprit trop égaré et la vue trop trouble pour me reconnaître.

Nous allions partir, quand des bruits de voix écolérées et des tumultes sourds, comme ceux d'une querelle, se firent entendre.

— Oui-dà! dit le carme, qu'y a-t-il encore? Je crois qu'ils reviennent et que nous n'en avons pas fini avec eux. Et vite! reprenons nos déguisements !

— Laissez faire, dit Benoît, prêtant l'oreille; je vois ce que c'est. J'ai rencontré, en venant ici par les caves du château, quatre ou cinq gaillards dont un m'est connu. C'est Léonard, votre ouvrier bourbonnais, père Bastien. Ces jeunes gens venaient aussi par curiosité, sans doute; mais ils s'étaient égarés dans les caveaux et n'étaient pas bien rassurés. Je leur ai donné ma lanterne en leur disant de m'attendre. Ils auront été rencontrés par les sonneurs en déroute, et ils s'amusent à leur donner la chasse.

— La chasse pourrait bien être pour eux , dit Huriel, s'ils ne sont pas en nombre. Allons-y voir !

Nous nous y disposions, quand les pas et le bruit se rapprochant, nous vîmes rentrer Carnat, Doré-Fratin et une bande de huit autres qui, ayant, en effet, échangé quelques bonnes tapes avec mes camarades, étaient revenus de leur poltronnerie et comprenaient qu'ils avaient affaire à de bons vivants. Ils se retournèrent contre nous, accablant les Huriel de reproches pour les avoir trahis et fait tomber dans une embûche. Le Grand Bûcheux s'en défendit, et le carme voulut mettre la paix en prenant tout sur son compte et en leur reprochant leurs torts; mais ils se sentaient en force, parce qu'à tout moment il en arrivait d'autres pour les soutenir, et quand ils se virent à peu près au complet, ils élevèrent le ton et commencèrent à passer des insultes aux menaces et des menaces aux coups. Sentant qu'il n'y avait pas moyen d'éviter la rencontre, d'autant plus qu'ils avaient bu beaucoup d'eau-de-vie pendant les épreuves et ne se connaissaient plus guère, nous nous mîmes en défense, serrés les uns contre les autres et faisant face à l'ennemi de tous côtés, comme se tiennent les bœufs quand une bande de loups les attaque au pâturage. Le carme y ayant perdu sa morale et son latin, y perdit aussi sa patience, car, s'emparant du bourdon d'une musette tombée dans la bagarre, il s'en servit aussi bien qu'homme peut faire pour défendre sa peau.

Par malheur, Joseph était affaibli par la perte de son sang, et Huriel, qui avait toujours dans le cœur la mort de Malzac, craignait plus de faire du mal que d'en recevoir.

Tout occupé de protéger son père, qui y allait comme un lion, il se mettait en grand danger. Benoît s'escrimait très-bien pour un homme qui sort de maladie; mais, en somme, nous n'étions que six contre quinze ou seize, et, comme le sang commençait à se montrer, la rage venait, et je vis qu'on ouvrait les couteaux. Je n'eus que le temps de me jeter devant le Grand Bûcheux qui, répugnant encore à tirer l'arme tranchante, était l'objet de la plus grosse rancune. Je reçus un coup dans le bras, que je ne sentis quasiment point, mais qui me gêna pourtant bien pour continuer, et je voyais la partie perdue, quand, par bonheur, mes quatre camarades, se décidant à venir au bruit, nous apportèrent un renfort suffisant, et mirent en fuite, pour la seconde fois et pour la dernière, nos ennemis épuisés, pris par derrière et ne sachant point si ce serait le tout.

Je vis que la victoire nous restait, qu'aucun de mes amis n'avait grand mal, et m'apercevant tout d'un coup que j'en avais trop reçu pour un homme tout seul, je tombai comme un sac, et ne connus ni ne sentis plus aucune chose de ce monde.

TRENTE-DEUXIÈME VEILLÉE

Quand je me réveillai, je me vis couché dans un même lit avec Joseph, et il me fallut un peu de peine pour réclamer mes esprits. Enfin, je connus que j'étais et la propre chambre de Benoît, que le lit était bon, les draps bien blancs, et que j'avais au bras la ligature d'une saignée. Le soleil brillait sur les courtines jaunes, et, sauf une grande faiblesse, je ne sentais aucun mal. Je me tournai vers Joseph, qui avait bien des marques, mais aucune dont il dût rester dévisagé, et qui me dit en m'embrassant : — Eh bien, mon Tiennet, nous voilà comme autrefois, quand, au retour du catéchisme, nous nous reposions dans un fossé, après nous être battus avec les gars de Verneuil? Comme dans ce temps-là, tu m'as défendu à ton dommage, et, comme dans ce temps-là, je ne sais point t'en remercier comme tu le mérites; mais en tout temps, tu as deviné peut-être que mon cœur n'est pas si chiche que ma langue. — Je l'ai toujours pensé, mon camarade, lui répondis-je en l'embrassant aussi, et si je t'ai encore une fois secouru, j'en suis content. Cependant il n'en faut prendre pas trop pour toi. J'avais une autre idée... Je m'arrêtai, ne voulant point céder à la faiblesse de mes esprits, qui m'aurait, pour un peu, laissé échapper le nom de Thérence; mais une main blanche tira doucement la courtine, et je vis devant moi la propre image de Thérence qui se penchait vers moi, tandis que la Mariton, passant dans la ruelle, caressait et questionnait son fils.

Thérence se pencha sur moi, comme je vous dis, et moi, tout saisi, croyant rêver, je me soulevais pour la remercier de sa visite et lui dire que je n'étais point en danger, quand, sot comme un malade et rougissant comme une fille, je reçus d'elle le plus beau baiser qui ait jamais fait revenir un mort.

— Qu'est-ce que vous faites, Thérence? m'écriai-je en lui empoignant les mains que j'aurais quasi mangées; voulez-vous donc me rendre fou?

— Je veux vous remercier et aimer toute ma vie, répondit-elle, car vous m'avez tenu parole; vous m'avez renvoyé mon père et mon frère sains et saufs, dès ce matin, et je sais tout ce que vous avez fait, tout ce qui vous est arrivé pour l'amour d'eux et de moi. Aussi me voilà pour ne plus vous quitter tant que vous serez malade.

— A la bonne heure, Thérence, lui dis-je en soupirant : c'est plus que je ne mérite. Fasse donc le bon Dieu que je ne guérisse point, car je ne sais ce que je deviendrais après.

— Après? dit le Grand Bûcheux, qui venait d'entrer avec Huriel et Brulette. Voyons, ma fille, que ferons-nous de lui après?

— Après? dit Thérence, rougissant en plein pour la première fois.

— Allons! allons! Thérence la sincère, reprit le Grand Bûcheux, parlez comme il convient à la fille qui n'a jamais menti.

— Eh bien, mon père, dit Thérence, après, je ne le quitterai pas davantage.

— Otez-vous de là! m'écriai-je, fermez les rideaux, je me veux habiller, lever, et puis sauter, chanter et danser; je ne suis point malade, j'ai le paradis dans l'âme... Mais, disant cela, je retombai en faiblesse, et ne vis plus que dans une manière de rêve, Thérence, qui me soutenait dans ses bras et me donnait des soins.

Le soir, je me sentis mieux; Joseph était déjà sur pied, et j'aurais pu y être aussi, mais on ne le souffrit point, et force me fut de passer la veillée au lit, tandis que mes amis causaient dans la chambre, et que ma Thérence, assise à mon chevet, m'écoutait doucement et me laissait lui répandre en paroles tout le baume dont j'avais le cœur rempli.

Le carme causait avec Benoît, tous deux arrosant la conversation de quelques pichets de vin blanc, qu'ils avalaient en guise de tisane rafraîchissante. Huriel causait avec Brulette en un coin; Joseph avec sa mère et le Grand Bûcheux.

Or Huriel disait à Brulette :

— Je t'avais bien dit, le premier jour que je te vis, en te montrant ton gage à mon anneau d'oreille : « Il y restera toujours, à moins que l'oreille n'y soit plus. » Eh bien, l'oreille, quoique fendue dans la bataille, y est encore, et l'anneau, quoique brisé, le voilà, avec le gage un peu bosselé. L'oreille guérira, l'anneau sera ressoudé, et tout reprendra sa place, par la grâce de Dieu.

La Mariton disait au Grand Bûcheux :

— Eh bien, qu'est-ce qui va résulter de cette bataille, à présent? Ils sont capables de m'assassiner mon pauvre enfant, s'il essaye de cornemuser dans le pays.

— Non, répondait le Grand Bûcheux; tout s'est passé pour le mieux, car ils ont reçu une bonne leçon, et il s'y est trouvé assez de témoins étrangers à la confrérie pour qu'ils n'osent plus rien tenter contre Joseph et contre nous. Ils sont capables de faire le mal quand cela se passe entre eux, et qu'ils ont, par force ou par amitié, arraché à un aspirant le serment de se taire. Joseph n'a rien juré; il se taira parce qu'il est généreux, Tiennet aussi, de même que mes jeunes bûcheux par mon conseil et mon commandement. Mais vos sonneurs savent bien que s'ils touchaient, à présent, à un cheveu de nos têtes, les langues seraient déliées et l'affaire irait en justice.

Et le carme disait à Benoît :

— Je ne saurais point rire avec vous de l'aventure, depuis que j'y ai eu un accès de colère dont il me faudra faire confession et pénitence. Je leur pardonne bien les coups qu'ils ont essayé de me porter, mais non ceux qu'ils m'ont forcé de leur appliquer. Ah ! le père prieur de mon couvent a bien raison de me tancer quelquefois, et de me dire qu'il faut combattre en moi non-seulement le vieil homme, mais encore le vieux paysan, c'est-à-dire celui qui aime le vin et la bataille. Le vin, continua le carme en soupirant et en remplissant son verre jusqu'aux bords, j'en suis corrigé, Dieu merci ! mais je me suis aperçu cette nuit que j'avais encore le sang querelleur et qu'une tape me rendait furieux.

— N'étiez-vous pas là en état et en droit de légitime défense ? dit Benoît. Allons donc ! vous avez parlé aussi bien que vous le deviez, et n'avez levé le bras que quand vous y avez été forcé.

— Sans doute, sans doute, répondit le carme ; mais mon malin diable de père prieur me fera des questions. Il me tirera les vers du nez, et je serai forcé de lui confesser qu'au lieu d'y aller avec réserve et à regret, je me suis laissé emporter au plaisir de taper comme un sourd, oubliant que j'avais un froc au dos, et m'imaginant être au temps où, gardant les vaches avec vous, dans les prairies du Bourbonnais, j'allais cherchant querelle aux autres pâtours pour la seule vanité mondaine de montrer que j'étais le plus fort et le plus têtu.

Joseph ne disait rien, et sans doute il souffrait de voir deux couples heureux qu'il n'avait plus le droit de bouder, ayant reçu d'Huriel et de moi si bonne assistance.

Le Grand Bûcheux, qui avait pour lui, en plus, un faible de musicien, l'entretenait dans ses idées de gloire. Il faisait donc de grands efforts pour voir sans jalousie le contentement des autres, et nous étions forcés de reconnaître qu'il y avait, dans ce garçon si fier et si froid, une force d'esprit peu commune pour se vaincre.

Il resta caché, ainsi que moi, dans la maison de sa mère, jusqu'à ce que les marques de la bataille fussent effacées ; car le secret de l'affaire fut gardé par mes camarades, avec menaces aux sonneurs toutefois, de la part de Léonard, qui se conduisit très-sagement et très-hardiment avec eux, de tout révéler aux juges du canton, s'ils ne se rangeaient à la paix, une fois pour toutes.

Quand ils furent tous debout, car il y en avait eu plus d'un de bien endommagé, et notamment le père Carnat, à qui il paraît que j'avais démanché le poignet, les paroles furent échangées et les accords conclus. Il fut décidé que Joseph aurait plusieurs paroisses, et c'est les fit adjuger, encore qu'il eût l'intention de n'en point jouir.

Je fus un peu plus malade que je ne croyais, non tant à cause de ma blessure, qui n'était pas bien grande, ni des coups dont on m'avait assommé le corps, que de la saignée trop forte que le carme m'avait faite à bonne intention. Huriel et Brulette eurent l'amitié bien charmante de vouloir retarder leur mariage, à seules fins d'attendre le mien ; et un mois après, les deux noces se firent ensemble, mêmement les trois, car Benoît voulut rendre le sien public et en célébrer la fête avec la nôtre. Ce brave homme, heureux d'avoir un héritier si bien élevé par Brulette, essaya de lui faire accepter un don de conséquence ; mais elle le refusa obstinément, et se jetant dans les bras de la Mariton :

— Ne vous souvient-il donc plus, s'écria-t-elle, que cette femme-là m'a servi de mère pendant une douzaine d'années, et croyez-vous que je puisse accepter de l'argent quand je ne suis pas encore quitte envers elle ?

— Oui, dit la Mariton ; mais ton éducation a été tout honneur et tout plaisir pour moi, tandis que celle de mon Charlot t'a causé des affronts et des peines.

— Ma chère amie, répondit Brulette, ceci est la chose qui remet un peu d'égalité dans nos comptes. J'aurais souhaité pouvoir faire le bonheur de votre Joset en retour de vos bontés pour moi ; mais cela n'a pas dépendu de mon pauvre cœur, et dès lors, pour la peine que je lui causais, je devais bien m'exposer à souffrir pour l'amour de votre autre enfant.

— Voilà une fille !.... s'écria Benoît, essuyant ses gros yeux ronds qui n'étaient point sujets aux larmes. Oui, oui, voilà une fille !... Et il n'en pouvait dire davantage.

Pour se venger des refus de Brulette, il voulut faire les frais de sa noce, et celle de la mienne par-dessus le marché. Et comme il n'y épargna rien et y invita au moins deux cents personnes, il y fut pour une grosse somme, de laquelle il ne marqua jamais aucun regret.

Le carme nous avait fait trop bonne promesse pour y manquer, d'autant plus que son père prieur l'ayant mis à l'eau pendant un mois pour sa pénitence, le jour de nos noces fut celui où l'interdit était levé de son gosier. Il n'en abusa point et se comporta d'une manière si aimable, que nous fîmes tous avec lui la même amitié qu'il y avait entre lui, Huriel et Benoît.

Joseph alla bien courageusement jusqu'au jour des noces. Le matin, il fut pâle et comme accablé de réflexions ; mais, en sortant de l'église, il prit la musette des mains de mon beau-père et joua une marche de noces qu'il avait composée, la nuit même, à notre intention. C'était une si belle chose de musique, et il y fut donné tant d'acclamation, que son chagrin se dissipa, qu'il sonna triomphalement ses plus beaux airs de danse et se perdit dans son délice tout le temps que dura la fête.

Il nous suivit ensuite au Chassin, et là, le Grand Bûcheux ayant réglé toutes nos affaires : — Mes enfants, vous voilà heureux et riches pour des gens de campagne ; je vous laisse l'affaire de cette futaie, qui est une belle affaire, et tout ce que je possède d'ailleurs est à vous. Vous allez passer ici quasiment le reste de l'année, et vous déciderez, pendant ce temps-là, de vos plans de campagne pour l'avenir. Vous êtes de pays différents et vous avez des goûts et des habitudes divers. Essayez-vous à la vie que chacun de vous doit procurer à sa femme pour la rendre heureuse de tous points et ne lui pas faire regretter des unions si bien commencées. Je reviendrai dans un an. Tâchez que j'aie deux beaux petits enfants à caresser. Vous me direz alors ce que vous aurez réglé. Prenez votre temps, telle chose paraît bonne aujourd'hui qui paraît pire ou meilleure le lendemain.

— Et où donc allez-vous, mon père ? dit Thérence en l'entourant de ses bras avec frayeur.

— Je vais musiquer un peu par les chemins avec Joseph, répondit-il, car il a besoin de cela, et moi, il y a trente ans que j'en jeûne.

Ni larmes ni prières ne le purent retenir, et nous leur fîmes la conduite jusqu'à moitié chemin de Sainte-Sévère. Là, tandis que nous embrassions le Grand Bûcheux avec beaucoup de chagrin, Joseph nous dit : — Ne vous désolez point. C'est à moi, je le sais, qu'il sacrifie la vue de votre bonheur, car il a pour moi aussi le cœur d'un père et il sait que je suis le plus à plaindre de ses enfants ; mais peut-être n'aurai-je pas longtemps besoin de lui, et j'ai dans l'idée que vous le reverrez plus tôt qu'il ne le croit lui-même.

Là-dessus, pliant les genoux devant ma femme et devant celle d'Huriel :

— Mes chères sœurs, dit-il, je vous ai offensées l'une et l'autre, et j'en ai été assez puni par mes pensées. Ne me voulez-vous point pardonner, afin que je me pardonne et m'en aille plus tranquille ?

Toutes deux l'embrassèrent de grande affection, et il vint ensuite à nous, nous disant, avec une surprenante abondance de cœur, les meilleures et les plus douces paroles qu'il eût dites de sa vie, nous priant aussi de lui pardonner ses fautes et de garder mémoire de lui.

Nous montâmes sur une hauteur pour les voir le plus longtemps possible. Le Grand Bûcheux sonnait généreusement dans sa musette, et, de temps en temps, se retournait pour agiter son bonnet et nous envoyer des baisers avec la main.

Joseph ne se retourna point. Il marchait en silence et la tête baissée, comme brisé ou recueilli. Je ne pus m'empêcher de dire à Huriel que je lui avais trouvé sur la figure, au moment du départ, ce je ne sais quoi que j'y avais remarqué souvent dans sa première jeunesse, et qui est, chez nous, réputé la physionomie d'un homme frappé d'un mauvais destin.

Les larmes de la famille se séchèrent peu à peu dans le bonheur et l'espérance. Ma belle chère femme y fit plus d'effort que les autres ; car, n'ayant jamais quitté son père, elle semblait perdre avec lui la moitié de son âme, et je vis bien que, malgré son courage, son amitié pour moi, et le bonheur que lui donna bientôt l'espoir d'être mère, il lui manquait toujours quelque chose après quoi elle soupirait en secret.

Aussi, je songeais sans cesse à arranger ma vie de manière à nous réunir avec le Grand Bûcheux, dussé-je vendre mon bien, quitter ma famille, et suivre ma femme où il lui plairait d'aller.

Il en était de même de Brulette, qui se sentait résolue à ne consulter que les goûts de son mari, surtout quand son grand-père, après une courte maladie, se fut éteint bien tranquillement comme il avait vécu, au milieu de nos soins et des caresses de sa chère enfant.

— Tiennet, me disait-elle souvent, il faudra, je le vois, que le Berry soit vaincu en nous par le Bourbonnais. Huriel aime trop cette vie de force et de changement d'air, pour que nos plaines dormantes lui plaisent. Il me donne trop de bonheur pour que je lui souffre quelque regret caché. Je n'ai plus de famille chez nous ; tous amis, hormis toi, m'y ont fait des peines, je ne vis plus que dans Huriel. Où il sera bien, c'est là que je me sentirai le mieux.

L'hiver nous trouva encore au bois du Chassin. Nous avions bien gâté ce bel endroit dont la futaie de chênes était le plus grand ornement. La neige couvrit les cadavres de ces beaux arbres dépouillés par nous et jetés tous, la tête en avant, dans la rivière, qui les retenait, encore plus froids et plus morts, dans la glace. Nous goûtions,

Huriel et moi, auprès d'un feu de copeaux que nos femmes venaient d'allumer pour y réchauffer nos soupes, et nous les regardions avec bonheur, car toutes deux étaient en train de tenir la promesse qu'elles avaient faite au Grand Bûcheux de lui donner de la survivance.

Tout d'un coup elles s'écrièrent, et Thérence, oubliant qu'elle n'était plus aussi légère qu'au printemps, s'élança quasi au travers du feu pour embrasser un homme que nous cachait la fumée épaisse des feuilles humides. C'était son brave homme de père, qui bientôt n'eut plus assez de bras et de bouche pour répondre à toutes nos caresses. Après la première joie, nous lui demandâmes nouvelles de Joseph et vîmes sa figure s'obscurcir et ses yeux se remplir de larmes.

— Il vous l'avait annoncé, répondit-il, que vous me reverriez plus tôt que je ne pensais ! Il sentait comme un avertissement de son sort, et Dieu, qui amollissait l'écorce de son cœur en ce moment-là, lui conseillait sans doute de réfléchir sur lui-même.

Nous n'osions plus faire de questions. Le Grand Bûcheux s'assit, ouvrit sa besace et en tira les morceaux d'une musette brisée.

— Voilà tout ce que je vous rapporte de ce malheureux enfant, dit-il. Il n'a pu échapper à son étoile. Je pensais avoir adouci son orgueil, mais, pour tout ce qui tenait de la musique, il devenait chaque jour plus hautain et plus farouche. C'est ma faute, peut-être ! Je voulais le consoler des peines d'amour en lui montrant son bonheur dans son talent. Il a goûté au moins les douceurs de la louange ; mais à mesure qu'il s'en nourrissait, la soif lui en venait plus âcre.

» Nous étions loin : nous avions poussé jusque dans les montagnes du Morvan, où il y a beaucoup de sonneurs encore plus jaloux que ceux d'ici, mais non pas tant pour leurs intérêts que pour leur amour-propre. Joseph a manqué de prudence, il les a offensés en paroles, dans un repas qu'ils lui avaient offert — honnêtement et à bonnes intentions d'abord. Par malheur, je ne l'y avais point suivi, me trouvant un peu malade et n'ayant pas sujet de me méfier de la bonne intelligence qu'il y avait entre eux au départ.

» Il passa la nuit dehors, comme il faisait souvent ; et comme j'avais remarqué qu'il était parfois un peu jaloux de l'applaudissement qu'on donnait à mes vieilles chansons, je ne le voulais point gêner. Au matin, je sortis, encore un peu tremblant de fièvre, et j'appris, dans le bourg, qu'on avait ramassé une musette brisée au bord d'un fossé. Je courus pour la voir et la reconnus bien vite. Je me rendis à l'endroit où elle avait été trouvée, et cassant la glace du fossé, j'y découvris son malheureux corps tout gelé. Il ne portait aucune marque de violence, et les autres sonneurs ont juré qu'ils l'avaient quitté, sans dispute et sans ivresse, à une lieue de là. J'ai en vain recherché les auteurs de sa mort. C'est un endroit sauvage où les gens de justice craignent le paysan, et où le paysan ne craint que le diable. Il m'a fallu partir en me contentant de leurs tristes et sots propos. Ils croient fermement en ce pays, ce que l'on croit un peu dans celui-ci, à savoir : qu'on ne peut devenir musicien sans vendre son âme à l'enfer, et qu'un jour ou l'autre, Satan arrache la musette des mains du sonneur et la lui brise sur le dos, ce qui l'égare, le rend fou et le pousse à se détruire. C'est comme cela qu'ils expliquent les vengeances que les sonneurs tirent les uns des autres, et ceux-ci n'y contredisent guère, ce qui leur est moyen de se faire redouter et d'échapper aux conséquences. Aussi les tient-on en si mauvaise estime et en si grande crainte, que je n'ai pu faire entendre mes plaintes, et que, pour un peu, si je fusse resté dans l'endroit, l'on m'eût accusé d'avoir moi-même appelé le diable pour me débarrasser de mon compagnon. »

— Hélas! dit Brulette en pleurant, mon pauvre Joset! mon pauvre camarade! Et qu'est-ce que nous allons dire à sa mère, mon bon Dieu?

— Nous lui dirons, répliqua tristement le Grand Bûcheux, de ne point laisser Charlot s'énamourer de la musique. C'est une trop rude maîtresse pour des gens comme nous autres. Nous n'avons point la tête assez forte pour ne point prendre le vertige sur les hauteurs où elle nous mène!

— Oh! mon père, s'écria Thérence, si vous pouviez l'abandonner, Dieu sait dans quels malheurs elle vous jettera aussi!

— Sois tranquille, ma chérie, répondit le Grand Bûcheux. M'en voilà revenu! Je veux vivre en famille, élever ces petits enfants-là, que je vois déjà en rêve danser sur mes genoux. Où est-ce que nous nous fixons, mes chers enfants?

— Où vous voudrez! s'écria Thérence.

— Et où voudront nos maris! s'écria Brulette.

— Où voudra ma femme! m'écriai-je aussi.

— Où vous voudrez tous! dit Huriel à son tour.

— Eh bien, dit le Grand Bûcheux, comme je sais vos humeurs et vos moyens, et que je vous rapporte encore un peu d'argent, j'ai calculé, en route, qu'il était aisé de contenter tout le monde. Quand on veut que la pêche mûrisse, il ne faut pas arracher le noyau. Le noyau, c'est la terre que possède Tiennet. Nous allons l'arrondir et y bâtir une bonne maison pour nous tous. Je serai content de faire pousser le blé, de ne plus abattre les beaux ombrages du bon Dieu, et de composer mes petites chansons à l'ancienne mode, le soir, sur ma porte, au milieu des miens, sans aller boire le vin des autres et sans faire de jaloux. Huriel aime à courir le pays, sa femme est, à présent, de la même humeur. Ils prendront des entreprises comme celle de cette futaie, où je vois que vous avez bien travaillé, et iront passer la belle saison dans les bois. Si leur famille trop jeune les embarrasse quelquefois, Thérence est de force et de cœur à gouverner double nichée, et on se retrouvera à la fin de chaque automne avec double plaisir, jusqu'au jour où, mon fils, après m'avoir fermé les yeux depuis longtemps, sentira le besoin du repos de toute l'année, comme je le sens à cette heure.

Tout ce que disait là mon beau-père arriva comme il le conseillait et l'augurait. Le bon Dieu bénit notre obéissance; et, comme la vie est un ragoût mélangé de tristesse et de contentement, la pauvre Mariton vint souvent pleurer chez nous, et le bon carme y vint souvent rire.

Clichy. — Impr. M. Loignon, Paul Dupont et Cie, rue du Bac-d'Asnières, 12.

www.ingramcontent.com/pod-product-compliance
Lightning Source LLC
Chambersburg PA
CBHW060834250626
47162CB00005B/2064